华北抗日根据地及解放区文艺大系

陈 晋　郑恩兵　主编

《晋察冀日报》文艺文献全编

散文报告文学

第七卷

关小彬　编

河北出版传媒集团

河北教育出版社

图书在版编目（CIP）数据

《晋察冀日报》文艺文献全编．散文报告文学．第七卷 / 关小彬编．-- 石家庄：河北教育出版社，2023.12
（华北抗日根据地及解放区文艺大系 / 陈晋，郑恩兵主编）
ISBN 978-7-5545-7639-7

Ⅰ．①晋… Ⅱ．①关… Ⅲ．①文艺－作品综合集－世界－现代②散文集－中国－现代③报告文学－作品集－中国－现代 Ⅳ．① I11 ② I266 ③ I25

中国国家版本馆 CIP 数据核字（2023）第 064018 号

书　　名	《晋察冀日报》文艺文献全编·散文报告文学·第七卷
	JINCHAJI RIBAO WENYI WENXIAN QUANBIAN SANWEN BAOGAO WENXUE DI-QI JUAN
编　　者	关小彬
责任编辑	赵　磊
装帧设计	郝　旭
出　　版	河北出版传媒集团
	河北教育出版社 http://www.hbep.com
	（石家庄市联盟路705号，050061）
印　　制	石家庄众旺彩印有限公司
开　　本	787毫米×1092毫米　1/16
印　　张	24
字　　数	300千字
版　　次	2023年12月第1版
印　　次	2023年12月第1次印刷
书　　号	ISBN 978-7-5545-7639-7
定　　价	140.00元

版权所有，侵权必究

丛书编委会

顾 问
陈平原 刘跃进 王长华 李 扬

编委会主任
吕新斌

编委会副主任
彭建强 孟庆凯 刘 月

主 编
陈 晋 郑恩兵

副主编
董素山 向 回 汪雅瑛

编 委（按姓氏笔画排序）
马春香 王少军 田浩军 包来军 吉 喆 刘书芳 刘贵廷
关小彬 杨 程 杨春生 宋少净 张 辉 张川平 赵 华
高露洋 郭义强 阎晓宏 梁晓晓

编纂说明

在中国共产党百年发展历程中,文艺始终是党领导人民开展进步事业的有机组成部分,是党在各个历史时期的中心工作的实时反映和重要推动力量。"华北抗日根据地及解放区文艺大系",是一部全面展示抗日战争和解放战争时期华北地区党的历史创造、奋斗风采和形象建构的大型革命历史文艺文献丛书,对于深入研究华北地区革命文艺史、红色新闻史,弘扬伟大建党精神、梳理中国共产党人精神谱系,是必不可少的第一手资料,是我们在新时代坚定树立文化自信的重要思想资源。

一、编纂缘起

抗日战争及解放战争时期,华北地处各方政治与文化力量激烈博弈的前沿,这种特殊政治、军事、文化、地理环境中产生的革命文艺,具有鲜明的地域性特征,是五四新文化运动以来的革命文艺发展史上的突出标识。

但一直以来,由于史料文献整理不足,对华北抗日根据地及解放区文艺的研究,始终未能深入,其独特的地域性实践价值和蕴含的文化创新意义被严重遮蔽。这些史料文献主要以党报党刊的形式呈现，梳理汇编这些党报党刊中的革命文艺史料，借之以探索华北革命文艺的发展路径、发展方向、创造机制和创新经验，是深入贯彻习近平总书记关于"把红色资源利用好、把红色传统发扬好、把红色基因传承好"、"用好红色资源、赓续红色血脉"等系列重要讲话精神的有力举措，也是新时代文艺研究者不可推卸的责任。

2017年6月左右，我们去中国社科院文学所拜访时任所长刘跃进先生，协商合作研究事宜，寻求中国社科院文学所的帮助。请教过程中，刘先生建议我们结合地方特色，做好地方红色文艺文献的搜集整理与编纂出版工作。经过一段时间筹备，2017年底，我们以"河北红色经典系列丛书"为名，正式申报"2018年度河北省省级宣传文化发展专项资金"项目并成功立项，旨在通过选定刊行河北红色经典作品、梳理汇编河北红色经典研究资料、系统阐述河北红色经典发展历史等基础性工作，打造一个集大成式的河北红色经典文献资料库。

项目最初设计共二十四卷，包括六大板块：《河北红色经典史》一卷、《河北红色文艺作品选》六卷、《河北红色经典作家作品索引》三卷、《河北红色经典研究资料汇编》四卷、《〈晋察冀日报〉副刊文学作品全编》六卷、《晋冀鲁豫抗日根据地文艺作品及〈新华日报〉太行版文艺作品汇编》四卷。但在项目实施过程中，我们充分吸收专家意见，认为网络时代和大数据背景下的科研活动有了很大变化，《河北红色经典作家作品索引》与《河北红色经典研究资料汇编》的编纂工作，在当前学术生态中价值不大，并予以取消。同时，在项目实施过程中我们发现，《晋察冀日报》《人民日报》等党报除刊发大量文艺作品外，还有大量记录边区文艺工作者行迹，反映边区戏剧、音乐、文学、美术、舞蹈、曲艺活动与报刊书籍出版发行等各方面情况的文艺史料，以及体现我党文艺方向、方针变化的政策文件与重要领导讲话，是华北地域党和人民对敌作战的重要宣传武器，更是飘扬在华北地区军民心中一面旗帜。这些史料是华北地域革命文艺发生、发展与壮大的真实记录，对我们正确认识革命文艺的特点与历史地位有重要的决定性作用。

为此，我们精心整理了《〈晋察冀日报〉文艺文献全编》《晋冀鲁豫〈人民日报〉文艺文献全编》《〈晋察冀画报〉文艺文献全编》《晋察冀日报社人物志》（共五十一卷），同时收入全国抗战时期和解放战争时期与河北地域相关且被广大群众所喜爱并广泛传唱的红色文艺作品，结集为《河北红色文艺作品选》（共六卷），至此形成丛书目前的五大板块，而且将名称由"河北红色经典系列丛书"改为"华北抗日根据地及解放区文艺大系"，方便以后在此基础上做进一步拓展。

二、地域范围及文艺特质

华北抗日根据地包括当时山东、河北、山西、察哈尔、绥远、热河全部及豫北、苏北、皖北部分地区，分晋绥、晋察冀、晋冀豫、冀鲁豫、山东五大块。1941年，冀鲁豫合并到晋冀豫，称晋冀鲁豫。其中晋察冀抗日根据地作为开辟最早、地域最大、人口最众的模范抗日根据地，是华北抗日根据地的坚强堡垒，牵制和抗击了三分之一以上的华北日军和二分之一的伪军。

在河北及其邻省周边地区开辟与创建华北抗日根据地，是红军长征到达陕北之后党中央迅速做出的重大战略决策。这些根据地地处对日武装斗争最前线，不仅打开了抗战的新局面，成为华北敌后抗战的主战场，而且进行了新民主主义社会的实践探索，对解放战争的历史进程产生了巨大影响，成为我党开辟东北解放区的前进基地和逐鹿中原的战略后方。随着抗日根据地的开辟，延安文艺工作团、西北战地服务团、东北促进纵队干部队、八路军总政治部前线记者团等大批文艺工作者，随同党政干部一道陆续抵达华北，东北、平津的青年学生也纷纷冒着生命危险来到边区。他们一手拿枪，一手拿笔，深入农村与抗战前线，切身体会工农兵的生活，深刻了解工农兵的需求，从而根本上克服了艺术至上主义思想倾向。所以，华北抗日根据地及解放区文艺，既响应了伟大的民族抗战对文学艺术提出的时代要求，亦充分兼顾到广大人民群众的接受习惯和欣赏水平，真实地反映了华北人民火热的战斗与生产生活。很多作者本身就是农民、战士或基层工作者，他们把自己的经历和熟悉的人和事，通过小说、戏剧、诗歌、报告文学、歌曲、绘画、舞蹈等文艺样式记录下来，语言通俗平实，富有生活气息。由于产生于特定时代、特定区域而又适应特定需要，故而无论是题材、语言还是风格，在体现革命大众文艺共性的同时，又具有强烈的华北地域特性。

华北抗日根据地及解放区文艺的繁荣发展，是专业文艺工作者与工农兵群众共同创造的结果。人民群众不仅是革命文艺运动的主导主体、推进主体、受益主体，还是一切成败得失的评判主体。华北抗日根据地及解放区文艺，归根结底，是"以人民为中心"的文艺。

三、学术价值

今天的河北在抗日战争、解放战争时期是晋察冀、晋冀鲁豫两大根据地的中心区域，有着悠久的革命历史传统和丰厚的红色文化底蕴。据不完全统计，抗日战争和解放战争期间，仅晋察冀边区专区以上就办有报刊四百余种，编印图书五百余万册。如果将这种统计扩大到环绕河北的整个华北抗日根据地及解放区，时间扩展至从中国共产党成立到中华人民共和国成立，数据更为可观。这些红色图书、报刊的出版发行，团结了一大批来自全国各地的著名革命文艺家和专业文艺工作者，其中有大量文艺相关信息，是研究近现代中国革命文艺的重要史料。但因受当时物质条件及复杂局势影响，它们传播范围有限，保存困难，如今已普遍出现老化或损毁现象，面临着消失、断层的危险。

长期以来，由于对抢救、整理和利用红色文艺文献的意义认识不足，现行的科研评价、出版机制亦难以有效刺激科研工作者积极从事老旧报刊等红色文艺文献的系统整理，大量有待整理的红色文艺文献尚未进入学界的视野。特别是华北抗日根据地及解放区的文艺文献，有很多甚至还是学术盲区。如《冀中导报》《救国报》《边政导报》《冀南日报》《团结报》《前进报》《新察哈尔报》《冀热察导报》等各类党报，以及《冀热辽画报》《冀中画报》《北方文化》《五十年代》《新长城》《新群众》《诗建设》《诗战线》等期刊，虽有部分学者对其办报（刊）历程、思想以及传播等方面予以研究，但均无系统的文艺文献整理本。"华北抗日根据地及解放区文艺大系"整理的《晋察冀日报》、晋冀鲁豫《人民日报》、《晋察冀画报》，是当时华北抗日根据地及解放区党报党刊的典型代表，是党的理论和实践同文艺结合的主要媒介和载体，是华北革命文艺重要的传播平台。这些报刊，既客观记录了华北革命文艺的传播与发展，也完整展现了华北革命文艺的特殊使命与风格特征，具有极其重要的史料价值。在此基础上，我们还会将视角延伸到《晋绥日报》《新华日报·太行版》《新华日报·太岳版》等党报，不断地充实这套大型文献史料丛书，以此来系统建构华北抗日根据地及解放区的"文艺史料学"。

四、丛书特色

这套丛书的编纂，主要以抗日战争及解放战争期间华北境内各根据地、解放区出版、发行、制作之图书、期刊、报纸等红色文献中的文艺资料为内容。编纂特色主要包括：

（一）抢救珍贵历史文献，弘扬伟大建党精神。

华北抗日根据地及解放区的红色文献发行于条件艰苦的战争年代，数量少，印制质量粗糙，历经岁月的洗礼，留存下来的品相完好者已经很少，有些到今天已成孤本。这些文献作为特定历史时期和区域的产物，见证了中国共产党领导华北人民争取民族独立和人民解放的伟大历程，反映了华北近代社会的巨大变化，蕴含着珍贵的史料价值和鉴往知来的现实意义，是中国共产党领导的文艺事业、新闻出版事业与意识形态建设发展的历史见证。它们诠释了党的初心和使命，蕴含着坚定的理想信念与崇高的革命精神，到今天仍然具有强大的感染力与说服力，是陶冶情操、磨炼意志，走好新时代长征路的有效精神资源。抢救性搜集、整理与研究这些珍贵历史文献，有利于增强党政干部政治信仰，弘扬伟大建党精神和践行社会主义核心价值观。

（二）文艺与党史密切融合，拓展革命文艺与党史研究的新视野。

革命文艺作品的创作、发表和传播，和党的历史任务和奋斗实践是分不开的。在艰苦卓绝的革命岁月，奋斗前行的中国共产党始终强调，既要拿"枪杆子"，也要拿"笔杆子"。革命的文艺工作者，一手拿枪，一手拿笔，深入农村与抗战前线，以人民大众易于接受和欣赏的形式，宣传党的政策，推行党的方针，为中国共产党顺利完成不同历史阶段的中心任务和伟大使命发挥了独特而重要的作用。本套丛书收入的文献史料，主要是抗日战争与解放战争时期党报党刊中的文艺作品与文艺史料，它们鲜明生动地体现了党的历史，党领导人民争取民族独立、人民解放的奋斗历程和精神面貌，从而为学界从文艺角度研究党史和从党史角度研究文艺提供了有力支撑。

（三）作品汇编与史料梳理并行，还原革命文艺的历史场域。

"华北抗日根据地及解放区文艺大系"的编纂，全面辑录华北抗日根据地及解放区党报党刊上刊登的诗歌、小说、戏剧、报告文学、散文、歌曲、版画等文艺作品，并系统梳理当时文艺发生、发展、传播以及社会各界文艺活动的各类消息和报导，同时选编了大量的河北红色文艺作品作为补充。这种文艺史料与文艺作品的配合整理，还原了革命文艺的历史场域，有利于构建对革命文艺的科学认识。

五、丛书内容

（一）《〈晋察冀日报〉文艺文献全编》共三十八卷：

诗歌三卷

戏剧一卷

小说二卷

文艺评论三卷

文艺史料九卷

外国文艺二卷

散文报告文学十七卷

歌曲版画一卷

（二）《晋冀鲁豫〈人民日报〉文艺文献全编》共十一卷：

诗歌一卷

戏剧、小说、文艺评论一卷

散文报告文学五卷

文艺史料四卷

（三）《〈晋察冀画报〉文艺文献全编》一卷

（四）《晋察冀日报社人物志》一卷

（五）《河北红色文艺作品选》共六卷：

诗歌一卷

戏剧一卷

散文一卷

小说三卷

六、编纂体例

（一）整套丛书题材丰富、门类众多，在体裁上不做强行统一。

（二）丛书中所录作品均为当年报刊发表的原文。为确保丛书的文献性、学术性、专业性和资料性，丛书编辑加工的总原则为保持文献原貌，内容上不做改动。

（三）文字的使用

1. 丛书中文字的使用以 2013 年教育部、国家语言文字工作委员会公布的《通用规范汉字表》为准。

2. 丛书中的古体字、通假字、俗体字，以及所涉及姓名字号、职官地理等专用字，均予保留。

3. 丛书原文字迹模糊残损，但仍可辨认或可依上下文校正，以字外加方框"□"表示；原文缺字或无法辨识，且无法校补，每字以一个方框"□"表示；如无法统计所缺字数，则以"☒"表示。

4. 丛书中数字的使用，保持原貌。

（四）标点符号及其他符号的使用

1. 丛书在不改变原文意义的情况下，将旧式标点改作现行标点符号。

2. 丛书原文中出现代表文字的符号，如"×""△""○""▲"等，保持原貌。

3. 丛书原文中的着重号、专名号等不再保留。

（五）其他

1. 丛书原文中的注释，保持原貌；编者亦出部分注释，供读者参考。

2. 因为原始文献本身产生于战争年代，保存不易，漫漶不清处较多，丛书疏误之处在所难免，希望专家读者批评指正。

七、鸣谢

本套丛书得以顺利面世，要特别感谢中共河北省委宣传部、河北省社会科学院、河北教育出版社的资金支持，以及北京大学陈平原教授、中国社科院文学所刘跃进研究员、南开大学文学院李扬教授、河北师范大学文学院王长华教授等，为丛书编纂提供了多方面的学术支撑；晋察冀日报社老报人及报史研究会诸位老师，中国社科院文学所现代室、中国丁玲研究会、中国现代文学馆各位专家，也在丛书编纂过程中提出了许多建设性意见；院内外的数十位年轻科研工作者，在原文录入和校对方面付出了艰辛劳动，确保了项目的顺利进行。在此一并致谢。

把艺术交给大众（代序）
——祝贺"华北抗日根据地及解放区文艺大系"结集问世

中国社会科学院　刘跃进

由河北省社会科学院文学研究所编纂、河北教育出版社出版的"华北抗日根据地及解放区文艺大系"结集问世，值得庆贺。

文艺是时代前进的号角。1937年7月7日，卢沟桥事变爆发，全面抗战由此而起。广大的爱国知识分子和青年学生，表现出同仇敌忾的民族气节，走出书斋，走出校园，用知识，用智慧，用不屈的精神力量唤醒民众，用实际行动担负起抗日救亡的历史重任。在此后的岁月里，延安文艺和华北抗日根据地及解放区文艺，是中国共产党领导下的两大主体，双峰并峙，展示着那个时代的风貌，引领了那个时代的风气。

随着抗日根据地的开辟，延安文艺工作团、西北战地服务团、东北促进纵队干部队、八路军总政治部前线记者团等大批文艺工作者，随同党政干部一道陆续抵达华北，东北、平津的青年学生也纷纷冒着生命危险来到边区。他们一方面积极创作大量街头剧、活报剧、街头诗、墙头小说、木刻版画、歌曲、舞蹈等革命文艺，开展抗日救亡宣传运动；一方面也通过开办文艺干训班，开展各行业、各阶层甚至全民的文艺创作与评选活动，吸引工农兵群众加入文艺队伍，掀起了"晋察冀一周""冀中一日"等具有深化性质的群众写作运动，以及"创造模范村剧团""穷人乐"等群众戏剧运动，为晋察冀文艺史添上了浓墨重彩的一笔。

说到这里，我想起2009年参加《北平学生移动剧团团体日记》捐赠仪式的一段往事。从1937年到1938年，在中国抗战史上唯一以大学生组成的"北平学生移动剧团"在长达一年半的时间里，历尽艰难，转辗于国民党第五战区的各个战场，演出话剧，创办报纸，宣传抗日，鼓舞斗志，谱写出响彻云霄的时代赞歌。移动剧团的成员每人一周轮流记述，用日记形式记录了那段不平凡的岁月，《北平学生移动剧团团体日记》就是这部历史的记录。它不是写给个人看的私密记录，也不是为将来面世扬名。作者完全出于一种历史责任，真实客观地记录了那段鲜为人知的历史，体现出强烈的史家意识。日记封面上有这样一段题记，"北平学生移动剧团·愿我永恒·中华民国二十七年二月二十三日始·璧华"。孤立地看这部日记，也许没有什么轰轰烈烈的战斗业绩，也没有什么感人肺腑的情感纠结。客观、平实是它的本色，正是这种本色，为那个历史年代留下一段真实。"北平学生移动剧团"的抗日活动，是文艺工作者投身抗日洪流中的一个历史缩影。

随着抗战的胜利，察哈尔省会张家口解放，晋察冀文协、晋察冀剧协、晋察冀音协、晋察冀美协、晋察冀通讯社、晋察冀边区剧社、晋察冀日报社、晋察冀画报社等文化团体随中共晋察冀中央局和军区领导先后开赴华北根据地，一大批文艺工作者也随之来到华北，开展丰富多彩的文艺活动。他们坚持毛泽东《在延安文艺座谈会上的讲话》中指出的方向，一手拿枪，一手拿笔，深入农村与抗战前线，既为切身体会工农兵的生活，也为深刻了解工农兵的需求，从而在根本上克服了自身相当普遍和严重的艺术至上主义思想倾向，为工农兵而创作，为工农兵所利用，以人民大众易于接受和欣赏的形式，普遍写人民大众的生产战斗故事。譬如左翼作家邵子南，于 1938 年 10 月随西战团到晋察冀，主持战地社日常工作，主编《诗建设》；1943 年整风运动后，他到阜平任小学教员，在反"扫荡"中与群众、民兵一起转移、战斗，还直接在五丈湾跟随李勇的游击组对日寇展开地雷战；1944 年 5 月随团回延安，在鲁艺任教，后调陕甘宁文协搞专业创作，开始大量创作反映晋察冀边区生活的小说。他以亲身体验为基础创作的短篇小说《李勇大摆地雷阵》（后改为《地雷阵》），运用阜平农民群众的语言，以口语化方式讲述了爆炸英雄李勇的抗日故事，明显吸取了民间说唱文学的优点，特别是在白话叙述中还插入不少快板式的韵白，更适合群众的喜好，因而在当时广为流传，家喻户晓，起到了很大的宣传鼓动作用。其他作品，如《荷花淀》《太阳照在桑干河上》《漳河水》《赶车传》《王九诉苦》《孟祥英翻身》《新儿女英雄传》《白求恩大夫》《我的两家房东》《穷人乐》《李殿冰》《戎冠秀》《没有共产党就没有中国》《团结就是力量》《没有土地的人们》《白毛女》等，都是成功的文艺典范，在现代中国文学史上占据比较重要的位置。

在华北抗日根据地及解放区的文艺创作成果中，还有数以万计的文艺作品和极具研究价值的文艺史料刊发在根据地及解放区所办的报刊上。很多作者，本身就是农民、战士或基层工作者。他们把自己的经历和熟悉的人和事，通过小说、戏剧、诗歌、报告文学、歌曲、绘画、舞蹈等文艺样式记录下来，语言通俗，富有生活气息。人民既是历史的创造者，也是历史的见证者；既是历史的"剧中人"，也是历史的"剧作者"。让故事中的人物自己编词、自己表演的创作方式，很好地反映出人民的心声，并让人民群众从生动活泼的艺术作品中得到教育，这确实是一个成功的尝试。

配合党的中心工作，"把艺术交给大众"，通过文艺唤醒大众，这已成为华北文艺工作者的自觉意识。他们积极响应伟大的民族抗战对文学艺术提出的时代要求，充分兼顾到广大人民群众的接受习惯和欣赏水平，创作了大量的作品，真实地反映了燕赵儿女火热的战斗与生产生活，起到了良好的宣传教育与鼓动激励效果。刘萧无编排新闻报道剧《李殿冰》，编剧与演员一起住到李殿冰家里，以便于熟悉主人公的生活，搜集真实生动的群众语言，还模仿他们的动作，理解他们的心理，甚至还让主人公李殿冰等直接参与剧本的修改和编排。描写群众的生活，邀请群众参与创作，这是当时文艺工作者走群众路线的生动体现。该剧演出后获得当地老百姓的极大赞赏，鲁中实验剧团还专门学习该剧的创作方法，创编了三幕五场话剧《过关》。艾思奇《前方文艺运动的新范例》更是誉其开创了前方文艺的新范例。抗敌剧社的《王老三减租小唱》、冀中火线剧社的话剧《我们的母亲》，也都具有这种特色。

这些文艺作品，可能略显仓促，有的甚至急就于战火中，所以在素材提炼、人物形象塑造以及语言的使用、细节的刻画等方面还有很多不足。但是，这不是一般意义上的创作，而是燕赵大地为争取民族独立、人民解放的集体记忆和行动号角，是中国革命事业的重要组成部分。华北抗日根据地及解放区的文艺，有很多这样未经沉淀的纪实作品，不管其艺术性如何，但在发动群众、组织群众、铸就抗击日寇和国民党反动派铜墙铁壁方面，发挥了无可替代的作用。20世纪五六十年代，河北地区涌现出大量的红色经典，便是华北抗日根据地及解放区文艺的传承和发展。

2017年6月，河北省社科院文学所郑恩兵所长来京与我们协商合作研究事宜。我根据所了解的信息，建议他们结合地方特色，做好地方红色文艺文献的搜集整理与编纂出版工作。"华北抗日根据地及解放区文艺大系"就是那次商讨的成果。全书由五个部分组成：第一部分为《晋察冀日报》文艺文献全编，第二部分为晋冀鲁豫《人民日报》文艺文献全编，第三部分为《晋察冀画报》文艺文献全编，第四部分为晋察冀日报社人物志，第五部分为河北红色文艺作品选。全书收录各种文体的作品六千余种，包括小说、诗歌、文艺评论、戏剧、报告文学、散文、文艺通讯、美术、书法和音乐、文艺史料，还有文艺信息、文艺广告，基本涵盖了华北抗日根据地及解放区的文艺创作情况，具有很高的研究价值。

时值中华人民共和国成立七十五周年之际，我们有机会阅读这部皇皇五十余册的"华北抗日根据地及解放区文艺大系"，更加深切地感受到新中国的建立真是来之不易，她是无数条战线的可歌可泣的人们不懈奋斗的结果。在这样一个特殊的日子里，我们感念当年那些有名无名的作者，感谢参与整理工作的学者，当然，更要感激我们这个伟大的时代。

目录

纪念黄花岗与中国青年当前的任务 …………… 1

小兰 ………………………………………………… 11

在反蚕食斗争的前线上 …………………………… 12

"到现在我才明白了!" …………………………… 14

出席晋冀鲁豫日兵代表大会代表
吉田太郎著文发表感想 ………………………… 17

望穿泪眼的北平市民 ……………………………… 19

给北平的市民 ……………………………………… 37

郭兴在火堆里 ……………………………………… 83

"咱王受贵,金钱买不动!" ……………………… 86

歌颂游击组 ………………………………………… 88

我亲眼看见了敌人的败相 ………………………… 89

五年来的边区儿童 ………………………………… 92

我们的女游击队员 ………………………………… 97

山东抗日民主根据地的缩影 ……………………… 99

二排长和三八枪 …………………………………… 102

慈河畔燃起反蚕食的烽火 ………………………… 105

甄春儿赛过男子 …………………………………… 108

边区子弟兵积极帮助群众春耕 …………………… 110

我们在警戒线上 …………………………………… 111

我的战斗日记 ……………………………………… 113

略论做人 …………………………………………… 114

"硬汉子"与"软骨头" …………………………………… 122

中国思想界现在的中心任务 …………………………… 125

敌寇的"正义行动"与"不败姿态" …………………… 130

刘主任 …………………………………………………… 133

贾洛永 …………………………………………………… 143

悼雷烨同志 ……………………………………………… 146

雷烨同志传略 …………………………………………… 148

恸雷烨 …………………………………………………… 149

悼雷烨同志 ……………………………………………… 152

第一个洞 ………………………………………………… 155

行唐一村长 ……………………………………………… 159

定县敌占区在饥困中 …………………………………… 161

盂城北的战斗 …………………………………………… 165

爆炸英雄李勇 …………………………………………… 168

白昼攻入河边村 ………………………………………… 177

一个勋章多少人头?! …………………………………… 179

野场惨案 ………………………………………………… 180

为野场惨案告同胞书 …………………………………… 184

"仁德可风" ……………………………………………… 186

"我亲眼见到了敌人的穷困和惊慌" …………………… 189

新式的婚礼 ……………………………………………… 191

沙河岸上的民兵 ………………………………………… 194

"毛驴太君"生前撒下来的仇恨种子 …………………… 196

冈野进同志访问记 ……………………………………… 198

血火深仇狼牙山! ……………………………………… 201

访问宫本哲治先生 ……………………………………… 206

钢铁的人们	211
永远崛立着的晋察冀人民	218
阳坡沟战斗	221
幸福的青年们	223
我们一定要报仇	225
祭野场(石沟)寨圈死难同胞文	228
"山寨"的扼守	230
生要生得英雄死要死得光荣	234
焦大海	237
夜袭中霍镇	245
血战羊观	246
母鸡和耗子	255
桑干河畔	256
狼牙山的儿女	258
胭脂河上生产忙	264
五十四岁的妇女劳动英雄任云妮	266
和八路军在一起	270
炸火车	273
新型的妇女——韩凤龄	274
用生命保守了秘密	279
机灵的好孩子	282
贫妇宁爱鱼	284
三个儿童创造了自己的家庭	286
芦庆安	288
满城的一个游击小组	294
追念左权同志	297

五月,平西在反"扫荡"里 …… 300
我们不愧为燕赵男儿 …… 303
傅庆昌 …… 305
千万军民一颗心 …… 307
边区的矿工生活 …… 311
追念陈县长 …… 315
日本士兵觉悟的几个例子 …… 319
平山民兵四英雄 …… 325
要饽饽的破鞋,知道怎么当"太太"? …… 328
劳动改变一切 …… 329
日寇蹂躏下的寿东赛头一带 …… 333
抗战军人家属的悲惨生活 …… 335
陕甘宁边区抗敌救国联合协会为反对内战保卫边区告全边区
 父老兄弟姊妹书 …… 337
孩子们的家 …… 343
活的教育 …… 347
政治的绝对优势 …… 352
祝福孩子们 …… 356

纪念黄花岗与中国青年当前的任务

凯丰

【新华社延安二十九日电】青年同志们，今天延安的青年开一个纪念黄花岗烈士大会。我觉得纪念黄花岗烈士是我们中华民族的光荣，也是我们中国青年的光荣。近百年来，中华民族、中国青年为民族独立解放，不知作过多少英勇的斗争，流过多少血。黄花岗七十二烈士的殉难，就是我们中华民族、中国青年为民族解放斗争光荣的一页。距今三十二年前，辛亥革命的那一年，三月二十九日，在广州由黄克强先生领导的为推翻满清王朝统治而斗争的武装起义，我们的吴玉章同志就是当时广州起义的积极参加者和组织者。这次武装起义遭受了满清政府的镇压，有七十二位烈士在这次起义中牺牲了，后来葬于黄花岗，这就是黄花岗七十二烈士纪念日的由来。参加这次起义的，有工人、农民、军人、学生、教员、商人；而殉难的七十二烈士大部分是青年。黄花岗烈士所昭告我们中华民族解放的道路，就是用组织民众的力量，用武装起义，来推翻压迫民族的统治，被压迫民族才能获得解放。继承黄花岗烈士的传统的，这就是后来的辛亥革命、北伐战争及今天的抗日战争。

当我们今天纪念黄花岗烈士的时候，我们中华民族还处在严重的危机中，日本帝国主义者还在动员一切力量，企图征服我们中华民族。中国军民在六年的抗日战争中，已经建立了英勇的事业，胜利的前途。但是，如果以为我们很轻易就可以把日本打败，以为我们自己不努力，以为我们中国内部自己不弄好，就可以把日本打败，那是错误的想头。然而竟有一些人是抱这样的想头的，在胜利还未到来以前，就在内部闹摩擦，这对于我们中华民族解放的前途，是非常危险的。

当我们今天纪念黄花岗烈士的时候，我们全中国的青年，首先就应该自己反省一番，用什么来纪念黄花岗烈士？我们要怎样做，要做些什么才对得起黄花岗烈士？我们的回答只有一个，就是打日本，打胜日本！毛泽东同志在一九四〇年"五四"青年纪念节对我们说："目前中国青年的唯一任务，就是打胜日本帝国主义。"还有别的事要做吗？我们的回答是没有。做别的事情，也是为着打胜日本，如生产、学习和工作等等，都是为着增加打胜日本的力量。假若今天中国青年不把自己的一切工作和活动集中于打胜日本这一点上，那是违背时代的青年，违背民族利益的青年。作为一个今天中国的青年，首先就应该自己反省一番：我做的事情是与抗战有益，还是有害？有益者则努力赴之，有害者则决心去之。如果今天的中国青年还在自觉的或者不自觉地在别人影响之下，做一些对于抗战、对于团结有害的事，这种青年就应当勇猛的回头，决心抛开那种有害于抗战的事。

打胜日本是那样一回容易的事吗？不是容易的，是一件从来未有的艰巨工作。要打胜日本，首先就要求我们中国内部一切力量的团结。我们中国青年对于抗战确是尽了不少的力量，这是我们中华民族引以为荣幸的。但中国抗战所要求于我们中国青年的，还不只是已尽的努力，还要求尽更大的努力。中国青年对抗战是否可以尽更大的努力？是可以尽更大的努力的。为什么还没有尽更大的努力？这因为中国青年的力量还没有好好的团结起来。

中国青年要在抗战中尽到最大的努力，首先要求中国青年的团结。各种不同思想的青年，在抗日共同纲领之下团结起来，不管是相信共产主义的青年，或相信三民主义的青年，或相信其他主义的青年，或无主义信仰的青年，都应当在抗日共同纲领之下，化除成见，团结起来。

毛泽东同志在一九三九年延安"五四"中国青年节纪念会上曾说道:"到了全国青年与全国人民都发动组织,统一团结的一天,就是日本帝国主义被打倒的一天。每个青年须要担负这个责任,每个青年现在必须要与过去不同,一定要下一个大决心,一定要把全国的青年团结起来,一定要把全国人民组织起来,一定要把日本帝国主义打倒,一定要把旧中国改造为新中国,这就是我所希望于你们的。"

我们是相信共产主义的,但我们承认孙中山先生的三民主义为今日之中国所必需,并且为其彻底实现而奋斗。我们相信共产主义的青年,早就抱着与全国各种不同思想的青年,在抗日共同纲领之下,团结起来,打胜日本,解放中国。而我们早就从事于为全国青年大团结而努力。我们现在来回忆一下,总结一下,我们相信共产主义的青年在这一方面的努力是有益处的,或许也可以从此得出一点经验教训来。

早在抗战爆发之前,华北危急的时候,一九三五年十二月二十日,中国共产主义青年团中央委员会为抗日救国告全国各校学生及各界同胞宣言中提出:

"中国共产主义青年团向全国各校学生们,向各界青年们呼吁,一切爱国的青年同胞和青年组织,大家在抗日救国的义旗之下联合起来。"

"我们极恳切的声明,中国共产主义青年团不但愿意与任何抗日救国的组织合作,与一切爱国同胞实行亲密的团结,共同奋斗;而且愿意把我们的组织开放起来,欢迎一切赞成抗日救国的青年加入我们的抗日救国青年团。换句话说,以前加入我们青年团的人,一定要相信共产主义的,现在我们共产主义青年团改变为抗日救国青年团,以后一切爱国青年,相信共产主义的也好,不相信共产主义的也好,只要愿意抗日救国的,就可以加入我们的抗日救国青年团。"

在共产主义青年团决定改变为抗日救国青年的组织之后，在共产党领导之下的西北青年救国联合会于一九三七年四月十二日第一次代表大会通过的纲领中，又提出：

"我们提议：（一）全国青年大联合，不分党派，不分阶级，不分信仰，不分性别，在抗日救国的目标之下，全国青年大联合。（二）放弃派别成见，放弃互相攻击，全国各地青年组织，互相合作，产生全国及各地的统一的青年组织。（三）在民主原则下，意见取决于大多数，领导机关由大多数通过的选举产生。（四）由各处青年互相推选代表，召开全国青年救国代表大会，决定抗日救国的共同纲领。"

在抗战爆发后，一九三七年七月九日西北青年救国联合会为卢沟桥事件给全国青年通电中，又向全国青年提议：

"全国青年应立即形成全国的青年救国组织，首先是各地、各界、各业青年立即进行合作与联合，目的在促进全国青年不分彼此的救国大联合。"

这是还没有三民主义青年团以前，我们共产主义的青年所做的所努力的方面。

一九三八年三月二十九日，国民党临时全国代表大会决定组织三民主义青年团，共产主义的青年听到这个消息后，就由西北青年救国联合会致蒋委员长一个电说："欣悉临时代会决定组织青年团，本会全体会员莫不矢忠拥护。"后来三青团的蒋团长告全国青年书及三青团的团章公布后，三民主义青年团逐渐形成。从三青团形成以后，我们共产主义的青年就希望三民主义青年团能够成为全国各种不同思想的青年的团结。在一九三八年十月十日西北青年救国联合会第二次代表大会的宣言中，提道："人人都渴盼全国青年的积极团结，并把这种希望特寄于三民主义青年团的发展前途之上。"可是，三民主义青年团的领导机关，抱着事实上办不到的、与中国国情不适合的"一个主义一个党"的成见，而将三民主义青年团限制于只有信仰三民主义的青年才能加入，不允许相信其他主义的青年加入，这样三青团的成立就对于中国青年运动采取分裂的方向。因此，三民主义青年团作为团结全国各种不同思想的青年组织已不可能；而我们共产主义的青年对于全国青年团结的方针仍旧坚持不变，并继续向这方面努力。虽然三青团的领导机关拒绝全国青年团结的方针，但是我们对三青团仍然采取合作的态度。

在一九三九年"五四"中国青年节纪念日西北青年救国联合会致三民主义青年团书中又提出：

"中国青年达到统一的道路有三条：第一，是把现有的一切青年团体在民主自愿的原则上联络起来，开一个全国青年代表大会，从而产生一个全国统一的总的领导组织；第二，是由各团体规定一个共同遵守的纲领，或者再定期的召开全国联席会议，首先在行动上统一起来；第三，是以某一适当的组织作基础，旁的团体都可以按民主自愿的原则，和其他一定的条件加入进去，这样来逐渐地充实它，扩大它，使它不断发展成为一个统一的组织。"

接着，又说道：

"亲爱的同志们，你们可以清清楚楚看到敝会之所以贡献这些逆耳的诤言，完全不是为着和贵团（指三青团）分道扬镳而只是为着使我们的团结和全国青年的团结由愿望变为活生生的事实，也为着使贵团的蓬勃发展与远大前程由愿望变为活生生的事实罢了。如果贵团不能从远处大处着想，而囿于成见，故步自封，那就恐怕只能维持一个狭隘的和停滞的局面，有些青年和青年团体即使勉强加入，也恐怕只能对贵团貌合神离，未必能心悦诚服。反之，如果贵团放大胸怀，高瞻远瞩，知民族之大难方兴未艾，人心之去向何去何从，鉴于现在青年运动之亟须团结,鉴于过去一部分青年工作人员之脱离群众,而决心进行必要的认真的改革,那么,敝会和其他许多有群众基础和工作能力的青年团体,都将欣然自动与贵团携手,把强大的全中国青年统一战线建立起来。"

从武汉失守后,国内形势逐渐逆转,而三青团的工作也在这种情形下有所变动。从一九三九年起,三民主义青年团的若干人已经开始在担任一些国民党的特务工作。就是在这种情形下,我们共产主义的青年仍是抱着要与三民主义青年合作的态度,在一九四〇年"五四"中国青年节西北青年救国联合会等各团体,又给三青团蒋团长一封信,其中又提道:

"我们继续向三民主义青年团的团员们伸出诚挚友谊的手,我们深信他们和我们一样地热爱我们的祖国,并且热诚地期待着他们和我们在抗战建国的伟大事业中团结起来。因此,向你建议:请你出来召开三民主义青年团和北方青年团体的联席会议,交换工作的经验意见,共同商讨全国青年的团结大计,和各项切身问题。"

在太平洋战争爆发前夜,一九四一年十一月间,西北青年救国联合会等团体又致电三民主义青年团中央团部,邀请共同召集全国青年反法西斯大会,没有回答,我们又不得不在延安单独召开了。

这就是我们共产主义的青年对全国青年团结所采取的办法及对三民主义青年团所采取的态度。从这里我们可以看出我们共产主义的青年,始终是以民族利益为重,始终是以打胜日本为重。我们为着全国青年团结的努力,其目的就是为着打胜日本帝国主义。但是,所有我们这些提议,不仅没有为三民主义青年团的领导机关所采纳,而且连答复也没有。中国青年的团结并不是不可能的,只要三民主义的青年、共产主义的青年,以及其他主义的青年,或无主义的青年,共同合作,就可做到。虽然我们共产主义的青年在为中国青年团结的事业

上尽了一切的力量，中国青年不团结的现象、分裂的现象的责任，不由我们负担；但我们不能不为中国青年着想，不能不为中国抗战的前途着想，始终是在坚持忍耐的工作，总想把我们中国青年的力量团结起来，以便同全国人民一道来战胜日本帝国主义。

现在三民主义青年团正在重庆开第一次全国代表大会，它成立的历史也有五年了，如果真正为民族利益着想，他们的领导机关也不妨在这次大会上，把他们在这五年中对中国抗战所做的事作一次检讨，对中国青年团结所做的事作一次检讨。假若三民主义青年团的领导机关，能够在这次大会上认真的讨论打胜日本的办法，中国青年团结的办法，那对于中国抗战是有帮助的；假若它的领导机关能够把三民主义青年团引导不到对抗战对团结对青年有害的事情，那么，对于中国抗战的胜利更是有帮助的；假若三民主义青年团的领导机关把青年的注意力引导到离开团结抗战，而引导他们去做不利抗战不利团结的事情，那就对中国抗战事业、对中国青年前途都只是一种伤害。

虽然三民主义青年团的领导机关对我们共产主义青年关于团结抗战的一切建议拒绝或置之不答，虽然三民主义青年团的领导机关对于在学校内的团务弄得十分不能令人满意，如去年四月到七月间在重庆各报章杂志上所讨论的；但是，三民主义青年团的广大团员我们相信还是爱国的，要团结的。我们共产主义的青年对于三民主义青年团的态度仍然是希望它进步，放弃特务的工作，放弃迫害青年的办法，多做对抗战对团结有益的事，多做对青年生活有益的事；我们的态度仍然希望和他们合作，共同在蒋委员长领导之下完成青年的团结，争取抗战的胜利。

有人说，要团结就要相信一个主义，这种说法是不对的。中国是一个有各个阶级的国家，有各个阶级自然会有各种思想、各种主义，所以"一个主义一个党"是不适合中国国情的。要达到"一个主义一个党",或者是用强迫的办法、人为的办法,结果就要造成战争,如希特勒、墨索里尼法西斯匪党所做的。但是,他们那样做还不能消灭在他们国内的其他党派、其他主义,如社会民主党,如共产党,不过他们被迫地进入地下秘密活动而已。中国不能实行法西斯主义,如果中国要学希、墨那样做,中国就要亡国,中国就要内战,所以强迫的、人为的"一个主义一个党",在中国是行不通的,不合中国国情。或者顺乎自然的发展规律,而达到一个主义一个党,那就是社会主义的苏联,在无产阶级革命后,阶级被消灭,阶级消灭后,自然就达到一个主义一个党。中国现在还早,中国现在还是民族、民主革命,还没有达到那个时候,所以中国只有各种不同思想的青年团结起来,这是做得到的。现在英国的青年,美国的青年,就是这样团结起来去反对法西斯的。不但如此,英国的青年和苏联的青年,美国的青年和苏联的青年,美国的青年和英国的青年,在反对希特勒的战争中,也都团结起来了,他们又何尝是仅仅相信一个主义的人?他们有相信共产主义的,有相信资本主义的,也有相信各种宗教的,不但他们主义不是一个,而且民族也不是一个,为什么我们以同一个民族的各种不同思想的青年,不能在抗日共同纲领之下团结起来呢?

现在来说一下各抗日根据地的青年应当做什么。我想也是一样的要打胜日本、团结青年的工作。在华北、华中敌后各抗日根据地,要做打胜日本、团结青年的工作,就首先要在战争、生产、学习三方面来表现自己的工作。陕甘宁边区因为处在后方,他们就应该在生产、学习中来表现自己的工作。

过去我们的青年工作是有成绩的,我们组织了广大的农村青年与知识青年,参加了抗日战争,并为援助抗战而努力。他们在敌后,在敌人的残酷"扫荡"之下,坚持不拔的与敌人斗争,援助军队打破敌人的"扫荡",坚持了敌后的抗战,坚持了敌后的根据地。他们在极端困难的情形中进行生产，自给自足，解决困难，打破敌人的经济封锁和破坏。他们虽然在那种困难环境中、斗争环境中，并没有放弃学习，而在利用一切可能的机会进行学习，提高自己的文化和政治。陕甘宁边区的青年处在比较和平的环境下，展开了大规模的生产运动和学习热潮，虽然他们已在这种环境下，一刻也没有忘记准备在任何时候拿起武器来保卫边区，对付敌人可能对边区的进攻。我们华北、华中、陕甘宁边区的青年团体，团结了数百万的青年在自己的周围，在这些青年组织内，有共产主义的青年，有三民主义的青年，有其他各种思想的青年，而绝大多数是无主义信仰的青年，他们在抗日共同纲领之下团结起来了。

但是，我们的青年工作，也还有某些缺点，我们还有若干同志缺乏群众观念，眼睛只注意知识青年，而对于几十万几百万的农民、士兵、工人青年，则反而忽视。今后我们的青年工作，除了积极参加前线的战斗之外，应当把注意的中心放到农民、工人青年的身上去，了解他们的生产情形，帮助他们提高在家庭经济中，在部队、机关、工厂的生产中的作用，发扬他们的劳动热忱，推动他们的劳动热忱；了解他们的学习情形，帮助他们提高学习；用这些去积极援助抗战。

过去，我们有些同志总是想单独的干才有办法，不懂得在整个工作中来做青年工作，不懂得用青年工作来配合整个工作，不懂得在整个工作中来开展青年工作，今后应该改变这个观点，从统一的工作中来做青年工作，力求与各界合作，力求在统一领导下完成自己的工作。不管工、农、青、妇，其工作的总方向是一致的，在前方都是战争、生产、学习，在后方都是生产与学习。在这个总方向下，各按工、农、青、妇自己的特点去完成这些工作的任务；而工作岗位的重点，则在农村，因为我们是处在农村中，而不是处在大城市中。

不管是抗日根据地或大后方的青年，当前的任务都是团结青年队伍，打胜日本帝国主义，使中华民族在此次世界反法西斯大战中获得独立解放。青年同志们，青年同胞们，现在是千载难逢的时机，全世界的青年都在为打倒法西斯侵略者而努力，而这个斗争已处在胜利的前夜，只要我们再努一把力，克服必须克服的一切困难，胜利就可被我们获得。

黄花岗烈士精神不死！

全国青年团结起来！

努力战争、生产、学习的中心工作！

打倒日本帝国主义！

为彻底实行三民主义而奋斗！

中华民族解放万岁！

(《晋察冀日报》1943年4月1日)

小　兰

安年

鬼子占领小李村半个月了。

谁家的门也不准插,这是"皇军"的命令。

黑暗笼罩了一切,村庄街上是一片深沉的恐怖的死寂,只有"皇军"在四处串来串去。

小豆油灯,颤动的微弱的光下,是三副哭丧着的脸——小兰和她爹、娘,听提塔提塔的脚步声响到耳边,马上都打了愣怔,他们三张嘴大张着……

"好的,好的!"蒲田小队长的贼眼直盯着小兰,马上转向两个老年人,舞弄着手枪:

"你的,你的统统的滚出去!"

一个嘴巴,老太太抚摸着腮,两行老泪挂在脸上,回头看了看女儿,她痛楚地迟疑地走出去。

门关上了,小队长饿狗似的赶上来。

"哈哈……你的,吸烟?哈哈……不要怕的,我的金票大大的!"他眼眯成了一条线,露出一颗金牙尖尖地闪着亮,像刺刀。

在□□□□咬牙拼命挣扎着,但终于被推倒在炕上了。

云香嫂——那勇敢的忠实的妇救会主任遭奸惨死的一幕马上出现在她的眼前,这已逼到眼前来不得不报的血仇呵!她的手暗暗地慢慢伸出去,在线簸箩里摸到一把剪子,牙紧紧地咬着下嘴唇,……

他在笑着,野兽似的狞恶的笑,开始撕她的裤子。

一声吼叫,野兽滚到了炕底下。

小兰急速地拾起死狗的手枪,狠狠地又在它头上砸了两下,她便从秘密地洞里安全地把手枪送给了我们的游击小队。

(《晋察冀日报》1943年4月1日)

在反蚕食斗争的前线上

孙新

一、一场车轮战

敌人占了南甸。

"争取反蚕食斗争的模范!用胜利的战斗,保证我们××团的光荣称号!"成为全团干部战士的行动口号。

三月十二日拂晓,五百多敌人,由南甸分三路向西出动,老乡们赶着驴驮子,扶老携幼的跑了漫山遍野。

我们经过简短有力的动员后,各连都迅速地隐蔽在阵地里了。老乡们镇定下来,他们不住地回过头来看着自己的子弟兵。

×连在北石殿的西山坡上埋伏着,敌人进到二百多米时,以猝不及防的火力,杀伤了十几个敌人,撤回来又布置在新阵地上。三路敌人会合在一起,迟疑地走向了上奉良。在东北面的山坡上,×连的机枪响了,敌人的尖兵倒下去。它很机动地立刻分出一股向南迂回过来,不料又被我×连的机枪给了个迎头痛击。敌人的迫击炮重机枪怪叫着。指挥官在遥远的山坡上,用望远镜瞭望了好半天,大概是认为下奉良安全吧,躲开了我们的火力,主力往南绕了一下,密集队形,顺着大道直奔下奉良去。在二百米的距离内,我×连以居高临下的几挺机枪,齐向敌人射击,敌人倒下了二十多个,乱跑乱叫地再布置好时,我们早转移了新阵地。这一场车轮战足足地使敌人拖着五十多个伤亡回去了。

二、叔叔和侄儿

十四日早晨九点钟,四家沟的东山坡上机枪响起来,×连已和敌人接火了。团部炊事员杜庆田,在街上张大了满是胡须的嘴巴,瞪着

眼向东瞭望；×连集合好队伍，正向着阵地带去。杜庆田扭身看见了侄儿杜寅会，不禁高兴地嚷起来：

"嗨！卖卖力气哟！"

"瞧着吧，错不了！"杜寅会瞥了叔叔一眼，紧握着三八枪，摸着手榴弹，咧着大嘴向前跑去了。

"应该！青年人这时候不活跃，还等什么时候呢！"

同志们都乐了。紧张的脚步，踩得石子刷刷地响，杜庆田看着他们的背影，默默地自己笑着，眼里冒出了异样的火光。

三、袭扰马湾

十五日晚，月亮将落的时候，队伍已在马湾布置好了。重机枪在西北边的山坡上，顺着月光指着二百米达左右，在暗影里的堡垒。×连向堡垒，×连向村庄，一齐开始接敌了。他们秘密轻巧地沿着坡根儿钻进山沟，每个人都闭着气，胸膛鼓鼓的，脚，轻轻抬起来，又轻轻放下去。

"谁呀？谁呀？……"×连二排拉动围着堡垒的枣树枝时，上边有人急问。

"八路的……来了……"

鬼子惊慌的号叫着。刚打了两枪，我们的重机枪的火舌，也立刻舐向堡垒了。×连的同志冲上去，就摔了一阵手榴弹。

村里的鬼子们"喔……喔……"的叫起来，×连也同样地给了他们一顿手榴弹。

完成袭扰任务，队伍回来了，鬼子的机枪，在无目的地放射着，子弹嘶叫着飞向遥远的夜空。第二天，侦察员报告：

"鬼子昨夜伤亡了二十多个。"

（《晋察冀日报》1943年4月6日，《子弟兵》副刊第71期）

"到现在我才明白了！"

雷行

旺龙村附近的人，都知道卢洛汉是旺龙村的第一家富户。四十年前，他饿着肚子用一条扁担挑着孩子、家具和老婆，向清皇陵禁地的管家租了一片荒凉的山野，早起晚睡地辛勤耕作。他的白色的须发、儿孙同财产一样逐渐增多起来。现在他拥有六十多亩地，每年能收四十石粮食，养着四头骡子、三头牛、二百四十只的一群羊；全家共有二十多口人。他虽是七十多岁了，因经常劳动和丰裕的生活，使他的身体仍很结实。

事变后，几年来他像一些根据地边缘上的某些有钱人一样，受了敌人的欺骗宣传，觉得负担点公粮有些重，想尽各种方法迟延缴纳，并阻止抗日活动，心眼里幻想着敌寇来后减轻他的负担。但是，他哪里能想到呢，去年阴历十二月十六日，易县城的敌寇把他的家宅包围，不声不响地把他的四头大骡子、三头牛、二百四十只羊，一个不剩地赶走了；两个儿子虽是哀告着，也被绑走。他知道了这事情，固执地想着过去并没有对不起日本的地方，便跑到梁各庄敌宪兵队长那里哀求还他的儿子和牲畜，他恭敬地鞠了躬，也磕了无数的响头，但敌宪兵队长却把桌子一拍，声色俱厉地喊着：

"你坏了坏了的，通匪，为什么给八路军存东西？"

他连忙叩了一个头，憨直地向敌表白：

"太君！我来时是一条扁担挑来的家当，骡子、牛、羊是我四十年的血汗挣下的……"

没等他说完，旁边站的敌寇就用皮鞭、木棒照他身上打起来，他的嘶叫稀疏地间杂在皮鞭、木棒的响声里，脱光的背脊上涌流着脓

血,眼泪扑扑地滴下在沾满尘土的膝盖。他的牙咯吱地咬了一阵后,就说:

"我……说,我说……,那是八……路军……的。"

他隔着泪珠凝望着狞笑的宪兵队长,痛数着已失掉了的三头牛、四匹骡子、二百四十只羊。他无可奈何地抽搐着两唇,乞求日寇不要打了,饶他的命。可是敌寇裂开镶满金牙的嘴得意地问:

"给八路军存东西,于你有什么好处?"

他低垂着头,隐忍地啜泣,敌寇正要举起木棍,他就赶快说:

"给我分一半……"

…………

"你为什么参加共产党?"

"太君!像我这样的人,人家共产党哪里要我这样的……"他尽力地摇动着花白的胡子,他想不到敌寇竟认他是"共产党"。

"胡说!"

他又被按在地上用皮鞭、木棍抽打着,瘀结了的鲜血又奔涌起来,他"娘呀!娘……呀!"地惨叫。最后终于不得不说:

"我是……是共产党员。"

日寇的抢掠和"自首"目的达到了,就把他押在一间黑冷的房子里,一直押了十五天,因为饥饿、寒冷,几乎死掉。后来敌寇判他一月徒刑,押到易县城的监狱里。当徒刑期满时,他已认清了敌寇残酷凶狠的面目,不再固执过去对日寇的幻想了,叫家中捎去三十元白洋,送给敌寇宪兵队,才回到了败落的家。他的二儿子已经偷跑回来,而大儿子不知道死活了。

当我们的干部去看他时,他悲愤的第一句话就说:"这四十五天,鬼子算把我教育过来了……从前一年拿点抗日公粮还嫌多,——鬼子不到一天就把我四十多年血汗挣下的三头牛、四头骡子、二百四十只羊赶了个精光,他们还逼着我承认是共产党员,差一点没送了我的命!……到现在我才明白了——鬼子是想法子杀害中国人的!"

一九四三年三月

(《晋察冀日报》1943 年 4 月 9 日)

出席晋冀鲁豫日兵代表大会代表
吉田太郎著文发表感想

【新华社太行七日电】华北《新华日报》，为庆祝晋冀鲁豫在华日人反战同盟代表及日兵代表大会，特于三日出版特刊，介绍出席代表履历，刊载与会代表文章，与大会通过之三十六师团日兵要求书等。其中吉田太郎（为此间肺病医师）著文，自述感想如下：

当我这个日兵代表还在日本国内的时候，我的人生观，大概是这样的：要在医学上有些发现，虽然是小的也好，起码要使自己在世界的医学史上，占个小的位置。在东京大学毕业以后，在附属医院工作，我白天诊疗，晚上在研究室里做照显微镜和试验工作，以"山拨鼠"为对象，满足于我的研究。两年以后，意外地受到了召集令，要我去当军医，没有办法，只得暂时放下了我引以为满足的研究工作，那时还打算在军队干上三年以后，再来继续我的研究。到中国来以后，还不时偷闲去带上我的破眼镜看看医学书籍，而军队中的卫生工作，并没有引起我的好大兴趣。三个月后，又意外地到八路军来，那个时候，如果说我是烦闷的话，那就是因为我所打算继续研究医学的计划遭受失败的缘故。谁知道到八路军以后，我仍然又干起医务工作来。但八路军今天所处的环境，却又不是容许我去研究"山拨鼠"的环境，甚至有时连实际日常必要的药品和仪器都缺乏，哪里能引起像我这样的"研究者"的工作兴趣呢？所以那时候，我想管他研究不研究，反正是"救人"就是了，由于常常缺乏必要的药品和仪器，往往使我对工作产生一种嫌弃和疲倦，但在新的环境中所处日久，终把我狭隘的"研究人生观"改造过来了。过去我认为学医是为了人类的幸福，为了拯救世人，我要决心去研究一分技术，多出我一分力量,多救活一个人,认为学医学的人,半途"出宫"去做经济学家或革命家,那是不应做的。因此,我对于孙中山先生、鲁迅先生等类的人的行动,是不同意的。然而新的环境又教训了我,使我认识到多少个医学博士,费了多少心血,拯救了多少个日本国民,而野心的政治家,却轻轻地发动一次战争,便把医学博士们以血换来的所有代价,全部毁灭!我与其埋头研究"山拨鼠"去救人,倒不如积极地为革命服务,反对野心家反对侵略者,却是拯救人类更有效的医学。因之,在一种观念上的改变下,再由于一时期医学的革命实践,使我在思想上又飞跃了一步。从前在国内学医的时候,所学的关于自然科学的根本问题,我发现了许多的矛盾,今天却以辩证唯物论的武器,使这些问题都得到了解答。

(《晋察冀日报》1943年4月10日)

望穿泪眼的北平市民

纪新

　　纪新教授，在教育界是很负声望的，新近由敌占区来。看到边区各种建设情形以后非常感奋，因为边区的一切，与他在敌寇统治下的北平所见的情形，简直是天堂与地狱的比照。所以他特地写了这长篇的报道，在表示怀念在北平受着水深火热痛苦的数百万同胞，并以此来告诉边区的人民，事变迄今沦陷的故都是怎样的一个地狱，使边区人民更加倍奋发，争取抗战的最后胜利，解放敌占区的同胞。

——编者

一、引子

　　我，较长期沦陷在北平市里的遗民，踏上了边区战士们所保卫的祖国领土。在紧张沉默通过封锁沟的时候，艰苦、警谨、敏捷、勇敢的向导和游击战斗员都说：

　　"到了我们自己的家了，你们可以自由些了。"

　　长的行列，起了交谈的骚动，夹杂有低重的歌声——因为离敌人的炮楼还是很近啊。流银的月光照遍沟这边的重山，也照遍沟那边的原野，沟上横拖着灰白的烟霭。

　　"镗，镗，镗，镗……吱——铮……"我们的游击战斗员，在嘱咐我们不要害怕以后，伏在壕上发出一排枪，意思是告诉炮楼上的人："我们一行人众业已过沟完了，你们请安歇罢。"

　　"镗——镗——吱铮……"炮楼上发出懒洋洋的回报的枪声，意思说："得了，老乡，我们知道了，请便罢。"

于是长的行列前进。谈话、唱歌子的声音渐渐高了。在祖国山环的拥抱里，烟霭给了亲爱的抚摩。想表示欢忻，想表示崇敬，想表示惭愧，想表示安慰，想表示报答的誓念，想表示歉意给辞别了的北平市民，……一切不能，不是不能，是不会。——长期的禁锢，已经失去表情的技能，不会狂呼，不会高唱，不会真的欢笑，不会真的激昂。——只长长地出了一口气，表示恢复了呼吸的自由。

…………

我恢复了呼吸的自由。亲爱的，同熬过长期苦难日子的北平市民们，你们仍旧在苦难的折磨里，在这边人们挚热的存问里，在我的思念里，梦里——不再在我眼前。在我眼前的，是我们自己无边的山原，无际的平野，无畏的战士，无忧的百姓，无尽的生机，无限的希望。——"梦里不知身是客"，让我且对梦中的你们，多流连一会罢。

二、蹲着罢

民国二十六年，六年前，七月七号到二十七号，这二十天里，咱们也都曾过了一段兴奋、光耀、呼吸十分自由的日子。炮声、轰炸声不断地响着，有时震得你家、我家的窗纸、窗玻璃，哗啦哗啦的要碎。你家我家的孩子都不害怕，都笑、都跳。报纸的号外，整天像雪片一样抢买到每个人的手里。卖号外的孩子，有各种不同的声音，你家的孩子、我家的孩子，都会各拣性之所好地去学样。咱们都不爱看调停、议和那类的消息。咱们最爱看"二十九军"大刀队的战果。咱们最爱称道佟麟阁、赵登禹、冯治安……诸位将军的勇敢。咱们最盼望中央军的救援，最盼望中央飞机的出动——是啊，咱们不是每天都扬着脖子望着天，瞧见远处的飞机，就说是"中央飞机来啦"吗？虽然没有一回被咱们猜中，可是咱们还是天天猜。咱们无论认识不认识在街上见面都说话：

"又砍了鬼子啦。"

"是啊，二十九军的大刀可真让鬼子胆寒。"

"连赵登禹都光着脊□干呢。啊，说是中央的飞机昨儿可真来啦。"

"准得来，妈的，也得让他们认识认识，别整天弄些膏药幌子（就是所谓'日章'）在半天空瞎飞。"

…………

我敢说，那几天，咱们左右眉毛，眼睛的中间，比往日都得宽一二分。天热，可是都上膘，也打着米粮贱，吃着聊着，就是斤数□饼。反正，有钱有势的，都跑到内地爱国去啦，剩下咱们这跑不了走不动的，就给它来个宽心大胆的楞挺。挖防空坑，谁挖呀，都说碰上炸弹和碰上航空头奖一样不容易。

二十七号，吃过晚饭，听着炮声、轰炸声，聊着，又听着炮声、轰炸声，去睡觉——总在下半夜一两点钟，刚睡下没有多大会，警察挨家拍街门，告诉：敌人要放毒瓦斯，家家要预备一间躲避的屋子，别透气，迎面钉上湿草帘子或是湿被，还要预备湿毛巾，湿黄土，遇必要时，堵住口鼻。好，这回和放炸弹可不一样，要普遍遭灾。我们、你们，都惊起来啦。左邻右舍的街坊，本来都安静下去了，这回又浮起了嚣嚷的声音。我想想准得是孩子哭、老婆叫。结果，不对：孩子们依然是欢笑，大人们是说笑带着咒骂：

"妈的！打不过，来毒着儿！"

"准是中央飞机来啦，要滚蛋！"

"妈的，毒瓦斯，还有烧夷弹没有，放个瞧瞧也不坏。"

…………

咱们大概都是这么起着哄，预备那间所谓避毒的屋子。你们的情

形,我不大知道,单说我家吧:

我有年纪都快到七十岁的父母,都是新从老家来的,七月三号到北平,忙着收拾、安顿,还没停当,七月七号就变啦。我父亲本就带着病,应当整天休息,可是见了一家骨肉,精神就鼓舞起来了。加上才过三天,又碰上中国人和鬼子真开了火啦,更兴奋地和青年人一样说、笑,抢着看号外。这天晚上,依着我,认为毒瓦斯未必准放,屋子也不必忙着布置,可是,他老人家不答应,说我偷懒,竟亲自领导家人开始工作。于是我们腾出一间屋子,堵起一切能通到别的屋子的空隙;屋里满铺上草,洒上水;又搬进来一口水缸,盛满水,找出两床旧被,浸到水缸里沾得湿漉漉的;他老人家和我都操起了锤子,登在桌上,把湿被楞往迎面的门窗上钉。这时候天就渐渐亮啦,周围的炮声、轰炸声,早就渐渐由四面减为三面,由三面减为两面,由两面减为一面,是西边的一面,一阵大的轰炸,门窗都跟着摇撼,过后,就寂静了,寂静到可怕那样寂静。

"这回,许是他妈的全完啦,还放什么毒瓦斯!"我父亲一边钉着钉子一边说。

"许,二十来天,没有这样安静过,怎么一点声都没有啦。"家里人回答。

…………

"号外啊,号外!"

"买号外。"我跳下桌子,扔了锤子就往外跑。

跑到街门口,卖号外的小孩还没走远,忙着叫住,买了一份。正在交报交钱的工夫,对面门口站着一位中年的街坊,已经把号外看过,忽然带住忿怒的情绪冲着我说:

"还买什么号外,妈的,咱们全退啦,人家都快进城啦,从这么,就蹲着吧!"

我没回答，转身一面看，一面往回跑。跑到那间避毒屋里，号外也看完啦。父亲已经由桌上下来，站在地下等着呢。

"怎么样？"

"完啦，赵登禹、佟麟阁都在大红门阵亡了，咱们全退啦！"

"怎么？"父亲从我手里抢去号外，略一瞥视，答的一声，锤子从手里溜到铺草的地上，他老人家也就靠着墙瘫软下来。从这么，他老人家躺在床上，再没有鼓舞起来的力量，一直到死。——死，是的，永远离开我们。

我家是如此。你们各家的情形，我不知道。我就知道，从二十八这天起，再听不到四邻孩子们的笑、叫；在街上见面，大家也都不说话了；胡同里整天冷清清的。——是啊，"从这么，就蹲着吧！"

可是，快到六年头了。

三、堂堂的东西

那年，也是六年前，八月八号，咱们看见中国的警察拿着日本军部的安民布告，沿街给张贴。从那天起，鬼子兵开进了城。咱们做了正式的亡国奴。——"亡国奴"，多难忍受的名词啊，可是咱们没有跑向内地去爱国的资本和方便，咱们只好忍受了，北平的市民们，咱们只好忍受了。

凭心说，鬼子虽说是咱们的敌人、仇人，可是咱们总想他们还都是人：咱们听说过，他们的国家里出过"武士道"；听说过，他们的民族里，有过"大和魂"；尤其是在"九一八事变"之前，他们国家里有过大批为劳动大众的幸福而努力奋斗，而被捕入狱的人；也有过为了劳动伙伴的利益，向资本家抗争，爬到工厂的大烟囱上示威，不吃、不喝、不下来的，一连十来天，所谓悲壮的"烟囱男"。这些，让咱们想，他们非但是人，而且有时像样的人，更有时是像样的友人。可是，不幸，咱们眼睛里所看到的"堂堂入城"的"无敌皇军"所表现的，却不是像样的友人，不是像样的人，简直说，大部分的行为，就不是人类所能有的。

　　让咱们先想一想那具有他们国族精神、风味的表现。——随着那些"堂堂入城"的东西，所最先出现的，要算是"游廊会"之类的"皇军慰劳所"和"军人俱乐部"吧？咱们并不是眼俗，咱们知道日本女人对于男子特别奉承、体贴的那些"花道""茶道"之类的妇德。咱们知道"艺妓"在日本人应酬里之不可少。可是，咱们看到三五成群的武装鬼子，喝得醉眼乜斜，松袍懈带、推推挤挤，笑着、嚷着，从那些"皇军慰劳所"或"军人俱乐部"里出来进去，就觉得非但不够"皇"味，也不够"军"味，甚而至于不够"人"味，却是事实吧？也许，英雄、美人、酒，是分不开的。可是就瞧那份手里拉着裤子、嘴里吐着泡沫，在大街上像条死狗似的，被拖来拖去的德性，也就不难想象他们诸位醉卧沙场的"雄姿"了。

　　始而在那些"慰劳所"或"俱乐部"门口送往迎来的，还只是他们鬼子女人；后来，就添出了全脸上只显出一个红嘴的中国女人，而且愈添愈多，报纸里也常见招收"年轻貌美"女侍的广告。这就惟有使咱们愧、愤，□没有什么话可说了！

　　…………

　　"洋胶"，这是咱们最先听到鬼子说的中国话，"车"，读不好，读成了"胶"，昂然地在马路上嚷着。还有些中国训诂学家，□解释作"洋车"和"胶皮"的合词等等，这个咱们也就无须乎去求懂了。

　　"堂堂"的东西，上了"洋胶"，往往呆头呆脑的，再也挤不出话来。车夫回头用着催问的神气看他，他只好用手随便摆一摆，来个：

　　"那边的干活计。"

车夫也就只好朝他所指的方向，奔驰下去。结果自然常常拉不到鬼子所说不出、道不出的地方。鬼子发了急，于是半途呵停了车，"堂堂"地下来，"悠悠"地走去，再喊第二车，"堂堂"地吩咐：

"那边的，大大的干活计的有。"

于是第二个车夫接力奔驰，第一个苦哥们算白奉送了一大段。——倘若在他"堂堂"下车的时候，伸出手来，说声：

"钱的给。"

那么，十有八九，所得的反应是："堂堂"的不理，或者：

"什么的钱的给！"而继之以拳打脚踢。

这个，不过说明鬼子的"怯勺""装像"，愣把自己说不好的人话，做不出的人样，充作全世界都该通用的语言和典型。其实，算不了什么极恶、大罪。最让咱们难堪的，还是在晚半天，大街上灯火通明，行人接踵的时候，鬼子喝得东倒西歪的，不再往"慰劳所"或"俱乐部"那类地方去，却偏任意地抓着一辆车子，就跳上去，用手摆着，嚷给车夫：

"花妞妞的有，花妞妞的干活计。"

自然，为了生计所迫，出卖肉体，充作畜类泄欲的工具，像前面所提全脸上只显出一个红嘴的中国女人，和那些女人们聚集的场所是有的。亲爱的北平市民们，咱们不否认，那是有的！但是，正理正经的住家户，也该遭劫吗？咱们不忍说，咱们不能不说，咱们知道，竟有的遭了劫啦。

有些和事佬，替他们解释，说这只是少数人一时酒后的浪漫行为，雷马克所写的《西线无战事》里，也有过类似的记载，官长知道了他们这样的行为，是一定惩罚的。亲爱的北平的市民们，这是汉奸的论调，这一定是汉奸论调。

我在踏向祖国领土的沿路上，亲眼看见许多村落，成了废墟。敌人对于侵入的村落,是抱着所谓"三光主义"的,就是:烧光、抢光、杀光。亲爱的北平市民们,咱们虽然作了不能自由呼吸的亡国奴,但是咱们做的是太平亡国奴。咱们若是肯丧失一些心肝,依然可以平安的享受都市里酒绿灯红、纸醉金迷的罪恶的快乐。可是,一出了都市,情形全变了。那些处在接近前方的镇邑、乡村的同胞们——咱们有时觍颜称人家为"老百姓"——是整天用性命和敌人在辗转的搏斗着。他们没有任何享受,只有应付敌人的血和肉;他们没有任何休闲,只随时准备着和敌人周旋的颠沛流离。敌人,就是和咱们在都市所看见一样的鬼子,他们到这里,索性收拾起那一点在都市里仅有的假斯文、假人样,赤裸裸的暴露出"天真的"畜类嘴脸。他们在烧光、抢光、杀光之前,要肆意奸淫,奸淫过了再杀。——有些更残狠的畜类,他们在奸淫之后,把刺刀插进女人的阴户,搅成一个大的窟窿,然后放手。这些行为,他们的官长并不禁止,更不惩罚。

亲爱的北平市民们,我是活过大半世的人了,我在北平居住了将近二十年,我是有名有姓的,我拿我的名誉担保,我的所见所闻是真的。鬼子们在北平市的兽行,是不能用"一时酒后的浪漫行为"那类说词来宽恕的,那一定是汉奸的论调。并且,我要进一步陈说:

敌人在他们的报章杂志里,在他们那个所谓"大东亚博览会"里,所描绘、所形容的那些"八路军"的残酷、暴虐、丑行,和他们自己的那些亲民、善政、仁风,是完全颠倒黑白,完全是非相反的。这个"堂堂"的诡诈的证实和揭穿,我敢拿自己的身家来担保,亲爱的北平市民们,这不是一说了事的,咱们总有再见面的那一天啊。

…………

"堂堂"的东西,除掉充分表现了上述的兽欲和残忍以外,也充分表现了畜类的野性:

从他们开进北平以后，汽车闯祸的事，就算兴开了头。草黄色的，前头顶着白星的所谓军用汽车，成了最可怕的"市虎"。驾驶的鬼子，技术并不熟练，就凭着"堂堂"的"皇"劲，不管上下辙，横冲直撞，天天都有撞坏了的车和撞伤或撞死了的人。除了撞死算白撞死以外，撞伤了车，他们还要毒打车夫；撞伤了人，他们也还要毒打那受了伤的人。意思很明显："你为什么不躲闪得快些，为什么让我撞上，耽误我的工夫！"亲爱的北平市民们，我这样的记载，有那一些过实吗？——我们只能望着受伤的同胞在马路上辗转哀鸣，我们只能望着撞死了的同胞所流的血，在那里流动，凝结。

如今已经快六年头了，比金子还贵的汽油，对他们早已很缺乏了，尤其是从和美国断了往来以后，汽油就成了稀世的珍宝，民用自然完全停止，汽车行可算完全歇了业，就是公共汽车不是也大部分改装成真正用汽油的车或用柴油的车了吗？那借光"堂堂"的王揖唐前委员长，倒是坐过汽车，可是一天只给一加仑油，从城里开到万寿山，就开不回来。新任市长刘玉书，上任的第一个钉子，就是领不到汽油，摆不开排场。在这种情形之下，马路上的汽车已经减少了很多，马路已经松阔了好些，可是汽车闯祸的事，依然不能没有。"交通安全周"，依然是一次接一次的举行着。亲爱的北平市民们，那些"堂堂"的东西，根本就没有把马路上的车辆行人，当作车辆行人，只当作可以随便碾过的灰砂，那还有什么人话可交代呢！

不但把我们一般市民，只当作灰砂，就是对他们最忠实的奴才——警察，也是一样。我曾亲见过一幕活剧：一个中国武装警察，驾着一辆"兜子车"，"堂堂"地向前突——突。后边上来了一辆"大汽车"，一下就给撞翻了。武装警察很机警，躺在地上不动，装死。可是大汽车上，下来了鬼子，揪起来躺着的警察，端详了一下，照准脸上，就给一顿耳光。然后丢下不管，"堂堂"地走回车上，和并坐的鬼子，来了一个"会心的微笑"，就开车走了。

还有，一个鬼子坐在公共汽车里，正遇上警察检查行人，呵停了车，让人全下来。鬼子不让停，警察不识趣，还一色拦阻。于是鬼子跳下车去，照准警察的口鼻，用他们贵国"柔道"的姿势，把警察打得血流、牙落。

亲爱的北平市民们，咱们恨中国警察给他们作奴才，做得过分忠心。可是，奴才也到底是在职的公务人员，到底是中国人。所以打在奴才们的脸上，依然会痛在咱们的心里。你说，这帮野性的畜类，能够在任何意义下，让咱们稍微平一平气，而宽恕他们吗？

…………

鬼子队伍进城后，专驻较大的官房，许多大学的校舍，自然大合理想，像石驸马大街的前师大文学院（就是所谓"红楼"），沙滩的前北大文学院（就是所谓"沙滩大楼"），就全被占用了。于是，那孕育过当代学人、志士的老家，就翻然改观了。大门口是小型的堡垒，铁蒺藜；建筑物四壁，矗着好些挺长帽子的洋炉子烟囱；在许多楼窗口，横绑一些绳子，每逢天气晴和，就会飘起洗晒的鬼子军裤、短裤、袜子等，像酒帘似的。

至于前清华大学，已经做了他们的伤兵医院，完全成了禁地，原来图书馆书库里的毛玻璃地板，都轧成一块一块的出卖了。

四、王道及其狗

咱们最先听鬼子说的，是"洋胶"，咱们最常见鬼子标榜的，是"王道"。"王道"由鬼子来标榜，听着就不像回事，有人肯信，那才叫"活见鬼"。不过，咱们不肯信，多半还是因为"王道"在中国经传里有过丰富而确切的解释和宣扬，成为中国政治上最高的理想，咱们只不信这最高的理想，会由鬼子来实现。其实，鬼子的"王道"

真是"王道",其所谓"王道",并不是咱们中国经传里所说的"王道",犹之乎他们说"勉强",是"努力"或"尽力"的意思,和中国话里的所谓"勉强",很不相同。咱们有时对凶暴不讲理的人说:"你可真王道。"这里面的"王道",就和鬼子的说法,有些相近了。再说清楚些,中国经传里是把"王道"和"霸道"对举的,鬼子的"王道",就是比"霸道"还"霸道"的那么一种"道"。这种"道",他们对国内并不标榜,只有对咱们才标榜,这也犹之乎前些年,他们织做孔雀牌的"腿带",那是专为咱们扎裤脚用的,他们自己并不用。

那么,他们的"王道"到底是怎么个劲头呢?这个,前边所述咱们身受的种种,已经给了一部分确实的解答,还有一部分,需要稍微给他们宣布宣布。

在鬼子的报纸上,咱们不断看见他们赞颂那启发"皇运"的"八纮一宇"的理想。那理想,在他们好像是"奉天承运"的,从开国的"天皇"就秉受了的,圣洁的、玄秘的、伟大的神的启示,一提到,就必须做出"诚惶诚恐"的鬼像。其实,稀松平常得很。在明治维新以前,他们的国内,久已成为藩酋割据的局面,那口号是适用于倡导尊皇攘夷,统一内部的。到维新之后,他们渐渐起了侵略的野心,那口号才逐渐有了向外发展的意义。田中奏折里所陈述的由灭琉球,并朝鲜,进而侵满蒙,攻中国大陆,再进而吞中亚细亚,占领欧洲,更进而统治全世界,就成为实现"八纮一宇"的理想的步骤。你看,小小鬼头,竟有这等"囊括四海""并吞八荒"的雄心,实在难为他们。可是,在他们,经过维新以来几十年的教训,把"万世一系"的"皇统"观念和"武士道""大和魂"这类国粹精神,都揉合在一起,竟也做成了一副有力的催眠剂。一些浑浑沌沌的,就真和鬼狐附体一般,迷迷糊糊的,觉乎着自己实在负有成仙了道的使命。

再加上日俄、中日两回战争的得胜，辛丑和约，第一次大战以及"九一八事变"以来，拣到便宜的顺手，更使他们昏昏沉沉的，觉得不但负有使命，而且这使命有实现的可能。

德国，是他们拜认过的亲师，德国人素来有日耳曼民族的自尊狂，希特拉秉政以来，更加强这种狂热，使成为支持"法西斯蒂"运动的魂魄。日本鬼子也学了来，使那套催眠剂，成为他们自己的"民族优越感"的基石，这邪魔外祟的"民族优越感"，就是他们要推行"王道"的宗教式的信仰。

"法西斯蒂"（"纳粹"），和鬼子的"王道"勾结起来，这实在是很可怜的趣剧：

原来，鬼子国内，从维新之后，虽然急起直追的赶着向所谓"先进国家"、工业社会、资本主义的方向发展，而且居然在几十年之内，达到了早熟的帝国主义的阶段；可是实际上，进展的步伐是很参差的。由于以农业生产为基础的封建关系，依然残留，所以维新的结果，并没有完成彻底的民主革命。支撑资本主义的骨干——重工业，如钢铁工业、机械工业、化学工业、铁路、开矿、造船等，一直就是为军事而生产的，不是为生产而生产的。换言之，鬼子国里的重工业，一直就是军需工业，是靠着政府的军事力量而发展的。军事力量发展的顺利，自然又促进了军需工业的扩大机构、扩大生产。政府和军事力量的掌握者，是皇室、是军人、是官僚。他们是资本的独占者，他们在各大银行和企业里，都投有巨额的资本。同时他们也是封建势力的掌握者，在农村里，拥有广大的土地。他们依靠资本独占而集中土地，又把从农民身上剥削来的积蓄资本，再投到银行和企业里去。所以，日本的"天皇"，实在是个大资本家兼大地主，他是资本独占阶层的领班，他周身有被他所领导这阶层为保护所谓"国家利益"而烘染的光辉的"皇运"，是神圣不可侵犯的。也正因为这种军事和封建勾结纠缠的特质,才决定了日本帝国主义特别富于野蛮性的"王道"。

军需工业纵然达到了高度的发展,依旧不能代替为生产而生产的重工业,而成为工业生产的中心。因此,在鬼子国里,重工业生产,到底算是落后,而成为工业生产中心的,倒还是轻工业,就是他们所谓的"和平工业",特别是纺织工业。可是,军事封建关系的急剧发展,一方面加紧了农村经济的恐慌,逼累得多数的农民集中都市;一方面也促成了和平工业的衰弱和停顿。换句话说,就是军需工业的畸形发展,加强了土地集中和资本集中,其结果是造成整个的经济恐慌,扩大了劳资纠纷(出产几"世"的"烟囱男")和失业群众。这种冲突矛盾的激荡,对外更燃炽了蛮性的"王道",对内也掀动了强烈的革命要求。

"法西斯蒂",本来是以:独裁政治、统制经济,那一类的面目出现的。一发展军需工业,解决失业问题,开拓殖民地,是它的养命单方。意、德两国,用这套把戏,一时眩晕了他们的国民,日本自然正好学他亲师这套新神通,来解决自己的问题。对外发挥蛮性的"王道",倒还修养有素,毫不勉强,什么"万宝山事件""九一八事变""一·二八战争",说干就干;对内掀起改革的要求,却不能不稍加迟疑。因为,首先,就要损伤到"皇运"的辉光。可是,临死挣命,那又顾得了多少。于是,一九三四年、五、一五,来了个围攻相邸,杀死犬养毅,一九三六年、二、二六,又在高揭"皇道主义"的"国本社"导演之下,演出了一出"逼宫"的东京政变。两出重头戏过后,由"少壮军人""堂堂"的夯出"法西斯蒂"的告牌,向台上一蠹,作为"休息十分钟",跟着再开幕,就是"七七事变"。

请想,这段"王道"和"法西斯蒂"勾结的因缘,是多么可怜,又多么有趣?可是,鬼子到底收获了什么呢?这个,让我在下边各节里,去分别提述罢,此地,可以简单地归结说:因为挑动范围广大的战事,把壮丁甚而至于老少的男子都征调到战役上(军需工业也包括在内),暂时间歇了严重的失业问题;因为对外的狂潮,缓冲了国内一部分较尖锐的革命势力之发展,并且由于那催眠剂和"法西斯蒂"的装璜之作祟,竟使一些意向、认识不坚定的革命者贬价或变节相从。这是他们仅有的眼前收获,除此之外,较基本的冲突、矛盾,反而愈激愈厉,愈不可收拾,而且也不容收拾。其结果,惟有把国家命运、人民生活,整个断送到崩溃毁灭的大劫里去。咱们忝系"友邦",义不容听其宛转呻吟,"寿终正寝",只好相助一臂,趁早让他们"得大圆满"。

够了,咱们不必再"诗云""子曰"的,来阐扬他们这份"王道"的奥妙,略微宣布宣布,是为让大家了解他们那葫芦里,到底卖的是什么药,借以增加咱们胜敌的信念。至于"王道"施措的那种"风行草偃"的气概,咱们还是要证之于身受的种种,才较为亲切。

咱们对于推行"王道"的首要人物,虽然不易瞻仰丰采,——有时到北平来一半个,连负责净街的中国警宪,当汽车驰过的时候,都得转过身去打"背躬";可是他们嗾使的,有奴才、狗,其中有些是咱们的"亲民之官",大部分还是中国人,咱们不少"侍奉"过,而且,承他们对于主人的忠诚,也着实给过咱们不少的"恩典"。北平的市民们:他们着实给过咱们不少切肤的"恩典"啊!特为提他们一笔罢。

这些"亲民之官",是宪兵、警察、翻译、"特务"。

宪兵有中、日两口,中国宪兵仍由以前的司令邵文凯来领导,实际只成了日本宪兵(通常统称为"宪兵队")的勤务,因为华北伪政府仅有"治安军",也不听其监督。可是,对于咱们市民,中国宪兵却也能狐假虎威、为虎作伥,什么检查、缉捕,都充分表现了凶残的、变种的面目,一时认为咱们礼貌不周,就拳打脚踢、任意辱骂,是他们的家常便饭。至于和警察串通,暗地里做些殃民肥己的勾当,那等下文表彰警察再提。

鬼子的"宪兵队",是只听皇王召宣的钦差,连普通的鬼子都怕着三分,对于咱们更是满身煞气。只要被他们拘禁起来,就无异接近了枉死城。那文化渊泉的沙滩大楼,有很长的时期,成为咱们不敢仰视的森罗殿,正因为那是他们北平的总队部。记得,曾有一批大学教授被关在里面五六个月,还是受着优特的;可是除了可以递换贴身的裤褂以外,一切都和外界绝缘。据说还是因为优待知识分子,每人才有两条毡子,作为铺盖;每天可以吃两个窝头,喝一些漂着三两片菜叶的盐水汤;每天可以不动地方的,面壁思过;每天可以在睡觉的屋子里便溺,而且自己洗倒马桶;……整天是不许说话的,有位教授偶然开了讲,被他们从门上小玻璃口望见,进去就是一顿拳脚,这位教授躺在地下不能动。到底还是优待知识分子,终于把两条毡子拿走,作为惩罚。这批人后来都以抗日罪名,押在陆军监狱。有一位教授,忽然被提前释放,家人欢天喜地的去接,等接出一看,这人已经是满身屎尿,昏迷不醒了。

警察,北平的警察是模范警察,被国府往首都调选过,这是咱们北平市民的光彩啊!是的,在沦陷区里,北平的警察依然是模范的,模范的忠于敌人。说也难怪,薪水屡次的加高;有吃不了的官米官面;还有好些喝不尽的油水;不必像以前那样谦恭有礼,可以随意"虎"人;真格的,"吃着谁,不向着谁,还是人生父母养的吗?"就让他们忠于敌人罢。可是,他们那些"模范"的行为,咱们总得表彰些。

对于商人和居民的借端勒索、敲诈,是咱们最熟悉的。警察局虽曾布告市民,对冒充警察、"特务",借词勒索、敲诈的,即行报告究办，那不过是掩人耳目的官样文章，谁又敢认真办理。至于在通知或检查的时候，那份狗仗人势的气焰，更是咱们最习见的，还算小节，可以略过。主要的是他们和宪兵、"特务"等勾串起来所开展的生财大道，真是让咱们这些小市民，有口不敢说。例如包庇制造白面、贩运鸦片，就是一端。他们对于出入城和一般的检查，几乎完全注意在毒物上，因为贩运、制造是他们的专利，同时私运罚款，也是他们最大的收入。一位市民因为不相干的嫌疑，被他们带到局里关了一夜，曾亲见这一夜带到一批大毒贩，除了扣留毒品和搜腰所得七千多元现款外，并处以几万元的罚款，——这批毒贩也真字号，第二天就托人交款出去了。这类事不一定带局处办，派出所甚而至于就地，都可如此了结。至于分区分段地向土膏店要供应，更是经常收入。好在敌人□行毒化政策，不愁财源不旺，并且吃大股的，还有鬼子，更可作为靠山。内四区某署长因为吃毒太肥被撤，新任署长不识事故，竟居然在上任伊始，抄了一家大白面房子。结果，鬼子以及警局同僚，都认为这太离奇可惊，没出三天，就又给换了。

北平偌大城市的食用猪，都是从四乡外县来的，这也是他们一注财源。屠宰场是鬼子浪人私办，后经官认的。□警、宪和他们勾上手，重重吃黑，几乎每段一关，每岗一卡，到场花销，从外到里，还不在内。猪贩赔本，自然裹足。请问咱们那里还能吃肉，猪肉柜又上那里去找肉？

最大最狠的经营，就是包揽米面买卖。上有好者，下必有甚，所以这是明张旗鼓的。参与的人股自然很多，城里的宪兵、翻译、"特务"；城外的保安队、警备队；城内外的"新民会"大小职员；都可参加，而警察是出头的"掌盘"。除掉机关"配给"，饭馆子和私人要想买米面而不经他们的手，简直是绝对不可能。若是你竟然私自买到，被他闻风查出，那就要处你以囤积的罪名，没收之外，又是大量罚款。北平的市民们：有时他们存货太多，急于出手，就会上门兜揽，咱们都该经验过吧？

翻译和"特务"，这是只要一提起，咱们就会胆寒的。咱们可算吃够了他们的苦子了，北平的市民们！

他们虽是两种职务，却可一路作恶。先单说一说翻译的威风罢：南口车站一位翻译，新得了儿子，派定从南口到北平的每个村，至少要出两元的礼金。又，某位市民涉嫌被捕，翻译跑里跑外，愣充善人，弄了许多钱去，结果无效，这还不算；临完翻译结婚，连整个家庭用具都是从这位市民家搬去的；过后，他还常到这位市民家里来串门，直仿佛当亲戚来往了。可是这位市民家里无尽的支应，还是不敢向人说的。

现在该专说"特务"了，北平的市民们，他们是鬼子的什么人呢，他们为什么能够揣摩鬼子的意旨，而作出人类所不能有的残暴勾当？他们既然对咱们中国人那样毒恨，他们又为什么生而为中国人呢？

"特务"除去和翻译、警、宪勾通，胡作非为以外，单独的活动，也是最可惊的。敲诈商人、市民，他们算是一等。当白布闹慌，每人买布不得七尺的时候，一家布店里，忽然跑去一个身穿重孝的孝子。进门后陈说，家里死了父亲，需要做几件孝袍，请布店务必多卖给他一些白布。布店被他所动，就量了几丈白布给他。他把布拿到手，把孝袍一脱，报出自己是"特务"，特来查看布店是否敢多卖布，你们现在竟然敢多卖布，说好的罢，云云。布店自然说了好的，才算完事。这类惊人的小事，多得很，不赘述。

北平市的"特务"如毛，有"宪兵队"的"特务"，有警察局的"特务"，还有各部队、各机关的"特务"。最容易让咱们和"特务"联想到一起的，就是"非刑"。亲爱的北平市民，受"特务"的非刑,是比死还难受的啊!非刑里最普通的,是灌凉水。灌了凉水,人是会当时就胖起来的。有一位曾经被灌过多次凉水的某教授,出来后,和人谈起,他说:"灌凉水是很好的,灌凉水之后,鞭子再抽到身上,就不那么疼了,膨膨的,像打到鼓上一样。"对呀,北平的市民们,人的皮绷紧了,也可以作鼓啊!

在"特务"人才当中,最享盛名的,要推现任警察局"特务股"股长袁规了,他曾因成绩优异而被调到徐州去,专为收拾被捕的"新四军",可是继任的徐彬、张显刚,成绩都不如他,而且闹了漏子,所以终于把他又班请回来。

提起这位袁股长,真有"特务"天才:他能在谈笑之中,拿施用非刑下酒、下饭;他能对于非刑,推陈出新,有所发明,即如灌凉水,是太普通、太陈腐了,他发明在凉水里加上小米,捏着鼻子往下灌,让凉水带小米呛到肺里去,其好处就是凉水纵然能出来,小米却会留在肺里慢慢起作用。再如对于女子,灌凉水也许太鲁莽,他发明用麻包片擦她们的阴户。……

亲爱的北平市民们,袁股长这些发明,和他的"德政",大概咱们都拜闻过,我实在不忍往下说了。对于他及其同类,咱们不能忘;可是咱们也不该忘:指便这班狗的是鬼子的"王道",发纵"王道"的是咱们血海深仇的敌畜啊!

(《晋察冀日报》1943年4月11日、13日、16日、17日、21日连载)

给北平的市民

(原题"望穿泪眼的北平市民")

纪新

　　本文在原标题之外，本还有一个意义明确的副标题。大约因为那个副标题出现了不合适，所以被编者删去了。可是这一来，有好些地方，就文不对题啦。补救办法：换一个新标题。

　　再有，本文中断多日，那是因为文字里发现了恐有妨碍的地方，寄递修正，往返周折，所以耽搁下了。读者谅。　　——作者

　　编者□：作者原副标题是《收复都市献辞》。

五、说到新民会

　　"新民会"，这鬼头们嗾使出来狂吠"王道"，嚼人骨肉的狗群，目前处于"汪主席""一元化体制"要求之下，已经透出丧气的样子；虽然鬼头们还在回护，怕也不能完全躲开"主席"的棍子。情形确属有些悲惨；可是咱们对于这死有余辜的狗群，不能动什么怜悯，总要进一步估计估计它们的"功劳"。

　　提起鬼头饲养这个狗群，也真有穷极无聊的苦处：

　　因为临死挣命，才把"皇运"出卖给"法西斯蒂"。"法西斯蒂"在政治的运用上，是要求寡头专制的，——这算是所谓"轴心"的特色。在意大利有墨索里尼那寇酋作独裁者；在鬼子的师邦德意志，有希特勒那寇酋作独裁者；鬼子们呢，当顶有"天皇"，迎门有议会。"天皇"在"逼宫"的意味下，算是廉价出卖；议会在政府杀相的威风里，算是换姓改嫁；独裁者呢，到底还是所谓"少壮军人"的酋群，不能算是寡头的。这可让鬼子们抓瞎了。一群混酋，也还有

这个派、那个派，谁也不让谁，拔不出个头来。"天皇"虽说贬了价，到底也还勾着手，不好意思一拳打倒；议会已经变了节，任凭摆布，更不好意思一脚踢开。为了对咱们施行"王道"，好能苟延残喘，只可大家捏着鼻子穷凑合。

"七七"战事起后，先成立了"内阁参议会"。凡是能够和酋群拉得拢的军、政、外交界的有力人物和财阀，都网罗在内。这是一个太上内阁。同时，军部又提高酋群的威权，成立"战时大本营"，还假门假市的，以"天皇"为最高统帅。这又是一个太上内阁。于是这改了嫁的内阁，只好周旋在两位婆婆中间，左右做人难。今天改组，明天改组，改组半天，还是不能解决问题。

近卫第一次在台上的时候，为了迎合"军部"的意旨，促进寡头专制，极力支持"五相会议"，并且设立了"对华院"（就是以后的"兴亚院"）。所谓"五相"，是首相和陆、海、外交、"大藏"四相。所谓"对华院"，是集中管理对华政治、经济、文化等一切事务的机关。"对华院"的总裁，原本坦率的规定为陆相兼任的，后来又改由首相兼任，可是院里设总务长掌实权，仍由军人担任，总算是归了题。

敌酋由群的专制，进为"五相"专制，实际又只是军人御用首相或陆相专制，"头"是越来越"寡"了，可是到底"寡"不到"独"的程度。非但"头"寡不到"独"的程度，就连运用政治的党派，都不能"寡"到"独"的程度。"一国一党论"，喊起了好数年，旧的有力政权，依然健在。后来虽然又有了"大政翼赞会""大东亚省"等种种花样，还是继续前辙的辗转颠覆，始终是在自己捣麻烦。换言之，"天皇"出卖，内阁改嫁，整个的政治机构终是不能高度"法西斯蒂"化。前后的内部火并，都是徒劳。其中矛盾冲突的原因，后面还要提到，这里不再赘述。

由于一切运筹的徒劳，一些被催眠剂麻醉了心窍，只想着升官发财的"少壮军人"，就不耐烦再理会什么"法西斯蒂"的公式和束缚，索性各自为政的"独裁"起来。山下奉文，由于南太平洋的"战功"，很快的升为大将，直闹着接应德国，在北满挑起日苏战争，在会议上曾以剖腹作要挟，终于争到担任北满防务的司令官，就是最好的例子。来到咱们华北主持侵略的鬼头，满想就此打下江山，更是飞扬跋扈，恣睢专横，看着"满洲国"有"协和会"那种狗群，想在华北也养上一群，好替他们狂吠"王道"，偏偏又有自告奋勇的汉奸，于是就一拍即合地组成了"新民会"这"集体的"狗。

所以，北平的市民们，咱们要认清："新民会"所反映的，不是敌人的什么远大的政治理想，而是敌人政治上的逆产、"法西斯蒂"的怪胎和所谓"现地军人"的獠牙毒爪。自告奋勇的汉奸们，在这个意义之下做狗，已经可气、可恨；此外还有其他卑鄙、毒恶的心理作祟，这就非要咱们严厉地揭发不可了。

组成"新民会"这狗群的基本分子，很复杂：有贪官、污吏、劣绅，就像缪斌、张燕卿、王揖唐、殷同、余晋和、冯司直这一流"首脑"人物；有土豪、地痞、流氓，就像数不清的坊里长、保甲长这一流跑腿人物；至于什么"道公署"、什么分会、什么参事，以及各部、处、科的大小职员，也大多数是这一条线上的人物。可以总名之为"混混"，算是一大类。

另外一大类，是没有成形的政客，就像以宋介、哈熙杰、陈宰平、胡汉翔为领班的这一流所谓"干部"人物。他们都是自命为有政治信仰的。他们的政治信仰，是"反共、反俄"。还在"七七事变"之前，他们已经暗地里勾结别的汉奸分子，进行认贼作父的巴结工作。鬼子进城不久，他们就求得"同盟通讯社"（后改为眩人眼目的中□社了）和浪人佐佐木文哉等的撮合，同"现地军人"拉拢起来，打出烂污的五色旗，组成了"新民会"这狗群。可是鬼头们对于这狗群，还总怕指使不灵，所以特派佐佐木、铃木美通等，负责教练工作，这就是所谓"新民会"的"顾问"。

这帮没有成形的政客，丧心病狂的程度，超过那帮各形各色的"混混"，因为他们有"反共、反俄"的"中心思想"，他们还吹吹打打地发行着《中国公论》。他们是多少有所谓"组织"的，所以他们居然在散漫的"混混"里，取得"干部"的地位。——可是咱们得记清：那帮"混混"，也是不能原谅的。他们在国民里，本来已经是猪狗不食的败类（即如缪斌是以贪污被明令免职的），这时候却都装作出"怀才不遇""不得已而出此"的样子，更是罪不容诛。不过，这帮没有成形的政客，除了和"混混"有同样的态度外，还把效忠帝国主义作为"主义"，把断送民族作为"手段"，把羞辱作为光荣，把狗化作为胜利，把卖国、卖身、咀嚼同胞的骨肉作为正义，这样卑鄙、毒恶的心理，实在是虽死也不足以蔽其辜了。

"新民主义"，这是"新民会"腆着脸嚷出来的。原本只是牺牲人相，甘心作狗，却偏要嚷作主义，自然嚷哑了嗓子，也不会吐出象牙来的。什么"新民主义"是"指导华北政权的最高理想"，"理想"什么？又说不出个所以然来，还不如说"狗化主义是指导华北政权的最高理想"倒干脆些。什么"发扬东方固有文化"，"发扬"什么？又说不出个所以然来，还不如说"发扬狗化"倒干脆些。除去粉饰门面的空话，实际"新民主义"的内容就是：卖国"反共"、残民"反共"、变狗"反共"。

这以"反共"为中心的"最高理想"，适合于"现地军人"的"华北政权"，适合于法西斯蒂化的"王道"，也适合于"轴心国"一切寇酋的要求，算是"三位一体"的理想。除去"现地军人""王道""轴心国"的一切寇酋，都要在个别的和普遍的尖锐的冲突矛盾之下，把自己葬送到这个"理想"的坟墓里以外，这"理想"是"最高"的。"新民会"这狗群，要丧心病狂地效忠于这个"最高理想"，汪精卫所领导的"国民党"那另一狗群，也争着加上"新国民运动"这件华衮，要丧心病狂地效忠于这个"最高理想"，弄一面写着"替天行道"式的"反共和平救国"的小黄三角旗，绣制在国旗上面，使国旗成为"朝山进香"的会旗或"护背旗"，造成国旗的新纪录，这是汪精卫的"最高理想"的表现；随后，加上"新国民运动"这件华衮，又叩□奏请"拂拭汉奸面目"，撕去小黄三角旗，俨然要成"一朝人王地主"。这是汪精卫所领导那狗群的理想的"演进"。就在这个"演进"的过程里，两个狗群冲突起来，冲突到"新民会"这狗群，不能不夹起尾巴来，发出凄楚的呼号：

"……前岁大东亚战争爆发之翌日，新民会，即电请国民政府实行参战，……而我国民在汪主席指导下，以同甘共苦之精诚，协力大东亚战争，实质上已近于参战，……但英美尚□以其优越之经济力，为困兽之斗，梦想反攻。共匪及抗战分裂派，犹复顽迷负隅，甘为民众之罪人，东亚之叛逆。是最后胜利之到来，尚有待于更大之努力，本会之所以倡导新国民运动，揭□完成国民组织，其最大目标，端在以铢积寸累之所得，为物心总力之积蓄。

"抗战分裂派与匪共每侮蔑和平运动为投降运动，对国民政府反共建国之国策，既妄肆诋毁；对日本保卫东亚，解放东亚之雄伟理想，尤毫无理解，……国人于此，当知今日能作'同死'之牺牲，未来始能获'同生'之光荣。

"新民会自成立迄今，五经寒暑。当时受命于危难之际，驰驱于险阻之中。今日则理想日即统一、组织健全发展……尤其最近一年来，与扰害华北安宁秩序之匪共，作实力战、作思想战。

……今日国家既完全置身战争之中,战时政治、战时经济、战时生活之体制,必须于最短期间,整备完成。而整备之道,端在'一国家一组织'之理想,早日实现。对内推行新国民运动完成国民组织,以集结国民物心总力;对外奉行国父孙中山先生之大亚洲主义,结成东亚联盟,以举团结东亚民族之宝。……"

——《新民会临时全体联合协议会宣言》(本年一月二十日发表)

瞧,"大东亚战争"爆发的第二天,"新民会"就电请汪精卫参战了,足见"新民会"狗群比汪精卫机灵。可是"国民政府汪主席",也到底不好惹,所以又说当时虽没参战,实质已近于参战。这总算够宛转了。跟着,汪精卫自炫为有"国际性"的,独家经理的"新国民运动","新民会"也来倡导了,这又是多么委屈、多么刁钻(前于此的"新民会全联会",请汪精卫来致训辞,结果汪精卫没理"新民会"那一套,拿有"国际性"的"新国民运动"来吹"虎"了半天。"新民会"狗群大哗,喻熙杰跟着汪精卫赶到南京去理论。临了,还是"一元化体制"有劲,"新民会"只好垂头丧气)。最后,还是得承认"理想日即统一",还是得承认"一国家一组织",而且称孙中山先生为"国父",自己拔下插在外面的五色旗(只能插在家里),在主人的门前摇尾乞怜,真是多么凄楚。

不过,咱们切不可发无谓的仁慈。要再瞧那毒恶的狗群所自鸣得意的是什么:一则说,"共匪及抗战分裂派""顽迷负隅,甘为民众之罪人,东亚之叛逆";再则说,"抗战分裂派与匪共",侮蔑了它们的运动、它们的"国策",诋毁了它们主人的"雄伟理想";三则说,它们这一年来和"扰害华北安宁秩序的匪共"作实力战、思想战;而最得意的是:"揭□完成国民组织""组织健全发展""整备战时体制",要达到"以铢积寸累之所得,为物心总力之积蓄"的最大目标，要国人都和饲养它们的主人"同死"。这股劲，虽然可以使它们的"主席"，它们的主人肉麻；但是，咱们，咱们北平的市民们，华北的人民们，却不是肉麻，而是切齿吧？

"抗战分裂派"，是指着在南方和敌人周旋的国民政府和国军，因为汪精卫是叛离出来的，所以反管"抗战"的叫"分裂派"。"共匪""匪共"，是指着在北方和敌人周旋的边区政府和"八路军"（其实，"八路军"也是国军，后面再说），因为有传统的侮蔑和它们自己的深恨，所以称之为"匪"。对于前者，"新民会"狗群不过就是遥吠而已；对于后者，它们是除吠之外，还要作"实力战""思想战"的。

"实力战"是什么？"思想战"又是什么？总不外是"完成国民组织"，用"铢积寸累"的手段，"整备""物心总力的积蓄"，来和敌人"同死"。死，敌人是死定了的，这个后面还要说到。咱们，北平的市民们，以及华北的人民们！是否愿意像狗群所想那样去和敌人"同死"呢？不，一定不的。那么，咱们就要留神它们所说的"组织"。它们惟有利用那组织，才能用"铢积寸累"的手段，来"整备""物心总力之积蓄"。这是"新民会"狗群怕被夺去的工作，是得意之极的工作。

以前，它们在"王道乐土""共存共荣""亲善""睦邻"，种种符咒之下，去进行它们的"组织"工作；现在，是在"同生同死"的符咒下，加强这工作、这暴行。

说起来，规模倒确是不小：除普遍的，公开的征收会员之外；对城市的居民，有"自治坊"的组织；对四郊和乡镇的居民有"保甲"的组织；对职业者，有各种行业公会的组织；对青年、儿童，有"青少年团"的组织；对在群众社会层，拥有相当势力和悠久历史的"帮"，有"安清会"的组织；……可算面面俱到。是，咱们得恭维它们这狗群和特务机关、政权机关勾串起来，竟弄得面面俱到！所可惜的，是它们进行"组织"的方式，未免可怜、可笑；进行"组织"的目的，未免可气、可恨啊！——不加入"新民会"，就没有"经常的"享受"配给"食粮、洋火、糖……的权利，这样的公开征收会员，自然可得到很大的"健全发展"。体面人不肯出来搞什么"自治坊""保甲"，就专找地痞、流氓出来主持；再厉行"居住证""良民证"的办法，一切居民自然就无所逃于"组织"之外了。不加入"行业公会"，就不能批贩货物或寻找工作；不加入"青少年团"就责罚家长或学校当局，自然也就使你无可奈何，不能不加入了。至于对"帮""会"的"组织"等等，都只是鼓动、利诱较少数"氓""痞"分子，来自欺欺人，那就更不用提啦。

好，"帮""会"之类，都被"组织"起来了，在地方上就有做"反共"宣传的"支部"；做"眼线"、做"内应"的"良民"；甚至组成"皇协军""自卫团"等等"民间武力"了。青年、儿童都被"组织"起来了，什么"庆祝""欢迎""纪念""宣传"等类需要给鬼头们壮门面、喊威武，甚而至于"洒感激之泪"的"群众"，就算有了。（甚至可以希望他们成为伪军的后备队啊！）——孩子们因为被逼参加种种盛会，挨饿、受冻，甚至像太和殿前□砸死，那就都算是活该！各种行业公会都被"组织"起来了，关于商品、劳力的统制——无限的支应、供给，资金的尽量搜刮、吞咽，就都有了"体制"。躲避、歇业，不成，非要让你皮干血尽不可。一般城乡的老百姓都被"组织"起来了，你可以偶尔的（记清楚：绝对不是"经常的"啊）享受到"配给"一点什么的权利，可是，要尽的义务可就多了：要你献"国防金"、献"慰劳金"、献"救国捐"、献"救国储蓄"、献"人寿保险"、献"护路捐"、献首饰、献铜、献铁、献食粮、献棉花、献草料、献牲口、献房子、献地（筑壕、挖沟）、献夫子、献壮丁（去替它们塞□眼）、献妇女（……）、……献你的最后一滴血，和敌人去"同死"！

一句话，"新民会"这狗群，要"整备"咱们华北人民"物心总力之积蓄"，去和它们的主人"同死"，贱是贱到极处，恶是恶到极处。它们唯一希冀得到主人眷怀留恋的，就是它们要"完成国民组织"，要"组织健全发展"。最可叹是效了这么大的力，费了这么苦的心，作了这么多的恶，害了这么多的人，到底还赶不上"后来居上"的"汪主席"，一下就能把"国军"打发到南洋"实行参战"去！

在估计"新民会"的"功劳"之余，咱们且提点趣事，作为"余兴"吧："新民会"为了具体表现"睦邻"的理想，为了具体发挥"友邦领导"的精神，有计划地把"日本居留民"和咱们北平市民杂居起来，不，"组织"起来，——差不多每十几家的北平市民中间，就要放上一家"友邦人士"，让他们来"睦"咱们，来"领导"咱们。"睦"的日子多了，倒也有些熟悉起来，"这个的"的，"那个的"的，也能彼此达意地闲聊。聊到顶"睦"的程度，"友邦人士"多半放出相类似的"悲壮"言论来：

"……我的，中国话的，不好，我的，学的有；……我的，中国衣服的有；……你们的，八路军，大大的，……来啦，……我们的，脑袋的，没有啦！（以手加颈作势）……我们的，说中国话；穿中国衣服，……你们的，说我们的，是中国人。……（有时洒'悲壮'之泪）……"

六、文化事业

敌人在梦想着摧毁咱们国家、民族的工作里，有预定的阴谋，有临时的诡计。在前述的政治活动上（和还没有提到的经济活动上），是如此，在下述的文化事业上也是如此。在政治活动上（以及经济活动上），比较不容易保持虚伪的鬼戏，不容易套出虚伪的交情，在所谓"文化事业"上，那就容易。而且一些中国"文人"具有"无行"的特质和"清高"的外貌，更很容易被人欺骗，又去欺骗别人。

敌人对咱们作具体的、有计划的文化侵略，开始在第一次世界大战之后，——距现在二十五六年之前。它们在国内"外务省"里，先成立了一个"对支文化事务局"，指定中国应付的"庚子赔款"为"特别会计"，由"对支文化事务局"运用这"特别会计"，在中国办理一切"对支文化"侵略事务。本是秘密的"国策"，没有明目张胆的和中国交涉。偏赶上民国十年到十三年的时候，俄、英、美、法等国都纷纷退还中国的"庚子赔款"，作为发展文化教育事业的基金，鬼子也就趁机来交涉"退还庚子赔款"。别国大致都是把"赔款"真的"退"出来，然后由关系双方各推代表，组织委员会，负责保管、支配。鬼子可不是这样。它们也袭用那些退还国的套子，送照会、签协定、装善人。——可是让中国派代表，和它们组织一个驻在中国的委员会，就近进行"事务"。只是进行"事务"，中国委员是无权过问保管、支配等一切计划的。当时的政府，当时的一些文人，对于这种被"踩着脖子让装哑巴"的举动，仍然热衷，觉乎是便宜，于是经过"'中日'文化事业委员会""'日支'文化事业委员会"的争辩，终于成立了"'东方'文化事业委员会"。不过，鬼子到底是不能一手掩尽天下耳目的，前后的阴谋和诡计，终于被有证据的揭穿。于是全国文化教育界群起反对这敌人对咱们悍然施行的文化侵略行为，反对甘心给敌人做官的中国委员。一直闹到"五卅惨案"发生，中国委员江庸等慑于舆论，才纷纷退出。

工作本来是敌人自己的，要几个中国委员，原是为的"作伥"，没有中国委员，自然无伤大体。所以浪人桥川时雄等，就仍然利用在中国的"事务所",秘密进行调查、编辑工作。"九一八事变"后,就又形活跃,扩充图书馆、"自然科学研究所",并用重价收买中国"学者"替他们作"提要"(就像修四库全书一样,抽毁,删削一切有"违碍"的典籍,制作歌功颂德的史料),作编撰。"文人""学者"们,逐渐溜溜加入,造成了所谓"东方派"。到民国二十五年,"东窗事发"("事务所"在北平东厂胡同),这"东方派"的"名贤录"被揭示出来,登录的知名"文人""学者"如钱稻孙、孙人和等竟达三四十名之多。这些"名贤"经过"七七事变"到现在,除掉走的死的以外,留在北平的(如钱稻孙,孙人和)和继续增补还是不少,成为文化汉奸的嫡系、前辈或中坚。——它们有时也像"华文版"的《大阪每日》一样,故意传布一些对敌人的轻微批评或讽刺,以表示自己的"主张公道"或"人心不死"。北平的青年市民们,这些文化汉奸,有的特别长于投机取巧,有时竟会成为你们理想的"导师",为了保持纯洁的民族气节,可真得留神啊!

…………

有些文化汉奸,是"胜朝"的"遗老""遗少"。到现在提起国家来,还要称"国朝";写起纪元来,还不肯写"中华民国",而要"奉正朔"地写"宣统",写"康德",或是用干支纪年(如王季烈等)。它们还在孺慕着"主子爷"的"皇恩雨露",切盼着"白衣卿相"的际遇和那种"选士"的盛典。所以敌人就因势利导,让它们在"王道"和"东方固有文化"涵育之下,成立了"国学院"这类的机关,按期"课题""典试""颁赏"。怀抱"异才"的"士子",现在居然还能因为一篇《制义》,一篇《策论》而得到"大员"的激赏、"金榜题名"的荣耀和"膏火之资",真算"奇遇"。(可惜只能如此,还不能真的"蟾宫折桂",一步登天。)典试的"大员"们,现在居然还能大过"出闱""入闱",栽培"门生"的□,俨然兼膺了"封疆""取士"的"殊宠",更算"异□"。于是乎,报屁股上,天天登"科名录",考定"年辈",追述"蓬瀛"风光;一班以"谪仙""人瑞"自豪的老"太史"(如张海若等),也大举其"文酒之会";弄得又酸、又臭、又丑、又脏,真仿佛站在猪圈旁边,看猪拱泥粪;又仿佛抖搂一堆破包脚布。北平的市民们:以上的旷世盛举,是咱们北平的特产,是敌人所愿意公开展览,而又落到个"发扬中国文化"的美名的。算了吧,咱们宁肯北平不成为"文化城",也不愿意再抖搂这堆破包脚布了!

…………

也有比较"摩登"些的文化汉奸,它们多半是油头粉面的。

"新民会"狗群为培养所谓"干部人才",还设立一所"新民学院",招收大学毕业生,一切官费,毕业后就有派出去充当"干部"的希望。一些"四六不成材"的都市"少爷"(也有穷极无聊的颓废青年),算是找到了安身之处,所以投考的人,居然很多。"教授"除了"友邦学者"外,中国人占多数。——因为薪水特别高,又有"官米""官面",年节"恩饷"等特别待遇,它们都被饲养得很风光的。

顶显着活跃的,要算是管翼贤和张铁笙等所领导的工作了。什么"华北操觚者"的集会,什么"报道工作"的集会,什么"华北作家"的集会,规模都很盛大:开大会、开座谈会;上"新京"、东京去观光;发行什么期刊、什么画报;广播什么话剧、什么歌曲……真能兴高采烈的紧张呼号,直仿佛"王道"和"皇运"的力量,"主摧"着它们每一条细微的血管,使它们不能不为"大东亚圣战"卖命,实在叫咱们旁观的市民,都不能不点头称赞它们的"有朝气",是不是?——张铁笙是"翩翩"的青年,自不必说;就是管翼贤虽然已经是四十多岁的人了,可是言论、风采、精神,也还是不老啊!

…………

这里，该提到"正统的"教育机关——一切"公"私立的学校。一提到这些学校，就叫人感觉十分悲愤。大约总有五万到六万的青年、少年，在这些学校里受教育。他们，除少数的自暴自弃者，昏天黑地在那里瞎混以外，大多数都是有民族意识和抗敌情绪的，——都是好子弟、有希望的孩子。可是他们得俯首帖耳地受敌人和汉奸们所设施的毒化教育，他们得听敌畜和狗群的摆布。他们被禁锢在黑暗的牢狱里，不能窥探外面的光明，他们怀疑会有冲破黑暗去拯救他们的如密林一般的手臂。对于这些好子弟、有希望的孩子，咱们除掉鼓舞他们加强和黑暗苦撑的勇气外，就要赶紧伸出拯救的手臂，此外，没有什么可说的！

一般"公"私立的小学教员们，算是到了最可怜的地步：每月的收入，非但早已不如一个洋车夫，就连一个毫无技术的"小工"也是不如的。不要说养活一家，那点收入就不够养活自己。亏着每月也有一点"官面"（普通是半袋），否则，他们早就不能延挨下去了。他们的外形都成了叫花子，成了囚犯，哪里还是什么"先生"？不过他们大多数也还是有血性的青年，他们情愿现在忍耐着穷饿，不想巴结、不想腾达；渴望将来能自由地生活下去，愉快地工作下去。

"公"私立中学的教员们，生活的情形，稍好一些，大体说：收入超过了一个"两轮"车夫，可是还不如一个"三轮"车夫。若是没有那一点"官面"，也很难维持。不过中学教员，到底"老成"一些，对身家的顾虑深远一些，对外界的刺激也冷淡一些；所以正当热血沸腾、求知若渴时期的青年，往往不能从他们先生那里得到什么启示，得到什么希望。就这样，敌人和前任"教育局长"王养怡（可怜的王养怡，那样忠心、那样作恶、那样不怕挨骂，并且献了宝贵的古瓶给"天皇"，还不保区区局长的不更动），对于中学还是不放心；

屡次更换校长或主任,后任的人总要比前任的更老成(有些校长年在六十以上)、更稳重。中学校长,在社会上好像已经有了相当地位,所以能干些的,也就可以活跃一阵。就像以前的杨荫庆、齐树芸,竟活跃到被国民政府开除国籍的程度,齐树芸并曾一度受到被刺的虚惊,——总算是人物。现在罗庆山,担任着"教育会长",卖力气活跃的程度,更超过了杨、齐两位,前途一定是不可限量的。

"大东亚战争"起来以后,燕京大学和协和医学院都被解散、封闭;英美教会立的中学,都改成了"市立","市立"可是"市立",经费还得自己筹划,这是很新颖的。

再说大学:私立大学,只剩下辅仁大学和中国大学还勉强开着。辅大靠校务长是德国人,中大靠校长的门路宽。教员们,待遇既不如"国立大学",更不如"新民学院",而且又没有"经常的""官米""官面"和年节"恩饷",所以生活也是很苦,只为图个眼前清静,就不得不暂且"坐以待旦"。可是,因为敌人对于正确消息的封锁(特别是近在边区的),和有计划的造谣,就是这些民族意识较强,文化水平较高的大学教员,也不能够估计爽旦的曙光究竟从什么方向来,和什么时候来啊!

"国立大学",有"师大"和"北大"。"师大"分男女两部;"北大"分文、理、法、医、工、农六个学院;合在一起,还足"国立八校"之数。"师大",从徐祖正因为闹神经病被革下台,王谟因为没有给松下顾问买汽车被革下台,现在男女两校归一,由汤尔和总长时代的黎世蘅次长主持。"北大"一直就是由"东方派"元老钱稻孙任校长,周作人"督办"任文学院院长,——可见衬托之妙。听说周督办下野后,"兴亚院"当局有意让他和钱校长换着干干,可是两位都不表示积极,只好作为罢论。

"国立大学"的教员,大概可分为三类:一类是挂名教员。包括名头高大或有要公在身,总之是不能到校,到校也不能上课的中日"学者";一类是正式教员,这是既到校又上课的教员。其中有前已成名(包括"科名")或将要成名的"学者""专家"(如前在某专门机关曾任书记或庶务的,就可教该专门学科),以及"行有余力"的公务人员,和"友邦人士"。一类是"额外教员"(规定的官称)。这是不到校、不上课、又不挂名、干拿薪水的"黑"教员,其中大部分是燕大的旧教员。燕大被解散后,有些人响应"教育总署"的征求合作公函,表示情愿合作,可是实际上"教育总署"并没法安插,于是就都位置成"额外教员"。除"额外教员"外,挂名教员和正式教员都"经常的"有"官米""官面"和年节"恩饷",待遇虽略次于"新民学院",可是能落得"北大教授""师大教授"的头衔,所以"竞选"的知识分子,还是很踊跃的。

…………

周作人,以前在中国造成了"小品文时代"的"知堂老人",现在下野的"督办",是咱们都很关心的。咱们关心他,下野之后(只剩下光杆的"文学院院长"),又要把大部分时间消磨在他那潮霉的"苦雨斋"里。这就错了:"督办"的生活,今后是要有"转变"的。以前的"苦雨斋",确实"苦雨",一下雨就灌进一屋子水,院子成了蛙塘,现在不然了。"督办"在任上的时候,已经把整个的"私邸",连前带后全都改建过了,改建成庭院高爽、轩厅朗洁、文窗绮户、画栋雕梁的府第了,尤其是那四处朱红晶亮的楹柱,更把府第显得庄严、华贵,涵蕴着王侯的气象。以前恭维"督办""小品文"的人,说读"督办"的"小品文"有如噙橄榄,清沁之外,微有苦涩,耐人回味,其实那苦涩,正是"苦雨"的情趣反映出来的。今后"督办"也许要写"大品文","大品文"所反映的情趣,一定是脆快清爽的,光彩夺目,过口甜香,微有酸味(这是"督办"的修养)。

据案朗读，如啃东洋大苹果一般了。——"督办"在"北京市青少年团结仪式"上，穿长袍马褂，戴"青少年团"的小军帽，手捧讲稿（见《新民画报》），那样子也是和苹果一般香甜的呢！

七、开发——建设

鬼子，维新改良，追赶"先进国"，居然弄到了盛强（不是"富强"）的局面，于是腆着胸脯，横着膀臂，楞□乎这东亚、这世界都装不下它们；威风是够瞧老大半天的啦，可是万没想到自己已经得了不治的重病。近十几年来发作啦，慌了手脚，再也沉不住气，这才东冲西撞，挑这个事变，逗那个事变，出卖"天皇"，改嫁"内阁"，要军人的寡头政治，要军人的统制经济，要法西斯蒂化。折腾了半天，左右是怕死：怕那半军事半封建的帝国主义的内容矛盾，会弄成五痨七伤，要了地主的命，要了军阀的命，要了"八纮一宇"的理想的命，要了"皇运"的命，也要了财阀的命。——要了财阀的命，倒是所谓革新军阀最高兴的，因为那样它们可以既有势、又有钱，要了地主和"皇运"的命，军阀可都受不了，因为那都是它们的命根子，不过发着"皇运"辉光的"天皇"是大地主、是大元帅，也是大资本家（和财阀勾串着），所以得逼他出卖一部分；内阁是财阀的应声虫，政党是财阀的傀儡（"政友系"的后台是"三井系"，"民政系"的后台是"三菱系"），所以得强奸它们，逼它们改嫁。这样，似乎有活路了：对外积极侵略，可以采办药料，增补元气；对内统制经济，可以清理内热，消除郁结。可是侵略的结果，反弄得大亏元气（眼看就完）；统治的结果，反弄得毒火攻心。这下子，不好办，咱们虽系友邦，也"爱莫能助"。

"九一八"事变起后，鬼子国里财阀的命运，就有了很显著的变化：（一）轻工业和较单纯的金融资本中小财阀，瞧着军需工业急剧发展的情形，一定要影响它们渐渐衰亡，就都消极起来。（二）以军需工业起家的大财阀（如"三井系""三菱系"），瞧着好运临头，自然十分积极；可是新进军阀正想着"统制经济"，高唱"反财阀独占"，阻止这类既成大财阀的资本在满洲进出，于是招恼了这类大财阀，怀恨在心，以后好些波折，就从此而起。（三）顶怄气的，是：军阀离了财阀的支持又活不了。（若是活得了，鱼都可以在陆和水里两栖，人都可以在真空和空气里两栖，这世界可就新鲜多了。）再说，对华战争一开头，就眼看不能像军阀预想那样"速战速决"，非一直干下去不可。这就使军阀们不能不改了"堂堂"的姿态，不太"悠然"的，又去和财阀搞"抱合"。——这份乱！可是又咽不了气，只好再折腾下去：

要"抱合"，也不好意思就去找老的既成的财阀，于是扶持年轻的、新进的。机灵的新进的金融资本家、军需工业家，也正在想勾搭军阀，投机作一票大生意。两下一凑"合"，可就"抱"起来了。这中选的新进财阀，是鲇川义介。鲇川所领导的"日本产业会社"，是一九二八年才由"久原矿业会社"改组成功的。由于鲇川的素来善于"亲军"，在不到十年之间，竟凌驾了从"三井系"里逐渐独立起来的住友、安田、大仓，而发展成为仅次于三井、三菱的"王国"。这"日产王国"用"亲军"压阵，用"股票公开政策"冲锋，尽量刮吸中小的产业资金，扩张金融市场，包办各部门的军需工业，使得军阀不能不宠信，不能不依赖。于是在"七七"事变的那年冬天，就举行了"抱合"的嘉礼：由军阀"亲迎""日产"到"满洲国"，改姓"满洲重工业会社"，承继了"满洲国防经济"这份大产业，作为"厚奁"——原先，本是"满铁株式会社"（咱们叫它"南满铁路公司"）掌着满洲全部以及华北、朝鲜一部分的资产大权，除在纯粹运输活动之外，还操纵着矿业、电力、水利、工程、文化等种种事业。新进军阀对于这种"国家资本"(其实就是皇室、官僚和老军阀、老财阀"抱合"的资本)的垄断和独占,认为不能忍受,所以硬逼着这老大的"满铁",让出地盘来给"日产"。让出来的都是属于"国防经济"的开矿、工程等部门。新进军阀就以"国防经济"为镇符,使鲇川经由《产业统制法》享受到独占和被保护的"特惠",并且给予开创十年内六厘红利的保证。

这样,新进军阀和新进财阀算是鱼水和谐了,可以并枕来做侵略华北、开发华北、建设华北的梦了;可是老"满铁王国"被贬到冷宫寒院,这实在让皇室、官僚、老军阀和老财阀们有兔死狐悲之感,也不能忍受。皇室、官僚还不便(或不敢)和新势力公然反目,老军阀、老财阀——自然特别是老财阀,它们首当其冲,就不能不起来"争风",拼老命,采用的手段很沉着:开始表示消极、同情于对华缓进的舆论。看你们这"革新"的军阀和御用的财阀所要支持的国家资本,到底能不能在侵略、开发、建设所需要的巨额资本流动上,充分应付。好老辣,就这一招儿,军阀就受不了:所谓"满洲国防经济",原就是在那里积极"画饼",自顾不暇(那里的"国防",还不止于是对中国啊),更不用说还要向华北,甚至向全中国、向"大东亚"发展啦。要想向华北、向全中国、向"大东亚"发展,那就非得再去"抱合"老财阀不可;不然就不能建设起来所谓"国家资本"。至于对华缓进,那本是一部分老军阀、老财阀稳扎稳打的诡计,已经在"七七"以前,就被中国人民坚持抗战的决心所粉碎,新军阀也不是没有意识到,无如已经骑在老虎背上,可怎么下得来呢!

发动"七七"战端的近卫首相,倒还识趣,一瞧风头不顺,赶紧成立"内阁参议会",把三井财阀的总帅池田成彬、"满铁株式会社"的总裁松岗洋右、关西财阀的台柱宇垣一成、地主阶级的巨头"日本经济联盟"会长乡城之助以及政友会、民政党的首脑人物,都罗致到一起，让它们组织成一个太上内阁。——这个太上内阁不是执行机关，和军部也不发生直接关系。（这样敷衍，当然不能使老财阀们如心满意，到底在半路途中，给酝酿了一个"改组"，许多"参议会"的人望，都坐上了"大臣"的交椅——这是后话。）论理，军阀大可借着近卫的拉牵，就和这些老财阀进行"抱合"，可是，还不好意思；并且觉得这个太上内阁虽然不和军部发生直接关系，对军部总是一种形式上的威胁，于是不能不搬出军部主持的"大本营"，作为另一个太上内阁，来和"参议会"对立。结果，双方继续反目、摩擦。

"电力"，这是老财阀垄断着的重要资产，全国有五个大"电力会社"。从广田内阁时代，军部就已经食指大动，引起了争端，到"七七"以后，更认为非施行统制不可，于是提出了《电力统制法案》，极力主张"电力"应归国家经营。老财阀不能再沉着啦，在议会里极力抗争，认为"该议案之规定，政府实图不费一文而统制电力业"，认为"私有财产无理取割，实为不法之行为"。在众议院里开了二十八次会，争辩一个多月，终于由参、众两院挽同政府代表，制成了折中的计划，才通过了议会。

这个摩擦，不能算小，财阀的一个顶重要的产业部门，被军阀楞从手里夺走啦。财阀积怒之下，才发动了进攻内阁，并且促成了内阁的改组。可是，大摩擦之外，还有小摩擦。军阀对财阀不满意，中小财阀还对政府和大财阀不满意。就在这电力案的同一次议会里，有的议员就提出了严厉的"质问"说："官僚派的统治主义者，专以保护大资本家的利益为务，致小商家与小工业家目前均陷于困难中，政府不得借口'统制消费'而以压力施诸中小商业。"瞧，这够多么难办，都是带着血腥味的摩擦！

比这种摩擦再精彩些的，就是成立"兴亚院"的摩擦。——

"兴亚院",在提出的时候,原本叫"对华院",因为军阀还要把统治区域扩大到全亚细亚,所以在成立的时候,统改成了"兴亚院"。

有一位声望曾经在东条首相以上的坂垣征四郎将军,很了不起。他和东条是多年的老搭档,据说东条有"智",它有胆。——鬼子们很自傲它们拥有"坂垣之胆,东条之智"。东条现在正大展其"智",人人皆知,且不说。单说这位坂垣将军,可真算有胆;他"胆"敢成为"关东三羽鸟"的主脑,领导石原、土肥原,掀起"九一八"事变,"胆"敢自称为"满洲国之父";"七七"事变起后,他"胆"敢到中国内地来作战,"胆"敢在南口、太原、徐州肆行屠杀;也"胆"敢在平型关被咱们的八路军(由林彪将军指挥)打个落得落花流水,"胆"敢在台儿庄被咱们的会战军打个全军覆没。双料的败军之将,紧跟着还"胆"敢趁财阀酝酿成功的内阁改组之便,跳上舞台,拜了"陆相"(那时由东条任"陆军次官",鬼子们又有"放胆大臣,智谋次官"的美赞)。可是,总不免觉着"有点那个",于是又"胆"敢提出成立"对华院"来遮羞。——这一来,可惹急了老财阀,因为"对华院"是由军部独揽大权,不但损害了财阀的利益,并且束缚了财阀的自由。

宇垣老将,"政界惑星",关西财阀的台柱,新上任的"外相",这回被怂恿出来,站在头阵,和坂垣剧烈摩擦。他固守着"外务省"的立场,要在中国给老财阀建立一个"门户开放"的政策,要把"对华院"放在"外务省"管辖之下,不答应由军部包办。军部自然满不理会,仍旧在"寡头"主持之下,独行其是,宇垣老将只好下台。结果"对华院"大纲通过了"四相"会议;跟着宣布了否认"九国公约"和"国际联盟",声明"建设东亚新秩序",在东京成立了"兴亚院",在北平成立了"兴亚院"的"华北连络部"。

宇垣老将出了一回马,只在"对华院"大纲里争到了"除在华第三国有关系的外交问题外"这么半句谈话,余外,都归了军部。老财阀可算完全失败。于是,气更大啦,进行倒阁。——到底也还有不可侮的力量,果然,没出三个月,近卫内阁就倒了台(这是第一次倒台)。

促成近卫内阁倒台的,还有实施《总动员法案》这么一个大纠纷。这个大纠纷,表现了军阀和财阀最激烈的摩擦,最尖锐的斗争;表现了财阀的临到末日;也表现了军阀的走上绝路。

单是这《总动员法案》的全文,就有五十条,和这个法案有关系的"法案"(像《贸易统制法》《汇兑统制法》《航业统制法》等)、"规则"(像《金使用规则》《挥发油重油贩卖取缔规则》《棉纱统制规则》等),还有好几十种,真是伟大的"企划",咱们没有工夫,管那许多,只就这《总动员法》来考察考察,也就够了。——可是,不要忘记:敌酋们对于咱们以及它们自己的人民是撒下了多么密的网啊!

《总动员法》的产生,就是因为咱们坚持长期抗战,尤其是汉口陷落以后,战事非但不像要完结,反倒像才开头,这使敌酋们彻悟到:不要说"速决",就是继续支持,也非"倾"全国之力,"竭"全国之力不可了。所以《总动员法》的中心目标,就是准备支持长期战局,竭力充实军需资源——"……为了在今后蒋氏所企图的长期消耗战中,获得彻底的胜利,必先整备国内的经济组织。同时,以财界人对于事实本质的十分认识为基础,而完成一切的统制。……"这是它们"全国商工会"理事,木村增太郎的口供。

"总动员",特别是"物资总动员",总该以开源为骨干吧:因为它们已经占领了咱们很多的地区(尤其是东北),军阀可以来开发,财阀可以来投资啊。可是,实际不然,"物资总动员"的骨干是"统制消费"。——"但我以为特别当务之急的,还是彻底的消费统治的实行，故要尽可能的努力于消费的节约。"这是那"三井系"财阀池田总师（当时的"藏相"）的口供。为了彻底强化这种"消费的节约"，日用必需的物品，全被严格限制，以致人民吃不上、穿不上，个个都快成了叫花子。——妇女们买不到剪刀，学生拖着木屐上学，抢买、暗买、囤积居奇，这都是池田自己承认的事实。它们自己的人民如此，咱们就更不用说啦，——连叫花子的局面都不能保持啊！

为了执行"全国总动员"事务，它们设立了一个伟大的机关，"企划院"。为了实施这种"消费节约"的"物资动员"，它们成立了"经济警察"的制度，举行了"新国民运动"。为了"中央协力"推进《总动员法》和"新国民运动"，加强"实践战时生活"，它们又成立了"大政翼赞会"。——这就是"新民会"狗群对咱们穷凶极恶的搜刮的根据，这就是"汪主席"专利包销的"有国际性"的"新国民运动"的根据。

请想：用木柴开汽车，用□灰造商船（这是到它们那里参观的人，亲眼看见的），用纸料做衣裳，用牲畜饲料作食粮，这样的"消费节约"下去，怎么会充实资源？怎么会增补元气？一切都"为达成国防之目的，以最有效方法，发挥国家全力，统制及运用人的物的资源"（《总动员法》第一条，也就是"新民会"和"汪主席"所要奉献"心物总力之积蓄"和"心力物力的一切"这类典故的出处），让财阀们终天在那里画饼、望梅，又怎么会和军阀"抱合"得紧？——"有很多人忧虑着，这或会使今次事变的牺牲至于一无所获的重大事态"。这也是木村理事所发出的代表的呼声。

大村理事一方面替军阀呼号"以财界人对于事实本质的十分认识为基础，而完成一切的统制"；一方面又替财阀发出失望的悲鸣。这正表示了摩擦的激烈化、斗争的尖锐化。

财阀们，像池田总师等到底精灵。它们要在这统治一切的《总动员法》里,安置下维持它们切身利益的基础,要在军阀的极端欺凌下争取资本家不败的地位。——这一层,表现在《总动员法》第十一条的大争执上。

《总动员法》第十一条的内容,可以分为三项:(一)对公司资本、资金的限制;(二)对公司红利的限制;(三)对金融机关资金、放款的限制。这都是财阀所断难忍受的袭击。它们要抗争、要拼命。它们指斥这种法案"违宪",那就是说侵害了私有财产的神圣;它们指斥这种法案会消灭激昂的民气,引起国内冲突。由池田为首,号召了金融巨头、地主巨头等一切有力人物,联合反攻。在内阁里的激烈争执不说,军部的佐藤情报局长竟公开的在报纸上对池田"喝骂"。财阀们到底还有威风,马上鼓动得经济界大形混乱,股票行市狂跌。这一来,不但近卫首相吃不住,就连军部也有点软啦。结果,产生了调停方案:对公司资本、资金的限制,另外施行《临时资金调整法》;对金融机关资金、放款的限制,另外创设"战时金融会社";对公司红利的限制(这是最中心的问题),规定为:(一)要增红利,须经主管大臣许可;(二)每年红利分配在百分之十以上的公司,不许再增成数;(三)每年红利分配在百分之十以下的公司,原则上许其增加到百分之十;(四)关于受限制的利金,仍由企业者自由保留,作为扩张产业之用,政府不强制其保有公债,或加以其他法令限制。

这回财阀总算相当胜利:得到一分红利的保障,而且经过主管大臣的许可□还可以增加;利金可自由用于扩张产业,不受政府限制。那么,这出戏就算圆满完场吗?不能的。第一,能保有一分红利的公司,只是属于大财阀的,为数并不多;其余不能保有一分红利的公司,在这种情形下要想增加红利,自属困难,要想扩张产业更不可能。第二,规定利金自由用于扩张产业,对于资本家,总算合适,对

于改善国民生活,就毫无直接关系。所以,这回军阀和财阀勉强"抱合"所完成的《总动员法》,只能收到以下的效果:

(一)近卫在财阀和军阀当中周旋半天,临完为两方所不满意,不能不下台。

(二)促成中小工商业的破产,使中小资产分子更毒恨军部(或政府)"专以保护大资本家为务",而借口"统制消费",向它们施行重压。——这一层,就是在咱们的沦陷都市里,不是也表现得很清楚吗?

(三)造成新的失业群、新的兵。——和平工业(如纺织业,人造丝业等)在战争拖延期间,被军需工业压轧得逐渐没落:或者完全停顿,或者裁并部门,或者减少工作时间,本就重新促进了失业问题的严重;这回《总动员法》一实施,属于和平工业营阵的一切中小工商业□一齐算尽先临到崩溃的厄运。失业的群众,男人在严格执行的征兵令下(十六岁至五十岁的男子,一律服兵役),惟有去入伍,女人只好"回到厨房去"。

(四)民不聊生。——在它们,是可怜的,颠连无辜的孤儿寡妇们;在咱们,是沦陷在敌畜和汉奸手里的一切老百姓。

可是,一方面和军阀冲突,一方面又并吞中小资产的大资本家,它们就真的能扩张、发展吗?不能的:(一)一切生产都以补充军需为中心,结果徒供自己消耗,难得交换的赢利。(二)《总动员法》虽然规定了一分的利率,那只是"保障",不是"保证",在种种统制之下,和对头的军阀作交易,怎样能有一分利的"保证"!(三)对外开发、□□,是最炫眼的希望,可是直到现在为止,在军阀们打下的天下里,什么地方能允许顺利开发呢?因此,财阀们在坚持长期战争里的有限赢利,实在抵不过消耗的制造、对外贸易,以及航业、商业等各方面的损失。木村所说的:"□□□变的牺牲,至于一无所获……"正是真实的情形，他们非但"一无所获"，也一样没有扩张产业的希望，而且由于资源的被控制和市场的丧失，也必然的由没落而崩溃，这是我们可以断言的。

那么，挑起了"大东亚战争"也没有救吗？更没有救：

（一）军需工业原料，本来已经枯竭，又失去了英美的供给；（二）南洋的资源，非但不容开发，也还不容保持；（三）丧失了更广大的市场。——什么《总动员法》，什么"企划院"，什么"大政翼赞会"，什么"兴亚院"、□□□"大东亚省"，好像都是运筹好了的计划，其实都是在剧烈的折腾里的瞎抓。那些叙述过的不必说；说说这"大东亚省"，除执行"确保战略据点，管制重要资源地域，扩充日本战力"这应急瞎抓的任务外，不是又表现了军阀和财阀在冲突、矛盾的轮回里，更不可开交地挣命纠缠吗？

…………

…………

够了，这回我"诗云""子曰"的，唠叨的太多了，但是，请原谅，我这是有意的；第一，我在前边提到，敌人的酋群如何要把它们那"军事封建的帝国主义""法西斯蒂化"；可是在这个□逆的过程里，更促进了它们自己的严重冲突和矛盾，这严重的冲突和矛盾，越往后，表现得越激烈、越尖锐，结果要分别的把它们带到末日，带上绝路。我更加重的提到，敌人死期是定了的。这些，都像是主观的、感情的咒骂。现在我可以坦白地说：感情的语气，势所难免；主观的见解，绝对没有羼杂。——敌人的"死定了"是客观的事实；敌酋和鬼头们要亲手"把国家命运、人民生活，整个的断送到崩溃毁灭的大劫里去"，也是客观的事实。

在开战以来的五年多里，鬼子们内阁，已经有了六次的更动。挑起战事的近卫下台以后，中间经过平沼、阿部、米内，随后又是近卫，近卫第二次下台之后，才换了现在的东条。我在前面唠叨的一大堆，还大部分都是第一任近卫内阁时期的事。以后的这些任内阁，虽然都以厉行《总动员法》为中心任务，没有太多的成就；可是，表现冲突、矛盾的"事故"，还是不断发生；这些个，我就都不再唠叨了。——我只请求你们，把我已经举出来的这一段具体而有关联的实例，耐心的辨别辨别。看：军阀和财阀、财阀和财阀、军阀和军阀，外部是如何的冲突，内部又是如何的矛盾？看：这冲突和矛盾，是会逐渐和缓，还是会逐渐激烈？看："大亏元气"和"毒火攻心"，是不是冲突和矛盾的结果？看：用友谊的态度看"天皇"、皇室、军阀、财阀、官僚，——这整个统治阶级，有谁能逃出毁灭的浩劫？看，我要求你们看：它们国家比较明白的人民，和咱们沦陷区的人民，是不是必得和它们"同死"？

第二，知道了关于"兴亚院"《总动员法》等等"对华""企划"的根底，再来看敌人和汉奸在咱们眼前所表演的"开发""建设"，就会一目了然，觉得不值一笑了。

依据池田的申明，整个《总动员法》是拿"统制消费"做骨干的，可见财阀们对于开发资源，并不太作妄想。可是"军部"——尤其是"现地军人"可就不同了：它们要妄想，要把妄想当命令，事实不听话，就索性蛮干。在这种意义下，说到华北的开发，那很明显，"开发"就是掠夺，就是利用"王道"的手段，在咱们这里厉行《总动员法》里所说的"统制及运用人的物的资源"。

敌人对咱们的"人的资源"的"开发"，前面已经说过一些（奴才和狗），后面也还要提到别的成绩，暂置不论。这里单表敌人对咱们的"物的资源"的"开发"：

要想充实军需工业，最重要的"物的资源"，就是煤和铁。敌人在东北，已经"开发"了几十年（要从"甲午战争"以后，敌人在鞍山等处开铁矿，在抚顺等处开煤矿说起）；在华北，又已经"开发"五年多；结果怎么样呢？据"满洲国"的武部总务长官在去年举行过"大陆联络会议"（第二次在东京举行，"满洲国"、朝鲜，"蒙疆""华北"都有"首脑"出席），发表谈话说："……'满洲图'与'华北'同样，今后对制铁事业，为完成大东亚战争起见，须煤炭紧急增产。此于大陆联络会议，以第一要义提出。因此，制铁□□依赖'华北'，亦如从来，非常重大。'满洲国'内部煤炭增产，亦须调整，……但因须供给朝鲜，此正为不得不依赖'华北'之原因。"这"以第一要义提出"的煤，不过如此："满洲国"内部的"煤炭增产"还得"调整"。不错，是得"调整"而且要"以第一要义提出"的，就是劳动力的恐慌，就是"人的资源"的缺乏，因此，这才成立"华北劳工协会"，成立"劳工招待所"，专门在华北"征募劳工出关"。——"征募"的办法是抓捕壮丁、遣送俘房。——当然，这只能算是"协力增产"，不能算是"依赖"。所谓"依赖"，是说"满洲国"的煤，要供给朝鲜；华北的煤要供给"满洲国"以及日本。因为要使这种调整"圆滑"，所以华北也"须煤炭紧急增产"。

华北的煤是多的，热河（它们算在"满洲国"里）、河北、河南、山东、山西都有，山西的藏量，更是世界驰名，只要能够大量"开发"，就是不"紧急增产"，也足够供给"友邦"需要。无奈这种大的开发事业，咱们以前没有替"友邦"完全建立起来；现在"友邦"要来替咱们"建设"，偏偏又有不肯"协力建设东亚新秩序"的八路军，从中作梗，再也不容你大量"开发"。虽然占据华北之后，把稍有规模的柳江、天佑、长城等煤矿，一时都给"开发"了去；又偷偷摸摸的"开发"些个小坑、小窑，到底还是无济于事；所以这才要"紧急增产"。——要"紧急增产"，又必须"强化治安"。

幸而"皇运"亨通，才一发动"大东亚战争"，就又"开发"出来一个"开滦煤矿"。这下子，连同以前所"开发"的，一齐"协力""紧急增产"（就是让咱们的苦哥们，竭尽血肉之躯所出的"力"去工作，取得牛马不如的待遇，还要"洒感激之泪"），预计到去年年底，竟可以有供给"帝国"需要百分之五十以上的希望（只是"希望"啊！），总算是"开发"的最大成功。

铁呢？在"大陆联络会议"里，没有"以第一要义提出"，情形想必好些。——论理，也□好些：其一，东北铁矿藏量，占咱们全国藏量的百分之六十以上，都归了它们，而且已经惨淡经营了多少年。其二，华北铁矿量，虽然比不上东北，可是已经开炼了的，像"石景山铁厂"（北平的市民们，你们千万不要走近石景山，那是顶森严的禁地，除了炼铁厂，还有大的发电厂呢。□等，也归了它们，而且正在积极增产）。其三，在"七七"前后，它们已经存积了空前大量的碎铁（足供一年之用！）。一九三八年，又从美国买进了大量的碎铁。要说，战争不拖延得这么久，铁是足够用的。可惜，一打五六年，军需工业膨胀得那么厉害，增加和□蓄，都不足以抵补消耗，这就不得不向咱们民间"开发"了；"开发"的办法，就是统制人民用铁。先前一大枚（不到五厘钱）买一大把的洋钉子，卖到一分钱一根；先前二毛钱一节的洋炉子烟囱，卖到十元；真算是"时来，□□生光"！统制民用之外，就是搜括民有，"有旧铁器，赶快送段上去！"警察不是这样经常的督促咱们"献铁"吗？

由铁顺便说到铜：铜，不能作枪身、炮身，可是作弹壳必须用它，这点事，大概咱们都知道。"友邦"原是产铜的国家，以前可以供给它们百分之五十九的需要；可惜不是"无尽藏"的，"铜山"已经渐渐"告竭"，这个恐慌可是大了。"开发"办法，就是发起"献铜运动"，正式由"□□"政府"和"新民会"来"主催"。每家至少必须"献"三斤，小自抽屉上的"铜活"大至铜床，都开在单子上。没有，买去。谁卖，"碎催"就卖，——不卖铜器，卖旧铜元，买起来很方便。不献，"取消你的配给权"。献了，给你门口贴上"献铜证"。

此外，军需工业的重要的"物的资源"，就是棉花（作火药用，不是纺线织布），煤油、汽油（开"摩托"用）锡、锑等轻金属（作飞机用啊）。

棉花，得属咱们华北，也是世界驰名。"开发"起来，还不像煤、铁那么费事。所以敌人最"依赖"，"开发"得最"协力"。——为了"紧急增产"，就要"主催"咱们掘井二十万眼。至于严格统治收取，那更不用说：住在四郊的北平市民，大概都见过"新民会"的"告示"罢？——每家收获的棉花，都必须尽量送到附近的集上，按官价出售，这算是努力"建设东亚新秩序"的表现；若是私藏、私卖，就要以"通匪"论罪。够多"王道"！——北平的市民们，真是在"天子脚下"，还客气得多呢；到了外府州县，那就是"无料取割"，还讲什么"官价"！——可是，这又仅限于铁路沿线，对于广大的边区里，它们仍然毫无办法。

机器油类，由重的到轻的，它们都很少生产（在抚顺，从一种"油页岩"的石头里，能榨出油来，那是它们的"独门"，可惜成本太重，产量太少），咱们华北又很少蕴藏，所以在美国断了它们的供给以后，它们只好发动"大东亚战争"，争取南太平洋的出产。可是，"大东亚'圣'战"（煤油的"神圣"啊）一年多了，南洋的出产，还不容"开发"，只眼望着存储在海底的美国油，用一滴，少一滴。长此拖延下去，"摩托"们（不论民用、军用）是总有一天，会都不听话了的。

锡、锑等轻金属，在它们的国内，和咱们的东北、华北，都很少出产。大量矿藏是在咱们的江西、湖南，以及更西南的地方。其次是南洋,也有较大的产量。可惜这些,都不能到手。尤其令人心烦的,是武汉已经攻下,又消耗了四五年,近在江西、湖南的轻金属,还终于只能想望着,真是太叫"赫赫战果"减色了。

军需工业的充实,有无限的要求,各种重要的"物的资源"的供给,任凭如何"开发",也只能达到极有限的程度,咱们纵然用极友谊的态度,替它们筹思,也总觉着前途十分黯淡。——不但咱们如此,就是它们自己的财阀,不是早就有了"今次事变之牺牲,至于一无所获……"的悲鸣了吗?

为其如此,这才越要挣命、折腾,越要"开发""建设"。这些,敌人和汉奸们,也未尝不知道无关于大局,可是,又不能不忍痛支撑。真是,让咱们瞧着,也怪"那个"的。

"华北电电公司""华北交通公司""华北开发公司""华北政务委员会实业总署""华北政务委员会建设总署",这"军管"的三大"公司",两大"总署",再加上一个"新民会",就是支撑"开发"——"建设"这个场面的主要机关。"新民会",已经表过,不谈;简单说说其余的。

"华北电电公司",包办电话、电报这两种电信"建设"事业。主要的经常工作是接补丢失的电线、栽补折毁的杆子、修建保险杆子、侍候军用、营业例行事务,并不太忙,营业收入,自然也不太多;一句话,很赔钱。

"华北交通公司",包办几条"命脉"的交通"建设"事业。主要的经常工作是运输敌人从各地"开发"来的煤炭、食粮、棉花等"物的资源"。客运营业,不算坏;人民商运营业,很微。论理,铁路全仗人民商运维持,人民商运一微,就得赔钱。可是各地"开发"来的东西,多半"无料",就是"有料"也不多;再加上客运情形不坏,总算起来,很赚钱。——大段的铁轨,时常丢失,这是一种顶不痛快的损失。

"华北开发公司",包办各地资源的"开发",以及"建设"事业。主要的经常工作是经由"实业总署"（以及"建设总署"），接受并管理"开发"来的资源和产业，然后"紧急增产",转呈军用。因为供应军用还不够，所以谈不到营业。——很想"紧急"大量"增产",所以扩张外围，成为"开发协会",可是根本上还是需要大量"增资",因此"现地军人"（以及汉奸）和"军部",都很想在华北"开发"事业上，能和财阀"抱合"。不过，这事很难办：财阀们，不论新旧，都瞧透了，目前的华北和当年的东北不一样。都瞧透了：不投资，不过"一无所获";投资，就是损失；所以没有人想在华北做鲇川第二。——大仓财阀，对于开发华北，倒是很费过心思，多年之前，就在北平设立了很大的办事处（就是所谓东城的"大仓公□"）。"北洋政府"中的各派（尤其是"安福系"），始终很巴结他。他也很□□□在卖国的生意里"掌盘"、拉纤。现任的"朱委员长"以□□"华北开发公司"里很活跃的曹汝霖、陆宗舆都是他的多年好友。因此，大仓财阀，被大家属望最殷。不过大仓是"三井系"的老伙友，目前的情形又摆在这里，多少在"华北开发"和"华北政权"上起些作用，那是乐得的；要大卖力气，还是不肯。所以，"华北开发公司"的大量增资，终于是不可能。

"实业总署",专管"开发"以及"建设"的"抱合"事务。由王荫泰"督办"领班，成绩并不算坏：在"日华经济协议会"的招牌之下，对于煤、铁、棉花的紧急增产□,都尽了最大的努力。对于"公仓"的"建设",更有不可磨灭的功绩。

"建设总署",这是成立最早、势派最大的,"华北建设"正统机关。原先只叫"华北建设总署",改属"华北政务委员会"是以后的事。前任"督办"殷"忠毅公"（按："忠毅公"姓殷名同,"忠毅公"是谥法。这谥法是"新民会"在"临时全联会"里通过的。提议追谥的人，是山东代表王梓生）当权的时候，始终保持和"华北政务委员会"平起平坐的地位，现在余晋和市长接任，情形自然不同些。这个"总署"，顾名思义，当然应该包办"华北建设"一切事宜。不过，负这个责任的，另有"兴亚院"，——还有帮腔的"华北政务委员会"和"新民会"。至于部分的责任，也各有专属：负经济"建设"责任的，有三大公司和"实业总署"；负财政"建设"责任的，有"联合准备银行"和"财政总署"；负文教"建设"责任的，有"内务总署"和"教育总署"；负军事"建设"责任的，有"华北派遣军最高指挥官"和"治安总署"……所以这"华北建设"的范围，实际上就不免受了限制，限制到"建设"华北的新都市，限制到"建设""新北京"，限制到"建设""新北京"的土木工程。于是，殷督办经手在中南海对过"建设""建设总署"大厦，在定阜大街"建设""督办"的"官邸"和"外宾招待所"，在城外"建设""中央农事试验场"、"建设""保健院"、"建设"飞机场、"建设""新市区"，又在城里和市政府的工务局抢着（因为"油水"啊！）"建设""新市容"、修马路；更在禄米仓"建设"一所"堂皇"的"靖国神社"。……这些都是穷年累月的巨大工程，真给咱们这古老的城市凭空添出不少"繁荣"的"动态"，而且在一切新建筑物的形式上，都充分表现出"友邦"的风格（"神社"自不必说），越发显出"共存共荣"的气象。（只可怜了包工的木厂子，到现在还没有领齐垫款。）

　　自然，殷"督办"秉其"忠毅"的风节，始终也没有忘怀更艰难的"建设"事业：拿"督办"而兼"新民会副会长"的资格，还是经常和"交通""开发"两大公司，取得联系，努力于"物的资源"（特别是食粮、棉花）的"统制"，——不让"实业总署"独占春色。这样兼程并进,使得"忠毅公"的宦囊不能不特别丰盈。于是,他不得不打算"建设"自己的米仓、金库;可惜,工程师打错了图样,竟建设成了"忠毅公"的陵墓!

…………

同样,一切敌酋和汉奸,都在依照错误的图样,努力"建设"自己的陵墓。

九、站起来

北平的市民们:咱们是在古老的"文化城"里熏染出来的,咱们素来讲究"真气",讲究"有根有蔓"。我在前面唠叨的一大堆,许是不"边饰"、不"俐落",可是,我要"真真气气"的、"有根有蔓"地说给你们:日本"法西斯蒂"的强盗为什么必败,为什么必死。我要你们相信:这不是空洞的"骂街",不是虚伪的宣传,也不是"胡吹乱嗙",是它们"自作自受"的实情。

就说,物价飞涨,"联银票"不值钱,这也是在咱们眼前头明摆着的,它们有什么办法?根本是现金的存储,一扫而空,引起了恶性的通货膨胀,在它们眼里,也是物价飞涨,公债害了"禁口痢",金票快成了废纸;说是拿金票作后盾,实际却是挑在枪尖上的"联银票",又怎么能维持?金价在第五次"治运"的两个月里,从四百五涨到一千多(现在怕到两千了),已经是明确的证据;可是敌人在广播里说得好:"至于金价的变动更易为人误解,金虽被人采用为交换媒介,但甚久以来,黄金已失去通货资格,而变为商品之一样,故现在之金价乃系商品价格,而非货币价格,其对联银通货价值毫不发生动摇。"真轻快!"黄金已失去通货资格"也不知从那天起?帝国主义的主要特色,就靠着耍金融资本(因此,在《总动员法》第十一条的争执里,军阀对金融统制,才采取了回避的态度),金融资本的活动，又靠着有金货准备，好能维持外汇。如今存金告罄，对外"叫不动庄"，还撑的什么架子？本来这种滥调，是它们师尊希特勒一种赖皮的妄想，对于建设它们所说的"新秩序"，是行不通的；敌人竟拿来"虎"咱们，真是可怜、可笑！搜刮民间的存金、首饰，抢天津租界的银圆，接收"津海关"，……究竟无补于军事上巨量的消耗。金票已濒破产，借两万万（还要分五年）给华北，来支援"联银票"，这不是诚心透着乱吗？

可是，"联银票"破产，直接受害的是咱们，不是敌人。这一点，务必认清。所以，存着"联银票"的市民们：要赶快把烂纸抛出去，换什么产业、用品进来都好，千万别放在那里，死吃死嚼，临完，还希望将来国家会换给你通用币呀！

钱既然不值钱（以后还要更不值钱），什么就都谈不到啦。以前穿一身粗布裤褂，有三四块钱就行，现在，三四十块也不够。以前住一间房，有一两块钱就行，现在要二十来块，房东还是直想换主、多租，逼得出过多少档子人命。以前讲究坐汽车、坐洋车，现在多体面的男、女，也去挤电车，挤得关不上门，还挤。——衣、住、行，是如此，再说吃罢：

以前小米面、玉米面不过卖五六分钱一斤，好洋面两块多钱一口袋，好大米十几块钱一包。大宅门净吃细粮，那不用说；小门小户，有个三五口人，每月收入二三十块钱，糙细粮搭着吃，也不过用到五六块钱。服苦的哥们，用一毛钱，可以吃到一斤干面做的面条，外带着芝麻酱和"面码"（一些蔬菜和豆嘴）；用三毛钱，可以吃到烙饼卷"盒子菜"（酱肉酱肚之类）；若是光身一个人，每天奔个块儿八毛的，满可以净吃好的。——就说拉家带口，饶上点粗粮，也可以凑合着糊过嘴来。如今，想不得：领得到白米、白面的，存得起白米、白面的，自然心里"踏实"；可是也不能一色吃细的，还得派出人去抢着买粗粮。领不到、存不起的,那就惨啦:等"配给"罢,不定三月、五个月才有一回;买罢,就得本人晚上不睡觉,白天别做事,守着指定的米粮店去排班、去抢买。——一回买个三斤二斤的,不准够吃一顿。这还不说:身子搭不起呀,工夫搭不起呀!

亲爱的北平市民们:这类情形,我不太隔膜,我才离开不到两三个月啊。我准知道:大饭馆子都散了伙计,开着门(不许关啊),切面铺全仗卖窝头、丝糕,肉是"厂开"没有,住家户连逢年过节、都得吃素(菜市有点肉,要尽先卖给"友邦人士");下馆子,还得吃素。我也知道:为着排班抢买,有人两三天买不到,连饿带气,寻了短见;有人和米粮店老板扎刀子拼命。我还知道:苦寒哥们,吃不到糙粮,也吃不起糙粮,就吃"假粮",——吃豆饼、豆腐渣、榆树皮面……而且,连买"假粮",也得排班、也挤不动。我更知道:北平市每天有饿死的,去年冬季,每天总有二三十;听说现在又赶上青黄不接,每天要有一二百。但是,我不知道,这两三个月里,情形到底变成了什么样。看这边报上载:鬼头和汉奸们,正在闹"食粮管理""紧急食粮调查""农业生产费调查""食粮采运"……这除了表示要加紧"收买"——劫掠以外,自然也表示你们现在受到了更大的苦难,受到了严重的饥饿威胁的苦难,受到了要在敌人和汉奸手里争死争活的苦难!亲爱的北平市民们,死和活是要争的,咱们不能和它们"同死"啊!

苦难的日子,快到六年头了。亲爱的北平市民们:挨饿、受气,把人都折磨老了;也许有些人,心灰意冷、凭命由天,不想再争什么了。可,那是不行,那是不行的呀!且听我说一些有生气的故事罢:

…………

一位回民支队部的部长,抗战非常英勇。敌人很恨他,打听到他的家乡住处,就到那里包围了村庄,把他的母亲捉去了。敌人威逼利诱这位老太太,要她设法带信把她的儿子叫回来。老太太不肯,并且绝食,过两天她的妹妹去看她,她说:"妹妹,我们就要分手了,我是不能活在这里的。我死了之后,我的儿子、亲戚,就再不用替我操心了!"又过几天,敌人打发她的一位亲戚去劝说她。她这时候已经晕眩急喘得不能支持了,勉强忍着泪告诉她的亲戚说:"你来了,很好!你去告诉我儿子,让他好好地干罢,他的娘已经不中用了!……"她终于死在敌人手里。(节述仓夷:《马老太太》)

一位老太太,有一个很强壮的大儿子,娘俩过着很好的日子。有一天她们掩藏了一位在游击里分散出来的干部。敌人跟踪来搜,没搜着。看见老太太的儿子,问,是她的什么人,她说是她的儿子;又问她有几个儿子,她说只有一个。敌人走了,干部出来了。狡猾的敌人又转回来啦。这回没办法,干部自己招认自己是八路军,老太太的儿子也说自己是八路军。敌人叫老太太说准那一个,否则两个一齐枪崩。老太太现出急着、哭着的样子,抱住了干部,推她的儿子,说:"这是我的儿子,他是八路军啊!"于是老太太独一个强壮的大儿子,就被敌人在院子里枪崩了。

…………

敌人攻进一个村子,圈住了老百姓,要在这里搜查留下来的干部。把青年男子排在一起,按着个让大家来认。轮到干部了,问了姓名,还要往下问,正在大家捏一把汗的工夫,一个青年的女子嚷出:"他是我的男人。"敌人看她表现的样子很亲切,就让它们俩当众接吻。它们当众接了吻,敌人笑啦!

敌人攻下村子,闯进一家,看见一男一女。问它们是什么关系,它们说是夫妻。敌人叫他们"困觉的有",它们没法,就脱了衣裳,钻到被窝里躺了一下。其实,那男的是刚跑进这屋的一位分散下来的干部,和女的并不认识。

在冀中，八路军每到一个地方，就有女子组织的"洗衣队""缝衣队"，来搜集脏了破了的衣服、袜子，拿去洗、拿去缝，洗好、缝好，再给送来。有时，军队停留的期间很短促，她们就用"突击"的办法。——在"突击"之下，两个钟头里，可以做成一件新衣服。

…………

敌人攻进一个村子，抓到三位老头。叫他们下井去捞出八路军收藏的枪和手榴弹。井里到底确有枪和手榴弹，三位老头要为八路军爱护这些东西，就说没有。敌人不听，弄绳子系下一位老头去，硬叫他捞。他在井里还说没有。敌人就把他系出水面，再猛力摔下水去。这样几次摔、几次问，第一位老头被灌死了。第二、第三位也在同样折磨之下牺牲了。（节述梁璞：《在血泊斗争中的冀中人民》）

在一个阴冷、下着雨的夜里，敌人要从驻守的村子进袭另外一个村子。这消息被一位六十多岁的老头知道了，他没有声张，悄悄地溜出村去，冒着雨、摸着黑，在崖上和沟里，连走带爬，绕道翻过好几个山头，到那个村，报了信。可是他自己呢，摔了浑身的伤，又被雨激了半宿，报了信就晕过去啦！

…………

敌人抓着几个小孩，叫他们供出干部在那里，问第一个，第一个说"不知道"，敌人用刺刀挑啦；问第二个，第二个还是说"不知道"，又挑啦；问第三个……都挑了，没有一个含糊的。

敌人搜山，抓着一个小同志，打着问他："枪放在那里，机器放在那里，工厂的人跑到那里去啦？"小同志的回答是："在山里也有八路军，也有枪，也有地雷，你们自己去找罢。"直到把他周身全打得青紫啦，他还是这么说。晚上敌人叫他打水去，他乘机会从岩崖上滚下去，跑啦。（节述尼尼：《我亲眼看见了敌人的穷困和惊慌》）

在许多地方，孩子们担任岗哨、侦查、向导、运输等等工作，都是非常英勇而机警的。

……………

最近（五月七号），敌人被迫从完县窜退的时候，在野场村、石匣岭一带的山沟里，圈出来野场、龙王水、解放、王家庄等四村的老弱妇女二百多人。敌人把它们集中到沟里小块地埝里去。

"叫你们来，没别的，"翻译摇着旗杆说，"你们知道八路军的枪支、子弹、鞋袜、衣服，都藏在那里？"

人们没有回答。

"说呀！你他妈的说呀！"翻译急啦，直用旗杆敲地，"说！你们都没有嘴吗？——谁知道，谁就领着去，大家好活命。"

还是没有回答。

"不说？就要开枪了。"翻译看了看坐在重机枪尾座上的鬼子。鬼子压上了子弹。

"什么都有，就是都叫你们这伙强盗抢光啦！"一个妇人气得骂出来。鬼子上去把她挑啦。

"没有，就是没有。"一位七十多岁的老头严峻地说。他十五岁的侄子，好像不愿意他和敌人答话，叫他："大爹，说什么，咱们不知道，打死就打死罢！"

翻译又嚷："知道不？不说就开枪了！"

人们回答："不知道！"

"不要你们多说，只要说出一双袜子、一只鞋就行啦。——就饶了你们啦。——怎么样呀？"翻译变了软和的口吻。

"谁也不能说，死了好啦，知道也不说！"村长的儿子向大家嚷。

"咱们妇女谁也不能说，反正是死，不受敌人的骗！"村长的媳妇也嚷。

龙王水的一对老夫妻，互相看了一眼，发出苦笑："死，死也死在一起!"说着靠得更紧些。

"哈哈!你们边区的老百姓真坚决啊!"翻译打哈哈,跟鬼子伸了伸手。

鬼子发了狠:"杀不完老百姓,就杀不完八路的,统统的是八路!"

重机枪响起了,人群乱了。尘土扬起,喊声一片,血肉和脑浆涂在地上,……

"王八羔子,我们死啦,我们的孩子会替我们报仇!"一个负了伤的妇女,忽了跳起来嚷。

机枪又扫射了两个过,这回安静多啦。鬼子过来检查一下,见有动的,再加上一刺刀。一个婴孩还趴在死去的娘身上吃奶,鬼子用刺刀把两只脚掌给削断了。(节述沈重:《野场惨案》通讯)

…………

亲爱的北平市民们:前面所说的"故事",只不过是一鳞、一爪,又是点到为止的。边区里像这样的"故事",真是多到不可胜计。若是都搜集起来,详明陈说,就要成为上百册、上千卷的大书。——自然,咱们对于这些"故事",是会受到感动的。这些"故事"里的老头、老婆、青年妇女和小孩,它们都是"乡愚"。可是,它们表现了最坚定的民族意识、最神圣的民族友爱、最高尚的民族道德,——它们表现了咱们城市里"老爷""太太""少爷""小姐"们所不能想象、甚至于不敢想象的伟大!那么,咱们除了感动之外,还应该想到些什么呢?

还有,我说到的,只是老弱和妇女,至于青年、壮年的干部、子弟兵、民兵(都是不脱离生产事业的老百姓)和游击队,我都没有提到。亲爱的北平市民们:我想,我不再提啦。他们那些有声有色、可歌可泣的事迹,更是太多,而且太难于想象、难于描写了。譬如:

极少数的一班人，掩护大队退却，临了陷在重围里，突不出来，大家射出最后一粒子弹，就在岩石上轧毁了自己的武器，然后一齐从百丈的悬崖上跳下去。像这样壮烈的事迹，在狼牙山、摩天岭、曹抱岗……就发生了好几次。请问，这从容赴义的精神、这庄严殉节的表现，咱们何从想象，又怎样描写？

要紧的，是：这些伟大的、崇高的"故事"启示咱们——咱们自己也应该想到：苦难、折磨不论多么严重，咱们也决不应该心灰意冷、凭命由天；咱们要和敌人汉奸们争死活，咱们要保持，并且发挥出来民族的气节！亲爱的北平市民们：咱们一同熬过长期的苦难日子；咱们一同受过文化古城的熏染；咱们能够冷静、深刻地认识问题；咱们在民族解放的斗争里，贡献过不可侮的力量；咱们创造过光荣的历史。这回，咱们要唤醒昏迷的自己，恢复当年的勇气，追上前行的队伍，在旷古未有的大进军里，添上有力的脚印，响应雄壮的歌声。

但是，咱们不要鲁莽、不要急性，不要马上就去做无谓的盲动和牺牲。咱们不是常常伸出大拇指和食指来比画"八路"，而且望穿了泪眼的盼望它们早来吗？是的，咱们要盼望它们，它们也一定会来的；不过，那要到全面反攻的时期，不到那个时期，咱们只可做些准备工作，减削敌人和汉奸的力量，争取自己的存活。到了那个时期，自然要采取密切的配合行动，为了保卫市民的生命、财产，为了保卫古城的文物、古迹，不惜和敌人做任何残酷的周旋。

亲爱的北平市民！整个的局势摆在这里：德国的"法西斯蒂"强盗们，已经快被苏联赶回老巢；北非的"轴心"强盗们，已经让同盟军完全肃清；欧洲大陆的围攻，配合内部的游击，眼看就要实现。太平洋的南北夹击，更要加紧；印度支那半岛的大规模反攻，随时可以发动。咱们国内的敌人，在华南、华中、华北，都已失掉了进攻的能力。——而且前面所剖析的许多具体条件，又赶勒得鬼子像上吊一样，越挣越紧。这些，都告诉咱们，全面反攻，目前虽然还不到时机，但是，为期已经不远。

亲爱的，我梦魂所驰系的北平市民们！天就要亮啦，可是显着更暗、更冷，人也更困。咱们要打起精神，咬紧牙关，熬过这个时候。——不能再蹲着啦，都站起来！

十、煞尾

有内地的老乡，举家到边区里来。本来携带着房、地的契纸和一些法币，在路上听人说，只有穷人到边区是占便宜的，有产业的、有钱的，都要活埋。于是他们毁弃了契纸，把钱在路上也花个精光。还有，有人想会同一位大都市里的教授到边区来，这位教授拒绝啦。他说："我不能去，我本身就是大地主。"

北平的市民们：这老乡和教授，对于边区的认识，都是不正确的。《晋察冀边区目前施政纲领》里规定：

"保障一切抗日人民的财产所有权。人民除每年缴纳一次统一累进税及对外贸易时之出入口税外，任何机关、团体，不得另以任何名目勒索或罚款；在减租减息后，佃户须依约缴租，债户须依约偿付本息；一切契约之缔结，均须双方自愿，契约期满，任何一方均有依法解约之权。"

所谓"统一累进税"，一是融合财产税、所得税、营业税的基本精神制定出来的，适用于农、工、商各方面，有了这种税，就可以把其他一切捐税和田赋都废除了。二是有"免征点"和"最高率"的累进税法，适合于"多有多出，少有少出，特穷不出"的合理原则的。所谓"减租、减息"，是普遍的推行"二五减租"（出租、出佃的土地，要一律按照原租额减收百分之二十五，这是国民政府在战前就倡导、推行的），保证地租不得超过收获总额千分之三百七十五；利息不得超过一分。

北平的市民们：在这种规定之下，要想这个税、那个捐的（如在田赋正税之外，加上二三十种附税□，足搂、足刮，作一任什么长，就可以吃上两三辈子，那是办不到的；要想"穷的多出，富的少出，特富的不出"，那也是办不到的；要想结交官府，鱼肉乡民，"剩活人皮"，"放阎王账"，那还是办不到的。一句话，在这种规定之下，那些指望"食人肥己"的主儿，总要受到相当的损失或威胁。正因为如此，它们才有的帮助敌人，散布出好多毒恶的谣言，来破坏统一的战线。可是，北平的市民们，咱们现在总该明了：在这种规定之下，私人的财产所有权，是受到保障的；一切农、工、商的合法经营、发展（致富），也是受到保障的。不但受到保障，在边区政府"生产运动"的号召之下，突飞猛进的成绩，还是受到推崇和奖励的。

…………

其次，边区男女间的关系，也不断地受着诬蔑。什么"共产公妻"，到现在还在有人言之津津，这真是罪孽！《施政纲领》里规定："保障妇女在社会上、政治上、经济上及家庭地位之平等，妇女依法有财产承继权；男女婚姻自主，反对买卖婚姻与一夫多妻制，反对蓄童养媳、溺婴与戕害青年发育的早婚恶习；严防沦陷区敌伪淫乱恶风侵入边区；树立优良的家庭教育，养成儿童优良的生活习惯；实行孕妇儿童保健。"

这样正常的妇女地位、婚姻制度、妇婴政策，在边区的党、政、军、民各方面，是普通保持着的。男女往还，不要说沾染"沦陷区敌伪淫乱恶风"，就是偶然犯了一般都市浪漫的毛病，都要受到严厉的社会裁制。原因很简单：就是男女都能摆脱传统的丑态，互相尊重。

惟其如此，也就能够产生出来兄弟、姊妹一般的友爱，加强了分工、合作的效能——把妇女看成财物、玩具、奴婢的顽固分子，是不能了解到这些的，所以他们会把前面所举妇女掩护干部那样圣洁、伟大的友爱，也投到他们那污秽不堪的心眼里，渲染出来，随着敌畜们胡说八道。这真是该着天诛地灭的！

…………

又其次，是敌人造出一种恐怖的流言：说八路军若是得了胜，沦陷区的人民，就休想得好，都得算是汉奸，不是要命，就是抄家。这种流言，很容易打动一般人，对敌人是很有利的。但是，《施政纲领》里规定：

"……凡因被迫或一时错误触犯汉奸治罪条例之分子，准其自新；对死心塌地的汉奸，严予惩处。"

"……对罪大恶极的大汉奸之土地财产，专署以上各级政府，应当地群众之要求得依法没收之，对反共派、顽固派及伪军官兵之财产土地不得宣布没收；全家逃亡敌区的汉奸嫌疑犯之土地财产，可由政府暂管，待其重回边区抗日时发还之。……对汉奸审判须依确实证据，其未参与汉奸活动之家属，不得株连，该家属之财产仍须依法保障。汉奸犯不服初审判决时，得上诉至边区最高审讯机关"。

这里，无须再加什么解说。一切沦陷区的苦难人民，向来是被国民政府和边区政府深切关怀的，死心塌地、罪大恶极的汉奸，为数并不太多，它们是应该受到严厉惩处的。此外，在敌伪机关工作的人员，不论需要履行自新登记的、或不需要的，都尽管可以放心。不过，"身在曹营心在汉"的苦衷，若是能够在自己的行为上，加以证明，那就显得坚强可贵了。

…………

再有，因为敌人在"治强运动"里，要利用迷信的宗教团体，它们就造出一种谣言来，说共产党不信宗教，对宗教团体，都要破坏，到处烧庙宇、杀和尚。这也是毒恶的挑拨。《施政纲领》里规定：

"边区各民族应相互尊重生活、风俗及宗教习惯，在平等基础上亲密团结抗战，在民主选举中，应予回、蒙、满、藏同胞以优待；对其贫苦无以为生者，特予救济。"

有一位出席参议会的天主教徒，他在会后写过一篇通讯，咱们且摘录其中的一节，作为上条规定的说明：

"在大会场上我还看见了喇嘛参议员，穿着袈裟的××和尚参议员。听说还有一位天主教的神父参议员。宗教不但在边区里得到了依靠，并且在政权上也得到了平等地位。在这里我回忆起在抗战开始的时候，正定府天主教堂里的十余位神父与修道生们，一齐被鬼子杀死，尸体都在小北门车站烧毁了。这样毁灭宗教的日本鬼日本帝国主义者们，教友们！我们一定要与共产党合作在一起，一同打倒他们。"

…………

北平的市民们：现在该提到参议会啦。参议会是村民代表会、县议会上边的一级议会，是边区的最高立法机关，也是最高的监察机关。参议员和村民代表、县议员一样，都是由边区民众在"普选制"下（"凡在边区境内年满十八岁之中华民国人民，不分性别、职业、民族、阶级、党派、信仰、文化程度、居住年限，经选举委员会登记后，均有选举权与被选举权"）用无记名投选法，直接选举出来的。这里边包括各党派、各阶层、各民族的代表——开起会来是很热闹的。——它们都是真正代表民众的，而各党派、各阶层、各民族的民众都是要求"共同抗战、共同建国"的，所以它们很容易把不同的意见，在共同的目标下统一起来：

"……讨论《租佃债息条例》，一位代表提出：在该项条例里，应加入'佃户在承佃土地内,新开垦之生荒地,当地主收回土地时,应留归佃户'一项。全场沉默了一会,另一位代表发言了,他认为在加强团结、照顾各阶层利益这一点上,暂时不能加入这项条文……原提案人经过考虑,表示愿意为了照顾各阶层利益,撤回原案。……这两个发言人,都是代表无产阶级的,他们能自动的体贴到对方的利益,地主没有发言,就满意的为他解决了"。(节述前引参议员通讯)

像这样的精神,唯有在这样的议会里,才可以产生;在旧式的议会里,怕要闹得不可开交了,又如前面征引的《晋察冀边区目前施政纲领》,那是由共产党代表提出,经国民党和其他各方面代表的热烈拥护而通过了的。——大家都能依照民众所付给的使命,表现出伟大的精诚团结。这种团结,敌人任凭怎么样离间,也是不能中伤的。

…………

北平的市民们,在上边各节里,我把边区民主政治的轮廓,描述给你们了。这虽说是目前在边区施行的,以后扩展到收复的地区去,不能不因时、因地有所更张;但是,基本的原则、重要的纲领,是不会有太大变化的。道理非常明显:一切中华民族的优秀儿女们,现在都在付出最高的代价,来争取国家的独立、民族的自由;将来,也必然要发挥出最大的力量,来创建合理的社会、合理的生活。这经过几千年盘根错节,而发扬光大起来的生机,是不可抵御的。所有能够存在的伟大理想,都必须是能够顺应这生机趋向的理想,都必须是把国家独立、民族自由、合理的社会、合理的生活统一起来的理想。这理想正是毛泽东先生的新民主主义的理想,也正是孙中山先生的三民主义的理想。现在的设施,要受这种理想的指导;将来的设施,也还要受这种理想的指导。

亲爱的北平市民们:天是快亮了。可是,天亮不单单是说敌人溃灭,而是说在敌人溃灭之后,咱们能得到比战前更合理想的、新的社会和生活。在这种新的社会和生活里,没有传统的贪污、诡诈、倾轧、猜忌……只有公正的、光明的、宽宏的、友爱的……各尽所能,共同努力:

彻底实现新民主主义!

彻底实现三民主义!

亲爱的北平市民们!咬紧了牙关,站起来!排成整齐的队伍,准备迎着就要降临的灿烂曙光,庄严地祝祷:

中华民族永生!

(《晋察冀日报》1943年6月3日、12日、18日连载)

郭兴在火堆里

王路

郭兴同志,是××团的生产工人,同两个侦察员到沟外执行一个很重要的任务。

一月十六日晚,他们不顾严寒和劳苦星夜出发了。天刚晓,他们到满城县××村,在一个熟悉的老乡家里休息下来。

下午两点,沉重的脚步声,把机警的郭兴同志惊醒,他赶紧爬起来,让女房东出去观察有什么动静,同时唤醒了另外两个同伴。

"站住!"汉奸们声色俱厉的威吓着她。

"这怎么办?敌人来了!"她被吓得很快的缩回头来,和他们小声地讲,脸色也变了。

"房东,不要害怕,你想法躲走吧!"郭兴安慰着她走了。

他隔着窗户往外一看,围墙上不知什么时候已经布置好了敌人,他就把手枪举起来,向同伴们说:

"同志们,只有冲才有出路!走,冲吧!"说着他就英勇的射击敌人,领导着向外冲;但敌人已经围好,枪弹向他们密密地打来,没有冲出去,只好退回来。他们连续冲了三次,都被打回来,不得已,他们把门口堵塞了半截,开始了顽强的抵抗,决心死守。

敌人很有把握似的,见他们冲不出去,狞笑着说:

"怎么样,冲不出去吧?交枪吧!"

"反正你们跑不了,看你们交枪不交!"伪军也威胁着。

郭兴同志早已拿定主意:"打死一个够本,打死两个赚一个,为党为民族牺牲是光荣的!"

敌人满想这几个人定会手到擒来,却没料到他们这样的抵抗,从下午二点坚持到了黄昏。这时敌人、汉奸警备队，乱七八糟地凑集了七八十人，在房顶上打了个窟窿，向屋里扔手榴弹，同时威胁着说："怎么样，手榴弹下去了，心眼活动点吧！"

"同志们，沉着气，不要慌，留着最后一口气，和敌人拼到底！牺牲是光荣的！"郭兴同志作着有力的鼓动。

"轰……"手榴弹打下来，有一个侦察员同志光荣地牺牲了。

第二个手榴弹接着又扔下来，机敏的郭兴同志，把敌人投到炕上还未炸响的手榴弹很快地扔在炕下边去，刚落地就炸开来。在硝烟笼罩中，他们两人把敌人扔下很多的手榴弹，都让它响在炕下边了。他们谁也没有再受到丝毫损伤。

敌人手榴弹打完了，又取来了一批。伪军们在房上加重了威胁："又取手榴弹来了，出来交枪吧！为什么找死呢？"这时侦察员李栋玉表现了恐惧；郭兴同志以激昂正义的言词向他说："我们是八路军的战士，是中国优秀的子孙，我们要誓死抵抗到底，绝不投降，不当俘虏！"李栋玉才又镇静下去。

敌人又把手榴弹扔下来，他们又同样的让手榴弹爆炸在炕下边。敌人无可奈何，又下毒手，强令老百姓搬运柴草，在屋顶上打了三个窟窿，点着火往下塞，并威胁说："出来投降吧！不，就活活地烧死你们！"不久，烟火飞腾，一间房子塌下来了，他们这一间眼看也要烧塌，房顶咯吱咯吱地乱响。在这千钧一发的时候，李栋玉真的动摇了，郭兴制止无效，他无耻地向敌人屈服了。

郭兴见房子要塌下来，就先爬在炕沿底下，准备最后牺牲。

"嗵……隆"中梁烧断，房子塌下来了；可巧，中梁搭在炕沿上，把他挺严密地掩盖起来，他的眼没法睁开，衣服有的地方被烧着了。

敌人见房子塌了，就让老百姓救火，正好，把水泼在郭兴身上，没被烧伤;火虽然大部扑灭,烟雾却仍然很浓厚,后来敌人派人进屋里去搜寻,烟薰得睁不开眼睛,也就马马虎虎地过去了。

深夜了,敌人为了迷惑欺诈,曾三次喊:"走啊!走啊!"并骤然地沉寂下去。郭兴同志估计敌人有诈,坚持未动,敌人见没有动静,认为他是被烧死,走了。

半夜里,郭兴同志悄悄地钻出来,安全地回到了团上。

(《晋察冀日报》1943年4月15日,《子弟兵》副刊第72期)

"咱王受贵,金钱买不动!"
——一个坚决执行政府法令的共产党员

耀光

×庄这个村子,是挺重要的一个来往大路口。敌人要进攻,准会先到这里,边区的货物出入口,很多也打这里经过。我们连就在这里担任警戒。

这天,我跟王受贵在小山坡儿上放哨。太阳晒得暖洋洋的,我们一边闲谈着,一边注意监视着前面敌人的堡垒。突然,后面传来了一种塔赤塔赤的声音,我们吃了一惊,回头一看,原来,一个老乡正赶着几个骡驮子走过来了。

等他走近,王受贵大声问?

"老乡,驮的什么东西呀?"

"驮的麻。"赶驮子的老乡嘴唇颤抖着,想说又不敢说地告诉了我们。其实,这真是"玻璃管子装秘密",我们一眼就看透了:这个老乡不是好老乡,是个奸商,为了赚钱,他要把这七八百斤麻,从边区偷运出去,卖给日本鬼子。

王受贵抢上去追问:"老乡你冷吗?"

"不冷,不冷!"

"那你一定是害怕我们喽!"

"不怕,不怕!"

"那你为啥老是抖呢?"

奸商被问得翻着白眼,看着我们和我们手里的枪,吞吞吐吐的指者驮子说:"我的麻……"

"你的麻,你打算怎么办呢?"

"我想搬到那边去!"

"噢!你是想把麻运出边区,送给敌人吗?好说,等一等再走吧!"

王受贵的话使奸商胆寒了。他马上又摆出一副狡猾的笑脸来,右手伸进腰带里像摸什么,可是我们并不怕,枪早就握在我们手里。

"慢着点,你要干什么?"

"我给你们掏钱,你们放哨挺辛苦,这儿有五百块钱,送你们做零花儿的吧!"他掏出了钱,真个的往王受贵手里递。王受贵,这个模范的共产党员,他冷笑着说:

"告诉你,老乡,这是边区政府缉私的法令,咱王受贵,是八路军里的战士,是金钱买不动的!走,跟我到连部里去吧!"

奸商被说得目瞪口呆,被带到连部里去了。

分区首长为了这件事,发了一个通令嘉奖王受贵同志。

(《晋察冀日报》1943年4月15日,《子弟兵》副刊第72期)

歌颂游击组

陈重

军区东南线的游击小组,在反蚕食斗争中,曾予敌人不少打击,保卫着家乡,使当地群众都能放心春耕。因此这一带的老百姓对他们特别拥护!慰劳了许多猪肉,夜里人们自动地拿柴火来给他们烤,还编出好些歌谣来赞颂他们。下面就是:

游击组,真是欢,打得鬼子急滚蛋!

游击组,埋地雷,鬼子汽车满天飞!

游击组,有快枪,打得鬼子叫了娘!

游击组,天天摸,摸得鬼子不敢出他的王八窠!

(《晋察冀日报》1943年4月16日)

我亲眼看见了敌人的败相

——军区东线反蚕食斗争报告

洛灏

将身体都隐蔽好呵！不要让敌人发现我们在这里。

我们将子弹都推进枪膛，乌黑的枪筒闪着光彩。

我们的眼睛通过标尺的缺口，瞄准准星，一齐对准那条崎岖而平秃的坡路。

敌人要在今天经过这里扑向郭苏去，我们在自己刚构筑好的工事里，现在完全卧倒了。

我们的心紧贴着这火热的晋察冀的土地，准备用枪火迎接我们的敌人。

连长王福春驳壳枪的黄色穗头随着他的右手摆动，他英武地说："要瞄准就是，接近了才打，听我的口令就是。"

我亲眼看见他们了，那是一群野蛮的无赖。好几十个人挤成一堆一堆地走着，身体摇晃得很利害，穿着各式各样的便衣，戴着钢盔，有的提了小包裹，有的手里还抓着老母鸡。

我亲眼看见他们了，那是一群胆小的流氓，他们用竹竿点着地面，一个脚踩着一个脚印慢慢地、提心吊胆地、战战兢兢地走来。

在东京或者北平出版的画报上，我曾经见过他们，他们的"尊容"不是都好像怪威严的吗？然而今天怎么变得这样的穷酸和懦弱呢？

我们的步枪勇猛地叫啸起来，我更清楚地看见他们了，他们有的滚下坡去，有的仿佛失去了灵魂就乱嚷乱叫地到处乱窜。

我们的机关枪也清脆地叫啸起来，我更清楚地看见他们了，那个骑在白马上的"将军"连动都不动了，他们丢下了钢盔，丢下了包裹和鸡，一个个紧紧地捧住了脑袋。

我们的连长说："打，打……"我们的战士说："瞄准，瞄准，……"

我们的司号员向通讯员要枪，他说："让我射击！……"

老百姓在旁边说："沾，沾，……"

在东京或者北平出版的画报上，我曾经见过他们，他们的姿势，不是都仿佛挺"雄伟"的吗？然而，现在怎么变得如此的狼狈和败相呢？

我看见每一个山头都有自己的同志，我看见每一个村庄都有亲爱的兄弟，敌人到那里，那里就啸射出猛烈的枪火。

在东道儿上，一个日本兵和一个伪军为了抢八毛钱的边区票，结果钱未要成，那个地方却变了他们的坟墓。

在史家庄的西边，一辆毁了车头的汽车是三百多民夫扛着回去的。

在焦家坡、在耿白雁，在那些接近敌人的村庄，在那些敌人经过的路、河滩、山坡，常常有他们一个残缺的胳膊，或有一条血淋淋的大腿，或者，□已经被火药烧得焦黑的衬衣和军裤的布条在飞转。……

这是我们平山英勇的民兵、游击小组、每一个老百姓的光荣功绩。

我问过一个离中石殿不远逃出来的五十几岁的老百姓："要是敌人不走你怎么办呢？"

他伛偻着的腰挺起来，他十分坚硬、十分干脆、十分傲然地回答了我："饿死也不回去当亡国奴！"

敌人败退了，我们走过刚才那个枪火瞄准的地方，地上还印着

血,一个老百姓很幽默地对我说:

"快到春耕了。"

我笑着,我们的战士都笑着,老百姓也笑了。

春天来了,敌人为我们送肥料来了!

(《晋察冀日报》1943年4月21日)

五年来的边区儿童

浦阳

五年多来,在敌后的晋察冀的土地上,为了民族的解放事业,为了保卫自己的祖国,为了保卫晋察冀的土地,晋察冀的儿童尽了他们的力量。在各个战线上发挥了他们的勇敢智慧,和大人们一样,儿童在过着战斗、民主、幸福的生活,野蛮、腼腆、蓬头垢面,已在他们身上洗去;活泼、大方、勇敢、机敏,在每一个儿童身上显露着,他们已成了一个捍卫祖国的小战士。

在五年多的光景,经过他们的小手,捉着了许多汉奸。只完、唐、曲三县儿童就捉住了九十个真正汉奸和四百三十二个嫌疑犯。

站岗、放哨、送信、送情报、侦察已为边区儿童们认成自己的一般任务,可是,他们是不满足于这些的。曲阳儿童破坏交通即达十七次,参加的儿童共一千零六十四人;还扰乱敌人五十次。完县儿童破交三十四次,参加人数五百六十四人。在冀中的大平原上,纵横交织的交通沟,这个为了坚持平原游击战的伟大建设,那上面滴着千万个儿童的汗水。

边区儿童在慰劳抗属上有更大的成绩,他们在年节时给抗属拜年、打扫院子、抬水、慰问,并且给抗属发动大批的慰劳品,从下面几个数字看一下,就可以知道边区儿童们在这一工作中,是尽了如何的努力。

县别	期间	慰劳的东西
平山	一九三八、十——三九、十	拾柴一八五三九九斤、拔草一七·五亩、捕蝗虫一二亩、又三五一斤半、鸡子二二四个、饺子二六○个、糕三五条、猪肉一○斤半、馍馍六五○个、柿子三○○个、扇子二五二把。

曲阳	一九三八、四——一九四一、五	红薯四〇七〇八斤、萝贝片八六〇斤二两、干枣八一一斤又一石、大小麦五·七石、干粮二五九二斤又三〇九个、边币二九·二元。
唐县	一九三八——一九四一、五	拾柴五〇九一九斤、菜一八一三〇斤、花生九六一斤、糖果六三五斤、鸡子五六个、水果六四六八斤、饺子一七三六九八个、肉七三斤、袜子九双、鞋四双。边区儿童对于边区子弟兵,对于武装起来的他们的父兄,更具有高度的热爱,下面几个劳军的数字就是铁的证明。
平山	一九三八、十——三九、十	鞋七三九四双、袜子七四九双、毛巾五四四条、菜二一三五二斤、柴一七九〇四斤、羊七九只半、猪肉五九〇斤、鸡子八五六四个、鸡四五只、柿子三〇八〇个、红枣三斗又三五斤、核桃八七一〇个、黑枣一四七斤、豆腐五二七斤、粽子二一四〇个、边币一〇四·六元、梨五斤半、月饼四五斤半、烙饼七三一斤、水果一六四斤四两、凉粉一七斤三两、馒头一千斤、肥皂二四块、挂面五〇斤、鱼三〇条、牙粉八包、白面八八斤、馒头二五四个、蒜二三二〇头。
完县	一九三八——一九四一、五	慰问信二三七九封、油条三〇〇一个、菜四六六〇斤、鸡子三八八二〇〇个、月饼五九个、水果一一七六斤、白面一九〇斤。
唐县	一九三八——一九四一、五	边币八七〇元、日记本二六七个、慰问信一九四〇封、烙饼四九二张、水果六五五三斤、饺子一三四〇六〇个、点心四二二斤、花生一一二一斤、白面二九七斤、馒头五七〇个、鞋四九八双、袜八五双、毛巾六七条、菜一四一一六斤、肉八八斤、鸡子七三三九个、柿子四五二四个、红枣七一〇七斤、核桃五三二五个、献旗一二九面、花一七一四朵。

儿童们这样热爱子弟兵，尊敬抗属，他们不仅募集慰劳品，他们还用自己的劳力去创造出许多慰劳品。

他们用自己的劳力积极地参加生产，五年多来，边区的儿童已经成了一支生产的巨大力量，在边区广阔的田野上和村庄里，他们现在正趁着春暖花开的季节，忙着去拾粪、纺织、造林、植树、养鸡……

五年多来他们是如此的勤劳，已经创造了可观的生产成绩。只一九四二年北岳区一个不完全的统计，即达儿童林五七九处，植树三五七九五六株，种儿童菜园一七九个，拾粪四八八〇〇〇斤。唐县儿童从一九三八年到四一年六月，就植树一三七八〇〇株，开荒三一七亩二分，拾粪二四七八〇〇〇斤，造儿童林三七四处，种菜园二〇三处（六七亩六分），种儿童田二一〇亩八分，儿童山坡三二亩八分，儿童滩三九亩三分，捉害鸟六四〇九〇只，捕老鼠一〇一五四三只，养猪四二只，羊七只，鸡七〇八四〇只，蚕二一三八五〇〇条，打柴四八二四〇斤，拾粮食一四三五〇斤。行唐儿童只在一九四一年里，就开荒七四七亩半，编草帽二一〇个，代耕一五七三亩四分，拾粪一四六五四担，拔麦三〇三亩七分，植儿童林二八八处，树二八三八〇株，造山坡梯田一一〇亩二分，捉害鸟一一三四七四只，养羊二六五只，鸡三二一四二只，蚕三一五八六五条。

边区儿童在战斗中、生产中获得这样大的成绩与他们社会地位的提高，是和他们有自己的儿童组织分不开的。抗战开始后，儿童团在边区的每个村庄里都组织起来了，他们的生活也因此而更加活跃，一九四一年五月的统计，只北岳区的儿童团团员即达二四九一四二名。

在青联的领导下，他们还到处组织起来了自己的娱乐团体——儿童剧团、歌咏队、跳舞队、宣传队。在一九四〇年北岳区的十六个县份里，就有儿童剧团一三四二个、歌咏队一八六〇个、跳舞队一一〇二个、宣传队一八六〇个。在一九四〇年的民主运动里，他们特别积极地参加了这个伟大的运动，到处都可听到他们歌唱着民主、歌唱着自由。

以后在每个中心工作里、节日里，几千个儿童艺术队都成了很好的宣传队伍，一九四〇年里，冀中的平原上普遍地开展着秧歌舞，连刚会迈步的婴儿都在合着妈妈的"一、二、三、四"的拍子跳起来，今天在平山、阜平，"霸王鞭"的娱乐更普遍在山沟小道。儿童的歌声、儿童的舞蹈、儿童的锣鼓，五年多来活跃着他们自己，鼓舞着晋察冀边区人民的心！

晋察冀的儿童，还受着很好的学校教育。事变以前，这里的小学教育是很落后的，大多数的儿童，黄金似的童年是在不识不知的生活里淹没了。抗战开始后，这里的学校教育一日千里的发展着，据一九三八年四十八县的统计，小学还只有四八九八所。到了一九四〇年就增加到七六九七所，一九四一年增至八千以上。学生的数字一九三八年是二二〇四六〇人，到四〇年就增到四六九四一六人。在一九四一年秋季反扫荡以前，北岳区这块山岳地带就有高小和高小分校一三九所（二十五县统计），初小二九三二所（十九个县统计），十六个县的高小生即达七一〇五人，六个县的初小生即达八八四六七人。

冀中区受教育的儿童更多了，一九三九年（廿个县统计）高小仅四二所，初小二四四九所，入学儿童一四三二八九人，但到了一九四一年五月统计，全区高小增到二七〇所，初小增到四〇八六所。高小学生二六七五七人，初小学生四五〇四七二人，占了全区学龄儿童百分之六十二。有些县内入学儿童达到百分之九十以上，这是抗战以前所梦想不到的。而今天的成绩还是在敌寇残酷的摧残之下争取得来的呵。

在边区男女受教育儿童的机会是均等的，冀中区一九三八年女儿童入学的还只二万多，一九四一年五月即增到十九万七千多。在北岳区的唐县，战前女生仅二百四十个，一九四一年就增到六千二百六十三个了。好多学校男女学生的比例数是女生超过男生。

在民主、战斗的边区，千百万儿童勇敢的涌进了伟大的民族解放战争。在实际斗争中，他们把自己锻炼成小音乐指挥家、小宣传家、小劳动英雄……

一九四二年儿童团更改组为国际性质的童子军，这使边区儿童工作越发活跃了。他们正为完成边区童子军理事会的三大号召——积极学习、努力帮助家庭生产、按时出操上课——而斗争着。

"我们要保卫我们民族的后一代，抚育新中国的主人！"这应该是边区每一个儿童的父母和每一个人的严重责任！

(《晋察冀日报》1943年4月23日)

我们的女游击队员

冷

首先，我给你介绍《灵寿县通报》的一段新闻吧：

兽行：广化的一个四十多岁的老太婆，被野兽似的日本鬼子轮奸后，一刀一刀地被剐了。河西的一个妇女，被鬼子用气管塞进生殖器里，一边打气一边嬉笑，然后用粪叉给放了气。……

六年来，这样的兽行太多了，敌人给予中国女性的侮辱，对中国女性所负的血债太深重了。她——我们的女游击队员，现在就是直接拿起她的手榴弹、短铳枪，来向敌人索债的。

在灵寿活动的南线民兵大队，挺活跃的。他们曾经解散了敌人上万的民夫，牵走了敌人许多牲口大车，他们的地雷爆炸得比别人响。她，和她的男人就是这民兵大队的一个成员。她有气力、耐劳、能干；做饭、推碾子、站岗、侦察，她不比男同志差；打仗，她比一些男同志更勇敢、更坚强。

年纪才二十岁的模样，有着健康的肤色，脸上透着青春的红光，身材矫健、丰满结实。一条很润的皮腰带束住腰部，前边插上两个大号的手榴弹，后面挂着一支擦得很亮的短铳枪。拿着一根三尺来长的铁棒，不时敲着地壳，发出沉重的嘟嘟的声响，……

这是一个新中国新生的女性的形象，——这句话是丝毫不带一点夸张的。

假如你有机会到灵寿，那边的干部或者老百姓尽会很高兴地告诉你如下的故事：

寨里村，驻着敌人蚕食灵寿的首脑机关，这里，空地上放着许多木材，园子里拴着许多牲口，守卫是严密的。

牲口，给游击队员们看上了。

夜里，她，和她的男人，另外几个同伴，偷偷地摸到拴牲口的园子附近，静静地等着。

突然，东边一大堆谷草燃起来了，渐渐，熊熊地烧得像一座火山，还夹着几声手榴弹的吼叫，寨里村的敌人赶忙用小钢炮、机关枪朝着火光乱射，人影仓皇地奔走着。

园子里的牲口也被惊动了，马、驴子在噗噗地喷着鼻，不安地踏着蹄子。她走在头里，那么从容地在枪炮声中，直窜进园去，一个人昂然地牵了三匹牲口出来，跟着她的男人牵了两匹，其他几个牵了四匹。……

说到牵牲口，我又另外想到一个故事了。

有一天晚上，她两口子跑到沟外侦察去了，凑机会，她们牵了敌人的两匹牲口回来，一个人拉着一匹。跳下那一丈来阔七八尺深的封锁沟，差点儿把那壮实的驴子的腿也摔折了；可是，跳下去还不要紧，上来牲口实在没办法，结果，男人在上边紧紧地拉着绳子，她在底下推着牲口的屁股，拼命地推呀推的，这才把它硬推上去。她的劲儿就是那么大的！

她好像一个传奇中的女英雄，但是，我相信——你也应该相信，像边区这样的地域，是可能把她锻炼成一个新型的女英雄的，更可能培养出更多更多的新型的女英雄来！

一九四三年四月三日，于灵寿

（《晋察冀日报》1943年4月23日）

山东抗日民主根据地的缩影
——沂蒙区沂南一个村调查材料

新华社

为抗日军民的血汗所建设起来的根据地，是一切爱好民主幸福的人们所向往的地区，为了更清楚认识它的真面目，在这里特介绍一个典型的村庄——沂南模范村，这是沂南根据地也是其他抗日民主根据地的缩影，这个村子的情形是这样：

一、实行了民主

村政的彻底改造，是在一九四一年五月。贪污公粮三千斤、公款五百元的村长和农救会主任，被群众罢免了；现在账目都能按月总结，贪污现象已没有了。七个村政委员，其中有一个地主、一个富农、两个中农、三个贫农，十天一次村政委员会，一般都能做到，村中大事都在会上集体讨论决定，谁也不能操纵包办，各个委员代表了各阶层的利益，所以能得到各阶层的拥护。法令号召都能顺利执行。例如征收公粮田赋时，在动员的第二天，三万斤公粮、两千七百元田赋，就完成了。

村政委员会能积极地配合群众团体，解决群众的切身困难。如去年秋天，说服了要退地的地主朱某，动员了留雇，并替失业工人李某介绍了职业，还帮助妇救会解决了一个买卖婚姻案，办理了离婚案，平常家庭纠纷都能很好地调解。

二、改善了生活

像根据地的村庄一样，这里负担是极轻的，除公粮田赋外，差不多再没有什么负担；而且一年中得到政府贷款五千二百元，经村级干部联席会讨论后，贷给十家中农、七家贫农，作为生产资本。全村除种地外，参加其他生产者一百三十余人，另外还有四十多个打金工人，积极生产的结果，有一家贫农变成富农，三家贫农变成中农，一个摊工过去连条被子都没有，现在摊了两个月的工，不但做上了被子，而且一家三口都穿了棉袄棉裤。有一个老大娘一年没见一点白面，现在纺织赚了钱，过年买了二升麦子磨面做包子吃。

在这里显出一幅根据地军民团结奋斗在敌人的封锁烧杀中改善了自己生活的生动图画。

三、文化娱乐生活

这庄有一个中心小学，校长是山东纵队的干部回来养病的，一个教师，是中学生，过去也曾脱离生产参加抗日工作，他们都有相当的政治文化水平，不但做了小学生的教师，而且也做了群众的教师。除教学外，还领导了一处冬学和一处妇女识字班。教委会是由教员与士绅共同组织的，七天一次会议，讨论小学教育与社会教育的各种工作。冬学政治课的内容，都是教委会讨论的总结。由于教委会的推动，目前小学已到八十多人，占全村学龄儿童三分之二。在小学内提拔了十几个小学生，并组织了儿童剧团，能演十几幕短剧。去年冬学也有八十多人，在冬学中，村级干部起了模范作用，保证早到校少请假，每天识三个字，有的村干部每天记日记作为学习；干部中组织了检查小组，散布在群众中督促学习。通过冬学进行了拥军及反"扫荡"反假票的教育，有时还请士绅讲话，有一士绅过去是在农业大学毕业的，就请他去讲捕蝗、选种等问题。他们对政治课非常有兴趣，那一天讲政治课，冬学的学生就更多了，连老年人也来旁听。

研究报纸，不仅在冬学与小学中，士绅也常看报，而且常读给群众听。这庄共订十份报纸。其中有八份是士绅订的，他们最关心战后的团结问题，所以看到《大众日报》上《欢迎友军入鲁团结抗战反攻敌人》的社论，非常高兴。

四、他们热爱着抗日军

　　这村中参加抗战的达一百六十多人，所有村民，都像爱护自己的子侄一样的，爱护着抗日军。全村七十八户抗属，都受到尊敬与优待，妇救会单独发动了两次募捐，粮食一百三十斤，救济了十三家抗属，过年时又募捐豆芽萝卜等送给贫穷抗属。男人经常为抗属挑水、担粪。一家抗属的女人死了，妇救分组去帮助他推磨、烙煎饼、做棉衣。牺牲的壮士的尸体抬回来了，群众团体二三百人去拜墓；"为抗战牺牲是光荣的"，这句话深深印在人们脑中。十一个逃跑战士被感动的归了队。负伤回家的荣誉军人也倍受尊敬，庄中有什么事情都征求他们意见，开大会都请他们讲话，全庄四个荣誉军人，组织了一个小组，有计划的进行工作，过年时小学、识字班、冬学的学生，纷纷写信慰劳他们。

五、友爱互助克服困难

　　全村民众在抗战的要求下，团结得像一个人一样。一个青先队员，病了没钱吃药，青救会长发动募捐，一晚上捐到二百七十元；富裕的人家好几次自动借粮给贫民，贫民有时还不起，他们也不追问；有的士绅说："根据地不能饿死人，这次还不起，下次也还借给你。"

　　从这根据地一角的反映中，我们可以看出民主幸福的光辉，是怎样地普照着根据地的

　　人民，这是抗日军民血汗的结晶，是新民主主义社会的雏形。

（《晋察冀日报》1943年4月24日）

二排长和三八枪

孙新

三排长抢了二排长的日记本,大嗓儿念起来:

"四月四日。在石盆峪,看了报上苏联集体农庄的故事,觉着挺痛快,我有了这样的志气:为了叫咱们中国人的享福,我愿意英勇的战斗到底,把家乡变成集体农庄,都用拖拉机种地。……"

"喂,怪押韵呢,照着国文教员讲的,二排长做起诗来了,真了不起!……"三排长嚷着。二排长跑上来抢日记本:

"屁!什么湿(诗),还干哩!"

提起二排长来,谁也佩服。本来,年轻轻的小伙子,又粗又壮,做了四年长活,十八上参加了八路军,今年才二十三岁;紫黑色的四方脸上透着红晕,学习得奖,战斗得奖,开干部会时,在工作生活,不管哪一面吧,总是经常得到口头奖励。

他帮助群众春耕秋收也很起劲,每次都是他得到全连第一个劳动英雄。他唱不好歌子,也不好唱歌子;前年,学八路军歌的时候,他就记住了头两句:

"看我们英勇无敌的八路,是中国工人和农民的儿子……"

他时常反复地唱这两句,没有事的时候,嘴里就哼哼起来了。人们开他的玩笑,他却郑重地说:

"闹什么,这两句才真有意思呢!你们笑我,你们就不配唱这个歌儿!"

他很硬性,谁要说他做不了什么,他非做什么不解;而且不吃饭不睡觉也非做成不可。不知从什么时候,他想上了三八枪,他常向人们说:

"油黑的皮带,崭新的三八枪带刺刀,多好,又威势又漂亮!"

可是,别人总爱拿话儿讥诮他:

"你说得挺有味,你也使一支呀!"

"没有,我使个球哇!"

"怎么没有,日本鬼子多着呢,有勇气弄一支来使使!"

"对!你们瞧着!"从这时起,他越想三八枪了。有一次,他竟做起三八枪的梦来——

……他摸到岗楼的跟前,敌人的警戒没发觉他,他悠悠地伸出枪去,瞄准了敌人那个站岗的,"啪"的一枪,站岗的从岗楼顶上翻下来,油黑的皮带,崭新的三八枪带刺刀,到他手里了,他满意地笑着:

"我也有三八枪了。"

人们也都围起来,笑着争着要看他的三八枪,忽然他的三八枪不知被谁拿去了,他急得要跳起来,正这时候,连长把他叫醒了。叫他去查哨,他揉了揉眼:"我的三八枪呢?"

连长笑了:

"做梦吧,你使的套筒儿,哪来的三八枪?"

他也笑了,红着脸去查哨。

小口头战斗,人家三排长得了一支三八枪,油黑的皮带,崭新的枪带刺刀,人们围着三排长,笑着争着看枪。他想起了自己的梦,脸热刺刺的,低着头呆呆地出神了。一排长猛地拍着他的肩膀说:

"老二(二排长),什么鬼东西迷了你的心呵?"

"我也想弄枝三八枪!"

"那还不好说,鬼子的三八枪多着呢,找机会弄一支,干想顶什么事儿!"

"对!"二排长没有再说别的。

由行唐走到平山，他还没有忘了三八枪，平、灵北部几次反蚕食的战斗里，他都怀着这个热望。

×岗炮楼的鬼子，三五个人天天到村里来抢东西。这一天，二排长挑了两个战士——歪把子李得山和老太太王三祥，拂晓就藏在村边离炮楼二百米达的院里了。他们挖了几个小小的枪眼，单等鬼子来抢东西。

太阳升起一竿子高的时候，三个鬼子真个来了，全背着上了刺刀的枪，叽里咕噜地说着笑着，二排长看着鬼子，看着三八枪红了眼，心突突地急跳：

"不许着急，三个鬼子，一人一个，十公尺，十公尺！……"

说着说着鬼子到了跟前，二排长一枪把第一个打倒了，那两个鬼子回头要跑，李得山、王三祥也连打两枪，可惜没有打中，鬼子摔了个跟头，爬起来没命地跑回炮楼去了。二排长冲出去，拣了三八枪，迅速地院穿院地退走了。

回到连上，二排长摸着那只崭新的三八枪，直是笑。……

（《晋察冀日报》1943年4月25日，《子弟兵》副刊第73期）

慈河畔燃起反蚕食的烽火

永森

慈河畔,有锦绣的山峦,有起伏的丘岗,有肥沃的平原,有保卫它的英勇的子弟兵,有为它劳动着的战斗的人民。

慈河,在自由的晋察冀,自由地歌唱五年了。

敌人企图剥夺慈河的自由,在三月十一日的早晨,敌人的泥足伸向慈河畔。

英勇的子弟兵为着保卫慈河,和敌人展开了血战,在第一天,只南燕川一战,就消灭敌人一百多。

"皇军"忍着痛在各村庄粘贴"大日本驻屯军告民众书",但是慈河的人民是不受侮辱的,只看到第一句,便恨恨地说"谁当你的'敬爱的父老兄弟们'!"而撕为粉碎。

"皇军"不要慈河的人民跑,但是慈河的人民总不见"皇军"的面,见了就跑。"皇军"发火了,脱下破烂的军服,穿上民夫的便衣,使人民不易发现。于是惨案便连续的发生了。霍营的十个善良的农民被机枪射死在慈河的沙滩上。刘家村的地主和七个老弱或被挑死,或被割掉耳朵鼻子。白石村的一个小妮被三十多个"皇军"轮奸了三次,而全身浮肿,不省人事。广化村的老妇被轮奸以后用小刀给刮了。"皇军"更以慈河的人民做各种非人的游戏,六十多岁的老太太被脱得精光,来供"皇军"的嬉乐。年轻的少妇被用气管子塞入生殖器,一边打气一边还问:"好受不?"直到肚皮膨起像个气球,才又用刺刀给放了气。

东西岔头的房子,变成了一片瓦砾,每个村庄都被"皇军""扫荡"的十室十空。

这就是"大日本驻屯军告民众书"中所谓的"东洋道义精神"

和"使你们安居乐业"！

"皇军"在十×日的拂晓，包围住慈峪村，把未跑脱的百十个老弱用刺刀逼到一个广场上开会。

"过去我们是扫荡，一个月两个月就完啦！过后你们还可以回来。现在我们是来这里久占，你们跑到什么时候才回来呢？……"

"皇军"的叭儿狗——汉奸孙佐周开始讲话了。

"哼！觉着你过不了冬天！"慈河的人民，一个老婆在下边低语着。

"皇军这次不烧不杀不抢……"

"岔头的房子谁烧的？刘家村的人谁杀的？我们的粮食谁抢的？白石村的妇女谁奸淫的？……"

"快叫村里人回来吧！种不上地，你们将来吃什么？"

"嗯！当然要种，有我们游击队在掩护！"

"你们在事变前吃的穿的是什么？看现在你们这毛桃酸杏样！……"

"都是你们治的！"

"我们有的是洋火和盐，将来你们用就不困难了！"

"我们不是三岁两岁的孩子，给块糖就哄转了，你们完了蛋，我们什么都会有的！"

上面无耻地讲着，下面在恨恨地低语着。

"皇军"又逼着选举伪村长，好像真是"民主政治"似的。但是××的人民不会帮"皇军"做戏，都不提候选人。后来还是"皇军"提了三个人，人们在刺刀下并没表示反对，但也没举手赞成。结果"皇军"提出的三个人，就算全部当选了，一个村长，两个村副。

"皇军"的选举大会结束了以后，当天的夜晚，我们的游击小队就把伪村长送到县政府去了。

伪县长王景林在白石村，也给没跑脱的老弱开了个会。王景林得意地问："谁来告状？"一个老汉站起来说："皇军打了我。"王景林一时不知所措了，半天才面红耳赤地挣出一句："回头我带你去认认是哪个打的。"便狼狈地收了场。

慈河畔的人民是倔强的，不受侮辱的。他们在燃起复仇的反蚕食的烽火。老弱走向根据地，根据地的人民伸出友爱的手来援助他们。少壮的和子弟兵挺立在慈河畔，共同保卫自己的家乡。这里，应当向晋察冀的妇女欢呼，在灵寿，也是在晋察冀，第一个出现了英勇的女游击队员。她的英勇并不比男游击队员稍弱，相反地她的英勇变成了鼓动男游击队员的力量。

"皇军"日夜被死的恐怖痛苦着。爆炸组教训"皇军"行路要摸索着爬，游击队叫"皇军"不得安眠，子弟兵的炮弹和枪弹，不知那时就飞到"皇军"的身上。……

中管村的堡垒修了十几天，仍然是小半截。监修的几个"皇军"整天地啼哭，原因是堡垒下边是坚硬的山石，"皇军"没有地道可钻怎么成呢？

五灵山堡垒的"皇军"不敢出堡垒一步，"皇军"每天悲哀着："天天吃小米，盐也吃不上，'大八狗'的没有，死了死了的冤枉的！"夜间，游击队把"皇军"抢来的牲口牵走了，粮食抬走了，伪军连长大叫"八路大大的！"皇军却说："不管不管。"

慈河畔，就这样的，反蚕食的烽火燃烧得越炽烈了。慈河的人民知道自己不是孤独的，他们有全晋察冀人民的援助。行唐子弟兵不是已经深入到敌人的巢穴，而攻克河合、西羊同、北羊同和寨里的五个堡垒，消灭二百多敌人吗？

慈河畔的人民从历年的经验中，深深地知道："只有斗争！斗争！斗争！胜利才会很快地到来！"

(《晋察冀日报》1943 年 4 月 29 日)

甄春儿赛过男子

建

甄春儿是涞源四区"三八"节大会上当选的劳动英雄之一,今年十六岁了,她父亲甄洛立,是六十岁的老人,还有一个十来岁的弟弟和六十多岁的老母亲。家里有十来亩坡地,这几年敌人经常的破坏春耕秋收,加上年头不大强,地里打的粮食是常常不够吃的。春儿的父亲常说:"我年纪老了,地里的活,眼看做不了,不用说吃饭,将来连水也喝不上!"春儿的母亲也是唉声叹气地说:"可惜春儿是个丫头,要是男人的话,也快顶事了。"春儿对这些话是同情的;见父亲瘦弱的身体整天累得气都喘不过来,她为了减轻父亲的负担,时常要求帮助父亲背粪。甄老头儿虽是心痛孩子,因她恳切的要求,也就允许了她。开始的时候,她在地里拾石头、打土块,渐渐的背粪、曳檩子,劳动成了习惯。春儿的身体锻炼得很健壮,她不相信男人的活妇女做不了。

大前年的水灾,冲去了很多肥沃土地,人们为了恢复那些田园,在政府帮助下,在河滩上整修了大块的稻田,甄春儿屡次同父亲商议:要到滩地里入股成滩。春儿的父亲,对这个提议总以为劳力不够,不敢同意;然而春儿是有信心的,怂恿父亲积极地向整滩合作社交涉。后来她的目的达到了,加入了整滩合作社,春儿同父亲在滩地里工作了。在起初,人们总是看不起春儿,后来事实证明了,春儿是不平凡的妇女,不但是搬石头不让男人,并且在大水下来的时候,把裤腿扯起来下水里挡水,拔黑穗草,好像忘了她是一个"妇女";秋天稻熟了,春儿下稻田里割稻子,一天能割二、三亩,成担地往场里挑,在太阳像烈火般的大地上,春儿从不怕劳苦,红白的脸庞,变成了黑红的脸庞，稻子在场里打下后，春儿父女两个分了六石多稻子。春儿的母亲也抚着春儿的头说："好孩子，有了你这样一个孩子，妈妈睡在夜里也会快乐的高兴哩！"的确，这是值得夸耀的。村里妇女提起甄春儿，谁都说：人家比我们强得多。六石多稻子，除了自己吃，交了公粮外，还有富余。

谁能生产，谁就有办法。这一真理，春儿的父亲母亲在春儿影响下是相信了。今年过了旧历年破五以后，春儿全家都开始背粪了。春儿的父亲年纪更大了，背也弯了，背粪再不像从前那样多了。春儿只十六岁，背的粪比父亲多一半，在家里同父亲一块背走的，但春儿到了地里，把粪倒下了，父亲还在半道上。春儿又回来接父亲的粪，感动得父亲的老泪都出来了，说："孩子，咱们一家没有你就完啦，这几亩地，你寻了主（出嫁）以后，一定要批给你一半。"现在她家里三百多篓粪背完了，十亩坡地也是春儿同她父亲把地槛完了。

春儿的影响是很大的，特别是她当选劳动英雄以后，附近村里的妇女都向甄春儿学习。甄春儿在这种鼓舞下生产情绪更高了。很多的妇女走到田野里山沟里，在四区到处可看见在地里拾石头的、打土块的、背粪的和拉槛子的妇女。

甄春儿是新中国妇女的榜样，是劳动英雄，她的榜样将会推动涞源妇女的生产积极性大大提高，在经济地位上也会更加改善。

（《晋察冀日报》1943年5月1日）

边区子弟兵积极帮助群众春耕

今年二月十日,军区政治部发过一个指示,叫北岳区子弟兵帮老乡们把春耕搞好。最近,北岳区春耕联席会开了第三次会议,决议了很多事情,有些事情还要子弟兵帮助,所以政治部四月二十七日又下了一个通知。这个通知很重要,内容主要五点:第一,各部队应负责帮助老乡们把自己驻村和附近一二村的春耕搞好;平常利用游戏时间和星期日,如果下了透雨,在不妨碍战斗任务下,必要时就停止操课,用全力帮助老乡们突击耕地、突击播种、突击除草。第二,各部队可以派代表参加驻地村庄的春耕委员会,和地方商量自己菜园使水与借用农具的问题。第三,灾情重的地方,部队不能随便采用老乡们的树叶。第四,老乡们的禁山和新栽的树林,部队不能当柴打;驻村要栽马桩子,不能在树上拴牲口,让牲口啃老乡们的树皮。第五,部队租种老乡们的菜地,地租额以不超过千分之三百七十五为原则,但倘若是水浇园子或贫苦人家的地方,地租额可以酌量增加一些。现在,这个通知已经在各部队普遍实行起来了,有的武装工作队,在游击区都帮助老乡们春耕,而且收到了很好的成绩。

(《晋察冀日报》1943 年 5 月 5 日,《子弟兵》副刊第 74 期

我们在警戒线上

轻影

刚到警戒线上的时候,班以上的干部就去看好了地形。连长很周密的布置了警戒。敌人没出来,也没敢下堡垒,因为我们的外卫哨兵就站在那个离它很近的土坎子上,他们是看得很清楚的。

和平时一样,天还不亮就起床了,爬山跑步、操射击、刺枪,战士们红润的脸上充满了饱满的精神。天气渐渐暖和了,上政治课和文化课时大家坐在洒满了阳光的场里,静听着讲课或用心地写着字。赶牲口驮粪的老乡们在大道上走过来,总是目不转睛地看着自己的子弟兵。半个月里,我们学会了《子弟兵进行曲》,又开始学唱《前进!子弟兵》了。每到唱歌做游戏时,村里的童子军就围拢了一大群,他们也高兴的和我们一块唱。这一周,我们每天都帮助了老乡们生产。早上,太阳刚露脸,我们就吃了饭跟着老乡到地里去了;耕地、担粪、浇水、播种,一直忙到吃下午饭才回来。晚上,每个人还要放两次哨,转到炮楼儿底下去;但没有一个人说过疲劳!新战士王过道闹眼病,两眼通红;但他不请假,晚上也不休息,跟着班长同样去放警戒。

"五四"青年节快到来的时候,许多成年同志都自动要求多摊勤务、多放哨,让青年们去参加团的总结三大号召大会。大家又提出了警戒线上的竞赛——严密缉私。有一天天还不亮,奸商就驮了两大口袋小米往敌占区送,恰好是八班副李桐林同志放哨,奸商说给李同志一斗米和一百块钱,让他过去。李桐林听了马上生气地说:"你这是什么话,一万块钱也不要你的,这是政府的法令呵!你为什么把粮食送给敌人呢?"就这样干脆地把他送回连部来。同样宋小旦同志也查获了洋火大米。杨喜来同志也查获了枣子和麻。还有一天,天刚黑,一个人向着警戒线走来,四班的溪振水同志猛不防地跳出来,把刺刀一晃:"干什么的?哪里走?"那个人惊慌地把一千多块边钞扔下就跑;溪振水看清了边钞,知道是一个好老乡,就喊他到:"老乡,我是八路军,拿你的钱来吧!"那个老乡一听马上就转回来了,他感激地说:"哎哟,我以为遇见敌人了,原来是咱们的同志!"他收起钱来高高兴兴地走了。

四月十一号晚上月亮很亮,连长笑嘻嘻地带着两个班和一挺机关枪走了,走时他说:"今天晚上,敌人要哼声的话,我非揍他个痛快不行!"就这样安安全全把一些同志送到沟那边去了!

(《晋察冀日报》1943年5月5日,《子弟兵》副刊第74期

我的战斗日记

电话员刘吉祥

四月一日星期四

后半夜,我们就起来开饭了。一点半的时候,前面打了几声枪,还打了几个手榴弹,部队马上拉出去了。屋子里光剩下了我和机子。可是,不大工夫又都回来了。这一夜没有休息一点,到了天明也还没有情况,我吃了饼子就睡觉,没有学习什么,只是看了一会报纸。

四月二日星期五

今天上午的学习,就是看了看报纸,温习了会儿电话课。下午拿出笔记本子来,把党课的笔记看了一遍。另外我听说,敌人由完县出发到西于家庄一带,并且带着许多民夫;到现在还不知他的企图是什么,照我看有可能修堡垒,不过也不敢定。

四月五号星期一

清早起来就查线去了。出村就碰着很凉的春风,我的衣服虽然很单薄,可是并不冷;我要爬上高山,沿着线路向前查进,爬到山顶上往下一望,田野里的麦苗儿都青了,还有那新绿的柳芽和碧绿的柏树叶儿,非常好看。我想:今年年头一定不坏。

四月六日星期二

三点开饭的时候,已经蒙蒙地下起雨来了,一直下到开饭下午还没有止。因为天气很冷,我就坐在炕上学习识字和读报,另外有一个不明白的问题,就是第二战场为什么还不开辟呢?我问了问宣教干事,他给我详细讲了一遍,我才了解了。

(《晋察冀日报》1943年5月5日,《子弟兵》副刊第74期)

略 论 做 人

——一个知识分子的整风零感

克辛

一

一个同志对我说:"学习马列主义如果为了个人,而不是为了大众和无产阶级事业,即使学的多懂(?)得多,还是一点儿用处也没有……"

基于这,我们来谈谈做人吧,做人,真有那么多的"难"和那么多的"苦恼"吗?

先从顶小顶小的事情来看看:

因为自己爱沉默,为什么就要厌烦人家多话呢?因为自己爱多说,为什么就不喜欢别人的沉默呢?当大家都在沉默在工作的时候,你为什么要嚷嚷?大家都在快乐说笑的时候,你不能也打破一点你素有的沉默吗?

另一面,当人家忧郁的时候,你少诉说些你的愉快吧!但人家高兴把他的愉快告诉你,你却不要因为自己不愉快也使人家扫兴吧!不要因为对方了解你而忽略你言行的细节呵!

不要老是说:某人不好亲近,某人又有多少缺点,和某人搞工作总是搞不到一块……先问问自己吧,自己怎样呢?自己是很能亲近人而且很容易叫人亲近吗?事实却常常是这样:自己的缺点比别人更多。——专门只发现人家的缺点这件事本身就是一个严重的缺点!工作关系搞不好,自己不负责叫谁负责?即使人家缺点很多,除非他不可救,总要慢慢让他知道,好言劝勉。存着自己比别人高明这种念头去训人，人们不接受还是小事，反倒使人怀疑，你就真是这样"高明"了吗？事实也正是如此：并不"高明"，真正高明的倒就不这样了。

少夸张人们的缺点吧！纪德说："除非我赞扬人，我不提说人家的名字。"（《论文学上的影响》）即使某人犯了大错，如仍可挽回，在严格批评之中也仍要给对方生活的勇气，给他重新做人的力量。反过来，对于自己，却需要严格苛求，寸步留意。有时别人对你也许是有偏见的，不要埋怨人，自己应努力使人消除这偏见。一个人没有自信会支撑不住自己；但当可以信任的多数人说你是黑时，你却凭着自信一定说自己是白的那就危险！尽可能，对于自己的过错少一些辩护啊，就算人们苛求你，那又有什么呢？"对于为了远大的目的，并非因个人之利而攻击我者，无论用怎样的方法，我全都没齿无怨言。"（鲁迅《三闲集》）苛求，更算得什么呢？

不给人以爱，而责人对你无爱；对人用塾师式的专制，大叫大嚷的口气，没有气概，没有礼貌；不以责人者责己，却以恕人者恕己；轻蔑别人比了解别人更容易……所有这些，算是怎样的一种路数和品格呢？事实很少例外：专门恨人妒忌者自己最妒忌，常常说人小气者自己最小气，对下作威作福者对上一定卑躬屈膝，不能感受同志的痛痒者一定不会深深地爱国爱民……

做人并不难，和人有什么难处的呢？尊重别人，对人以宽大，一句话就完了。一人缺点的暴露，是不幸，但宽大者看清这个：许多人也都存有这缺点，不过环境与机会使他们没有暴露，而且逐渐改进了，所以他能原谅人的缺点。

真的，有原则的（这里很广阔呵）对人宽大是太重要了，"大智若愚"，算是做到了宽大的极致，善与人处，是革命精神的重要的一面。

但这个，说来容易，做去却很难，最要紧的你得有耐性，不要烦躁，对人宽大不是一次两次感情冲动的产品，而是永远的事情，烦躁是不行的。烦躁只有把事情加速弄坏再没有什么。一串钱有点乱，因你不耐烦整理就更乱成一团，一把干柴一蓬火就烧完，炭火虽慢而永炽，烧开一壶水却要依赖后者。况且，你的不耐烦，不但对人无补，同时也看出你并非真正宽大呢。

宽大绝非软弱，它倒是真正伟大的坚强，假如说必要的斗争是为了团结，那么有原则的宽大却也是为了团结，更能团结。——团结的重要，一句话可以说清：集体主义精神的发挥依赖于团结。

而团结的要素之一是"革命的牺牲"。

说到牺牲，似乎谁都明白，不懂得牺牲还来革什么命？但懂得是一事，做起来又是一事，我们是常常有意无意用感情的夸大来讲牺牲的，比如火线上的英勇流血，在敌人屠刀下的从容就义等等，而忽略了小地方，看不起细小的事件，以一个小的集体生活来说吧，冬天几个人烤一堆火，先得把火生着，谁去生火是小事情，更说不上牺牲，但结果，这样轻描淡写的人却一次火也不生，永远让别人做着，别人做些"小事情"有什么关系呢？我还有英勇流血、从容就义的一日呢！推而至于：饭不够吃的时候自己也从不少吃一碗，炕上很挤的时候自己也仍要睡两个人的地方……因为这都是小事情，不足证明他不能牺牲，更谈不上革命品质的好坏，但其实，像这种人，你真的叫他去动动手看，一次火一生，浓烟呛出了鼻涕跟眼泪，这时他体会着这"小事情"了，而且也发现"牺牲"了，还同样用感情的夸大在心里不好受，他是如何为许多人烤火一个人做了伟大的牺牲，但你瞧着吧，他连这个"伟大"也伟大不下去，他叫起来了："哼，你们都是老爷，谁都不管，我也……"而他因发气所损伤的精神，足足够生十次火而有余……当然，但愿这是一个笑话吧，然而这是并不少见的。

集体主义鄙弃这些！仇恨这些！

让我们更多记起一些可敬的同志和牺牲的故事吧，一个刚刚二十岁的青年，因为认真于学校的学习队长的工作，认真到真正"忘我"的境地，不料使得本来不太严重的关节炎一旦不能治，两腿折拐了。一九一八年的苏联粮食极度缺乏，有一个工人同志历尽万苦千辛押运九火车粮食，到了人民委员会。列宁问他饿吗？他说："一点也不饿。"但等到列宁刚出门几步再回来，那个同志昏倒在一旁，医生证明：没有什么，饿得太狠了（这些自然是一方面，另方面努力革命而能为革命爱护身体自更可贵，但这里仍然值得表扬，值得讴歌）。……即使单从这个故事里，我们也就更了解了俄国革命何以会胜利，那么，从前一个青年同志身上，我们也会更增加了对中国革命有伟大前途的自信，而鞭策自己要更好地做人。

二

知识分子爱好空谈，爱作无谓的争论。

北平的烤牛肉是怎样好，江南的春天又怎样的迷人，怎见得这个同志比那个同志长得不好看些？……诸为此类，永远说不完，一争论起来就是大半天。

并不是说这些事情完全不好谈，这些问题完全不能争论，但多少总使人感到，似乎再没有更重要更迫切一些的要谈要争论的了。

有时是也谈着切实一些的事情的，比如从烤牛肉谈到了改善伙食，自种菜蔬，菜蔬又是哪几种好吃、哪几种滋养，种法又是怎样怎样，但等到真的进行生产了，第一，每天要到规定的厕所里去大便，呵，真麻烦哩，算了吧，少我一个人的粪算不了什么，而且，将来挖粪更是讨厌事，这样，就觉得自己做得更对了。从事写作者都知道体验生活如何重要，而且不断劝人："要体验生活呵！"都知道创作方法要是现实主义的,而且慨以目前作品的现实性差,而他自己呢?还不是溜达于生活的表层,马马虎虎过了一天又是一天。单是对边区真正的现实就没有什一的了解,一提起来,却又都会嚷嚷,我的工作使我整天关在房子里,叫我怎么办呢?但其实,关在房子里就完全不能体验生活、认识边区的现实了吗?只是这样去做是一件非常沉重和麻烦的事。而我们却只习惯于架空的生活,习惯于空谈,一触及实际就像火烧了屁股了……

知识分子又最最"自尊",一碰,就说人家又伤了他的自尊心。

他们常常说,也就是这样做:"人家不了解我,我决不求人了解,可以谈谈的就多谈几句话,不高兴接近我的,我也决不找他……"喜欢谁就只和谁接近,不喜欢的人就一句话也不跟他说,把自己处于一个小得可怜的圈子里,还以为这种孤高(?)态度是很对很革命的哩!

明明自己担不动水、做不熟饭,却怕伙夫笑话他,因为他伤了他的自尊心,而且你只是一个伙夫。明明夸夸其谈,言行悖谬,只说不做,勉强动手也做不成一点样子,却也不愿人家指出,因为人家伤了他的自尊心。明明是矫造感情,对人欠坦白,待人少真诚,但你能说他不坦白不真诚吗?不行的,不能说的,他是最最自尊的呵!

较好一些的情形也是有的,比如像这样一种人:"岂能尽如人意,但求无愧我心。"并且避免和别人争论,但这也仍是所谓自尊心在作祟。他以为自己既已埋头苦干,别人还有何说。却再不追问自己:的确是埋头苦干了吗?即使真正埋头苦干了,干好了还是干坏了呢?假如干坏了,为什么能问心无愧呢?生活很矜持,对自己要求相当苛刻,这样的知识分子也诚然有的,但却又总多少带些悲观和感伤的性质。很久很久,不能和真理完全拥抱起来。

再拿我自己的一件近事来说吧,最近我遇见了萧副司令员。在未见他之前，也早听一些同志说过他是如何可亲可敬的。见他的机会来了，但我仍然迟疑着，甚至躲避着，什么也不为，单为我老是想着，无论怎样他总是个"司令员"，而我却只是一个拿笔杆的人……然而遇见之后怎样呢？他那平易可亲、朴质无华、道道地地的老实……有些同志并没有说出其什一，想说就说，爱笑就笑，亲切到近乎随便的程度。□□□露，永远愉快。一时我为萧这□□□常的精神感动而震惊，同时也就想到自己开始迟疑着见他是一个很大的弱点。我深深为这个鄙弃自己……最后我再想起萧，而萧把我从痛苦中救出。

三

整风所突击的主要的一面，是反对不"老老实实"，而最不老实的却又是知识分子，因为"最无知识"的知识分子却自信最有知识、最敏感、了解问题最多，就是说，他最最聪明。于是乎到处自作聪明——到处不老实。

这里，我不再更多地具体指说了。我们反对一切各式各样的"俏皮"，反对三姑六婆，我们拥护"老老实实"，因为我们拥护马列主义、拥护科学。

要说你聪明，谁又比你更愚笨些，你自以为敏慧，自以为洞察事情来得快，从中不妨来玩弄一点花头，把别人都当傻子看，不料自己恰恰是顶可怜的十足的昏虫。

一个人伸展着四肢是走不出门去的，我们还是规矩一点、老实一点吧！

被误会的真诚，枉费了的辛苦，说不定会有的，一番好意，多少衷情，遭受冷视等等也会有的，太露骨的自白却给别人做了嘲笑的资料，因之自己更多遭受一些灾厄也不是完全不可能的；但这到底是少而又少的情形，一切的幸与不幸都是我们自造的。

再想想，当你因为有一点点不老实，做了一点错事以后，要别人重新信任你是多么难。一子错、满盘输，要挽回全局将要付多大的代价，这时你才会真正痛切感到做了错事或做错了事的后悔和不应该。

但只要我们有认错改过的决心，也就什么事都好办，过去尽管不足道，以后一切将随我们的伟大而伟大。

可是，人是常常容易被感动，却更容易遗忘的，因为不执着生活，对怎样严重的事也总是那么健忘——时间洗尽了一切。把我们对自己严格的检讨随时或按日记录下来吧，等过了一星期看看，在这短短的七天以内我们对自己的言行有多少前后不符、相互悖谬之处？那是并不很少的！然而这样长期的有耐性地做下去，"不符"和"悖谬"渐渐少起来，终至于肃清！这个改□自己的工作，我们应该相信有完全的勇气来这样做。

四

关于做人问题的重要，今天对边区的艺术工作者来说，我简单的看法和想法是这样：

做人做不好，艺术创作不会有□□。

以往的大作家做人方面偶然□□□缺点，像果戈理、巴尔扎克□□□□，但那是不良的旧社会环境□□□□□无理的生活压迫等等使□且也并非了不起的缺点□作为我们做人有缺点的借口，今天的时代和今天的社会环境已完全不同。假如今天还有人说，某某做人方面差一些，艺术创作上却很好、很有前途，这点基本上是不正确的，也不会有这样的事情。

固然，做人好了不一定艺术创作上就好、就有前途，但要创作好而有前途，却一定先要做人做得好。

因此归结到：今天的艺术家必须是革命家，因为真正的革命家最

会做人，他做人的（革命的）品质最高，做人也必然会做得最好。列宁、斯大林、毛泽东、鲁迅就是最灿烂的例子。

五

对于一个知识分子，"知道"确是不算太难，下决心去行动却很不容易。但顶顶重要的却是后者，否则三风文件对你也是徒劳的啊！

不下决心去行动，去切切实实克服我们所有的缺点（即使是一点极微极微的缺点），重新来做人，做个一等老老实实的人，那么，我们且慢奢谈革命吧——明白得很，沙滩上是建造不起金字塔来的。

我高兴听到这样诚恳而有决断的告白："过去我的做人随便了些，这是今天以前我从没有真正发觉的，假如发觉了，□会再□觉。"是□一个向光明的□，过去我们做人随便□是一个很大的缺点，它使□□□□坦白的变得暗淡了，生命中消蚀□□少了一种最最宝贵的东西。但从今天起我们应该敢于向自己向革命保证：暗淡的就要明亮起来，缺少的尽量来加添。

我们要决心这样做（一定要这样做），不但为了今天，更是为了明日，谁也知道，抗战胜利以后还要建国呢！身边四周的边区大众企望着我们，游击区敌占区的水深火热的同胞企望着我们，大后方的进步的青年企望着我们，几年来失陷城市的全体人民企望着我们，张着那么大的眼睛，甚至带了夸张的注视，要看我们到底是怎样的？我们到底是怎样做的？我们优秀的品质在那里？我们革命的表率在那里？……

这，除了各个自己对自己严格要求外，千千万万的同志之间也互相严格要求着，革命和革命的胜利向我们严格要求着，不容许我们有一分半毫的疏忽，不容许我们有一分半毫的麻痹和苟且。

（《晋察冀日报》1943年5月7日、8日连载

"硬汉子"与"软骨头"

张帆

在每一次敌寇残酷的"扫荡"与"清剿"中，在每一次严重的对敌斗争中，我们晋察冀边区，都涌现了大批的英雄和无数的"硬汉子"。他们是边区抗战的支柱，他们往往牺牲了自己的生命，来保守我们的军事秘密，来拯救广大干部群众，对于他们的进步、勇敢、机智，是永远说不尽的……

李应竹是平山小北头的贫民，他虽然是个拐子，但他热爱着边区，热爱着生活，对于他，一切都是有生气的。他靠了双手养活全家，并在去年买了一亩多地。这次敌寇进犯平山时，他因为腿拐跑不动，被敌人抓住了，敌人企图从他嘴里知道村干部的名字和军事的秘密，于是问他：

"村干部叫什么，那里去了？"

李应竹低垂着头，一句话也不答。

"八路军的枪炮子弹埋在那里？"

他仍然是沉默着。

"八路军上哪儿去了？说！"

敌人急了，用枪托打他，但是他还不说一句话。敌人用冷水灌他，他两只眼怒视着残暴的敌人。

敌人失败了，于是又用棍子压他那被水灌得像鼓一样的肚皮，李应竹惨叫着，血水从他口里流倾出来，但是他咬紧了牙关，忍受了这难以忍受的痛苦，没有说出一句泄露秘密的话来，并且，在这可怕的瞬间，下了最后的决心：和敌人拼了，一条命抵一条命。

"不用打了，我领着你们去找八路军。"李应竹勉强睁开两眼，艰难地说,"他们都在山上。"

"大大的好!"敌人高兴了,把他重新捆了一下,手倒背在后头,和颈子紧紧地绑在一起,便跟着他爬小北头西北的高山。

山是重重叠叠的,登了一层还有一层,现在越登越高了。李应竹虽然是个残废了的拐子,但在这时候,他用了生命之力爬向最高的山峰,在山的一个拐角处,他猛碰了旁边的一个鬼子一下,他的计划是想把这个鬼子碰下去,自己随后也跳崖自杀,然而他没有把那个鬼子碰下去,只是把鬼子碰歪了。

"做什么的!八路的在哪里?"敌人因为进入这丛山峻岭,恐怕被八路军伏击,所以没有注意到李应竹的这一有意的行动。

"爬上那个高山就可以看到!"这时李应竹已经筋疲力尽了,他的眼里冒着无数的火花,他恐怕错过了自杀的机会,于是还拼命地向上爬,现在已经到达高山之巅了,山下无数的村庄被敌人□□□烧了,巨大的火烟像怪物似的升□□□蔽了滚滚东流的滹沱河和蔚蓝□□□□,李应竹对这样的情景和周边的高山再一次地看了一眼,便纵身一跃,从那万丈的悬崖上,跌落下来!

他以自己的生命保守了军事的秘密,换得了人民的安宁,他得到了人民崇高的赞扬与无限的敬意,他的名字将永恒被滹沱河畔的人民传述着。

然而在每一次反"扫荡"反"清剿"中,边区也有个别的懦夫"软骨头"出现,寨北李某就是一个,他贪生怕死,在刺刀威胁之下,将村干部的名字告诉给敌人,并且领着敌人到处挖掘军民所坚壁的东西,可是敌人抢了一些东西之后,还感到不足,又问他:

"八路军的山炮在哪里?"

原来昨夜(四月十八日)在我炮兵协助下,×部将角石院守敌全部歼灭了,今天敌人想我们的炮是离不开瓦口川的。

"我不知道。"李某懦怯地答。

"巴格，八路会飞的，炮不会飞的！"

敌人狠狠地打了他几枪托，便押着他从这里到那里挖掘八路军的炮，他们翻开地窖，扬起粪堆，掘开一切可疑的新土，甚至连新坟也扒开，但是他们什么也没找到。后来敌人说"你的大大的坏的！"就把他杀了。

这两件事情，已为平山人民所传述着。

他们得了一个结论，这个结论和灵寿牛庄逃回来的硬汉子刘万才所得的一样："对敌人什么也不要说，因为你说了这样，他还问那样，你要再说不知道，敌人就会说'你大大的坏'，把你杀了，要死还是当个硬汉子，可别当软骨头。"

(《晋察冀日报》1943年5月8日)

中国思想界现在的中心任务

《解放日报》

中国思想界现在的中心任务就是从思想上彻底打垮和消灭法西斯主义。中国思想界所以要提出这个任务来，并把它作为中心任务，其重要的理由之一，就是为了战胜侵略我国的日本法西斯强盗，使神圣的民族解放战争贯彻到底，取得最后胜利。而要想达到这个目的，必须在思想上分清敌我，不容丝毫含糊，不容在我们的抗战阵营之内，还有人宣传法西斯主义和其亚种；不但这样，中国思想界所以要提出这个任务来，并把它作为中心任务，其另一重要理由，就是为了将来的建国，建立三民主义的新中国，而不是法西斯的中国，或类似法西斯的中国。而要想达到这个目的，必须在思想上反对一种祸国害民的思想毒素；这种毒素，就是法西斯主义或其亚种。要与这种误国害民的思想分清界限，不容丝毫含糊，只有在思想界肃清了这种毒素，才能够达到"抗战必胜，建国必成"的目的，因此这个任务是中国目前思想界的中心任务。

法西斯主义是全人类的公敌，是全中国人民的公敌，同盟各国现在正与法西斯进行历史上空前伟大的战斗，中国是进行这个战斗的最早一国。六年来的斗争，证明法西斯主义是中国人民不共戴天的仇敌，中国人民是一定要彻底消灭这个敌人的。

为了彻底消灭这个敌人，不但需要武装斗争，而且需要思想的斗争，这就是对一切法西斯欺骗宣传的斗争。

一切法西斯欺骗宣传的核心，就是假装的民族主义，希特勒、墨索里尼、日本军阀都向他们国内的人民宣传他们的所谓民族主义。但是这与真正的革命的民族主义是毫无相同之点的。

法西斯主义者并不爱他们的民族。

希特勒毁灭了德国，墨索里尼毁灭了意大利，日本军阀毁灭了日本——难道这就叫作爱民族吗？

希特勒、墨索里尼、日本军阀使最大多数的德国人、意大利人、日本人陷于贫穷、破产、饥饿，剥夺他们的一切幸福和自由，最后又把他们抛入反动的战争的深渊——难道这就叫作爱民族吗？

希特勒、墨索里尼、日本军阀在他们的人民中间宣传复古、倒退、迷信、盲从、堕落、野蛮、无理性、神秘主义，破坏了德国、意大利、日本原有的进步和文明——难道这就叫作爱民族吗？

法西斯的所谓民族主义，就是摧残民族、掠夺民族、强奸民族的主义。

法西斯主义者就是这样的一伙强盗，他们强奸了自己的民族，挖掉了她的眼睛和舌头，并且继续压在她的身上吸她的血；但是这伙强盗说他们是最爱这个民族，他们是为这个民族的利益而奋斗；如果这个被蹂躏的民族起来要求自己的生路，他们就说她是"叛逆"，说她是"分裂"了国家的统一。

法西斯主义者所代表的乃是最少数的大金融资本家，他们公开垄断了全民族的经济和政治，这种垄断比十八九世纪欧美的自由资本主义和资产阶级民主主义坏百倍，但是他们却假仁假义的攻击自由资本主义和资产阶级的民主主义，他们不要脸的宣布他们所代表的乃是"全体"，他们的经济和政治乃是"全民族"的经济和政治。

一百个人里面九十九个人的利益不代表全体的利益，一个人的利益反而代表全体的利益，这就是法西斯的数学。一百个人里面九十九个人向一个人要求生存的权利，叫作"煽动阶级斗争"，一个人剥削迫害九十九个人反而叫作"阶级合作"，这就是法西斯的逻辑。

法西斯最后只有不要逻辑，用极端的唯心论和唯心史观来维系自

己的统治。墨索里尼说:"法西斯主义是宗教的概念,人们把握它不是用内在的知觉的报告的观点,而是依据至高无上的信条的观点,用客观意志的观点,它引导个人的提高,使他自觉自己是精神界的一员。"

法西斯主义者对自己的民族,尚且如此,对旁的民族的蹂躏就更不用说了。日本法西斯在中国所宣扬的"王道",我们中国人永远也不会忘记。

但是法西斯主义的末日已经来了,我们全中国人民和全世界人类现在所进行的战争就是灭绝法西斯的战争,我们叫作民主阵线。因为我们不但现在反对法西斯,将来更反对法西斯,我们流了这么多的血,就是为要实现民主的中国、民主的世界。将来的中国和将来的世界,一定不允许有无论什么形式的法西斯的流毒丝毫存在。

这个思想在《大西洋宪章》里已经有了确定的表现,《大西洋宪章》第六条规定:"待纳粹的专制宣告最后的毁灭后,希望可以重建使各国俱能在其疆土以内安居乐业,并使全世界所有人类悉有自由生活,无所恐惧,亦不虞缺乏的保证。"以后罗斯福和丘吉尔又再三发挥了这个论点。

我们中国,不但在拥护《大西洋宪章》的《华盛顿公约》上签了字,而且还有孙中山先生全部反对法西斯的遗教。

法西斯主义是否认民族平等的,希特勒在《我的奋斗》中公开宣传非雅利安民族是劣等民族,并且公开侮辱了中国:"真是出人意料,有人以为一个黑人或一个中国人因为学过德文,预备终身用德语说话及为某个德国政党投票,就可以变作德国人,这就使我们的种族开始不纯正。"但是孙中山先生却再三说他的民族主义就是要打破民族间的不平等,就是要做到中国"同现在列强处在平等地位",做到"中国境内各民族一律平等"。

法西斯主义是冒民族之名，来压迫剥削本国人民的。墨索里尼说："法西斯革命（？）创造力的根源，就是组合的国家，即经济力量完全划一与调和（？）的国家，自由主义与社会主义在其中是根绝了的。"但是孙中山先生的民族主义，却与民权主义民生主义密切结合而不可分离，所以孙中山先生批评辛亥革命的根本失败"就是由于当日同志仅仅知道注重民族主义，忽略了民权主义和民生主义的过错"。

法西斯主义既然要"根绝自由主义和社会主义"，当然也就是要"根绝"民权主义和民生主义，法西斯主义认为民权主义的时代已经过去了，认为人民不应该有什么自由和权利。希特勒说："大多数人不得决定，只有少数人可以决定。"，但是孙中山先生却主张少数人不得决定，只有大多数可以决定，主张"以人民为主人，以官吏为奴隶"，主张"共和与自由全为人民全体而讲，至于官吏，则不过国民公仆，受人民供应，又安能自由"。孙先生不但坚持现在是"民权时代"，并且预言民权主义"以后的时期很长远，天天应该要发达"。中国只应该比法美更进步，造成俄国式的"最新式的共和国"。在经济上，希特勒党的政策大纲明白规定着："国家统制一切社会化的企业如托拉斯等。"而希特勒、戈林、墨索里尼、齐亚诺等也就在这样的"统制""划一"之下，成了最大的财阀。但是孙中山先生的民生主义，却是要"四万万人都可以享福"，要"大家有饭吃"，要"耕者有其田"。

孙中山先生不但在理论上反对法西斯，而且在行动上反对法西斯，中国这样的民族，本是只应该团结起来，反对法西斯的，但是还在民国十三年，居然就有个买办资本家陈廉伯，为了破坏孙先生在广东的革命根据地，阴谋要在广州成立什么"法西斯蒂的政府"，孙先生不顾某些外国人的压迫，毅然决然地反对了陈廉伯，这就是有名的商团事件。孙先生如果活到现在，一定比以前格外痛恨法西斯，一定是全中国和全世界反对法西斯的急先锋之一。

为了反对法西斯，为了贯彻反法西斯战争的目的，中国一切革命的民族主义者和民主主义者，应该联合起来，应该广泛宣传孙中山先生的反法西斯思想来加强抗日战争的力量，加强民族团结的力量，加强全国人民为光明的将来而斗争的信心和热情。

在这个反对法西斯的大联合中，三民主义者、共产主义者、自由主义者应该是亲密的战友，因为无论三民主义、共产主义或自由主义都是与法西斯主义不能并存的。

"五四"和"五五"是中国民主思想运动的二十四周年纪念日，是马克思诞生的一百二十五周年纪念日，是孙中山先生在广州就任非常大总统的二十二周年纪念日，这三个纪念日，这样巧妙地联合在一起，应该是思想界反对法西斯大联合的一个象征啊！

中国抗日战争和全世界反法西斯战争的胜利万岁！

中国思想界反对法西斯的大联合及其胜利万岁！

（《晋察冀日报》1943年5月9日）

敌寇的"正义行动"与"不败姿态"

张帆

这次敌寇进犯平灵地区，在烧杀掠夺奸淫之余，还到处宣传着他们的"正义行动"。并且在一张漫画下面，特别吃力地写着"皇军绝不败退的姿态"。为了证实这般野兽们的罪迹，我踏进了敌寇所盘据过的一些村庄，在那里，我看见了敌寇"正义行动"的痕迹，听到了所谓"皇军不败姿态"的真实丑态。

当我走过了一个村庄，问一个正在浇地的农民："离张家庄还有多远？"他对我说："同志，你走过了。"这时我才想起了刚才走过的那个完全烧毁的村庄，连一间完整的房子也没有的村庄，就是我住过而且熟悉的张家庄，我的毛发立刻耸立了，我的心被仇恨的火焰燃烧了。带着这仇恨的心情我又走过祁林院、陈庄、女庄、牛庄、会口、寨北……如果不是老乡告诉我，有些村庄我是绝不会认出来了。那里，房子被烧毁了，空中飞舞着鸡毛，街上满堆着鸡头、猪皮、羊骨头、牛腿、驴头，和绿莹莹的肠肚，院里却是烧焦了的黑土、木灰，或是破锅乱瓦，而残缺的屋子里，堆满了"皇军"的大便。

从岔头、陈庄、郭苏到洪子店长百廿里地的村庄里，都一样地狼藉着敌寇吃剩的肠肚、骨头架子和紫红色的血块，进到这一带的村庄，你会闻到极难闻的味气，会感到异样的凄惨景象。老乡们打扫了好几天，还没有打扫清楚。尹家庄（灵寿）的老乡在敌人败走四五天后，挖掘破碎的瓦砾。他们希望能在废墟上找出一点可以使用的东西，但是，他们失败了，挖了半天，却挖出一个烧得像猪一样黑的尸体——这是一个农民被敌人捆起来，放在洞里烧死的。

"这仇，什么时候报清啊！"一个老乡一面埋着这个死尸，一面

对我说："小北头两个老太太也被敌人活活烧死了，三个青年妇女被敌人灌了冷水，又用刺刀穿了肚子……"另一个青年说："这年头，就得提高警觉性，鬼子要再来，我们一定给他大西瓜（地雷）吃！"

一个地方干部来慰问救济被灾的同胞们，他告诉我更多的敌寇杀人放火的残忍的行为，他气得眼睛几乎要跳出来。

可是在我们旁边那被敌人烧毁了的墙壁上，写着："此村庄遍地埋设地雷，有碍皇军之正义行动，认为此村庄为敌性村庄，故纵火焚烧惩重——大日本司令官""破坏即建设——大日本皇军"。

我们看到了这样的标语，再也不想说什么了，原来皇军的"正义行动"就是杀人放火，破坏即建设呀！

其实，日寇在这里还包含着一种挑拨的阴谋。他以为这样的"告白"便可吓住边区的老乡不再埋地雷，便利于"皇军"的行动了，这简直是做梦。而且事实上，就在贴着这样"告白"的邻近的××村，不是没有埋设地雷吗？正因为这样，所以他们不单是房子被烧，而且老乡们的地窖也被挖了不少。这血淋淋的事实，给"皇军"打了一个不折不扣的大巴掌。

好了，我不谈"皇军"的"正义行动"了，谈谈皇军的"不败姿态"吧：

日本法西斯强盗，在死亡的面前，效仿希特勒的"决不投降"，而高喊："看吧！皇军绝不败退的姿态！"

当我军夜袭寨头的时候，敌人一夜没有睡觉，在爆炸的红光里，可以看到敌人没有猛烈的射击，只是在那里吃，抢着吃，多少日子没有吃饱，这回抢了一点东西，无论冒多大的危险也得吃啊！这群只知道吃的强盗们，败退的时候，把六十个地雷三个黄色炮弹一齐埋在大湾（灵寿）的水磨旁边（现在已被我爆炸组安全挖出了！），却向上级报告他们在边区埋设了多少多少地雷，可以炸死多少八路军；他们捉住了吊儿（平山）村苏德仁，硬问他："你是朱德，是毛泽东？"大概他们又要造谣"皇军""扫荡"晋察冀边区×分区，获得了"赫赫战果"了。

可是老百姓，谁也不会相信敌寇的一切谣言，他们亲眼看到了敌寇的败相：有的"皇军"还穿着棉衣，有的衣服已经褴褛不堪了；有的跛着脚，摇摆在无尽的山路上；有的背着铁锹、铁棍专门挖掘我军民坚壁的东西。可是一遇到我军民的阻击，他们就跑回去，向上级报告："遇敌障碍，伤亡××名。"在平山板山附近我们民兵投了一个手榴弹，吓得一个"大日本皇军"立刻跪下交枪。这就是敌寇所称的"绝不败退"的姿态。

好吧，"皇军"不败退，就投降吧！我们优待俘虏。

(《晋察冀日报》1943年5月9日)

刘 主 任

莫艾

延安南区合作社,是陕甘宁边区办得顶出色的合作社,它已成为与人民血肉相关的、深受群众爱护的经济事业,得到中共西北中央局和边区政府的奖励,在陕甘宁边区合作事业与目前蓬勃开展着的生产运动中,是一个万人称颂的好榜样。它的成绩,就是在该社刘主任领导与经营下获得的。这篇文章介绍了这位模范经济工作者发展业务的经验。正当我们边区努力发展合作事业的时候,这些经验对我们该是很宝贵的。

——编者

一、"毛主席的话"

延安南区合作社的办公室,现在更新颖而光艳了。洁白的窑壁上,扫刷得一点灰尘也没有,那上面端端正正的悬着一幅彩色的布幛:

合作社的模范
书赠刘建章同志
毛泽东

"是毛主席送的咧!"

"模范!毛主席说的,哈……哈……哈!""对着呢,毛主席说的呀,我们的好主任。"

这窑洞里兴奋而且紧张,送股金来的、商量问题来的,以及串门子来的,这些川流不息的老乡们,他们还要比刘主任更加高兴呀。白布或毛巾包扎着的十几个人头,拥挤在那幅题字的前面。

老乡们伸出他们粗壮的劳动的手掌,好奇地在那题字上抚摸着,抚摸着。

二、群众的佣人

"秘密吗?很简单,只要真正能够为群众的利益着想,把合作社的业务和群众的生活联系起来。一切事情就好办了。"

南区合作社刘主任刘建章同志,最后答复了我的追问。

的确,他全部秘密就在这里,延安南区人民流行着两句俗语,他们说刘主任是他们公共的佣人,南区合作社则是他们全区人民的账房,他们之中谁有了问题,都要来请教他,疾病、死亡、婚嫁和缺乏生产用的工具,要来请他帮助,如果鸡子生了蛋,做买卖赚了钱,或者是谷子吃不了,怎么办呢?那么,谁也不会迟疑:"到刘主任那里去吧。"

"刘主任是共产党员,是真正帮助我们谋利益的老实人。"南区一个叫方德元的老百姓,他毫不思索地告诉我,"这是□□谁也不怀疑的。"

建筑在群众基础之上的这些威信,不是偶然的,这里有着很多有趣味的故事:

二乡农民杨生贵,一九三六年入股金五元,后来又陆续加了二十元,共二十五元。从三八年起,四年中买铧八叶,比市上便宜二百八十元;火柴二十包,比市上便宜一百元,布匹四十丈;比市上便宜二百元;四〇年年底讨儿媳赊布十丈计三百六十元,四一年底仍还原数,但要照布价来算,应该是一千六百元了,这里又便宜了一千二百四十元;二十五元股金现已滚到二百元,净利一百七十五元。

南庄农妇李氏利用空暇,去年一年纺纱八十三斤,赚花四十一斤半,值四千一百五十元,合作社曾奖励她四次,现币和袜子毛巾等,合算在内,值三百元。这样,她全家三口的衣服和日用品,都顾

上了。

去年春天政府动员教育经费四千元、自卫军放哨费三万元、高崞湾生产股金八千元、银行储蓄券二万元，共六万二千元，分三次动员。每次每户开会收集，要误工一个，三次误工三个。全区一千七百余户，应该缴这项捐款的至少一千户，就是要误三千工。每个民工以三十元计，单只这项误工就要九万元，又加上六万二千元，总共负担数就是十五万二千元。但合作社以部分红利都一齐代人民把六万二千元交纳了，这里无形中帮助人民节省了九万元的负担。

像这一类例子是非常之多的，而它的发明人就是这位为群众所崇信而被称为公共佣人的刘主任。

三、懂得群众的感情和需要

他在合作事业上的发明是很多的，他为什么获得如此多创造呢？一句话：他懂得群众的感情和需要，同时也因为他善于调查研究、掌握材料。

全区一千七百多户，七千一百多人，除了个别新来的移难民外，他完全是熟识的，这熟识不仅是一般的"点头之交"，每一户的财产和每个人的性格，他都是透明的。他有一本很宝贵的册子，那一户多少人？多少劳动力？种多少冬麦？多少糜谷？副业收入多少？以至鸡犬猪马牛羊，都记得清清楚楚的。他调查的方法，也是多样的，他经常在"谈家常"中了解每户的经济情况，有时也进行正面的调查，像这样的对话是再适当也没有了。

"多少人，多少牲口？"

"你为啥调查？"

"你不是要买铧、买盐、买布……吗？我问清楚后就好预先准备了。"

"他是给我们谋利益的老好人！我们应该把一切都告诉他。"

这是确实的情形,按照他的调查与统计,他得出了每人每年平均须向外购买必需品的消费数字,以三八至三九年物价计:尺三宽五丈长的老布一匹十八元,农具五元,用具六元,应酬六元,四斤半食盐,一包火柴,一斤水烟,加上迷信品五元,共计每人每年须消耗四十元;四二年冬则须消耗一千五百元,如果每人把他的消耗费预先用半数入股,则合作社所赚的红利,就可把这些开支完全解决了。他占有了这个材料,因此,他所领导下的各个合作社,进货和销货都是按着他所计划着的规律进行的,剩余或亏本的事当然就不会发生了。

他对人也是有研究的,他的方法是:"为了教育他,可以放得开些,只要掌握了原则,一方面,就是更远大的利益;一方面,对于欢喜占便宜的人,不妨给他一些便宜。"二十里铺有个名叫老张的农民,他对合作社是没有认识的,在个性上是贪小便宜的。刘主任征求他入股的时候,他几乎说出一百二十个困难。

"真的没办法吗?"刘主任问。

"谁骗你,我现在还希望能借到二百元哩。"老张负气地回答。

"我借给你好了。"刘主任真的马上借二百元给他,并且帮助他计划了一个买卖,过了两月,净赚一百元,于是老张恍然大悟了:"原来合作社真有好处"。他现在已经入股八百元了。

有个乡长,他在群众中的威信很高,但他对合作社的认识也正和老张一样,并且要把已入的股金抽回去了,刘主任一再告诉他,过了年就会一本一利了,但是他终于抽回了,并且影响着他庄上的另一个人也把股金抽回了。刘主任索性多叫了两个和乡长同庄的社员来,在说明社务情形之后,就告诉他们:你们如果要抽股金,现在照抽好了。那两个人没有肯抽,过了两月分红的时候,果然一本一利。于是这两个人就到处宣传,刘主任的威信更高了。而乡长也就懊悔不迭,但还没有因此转变了他对合作事业的认识。因为乡长在群众中威信很高,刘主任决心要争取他,合作社买了几千只羊子的时候,就以较贱的价钱，分了五十只给他，第二年就变成八十只，乡长的生活大大改善了。"你不要合作社羊如何拦上？"刘主任半开玩笑似的问他，到了这时，他被现实的事实教育过来了，他现在是一个分社的主任。

四、冲破教条

一九三七年，刘主任还是当会计的时候，他看出一点："为什么要限制每人最多十股呢？在这里，谁敢操纵，不是股金越多越好吗？小小的资本能做些什么呢？"但他和王天经（当时的主任）同志商量的结果，他的提议遭到了尖锐的反对："你要个人发财，实行资本主义吗？"而王主任对他的回答则是："上面的指示呀！怎好更改呢？"

互相间的争论是很激烈的：

"你现在一个资本也没有，怎能掌握人家的资本？"

"同志，只能平均入股，多不得的！"

"钱在我们手里，依人计数、依股分红，即使有谁入一百万元，那对我们有什么损害呢？"

股金的限制终于取消了。接着作为争执题材的是红利问题，原来是上半年入股，红利多得，下半年入股，红利少得，而刘主任的意见呢，不分先后，平等分红。

"那不是太不公来了吗？"这是一位对合作很有研究的人疑问。

"是的，表面上看来是不公平。"刘主任说，"但是为了刺激群众能多多入股，我们如果能有大批资金，来回一大，利润也就跟着增高，上半年入股人所得的红利，不会因而减少，相反的会增加了。"作为这个理由的根据还有两点：第一，上半年入股的人只占少数（四分之一），多数是下半年入股的，很快地使他们得到很大的红利，那对于他们实在是多么大的一股刺激力呢？第二，我们现在需要更多的股金。

经过三天的讨论，当这个提议通过之后，合作社的股金马上由一万二千元上升到四万五千元了。

五、"托辣斯"

这不同于私人企业垄断下的"托辣斯",这是一个很有趣味的故事。

南区合作社的附近是没有商店的。但在一九三八年,一位名叫高其贵的"货郎",把历年积蓄的三千块钱,准备在三十里铺开铺子了。

刘主任找着他,他们谈论着高万有的故事:高万有也是喜欢做买卖的一个小商人,他到城里一家大商店去批货,但他只有十块钱,那大商店的掌柜很"慷慨",居然又赊了五十块钱的货物给他,可是货还没有销售出去,而一个月的期限已经到了。高万有只好以五十元的代价出卖了一石麦子,隔不几天,麦价飞涨,每石竟涨到一百元了,而赊来的货物呢,过了两个月才卖出去,只赚了十二块钱,而他在无形中很早就损失了五十元了。

"资本小,转不过身来。"于是刘主任向高其贵说,"向大商店除账吧,高万有何尝不是这样想呢?但结果垮了。"

"大家合作起来,力量就大了。"这句名言终于把高其贵说服了,虽然还是设立了铺子,并且得到合作社双倍于他的资金的投资,但这家铺子已不是私人的牟利工具了,而成为农民们集体的经济组合了。

这就是南区合作社"集体分社"——兴华社诞生的经过。现在这个分社的资金已达十二万了,它和其他的十几个"集体分社"一样,总社给分社投资,而分社在盈余额内,又抽出一部分资金向总社投资发展生产合作。这样,分社成为总社的一个细胞,它们的关系相互交错的结合着,分社可以因时因地策划便民的业务,经济独立,但在政策上,必须绝对受总社的领导;分社关心着总社,总社的力量更加增大,并且真正成为南区农村经济中的领导中枢,运用自如了。

刘主任认为这个"变商业为合作"的政策,对于南区合作社的发展,是非常重要的。

六、两项杰作

"运输是有利的,为什么老百姓不愿意呢?"四一年政府领导运盐的时候,有些人情绪非常低落。曾有谣言传播"某人的驴子运死了""某人死在路上了"。如此,部分的农民,甚至用病驴去驮盐。"让事实来击破这些谣言,还是由合作社来包运吧!"刘主任盘算着。

在他的号召底下,全区的群众顿时都传开了,大家争先恐后地把代金送到合作社,算作股金。合作社专门组织的运输队,于是熙攘在延定路上。合作社的股金,立刻增加了七万多。农民方面呢,代金算作股金,公盐是由合作社代他白运了。有运输能力的,索性成为合作社运输队的队员,例如四乡姬王华,在合作社集体运盐的组织里,三个月运盐三次,赚了二千三百元,这要算运盐中最丰的利润了,原因就是组织在集体的运盐队里。

像这一类便利民众、便利政府的创作是很多的,但最出色的,要算包缴公粮了。四一年公粮二十万石,造谣份子就宣传四二年一定是四十万石,部分农民的生产情绪因此低落了。边区政府虽然公布四二年公粮决不超过十六万石,可是个别老百姓依旧将信将疑。

梢日子梁农民方德元,还是唉声叹气:"困难呀!困难呀!"

"我说一点也不困难,你说究竟有什么困难?"刘主任诘问他。

"不是今年的公粮又要加倍了吗?"

"政府已经决定比去年减去四万石了,你说加倍,难道乡上没有给你言传吗?"

"哦!言传,言传还不是那回事!"

"老方,我给你写包票……"

于是刘主任便把方德元的家业一算:老方是民国二十年前从上□

移来的难民,革命前还是一家四口人的穷光蛋,现在有两个骡子,一马一驴,三牛百羊值市价七万元,兄弟们都讨了老婆,花去了四万元,四十来垧分得的土地还不计算在内,已挣了十一万的家业了。刘主任向他提议,叫他把全家副业和人口入股,依照合作社的计划种庄稼,保证他明年的家产增加一倍。这个提议虽然没有成功,但方德元还是依四一年出的公粮数十三石,预先交给合作社,算作股金。刘主任给他的保证是:公粮无论涨多少,不要老方负责,预缴的公粮算作股金,照股分红。方德元的生产情绪不仅安定下来,而且大大地提高了,去年他开荒八垧,多打了三石多细粮,而去年应缴的十三石公粮,合作社以红利帮他全交了,他所预交的公粮,还算作他的股金,丝毫也没有损失。方德元今年真是高兴得了不得。他今年还要开荒八垧。他到处宣传说:去年的十三石公粮由合作社帮他白交了。

去年包交公粮总数计二百六十石,包了的人固然提高了生产热忱,没包的也稳定了生产的信心!

七、聪明和毅力

刘主任是一位外表很朴素,其实是非常聪明和毅力坚恒的人物。他计划着做的事情,在任何情况之下,总是要把它想通和做通的。

在每次计算红利以前,也正是合作社遭遇到考验的时候,社员们如真的把红利提回,那合作社的力量不但不会增强,在战时物价的威胁下,很显然的,必定会削弱以至无能再起作用了。何况南区合作社虽是不斤斤计较公价金的呢——那当然是更会□的快了。这时,刘主任的灰白色的眼球,又沉着下来了,在漫漫的长夜中,他终于找出了一条规律:"更密切的和人民的利益结合起来吧!红利当然要分给社员,但是不是可以通过合作社,把这些红利在社员自愿的原则下,为社员做更需要做的事呢?"

在刘主任的号召下,南区人民,在四一年,把红利请合作社代交了公债票；去年的一百万红利，又算作公盐代金入股了。

他的这种毅力和这些办法，使他的助手们非常倾服他，没有信心、没有兴趣和"合作社不能够存在"的想法，都被事实纠正了；而"合作社股金算做负担"的说法，南区的民众也自动地纠正了。

"你怎样想起这些办法来的呢？"我热望着他的朴素的面容，谛听他的回答。"时时刻刻地把心思用在业务上，要想，要多想，不要急，办法自然就想出来了。"他并且继续为这而解释着，"想出了，就要坚持，事情的好或坏，在没有真正得到证明以前，不能半途丢下……要负责任。"他说到最末一句的时候，似乎特别加了一点劲。

八、曾是五次被劫的商人

他是葭县人，在四十五年前，生在一个卖挂面为生的贫农家里。很幸运的，他读了一季"冬书"（即冬学），后来又在小学里念了不足三年的"长学"，于是他就做了米脂一家地主的伙计——管账的。兵荒时，一只十两银子的元宝不见了。老爷咬着他偷窃起来的，于是他只好逃到山西。从此他就成为当兵的、赶驴子的和做买卖的商人了。山西的临县，塞外的盐池以及包头、韩城等，都是他经常来往的地方。

他对人的态度非常和厚而谦虚。冬天了，他披着一件老羊皮大氅，无分风雪昼夜，经常在山沟里串着，一个月只有五天的时间在总社里，其余的时间都是奔走在分社里或老百姓的家里。

我曾和他同行过几天，几乎每一个人都要招呼他，而且是亲热地招呼他。

他曾是五次被劫的商人。他的两手至今还有被绑的印痕，他做买卖非常精明，但是每当"腰缠万贯"的时候，就都被盗匪抢劫净光了，而当时官府三十多种的捐税，还要压在他身上。有一次，他向某一个高利贷借了十块钱缴纳"维持费"（等于十石细粮），就是因为这"十块钱"的缘故吧,"本上加利,利上滚利"的结果,他也就像成千成万的农民一样,流于赤贫。"一九三五年参加了革命——这是我的新生活的开始——"他说,"我找到了归宿了。"

是的,他找到了归宿了:在革命的阵营里,把他的能力完全发挥出来了。

——也许你会不相信吧:一个没有受过合作教养的小商人呀,怎能有这样的创造呢?告诉你,而且事实告诉你,这里一切新型的创作,大都是这些曾被埋压着的劳动人民,在实事求是的艰苦锻炼中所创造出来的呀。(新华社延安通讯稿)

(《晋察冀日报》1943年5月13日)

贾 洛 永

伟鹰、陈庞

一个粗壮的庄稼汉子，年在三四十岁上下，对人说话总是怕吓着人的样子，在完县没有人不知道他，就是云彪、新望，以至保定附近的老百姓提起来也都知道他——贾洛永。

民国十六年春天，那时正是军阀混战（直奉战争），数千外县逃来的难民，密密地挤满大河滩上，男的女的老老小小饥饿地乱叫。这个粗壮的汉子，那时才二十来岁，家里不很富裕，还时常给人帮工，但他却把自己仅有粮食完全拿出来给难民们吃了，把老婆也叫出来帮助难民做饭，他忙来忙去的照料这个看那个，并且组织他们怎样吃饭，整整忙了七八天，难民们没有一个饿着。因此到第二年的中秋节，保定好多村抬了礼物来给贾洛永道谢，从此他的急公好义的仁声，就传播到远近数百里地以内了。

抗战后，他家里的生活逐渐有了改善，在他的勤劳节余下，把二十多亩劣地换了好地，从贫农升到中农，生活日趋富裕起来。他在村里一直担任村干部的工作，时时关心着老百姓，宁可个人少吃一碗饭，不看着穷人挨饿。特别是去年，寇祸天灾所造成的完县的相当严重的灾荒，曾有人走出去讨吃，贾洛永的家里也是紧巴巴地，老幼十三口人，种的二十多亩地被水冲去了一半，生活又感到了困难；看着这种情形，贾洛永和村干部们商量：怎样救济灾民呢？正好政府的救灾办法布置下来：开展纺织运销……他灵机一动，松开眉头，随即拿出私资一千二百元，买织布机一架（用去六百元），其余的买棉花发给灾民纺线，他家里六十六岁的老母亲，三十多岁的老婆和嫂嫂都参加了纺线工作。不过他嫌本钱小，救不了多少灾民，于是又把家里旧衣物等折卖了八百元，凑够两千元的本钱。

起先，他按政府规定，每纺一斤线，发工资六元，后来他算了算自己剩钱多，灾民剩钱少，自己不是为的赚钱，而是为了救灾，于是他想了个办法：纺一斤线，先发工资五元、奖洋火一盒，纺五斤线奖洋火五盒、灯油二两，纺够二十斤线，发工资一百元、奖布一块、油四两、洋火十盒。这样不但使纺户的实际工资增到十元，而且他还为了解除妇女在纺线中的困难，他想着：有些娘儿们煮饭点火要串几家门子，给他一包洋火就省掉跑腿的时间多纺一些线了；有时她们的男人们讨厌纺线，要是她在他抽烟时给他一根洋火，男人也会高兴了。在他这样鼓励下，纺织事业就更兴旺了。

另外他的一个办法是：不把工资全发给纺户，每纺一斤线扣一块钱，拿这一块钱当作纺户的投资；这样几次□后，纺户就变成股东了。虽然没□起什么□□，实际上他所□营的纺织组织，俨然是一个小规模的纺织合作社：村里有一架弹花机，他家里有二架织布机，找了几个织布工人；他买来棉花就交给弹花户，弹花户发棉花给纺户，纺户交线给织户；织成布，他拿到集上去卖。这样他把弹、纺、织三道手续直接联系起来，省掉中间人的剥削，灾民得到的利益更多，出的布比市上一般价钱还便宜。

在他的多方致力下，从去冬十一月起到现在，全村五十余灾户的生活，没有问题了。纺车从二十增到三十，最后增到四十多架（目前因农忙停了几架），共纺线三百二十斤。织布一百六十多匹。

全村的人，都把他看成亲人一样，有的老太太当面向他说：

"你洛永哥！你真是个行善的菩萨，要有你这样人，咱们一村子的人也挨不了饿！"

"你们用劲纺吧，反正我是不多剩钱，要是赚得多，我还多奖给你们东西。"

一个新学纺织的青年妇女，亲自找到他家去说：

"洛永叔！为什么不发给我棉花呢？莫非看我不会纺吗？是不是

可以学呢?"

"可以!可以!我正欢迎你们纺,是怕你不乐意;不会纺不要紧,你先拿四两棉花去学,学会了再给我线,纺吧!光怕你没有劲!"用他那一贯的吓不着人的话对她说。

另外一个老太太和他开玩笑:

"洛永,你有偏向啊!为什么不叫我纺呢?我纺的比谁都好!"

"你别怪我,前天我背着棉花到你家去送,听说你讨饭去了,我才把棉花弄回来。"

"别提要饭吧!真正受罪!……"老太太摇摇头叹息起来。

"谁叫你去的?我没有说吗?"

…………

洛永家里,老的少的妇女们,每天领棉花交线的接连不断,不会纺的也学起纺线来,逃出去的老太太们听说以后,也都回来了。

政府看到贾洛永这种急公好义的精神,非常敬重,请他到政府来,问他有什么困难;他说本钱小,不能照顾全部灾民。于是政府贷给他一千元,并把这些情形呈报边委会。日子不多,边委会的传令嘉奖下来了,马上贾洛永的故事传遍了全县。

他在传令嘉奖后,更加积极起来,自己总觉灾民利益小,不普遍,三月里又动员出织布机三架,还计划着把工资改为实物,并进一步向吴满有和刘主任的方向努力。

(《晋察冀日报》1943年5月14日)

悼雷烨同志

李楚离

雷烨同志是个模范的共产党员,具有布尔什维克的优良品质,他对民族对阶级对他所负担的工作具有无限的忠诚与热爱。他以八路军总政前线记者的资格于一九三九年深入冀热边境,在极端困难与危险的条件下,从事记者工作。

雷烨同志到冀东时,正值冀东大暴动失败之后,敌寇正利用我军向西转移与其镇压暴动"成功"的余威,对民众施行极野蛮的镇压与屠杀。雷烨同志目睹此种惨状,即奋身参加冀东群众工作,深入群众中,为群众的切身利益而贡献其精力。

正因为雷烨同志参加了冀东的实际工作,领导了群众性的对敌斗争,所以他的作品就充满了群众的血肉,带上了群众的气派,在形式上、在内容上,都表现出它特有的旺盛与健康姿态。

雷烨同志为了团结冀东爱好文艺的人士,并改进他们的工作,就组织了冀东的路社,相勉向着鲁迅的道路前进!出版了《路》《文艺轻骑队》与《国防最前线》;所有这些刊物,对人民对部队都起了很大的教育作用,在冀东人民中赢得了很高的威信。

一九四〇年后,冀东敌我斗争更加尖锐,而斗争的主要方式为武装斗争。雷烨同志为了在最残酷的斗争中锻炼自己并充实其作品的斗争内容,就于一九四一年参加了冀东部队工作,开始任分区宣传科长后任组织科长,在枪林弹雨中去磨炼其笔锋。

一九四二年冬,雷烨同志以参加晋察冀边区第一届参议会的机会来到抗日的模范根据地。利用会后余暇,从事整理其四年来费尽心血所搜集的宝贵材料,准备出版,不意竟于本年四月二十日正在编制铜版增订说明时发现敌情,雷烨同志卒因人地生疏,不幸与敌遭遇,在极紧迫的情况下,与敌短兵格斗;当雷烨同志身负重伤,无法逃脱敌手时,即在野兽般的暴敌面前,从容不迫地将其最心爱的照相机与自来水笔等打碎而自尽了。

雷烨同志这种英勇奋斗不屈不挠的顽强精神,与临难不迫从容赴义的光明态度,使法西斯匪徒在他面前低下头来。这种为民族全气节、为党争光荣的牺牲精神,在抗日史上又写下了光辉的一页。

雷烨同志的牺牲,使我党丧失了一个优秀的青年干部,使冀东工作又受了一次顶大的损失。冀东同志听到你英勇牺牲的事迹,定将加倍努力英勇杀敌为你报仇,雷烨同志请你安息吧!

(《晋察冀日报》1943年5月18日)

雷烨同志传略

　　八路军总政治部前线记者雷烨同志,于四月二十日,牺牲于晋察冀边区平山县,死年二十六岁。雷烨同志是共产党员,浙江人,家贫苦学,高中未毕业即远走家门,投入抗战烽火中。入抗大学习后,一九三八年秋被总政派来晋察冀前线,做采访工作,深入敌人心脏的冀东,和游击队密切结合,刻苦工作。两年后——一九四一年末即担任冀东军分区政治部宣传科科长,继任组织科科长。在做记者期间,冀东环境异常残酷困难,敌人"扫荡"频繁,各种抗日工作都还在建设的开端,他在这期间帮助各种工作,多方建议,贡献殊多。因他思想锻炼的坚强和组织能力的相当优越,又加当时冀东部队成员大多是农民出身,组织领导急需加强,雷烨同志即自告奋勇,参加这件繁重的工作,堪称文化工作者自愿参加实际工作的模范。因他工作认真切实,战士很爱护他,选举他为晋察冀边区参议员,一九四二年冬来北岳区出席晋察冀边区第一届参议会。会后他埋头写作,正开始大量反映冀东的英勇斗争史迹之时,不幸遭敌追击,英勇牺牲,诚为我敌后新闻战线上一大损失。

(《晋察冀日报》1943 年 5 月 18 日)

恸 雷 烨

□斯

一个年轻的朋友,我们优秀的文艺新闻工作者、八路军总政治部前线记者,冀东军分区政治部宣传科长、组织科长雷烨同志,在四月二十日的突然情况中,遇敌于山间狭路,只身苦战,中伤自刎,殷红的热血,洒向北太行碧绿的山原。呜呼雷烨!民族的深仇和友情的悲痛,永远刻入我的心底于无穷!呜呼雷烨!不负乎生又不愧乎死。你的精神,永远随伴着斗争而长在!

在一九三八年的深秋,你带着记者团的同志,离开了延水之滨,来到滹沱河的北岸,我们第一次相见在川流曲绕的山村,漆黑而明亮的眼珠、樱红色清秀的面庞、不高但是坚实而雄健的身躯、朴素的戎装、洪亮的声音、豪迈的胸怀、洒脱的谈吐、沉静的态度、热烈的表情,出现在人的面前。像一个书生,又像一个军人;是一个青年,又是一个老成人。我们近邻而住,常常在晤面时听到你谈述陕甘宁的文化生活,你写文章,字字慎重地推敲,不肯苟且下笔,你有着远大的抱负要到群众中去、到士兵中去,走向辽阔的疆场。不愿以文艺为特种的事业,不愿做空头的文学家。

果然,不到半年,随军挺进于冀察热边,在万里长城内外,寄来的书信充满着塞外的战歌与诗思,我读罢一行就控制不住内心一下的激动。战火消去了岁月,千里关山,时见故人飞来梦里,但是交通的阻梗,音信渐渐地稀少了,每遇塞外归人,我总打听着你的消息,从传述中我知道你已经完全投身于军队的工作,日夕在戎马倥偬中作紧张的战斗,不轻易发言,每所建议,必有中肯的见解。忠诚于事业,埋头的工作,认识你的人,无不啧啧称赞。人们称赞你没有一点自满,而虚心的学习;不自命为文化人,而潜心于实际的工作。三年的时间,在深远的敌后,你立下了文艺新闻工作者最好的榜样。你的一切写作,充满着真实的大众的斗争,充满着真实的生命,在斗争的实际锻炼中,你的文笔也更加壮丽了。〔现〕实生活的深入的体验,使你的才能多方面的丰富了,朋友们都期望着你的生命的更大收成,而默默工作着的你自己,也该曾如此的期许吧?

去年冬天的一个晚上,你突然出现在我的门前,意外的喜悦使我忘记了要说的话。灯前,坐下来,看你的风度那样的雍容,更胜于当年,畅话塞外风云,夜深始去。从此我们又得较多晤谈的机会。冀东人民血肉的斗争,从你的笔尖和口头带给了我们。在一个新闻工作者的集会中,每个人听到你的报告,没有不感奋得浑身激荡着热潮。

代表着冀东广大的选民,你出席了边区参议会,冀东广大人民的胜利、痛苦和希望,从你洪亮的发言中传达到大会,引起全场的注意。我相信当冀东万千的选民们知道了你在大会中所说的话,他们一定感到满足,庆幸他们自己能够选出这样优秀的参议员!

会后不久,我们参加一个文艺工作者的会议,你因情况的突变,没有赶来,我们在讨论中曾以你的实际工作精神为边区文艺工作者的光辉借鉴,认为这是最适合于党中央对文艺工作者的要求,想不到会议未完,而你的牺牲的噩耗突然震动了我的心弦。

啊,雷烨,青青的二十六年的生命,就这样停止了活动吗?我永远不能相信!

但是,我听到与你同行者叙述你的死,那不是一场噩梦,而是血淋淋的现实,又使我不能不相信,不能不悲恸了。

那一条狭长的平静的山沟,在数小时之内,突然笼罩着弹药和血腥的气味,敌人冒死地侵入,战斗迫在眉睫。你带了二三人,临时转移,但是,敌人进来了,你让别人先走,自己就留在后面,翻过山梁，要下河槽，侧面高坡上已经被敌人占据，人地生疏、情况不明，你却凭着自己的胆识，就不利的地形，拔出身旁的手枪，向敌人射击，受伤数处，依然奋勇不屈，直到弹竭势危，自知不免，于是把身上携带的文件撕毁了，照相机摔碎了，使不为敌人所得，最后举枪对准自己的头颅，让最后的一颗子弹，结束自己的生命，保全自己崇高的节操，躺倒在太行的山野，让父母给予自己献于民族与革命事业的躯体和热血，永远获得祖国的温暖。敌人狞笑地扑来，但是因为一无所得而颓唐地失望了，它们又一次看到了中国男儿之不可辱——尤其是革命的文化工作者永远不可辱的巍昂气节。

我们所有的文化工作者更将永远不能忘记敌人对我民族文化血腥摧残所积下的无限深仇，我们不但要为我民族广大被害的同胞复仇，而且更要为我民族被害的文化工作者复仇！同时也为你——亲爱的雷烨同志复仇！

今天，民族复仇的热火正在太行山上燃烧，烧向塞外，烧向鸭绿江头，我们边区的文化工作者更将深入斗争，以你为榜样，更加燃炽这复仇的烈火。我们的火光，将比你的血更要殷红！我们复仇的战斗的行列更像奔放的洪流，从太行山万千条峻岭之间，冲泻而下，冲向东方，冲灭敌人的阵地。我们边区的文化工作者更将鼓勇向前，站在行列前哨的岗位上，激扬这战斗的怒涛。愿你的精神就像你故乡钱塘的江潮一样，在我们战斗的行列里永远澎湃！

(《晋察冀日报》1943年5月18日)

悼雷烨同志

舒予

雷烨同志,我是认识他的,他壮烈牺牲的消息传来,使我精神上受到袭击似的,垂着头,呆呆好久,惊疑、痛惜……纷然杂陈。海啸似的心境,最后平静了,两种情绪占据了我的心头:一种是骄傲,不仅是我之能够认识他,将引为我自己毕生的骄傲,并且也更为党骄傲,党有这样一个文艺工作者、新闻工作者,以无限忠诚与坚贞对党对革命,在收复了的国土上——自由幸福的晋察冀,临危壮烈自裁了。假如敌人的血手,已扼塞了自己,使自己不能再担负革命的责任的时候,那就拿出最后的血贡献给革命。雷烨同志就是这样做了的。在党的光荣斗争史中,像这样的中国的优秀儿女,把自己的最后一滴血贡献给党的事业的,是屡见不鲜的,但雷烨同志仍不失为其中杰出的一个!

认识雷烨,是在平西,其实才是两次匆匆的会面,并没有机会深谈,然而他确是给了我很深的印象,他没有夸夸其谈,他没有炫耀,他有的只是不声不响的工作;有些人,在不声不响之中,是隐藏着或表露出"孤高自赏"的骄傲的,但他绝不是这样。雷烨同志是一个文艺工作者,他是参加了前线记者团,与文工团等同由延安派到敌后来的,党的意旨是明显的:就是要让党的文艺工作者,到实际工作中体验现实的生活,报道敌后伟大的斗争场面,开展敌后新闻工作,并培养为工农兵服务的文艺的巨葩。我虽然认识记者团和文工团里的同志不多,但我敢于说,雷烨同志是最了解党的意旨的,他没有其他个别同志的"钦差大臣"似的坏习气;他不把自己看作"客人",要别人"待以上宾";他没有要求给自己以特殊的环境,来整日闲散地培养灵感，从事写作；他不是像某些文艺工作者，觉得到敌后来只是搜集材料（走马观花地搜集），而敌后环境不适合于创作，不愿接受党分配任何工作，待材料搜集得差不多（？）就急于要求到延安去，预备写成巨作，一跃成名。相反，雷烨同志是踏踏实实地，欣然接受了党所分配的部队宣传工作的岗位（雷烨同志在生前任冀东分区政治部宣传科长与组织科长），并且认真地在自己工作岗位上锻炼自己，体验现实，因此也就成为优秀的宣传工作者与组织工作者。他的足迹遍冀东，并且挺进到沦陷了十年的热河——祖国的最前线，使党和抗日的影响，种植在热河人民的心上，使他们蜂拥地起来拥护党、拥护八路军、拥护抗日政府，进行着反抗日寇奴役的解放斗争。这种解放的火焰，已把承德包围起来，并向东突进到锦州附近，这当然是冀热边全党、全军和全体人民的伟大成就，而雷烨同志在这伟大的事业中，是贡献了他高贵的精力和血汗的。雷烨同志之优良的品质，就表现在这地方，他之在文艺上的成就——从他由冀东来军区给日报所写的通讯，就可以看到——其原因也就在此。

现在雷烨同志壮烈地牺牲了！这是党的不小的损失。然而在党的万丈光芒里，雷烨同志是放了他自己的一分光。雷烨同志已停止了他的呼吸，然而他的临危自裁，发扬了党的传统的布尔塞维克的崇高气节，是不死的，值得每一个党员学习。

将再看不到雷烨同志的通讯了，在发表过的塞外通讯里，是多么生动地传达着沦陷区同胞的感情啊！他亲切的关怀着同胞的疾苦，他以热烈的同情寄予他们，他写出了群众对敌寇仇恨，启示了如何才能得救的途径。他永远和他们在一起生活呼吸。现在雷烨同志死了，塞外同胞复仇的呼喊，英勇的斗争，是少了一个优秀的作者，来生动地报导给千千万万关心着的读者了。

他来军区以后，曾写给我一封信，说是在回冀东以前，一定来找我谈谈,我也曾这样邀过他。想不到那封信就成了绝笔!他已永不能如约前来。然而我不能忘记他,这样一个党的优秀的青年文艺工作者!

(《晋察冀日报》1943 年 5 月 18 日)

第一个洞

孙犁

蠡县××庄的治安员杨开泰,今年虽只二十五岁,看来,已就像三十几岁的人了。那一带环境十分残酷,他的面色因为长期睡眠不足显得很干枯,眼里布满红丝,那一条红丝里就有一个焦虑、一个决心。从前年起,××庄的形势就变了,在它周围,敌人的据点远的有八里,近的只有二里。杨开泰愤然地对人说:"好,敌人蚕食使我们的任务加重了。我要把精神提高,把自己变成两个人,要叫我的精神,也增加生产!"

从此,他就很少睡觉了。他是一个贫农,有个和他年岁相当相亲相爱的老婆。老婆看见丈夫的脸渐渐黄瘦起来,常常为他担心,每天在饭食上加些油水,劝他早些睡觉。杨开泰说:"现在不是睡觉的时候了。就是敌人不出动,我躺在被窝里想到围在身边有哪些碉堡,有那么多敌人在计算我们,我就焦躁起来了。你熬不住先睡去。"

区里的干部有时夜间来,他们选定了在杨开泰家里开会。这不是因为他们家里有高墙大院,可以防身,而是因为他们信任杨开泰这个人。深夜,杨开泰到村西头的堤上去,正是初冬,柳枝被霜雪冻干了。风吹过来,枯枝飘落,几个区干部,跟在杨开泰后面,默默地,放轻脚步,走回家去。

开过几次会了。杨开泰的脸上越发干枯,眼里的红丝也越加多了,只有他知道,敌人的特务已经钻进村里来。在一天夜里,他从屋里走出来,猛一抬头,屋檐上伏着一个人,立时不见了。又过了两天,他清晨起来,开开板门,看见道路上扫得非常干净,这样,只要有人走过,就可以辨认出几个人的脚步和去的方向。又过几天,他看见有人在路上画上了许多密密的横线,有人走过时可以清清楚楚地看出来。再过两天,他在一个夜间发现大门的铁链上系着一条黑线,一推门线就断了。

他看到这一切明白了一切，不只为他自己担心，他更为这些区干部担心，敌人可以包围他的家，逮捕去区干部……他细心地侦察着，他迅速地通知区干部不要到他家里来了。

一天，吃过晚饭，他对老婆说：

"不要等我了，我要到外边开会去。"

老婆就一个人先睡了。直到第二天吃早饭的时候，杨开泰才走回来，他很劳累，脸上有汗迹，老婆说：

"你看，又和谁争吵来，脸红脖子粗的。"

杨开泰只是笑了笑。

这一天吃了晚饭，他又对老婆说：

"不要等我了，我要到外边开会去。"

老婆只是撇了一下嘴就先睡了。

这样一天、两天、三天、四天，杨开泰没进屋睡一夜觉。早饭一熟，他就带着一身疲乏，红着脸，还有些气喘回来了。第五天早上他照例笑着问：

"饭做好了？"他老婆坐在灶火前垂着头，用草棍画着地，没言语。

他又问：

"今天叫我吃什么，我看你该叫我吃点好东西了？"

女人突然站起来，站起的过猛了，手扶在屋门框上，脸孔挂着泪水，两只眼睛红桃儿一样，她怒气冲冲。急口说：

"好，你该吃好东西了，你费了劲了，你夜里背了凳了，你该补一补了，你泄了阳气了！"

杨开泰也就火了说：

"你这是干什么？你！"

她恨恨地望了他一眼，到里屋里，爬到炕上去，哭起来，嘴里数道着：

"不知道叫哪个浪女人缠住了,十天八天地不在家里睡,还有脸跟我要好的吃,你不知家里水没有人给我担、柴没有人给我抱、火没有人给我烧呀……"

杨开泰才明白老婆为什么生气了,他劝着安慰着说:

"结婚已经快五年了,看你还不信任我?"

"我不信任你。你十天八天不进我的屋,你夜里出去,回来就瞧你累成那个样子,……我的命苦呵!"

"你的命苦,我的也不甜,可是甜的时候总得来,这就先得把苦的时候打发走。你算瞎疑心了,我不是和你说过,是出去开会吗?"

女人坐起来,擦一擦眼泪说:

"你去哄三岁的孩子吧,你去哄那些傻子吧,我问了青救会杨秃,他说这几天就没见过你。"

杨开泰还想解释解释,可是因为过于疲劳,他又睡着了。女人坐在他身边,哭泣、伤心;伤心、哭泣。

黄昏又来了。平原的村庄,把黄昏看成是一天的年节一样,孩子们从家里跑出来,满街上跑跑跳跳,把白天闭上的嘴张开,把往日可以尽情唱的歌儿唱起。女人们也站到门口来望望,黄昏很短,一时晚饭熟了,人家先后插上门,以后又吹熄了灯。

杨开泰默默地吃过晚饭,他向老婆告假,说:

"好,我听你的话,今晚不出去了,一定在家里睡,只是我要到后院里去转转,一时就回来。"

"好吧。"老婆回说。

杨开泰走出来,天已经很黑了,屋里的灯光,只能照明窗前一片地。

他向后院里走去,进了那间破旧的磨棚,他擦着一根火柴,石磨用四根木头支架着,他丢了火柴钻到磨下面去,不见了。

"你给我出来!"他的老婆立在磨台一边喊。原来她偷偷跟在杨开泰后面出来,看他是不是从后院跳墙出去,她一看见丈夫在磨下面要借土遁逃走，大吃一惊，跺着脚：“你给我出来，你这个贼兔子，你又想哄我，你出来不出来，我喊到街上去！"

"咳，咳，你嚷什么。"杨开泰赶紧从磨台下面钻出来，老婆赶紧擦着一根火柴，把灯点着，她恐怕丈夫趁黑影里逃跑。

杨开泰满身是土，他低声地对老婆说：

"既然叫你看见了，我就告诉你，你以为我每天出去玩乐去了，却不知道每天夜里，我一个人在这里掘洞，整整掘了五夜，才成功了。我下去看了看，里面可以成四五个人，以后，我们就不必提心吊胆，可以在这里面开会了。"

说完，他走回去，把一块木板放下来，又把堆起的土粪堆在上面，□就没有了丝毫洞的痕迹。

灯心吸足了植物油，爆炸着，女人的疑心去了，她看见丈夫那干枯的脸，充满血丝的眼睛，和那因为完成了一个大事兴奋快活的神气，她也笑了。那像八月十五日的月，一片乌云从她身上飘过，月儿显得更俊秀了。花儿因为避免夜晚的冷露合起她的花瓣，现在在朝阳照射下，她幡然开放……

"你个贼兔子，"她也低声地，害羞地说，"你还不信任我啊。"

…………

从此以后，地洞、地道就流传开了。而且在不断地改进着，什么"七巧连环洞""观音莲台洞"……花样翻新，无奇不有。而这"第一个洞"的创造的故事也就随着洞的传播而传播着。

(《晋察冀日报》1943 年 5 月 19 日)

行唐一村长

征 戈华 聪民

行唐×××村的村长和两个十多岁的小妮齐被敌人捉去了。

狡猾狠毒的敌人,要村长"自首",要他说出公粮坚壁在那里,八路军在什么地方?

村长,抗战五年多了,每滴血里都沸腾着对敌人的仇恨,在敌人威逼的刺刀下,他紧咬着嘴唇,只是轻蔑地仇视着这些审讯他的法西斯野兽们。

我们都可以想象得到的,敌人会怎样残酷地鞭笞他!

但是,他却大睁着两眼,射出冷冷的挑战的光芒,像一个被捉的鹰,骄傲地沉默着……

两个小妮子和他一样倔强,敌人的恫吓和欺诱,始终没有获得她们一句真话,除了"我们和他不是一个村的""不认识他""都不知道"以外,她们再没有其他答案。敌人失望了,只好气愤愤地吩咐伪军:

"押起来!"

漆黑的夜里,跑了一天,哭了好几次的小孩子,疲倦得睡着了。

燃烧着仇恨的村长,忽地听见门口有人低声地催促地叫着:

"同志,快些逃吧!今晚半夜里就要砍你们!"

抗战的村长,是不愿就这样任敌人宰杀的,他要逃回边区,逃不出去,也要格斗而死!他在一个厨房里,摸着一把菜刀走出来。

但是,这两个小孩子呢?小妮子的鼾声吸住了他,他看到蓬松在星光下的小毛头,使他忆起了她们在敌人面前的坚定和留在这里的悲惨结局……

他犹豫了，自己一个人，又带着一身棒伤，一个人逃出去就不容易了，还怎样能带她们一齐走呢？……

不带走她们么？——不能！不能！边区的孩子，怎么能扔下来任这些法西斯野兽们撕碎她们呢?!

在黑夜里，他的两眼里闪出了敢于牺牲的冷静的光辉。他轻轻地拍醒了孩子们，孩子们从这静肃紧张的气氛里，领会了他的意思，任他背上一个，抱上一个，悄悄地走了……

当他带着这两个女孩子，重新逃回边区时，他望见被朝露辉耀着的山岩，对他们泛射着温暖的微笑……

(《晋察冀日报》1943 年 5 月 20 日)

定县敌占区在饥困中

裴瘦松

一

"无法再活下去了!"

这含着内心极度苦痛的一句话,像唐河的流水,在定县敌占区人民的口里倾泻着。的确,自这块丰实的土地被日寇奸污而成了"治安区"之后,这儿的老百姓便失掉了自由,在敌人的"保护"下,过着血腥悲惨的地狱生活了。

"勤俭增产!"

"革新生活!"

敌寇汉奸们成天乱喊,可是人民的生活不但没有"革新",在繁重的勒索、敲诈下,人民的肩上反而更一天比一天沉重了。

我们不用去看那光怪陆离的苛捐杂税和巨大骇人的"地亩捐"了,就光看从二月到四月这九十天用人民血汗堆砌起来的定曲路和"护城河",以及每隔一百米一个的小炮楼吧。这条三丈宽的定曲路,和三丈宽五丈深的护城沟,是全部"爱护村"的住户,每够五亩地的庄稼主儿,就须每天出一个夫修起来的。没有足够夫数的人家,要自己想办法,每天出五元鬼子票再加上三顿饭去雇夫,否则便会受到刺刀戳肚子的残害,老百姓在难忍的重负下,悲叹地哼着这样的民谣:

> 山药菜饭稀汤汤,
> 从早到晚把夫当。
> 不去,用枪挑!

晚了，跪沟傍！
亡国奴，真难当！

有家没法住，
天天净门夫，
砍光村边树，
好地开汽路。

伪警备队是助纣为虐的，他们为了发财，常常把累得满头大汗的民夫加以"怠工"的罪名恶毒地打起来。一面打，一面问：

"有绿票没？快当点！"

为了防止八路军割电线，把所有沿着汽路的电线杆，都换成精选的"爱护村"里最高最直的杨树，这样还觉得不"牢靠"！于是在电杆的下半截，又筑起一层泥一层荆棘的围墙，一直筑到一人多高才放手。可是还是觉得不"保险"，便又在电杆的周围挖成圆圈的大沟。虽然如此，那高高的悬在半天空里的电线，还是经常的不翼而飞的。

二

在敌人指使下的伪治安军、警备队和特务们身上，勿论如何是闻不到一点中国人的气味的。他们领着城里的植田部队到三、四区实施"清剿"，但他们所"清剿"出来的"八路"清一色的都是"爱护村"的富户，据说这些"八路"都被"绿票"担保，不久就释放了。

四月十三日拂晓，西甘德村又被城里的伪警备队、特务包围了，他们扬言要搜"八路"，闯进各家去把老百姓的箱子柜都翻了个底朝上，临走还捆去了几个殷实的庄稼主儿，这几个倒霉的老百姓在城里挨了一顿饱揍，喝了一肚子凉水，才在"错抓无罪"的名义下释放了，然而村中人谁都知道：这一回又糟蹋了三千多块！在释放的那天，翻译官气喘吁吁地从后面赶上来说：

"这两天你们村还要注意，别的部分还要去呢！这是我为了老百姓少受治，特意给你们个信。"

老百姓们心眼里是明白的，"信"虽然不一定真不真，而跑这几步是不能"没个说法"的，几个老乡赶紧感激地说：

"翻译官先生多照顾，过几天我们到您府上去拜望！"

而翻译官是很"爽快"，直截了当的就说了：

"不用麻烦，一句话好了！"

这还不明白吗？——这又是几百块"绿票。"

像这样容易的"门路"，聪明的"治安军"那能看不见呢！于是在庞白土、芦庄子立刻也就有人被抓去了，村里赶紧派人去打听释放的价钱，一个副官出来愤然地说：

"我们治安军不能为个一千两千的坏了名誉！"

这还不是明告诉吗？一千两千是不行的，探信人赶紧回去七凑八凑弄了四千块钱送去，才算完事了。紧接着伪警备队也出来了，说是"巡查"，在东甘德村喝了一会茶，结果把老百姓做种用的花生吃了四五十斤，还把一家埋在粮食里的四十个鸡蛋也装走了。

四月十五，从保定来了一批日本瘪三，这披毛带甲的一群，据说是日本什么"马戏团"，要在中国人的面前表演一下"皇国艺术"，结果是按家散票，按票收钱，这些流氓们又沉甸甸地捞了一把，汇到东京去了。

三

"饥饿呀！"

"饥饿呀！"

这是敌占区人民遍地的呼喊，只要是一个不聋的人，在敌占区到处可以听到。

"大婶子！给点吃的吧！"

一群群携男抱女的纯朴的农民，被饥饿压迫着离开了乡土，沿门乞讨。

"走吧！你饿得慌，俺们也就要讨着吃去啦！"

家家户户，都是同样的回答，可是讨吃的人，往哪里去呀！白天，各村的街上，都被"求爷告奶奶"的可怜的同胞充满着，晚上，所有的破庙，车棚便都挤满了这些饥饿的人们，小孩子哀哭，女人们啜泣，男人们发着沉痛的叹息……

这就是敌人整天价所高叫着的"王道乐土"啊！……

是谁有钱去买呢，唐河岸上的小杨树叶都摘光了，蒲草根和尖草根，也挖完了。

春天了，定县平原上的梨花也随着春的季节展开了白嫩的笑脸，这该是多么富有活力的季节呀，然而挣扎在饥饿线上的人民的心里，却不是可爱的春天，而是凄凉愁苦的深秋呵！

一九四三年四月三十日

（《晋察冀日报》1943 年 5 月 20 日）

盂城北的战斗

——军区西线反蚕食斗争纪实

羽山

实在是奇怪的日子——一九四三年四月六日，季候已经进入清明了，这儿还飘落着纷纷的大雪，山西高原上的积雪深齐膝盖，卷旋着的冷风，把天地变成茫茫无际的雪海。而会里、牛城、苌池、上社的敌人，竟在今天来奔袭我们的主力兵团。

我们住在这里已经是三个多月没有动了，而且两月以前，曾经在西线全面出击：我们的兵团打进盂县西关，打下肖家会据点，在三月里又火葬了中社堡垒，消灭和活捉了距盂城五里的城武全数的六个敌人，使敌迫不得已放弃了城武堡垒。就因为这个缘故吧！我们的敌人早在一个月以前就筹划着这一次的行动了。

从敌人此次阴险而毒辣的配备和进攻中，充分得到了证明：敌人调集了从娘子关盂城到椿树底一线的一千多兵力，其中有一百多骑兵，装备是彻底轻装了的，士兵们统统穿着单衣，子弹用几十头驴驮着，行动是异常诡秘"快速"，分着七路，而指挥官又是"威镇"盂县、榆次、寿阳、阳泉、平定各地的××旅团长。

当大雪还没有降落之前的深夜，他们便出动了。说老实话，他们做梦也没有想到偏偏碰上这样一个奇怪的日子。

恶劣的天气没有阻挠"皇军"的行动！他们仍然合击了预定的地方，只是意外得很，他们统统都扑了空！

明明知道头天夜晚八路军一个连掩护着在白家庄开大会演戏，拂晓以前，苌池出来的两路敌人，便包围了村子。这二三百人的指挥官是颇得上级器重而又"素以作战勇敢机敏著称"的"毛驴小队长"，他自满于"知己知彼",只三面包围了村庄,把上大山的路空着。他想"八路的爱爬大山",却在大山背后埋伏了几乎全数的敌兵。不幸得很,他这头一炮就落了个空。

我们的连,听见白家庄的枪声,迅速转移到白家庄东十余里一个很稀散的小村,村中一道高坎把村子划成上下两部分。当我们刚歇下来的时候,牛城的二百多敌人又合击来了。在混乱中,我们的连集合在旁高坎的碾场上,同时,坎下似乎也有队伍正在慌忙地集合,但侦察员去联络,碰上的却是一个敌人的哨兵和一只洋狗,他含糊的支吾了两句跑回来。于是,我们的两挺轻机枪便在高坎的棱沿上咆哮了。眼看着密集的敌人倒下了十几个,"呀呀呀"地散开,接着又饿狼似的反扑上来,可是当他们扑到机枪阵地之后,我们早走得无影无踪了。

雪花仍旧不停息的飘落着,我们的兵团仿佛一张大鱼网似的撒布在茫茫无际的雪海里。

会里的敌人早到了,上社的敌人却因道路泥泞一边修一边走,耽误了时间。七路人马在最终合击点箭河会面的时候,连半个人影也没见着,于是,旅团长生了气,命令"皇军"向"八路"退走的大雪山扑去。

雪花在天空被风卷旋着呜呜地呼号,滑溜着扑上来的敌人,被伏在松软的雪山顶上的战士,一枪一个打得仰翻了面孔滚下山去……

我们的一个班长在哨位上,迎着优势的敌人,勇敢的从雪山顶跳了岩,我们的一个班,为了监视敌人,在大风雪的高山顶上整整伏了四个钟头。

疲惫不堪的敌人,以为我军退完了。一千多全部集中在东西马河驿之间的山根,他们这儿一堆,那儿一群,冷得像杨树叶一样抖索着,虽然,村头烧着一堆熊熊地大火,他们却没有一个敢走近它,村

子里是去不得的,在那儿取暖的是二十几个有"功劳"的"先锋"。他们曾经冲上大山头,由于出汗过多,薄薄地军衣冻成一具冰板似的"棺材",他们需要"火神"搭救。

约莫不过五分钟的时间吧,取暖的"皇军"龇牙咧嘴地假笑了一阵子,就都平静地躺倒了。他们死得真有点"莫名其妙"呀!

这还不算,并且因为火光给"八路"看见了,"皇军"又被痛□了一顿。二十多个鬼子在这儿作了"无言的凯旋"了。"毛驴小队长"也受了重伤。

让险恶的敌人惊慌抖索去吧,我们早在他们所有的归途中,设置了伏兵,给他们筑好了坟墓。

第二天的中午,从敌人退走的几条道口,传来了胜利的消息,在上社方面,我们一班人伏击敌人三百多,消灭了十几个;牛城方面,我们一个排伏击三百多敌人,打死他十几个;苌池方面,十几个民兵用齐发的九个手榴弹,送了六七个鬼子的命,敌人向民兵们反扑,我们一个班用排子枪打退了敌人。

黄昏,敌人自己清算了一下,在牛城烧化了七十多个"皇军"的尸首;而在盂城,却又运回九十多个"皇军"人头,重伤的"毛驴小队长"也因不治而死。

(《晋察冀日报》1943 年 5 月 20 日)

爆炸英雄李勇

仓夷

一、爹死得好惨

在沙河流过的地方，有一片苍绿的树林，树林里隐藏着一座小村庄，沿大道的麦田，都围扎着很结实的篱笆，水渠纵横的灌溉着庄稼。爆炸英雄李勇同志，就住在这座村子里。

李勇是一个二十三岁的农村青年，他和爹、娘、兄弟，一共八口人，佃种着五亩水地、三亩旱地，按着季节，和爹两人辛勤的耕作，生活非常贫苦。

一九四一年的秋天，收获的季节到了，沙河两岸的谷子，黄澄澄的，人们正在收拾镰刀和草耙，却遇到敌人七万兽军的大举"扫荡"。区里捎下一封信，要李勇参加区基干游击队，去袭击敌人，保卫秋收。这是一个紧急的战斗任务，李勇自问不能推却，可是，他家里的人都病倒在炕上，谷地又临着大道，不实行抢收，"东洋鬼子"是会破坏的。

这怎么办呢？李勇非常焦虑，最后他答应区干部说："三天以后就去。"这三天里，他拿起镰刀，绳索，腰里揣着手榴弹，黑天白日的一股劲把地里的谷子收割了。第四天，他疲累极了，但是还带着两个基游队员，到王快镇去侦察，在路上徒手捉着两个汉奸。

在鬼子大"扫荡"的时候，一个刮着大风沙的夜晚，李勇回到他娘逃难的小山庄里，刚一踏进门，就看见全家的兄弟躺满了一席，病了，娘只说了一声："小成子（李勇的小名），你爹死得好惨！"就呜咽地哭泣起来。李勇的爹被鬼子刺死了，仇恨燃烧着李勇的心，他带着两位同志，走进许多深邃的曲折的山谷，走进谷地和苇丛，找寻他的父亲的尸体。他看见张家的闺女□妮子，被鬼子戳了六七处伤，躺在血泊里呻吟，看见枣树枝上有许多血迹，还看见散落在沙滩上的他爹的烟锅、镰刀，但是却没有看见他的爹。他饿着肚子来回地奔跑着，眼睛血红，上了火，病倒了，躺在山坡上，不能动，起先还能说："我们不找了，快去袭击敌人吧！"后来，他只能微微地伸露着粗笨的舌头，说不出成句的话来了。

"李勇，你怎样了？"

"走吧！不找了，去袭击……敌人吧！"

"你病得很重我们抬你回家吧！"

"不用不用，我自己起来，我起来……唉，我怎么动不了，头这么沉呢？"

到了晚上，有一个人走到李勇跟前，哄着他说："你爹回来了！"

"真的吗？"

"可不是，他从王快跟我一起跑回来，已经到你家里了。他叫你不要去看他，要好好地打鬼子，给他报报仇！"

"好！好！"李勇笑了，从地上坐了起来，心头像有一块冰块照到太阳，溶解着，溶解了。过后他晕沉沉的，病又转重起来，等到他病好的时候，方知道他爹确实是给鬼子用刺刀刺死的。他去刨开一个大坑，只看见爹的衣服、头发、鞋子和骨头，尸体全化了。

二、不要难过要报仇

"小成子，不要难过，要给你爹报仇！"

区里和村里的干部们，都这样地叮嘱着。

李勇的爹死后，家里的生活就更加困难了。爹在世时，常到邓家店卖"粉面"，赊出去了几百块钱，也不晓得都是谁欠的。在村里的荒滩上,因为不能按时出工,短了几十个工,出了一石的稻子,家里就一点存粮也没有了。这一切的苦难,李勇都记得清清楚楚:是"东洋鬼子"给造成的。一九四一年冬天,他被五丈湾村里选为自卫队中队长,撅枪就没有离过他的身。一九四二年区里中心村游击小组大检阅的时候,他打靶枪口最准,是全区的第一个好射手。他家里生活虽然很困难,但是他忍受了,他始终积极地做着自卫队的工作。

今年五月初,敌人"扫荡"军区东线,敌情很紧张,李勇兴奋得很,整天的留在家里,防备敌人长途奔袭时,来不及埋地雷。去年就因为他不在家里,敌人奔袭过阜平后,他受了很大的刺激。

到了十一号那天(阴历四月初八),正是邓家店的集日。李勇家里一点吃的也没有了,他不得已赶着一头毛驴,驮着三十斤"粉面",要到集上换几升玉茭子。刚走到平阳,路过区大队部的时候,碰到大队长。

"李勇,你快跑步回去!敌人已经到邓家店了!"

"到了邓家店吗?好!我就回!"

"回去赶快把游击小组集合,把爆炸准备好!一定要给敌人一个打击!"

"好!就这么办!"

李勇只恨背上不长上翅膀,好飞到五丈湾,他嫌毛驴走路太慢,就把它寄到老乡的家里,他飞跑着。到村里把队员们集合好了,派出了坐探,把地雷的"雷口""触发箱"都检查了一遍,才回到他家里,从炕头拿出撅枪,装到口袋里,就对他的娘说:

"你们先把东西坚壁一下,有什么搬不了的,叫村干部们帮帮忙,有事情时你们就向大山上转移,我今天还有任务,不回来了。"

他的娘没有留他,因为她知道自己的儿子,素来是把村里的工作放到头一位,在战争的时候,最忙的。

三、要忍受困难

情况越来越紧张。

晚上，李勇把游击小组带到村东的小哨棚里，让游击组员们都休息了，他一个人在哨棚口守卫。夜里没有月亮，只有微弱的星光和河水的闪亮，河旁的树林阴影模糊，风吹着蛙声，咽咽咽地响。

敌人到了郑家庄。

他们按着预定的计划，开始打起"雷坑"，那个坑埋那个雷，也都分配好。

过了午夜，还不见坐探回来报告消息，李勇焦虑地在哨棚前踱着。他想敌人只离这里三十里路，如果继续前进，就该到王快，那王快的坐探就该回来报告了。他一个人在想着，就对棚里的王小甲说：

"你到王快中队部连络一下，探听着敌人到了那里。"

王小甲走了许久，回来报告说："中队部转移，找不到。"

"敌人到了王快吗？"

"没有到。"

"那他们不会转移，你大概走到半路就回来吧？"

"到是到了。"

"那还得再去一次，一定要取得联络才行，转移了也要找到。"

哨棚里冷得大家都挤在一块，大家都是一早就集合来的，没有吃饭，饿得肚子咕噜咕噜地叫唤。

"李勇，我们回去吧！饿得呛不住。"

李勇还是一个人站在哨棚前，听见棚里有许多人讲话，就爬进半截身子：

"忍受一下吧！好好地躺着睡，睡着就不饥了。现在咱们不能分散的，分散了就集合不起来，上级给的任务就不能完成了。咱们谁家不是困难，有困难就要克服！"

李勇说着,就回转身看看天气,擦了擦疲累的眼皮,把单衣紧了一紧,又接着说:

"同志们!天快亮了,王小甲还没有回来,我看情况不一定松,爆炸班可以把地雷放到坑里,把'触发箱'都上了保险针,'荷叶式'的不要拉上线,再派两个人看守着;游击组可以到村里找村长,先借些米做点饭——可是大家不要回家,回家就要受处分!"

爆炸组把地雷埋好的时候,东边的天际已经涌起了稀薄的青光,黑色的大河滩也渐渐的透明了。

四、掌握住队伍

明亮的早晨终于到来了,村里的老头、妇女、小孩,都离开了村子。

游击组员们吃了早饭,爆炸组还没有吃,碗又不够用,李勇虽然一天一夜没有吃饭,又整整的奔跑了一天,脸色都发青了。可是他让大家先吃了,最后他端起碗的时候,王小甲回来,说敌人已经到了王快,向这里来了,他就急忙把手里的一碗饭递给王小甲说:

"来,你跑了一夜,吃这碗饭吧!"

"李勇你吃吧!你也累了!"

他们正让着,就听见"轰隆"一声,村东的手榴弹炸了。这是敌人来了的信号。游击组和爆炸组的同志们都瞪着大眼睛,机警的张望着。又是一声手榴弹,接着又是一声,声音为什么这样紧迫呢?人们就顿时的忙乱起来。

"同志们,各带武器,快跟我来!"

李勇大声地喊着,把手一挥,就把队伍掌握起来了。急促的跑步声,从村子里一直响到村东的土岗上,到了前面的哨棚附近了。李勇怕哨兵粗枝大叶,把自己的队伍当成敌人,就派了张庆珠再去"雷

前"观察。一面就吩咐游击小组长说:

"你带小组快到黑山口掩护老百姓,没有我的命令不许打枪!"

跟着李勇的游击组员们,都伏在土坡上,看见一大队的"东洋鬼",穿着黑灰色的军装,有戴着钢盔的,背着钢盔的,分成两路纵队,摇摇摆摆地来了。

李勇望着大家紧张的脸色,就低声地说:

"大家要听命令,不要乱打枪!转移的时候不要乱走!"

五、快枪和地雷结合

眼看着敌人走近了第一个雷坑,但是都摇摇摆摆地从雷坑上走过了。

李勇额上的汗直流着,脸色更加深沉。他吩咐游击小组留着监视敌人,自己就带着黄国良、张庆珠,向接近敌人的第一道山梁冲下去。

敌人走过了一段夹道,前头有几个穿便衣的,也走过了第三个雷坑,没有炸。

"来。把快枪给我!"

李勇把撅枪换了一杆快枪,就向大道上行进的敌人瞄准着。

"不行!不能打!"

有一只手拉了他一下,他大怒了:

"一定要打,不打鬼子蹬不上地雷!"

随着他的枪声,子弹飞啸着。队伍里的一个鬼子身子一歪。他又打了一枪,敌人的队伍就停住,又一枪,队伍就突然的骚乱起来,狼狈的向后溃退着,把夹道挤得满满的。

"呜隆……"

路上涌起了一团黄沙,沙土堕落后,一股白烟才升起。

后头的鬼子看见前面地雷炸了,就不敢站在路上,右手是山坡,左手是河滩,有一道土堤的缺口通到河滩里,于是拼命地向这缺口挤着,又"呜隆……"一声,李勇兴奋得眉开眼笑了。

"打枪,向那密集的鬼子打枪!"

鬼子有躺在地上的,有搀着胳膊走路的,有抓着一条腿,在地上拖的。啼哭的声音,像狼嚎一样的难听。李勇装了第二排子弹的时候,刚好有一个日本军官,骑着一匹大洋马,从队伍的后头赶上来。他瞄准了一枪,马受伤向半空中一纵,把军官掀倒在地上,马凶野的向广阔的河滩上跑去。

敌人慌乱了一阵,队伍就五零四散地走着。敌人不敢在大路上走,拐到河滩上,涉着水,踏过麦田,在麦田里都是踩着麦秆子走的,不敢走两行麦子中间的泥土。大队拖拖沓沓地,拐到村西的杨树林里,就歇下来。

"糟糕,鬼子敢是要来搜山了!"

"不怕!我们有一个小组在黑山顶守山口,要是敌人进沟,他们打手榴弹,老乡们会转移的。我们要转移的时候,就不到黑山顶去!你们看:那鬼子是在包伤口吧!"

李勇机警地又伏下身子,望着沙滩上休息的鬼子说:

"喂!那地方要埋上子母雷就好了!"

"呀!你还要打枪!"

"不要紧,打他狗禽的!"

砰的一声枪响,沙滩上的一个站着抽烟的日本兵,歪着身子倒了。又是一枪,全沙滩上坐的日本兵都哗然地站了起来。

河南岸有一阵急促的、清脆的机枪声响着。这枪声是子弟兵团射击出来的,游击组员都兴奋地竖着耳朵听。沙滩上的敌人顿时忙乱起来,架着炮,向发出机枪的地方,茫然地射了四炮,停了一会,看看没有动静,就把大炮口,转向李勇他们这个山头来。

"不要慌,掩藏好!"

李勇像平日招呼人一样,把手一扬。他的黧黑的额上,青色的短褂上,都被汗湿透了。脸孔被太阳晒得黑亮亮的,他的短健的身干,充满着自信和力量。他望着大家的脸,笑着问道:

"大家先歇歇吧!都累了!看样子鬼子不会来搜山,我们路上还有几个地雷没有炸,要是有咱们追击的部队赶来,恐怕把他们炸了,我和黄国良、张庆珠去看一下,你们就留在这里,掩护老百姓,要是鬼子从大道上往回翻,就摔手榴弹,我们好走!"

李勇说着,带着三个游击队员,大踏步的向东面的坡下去了。

六、检查和追击

坡下的路上和滩上,炸了两个大坑,坑边淤积着一大摊血,田埂上,掉着许多碎布片和骨头渣子;道旁的扁豆地里烧了一堆布灰,还有一只黑色的大皮靴,烧了半截,靴里装着腿。李勇巡看了一遍,把没有炸的雷都起了。向东面的河滩上瞭望了一会,河滩上只有几只"老渔翁"在觅食,别的都是水和麦田。他派了一个哨,看守着村东头,自己就带着两个游击队员穿过杨树林,向村西走去,一路上看见划有许多大圈子,圈里都用纸条写着"地雷"两字。到了村西的大河滩上,敌人已经走了,地上丢着十几个药包、擦血的棉花,还有许多纸烟盒,地上留着一张条子,写着八个大字:

"地雷炸死两个骡子。"

李勇感到可笑,又感到不满足,带着队员继续向东追去,拐了一个大山角,山上有人喊着:"李勇快回来!"他才记起这里已经越过自己的地雷界,摸不清那里有地雷,不好走,就拐回来。

第二天,有两个被敌人抓去的民夫跑回来说:五丈湾的地雷炸死了八个鬼子，炸伤了二十五个。用枪打死了一个（日本小队长），打伤了两个。死了的鬼子有装进麻袋里，有绑在驮子上的，伤轻的都是搀着胳膊走路；鬼子有伤的死的都不让民夫们看，一看就打，但是人们还是看得清清楚楚的！

七、向李勇看齐

五丈湾地雷战惊人的战绩，很快传遍了全阜平；路上的行人，都在眉飞色舞地谈论着李勇的爆炸故事。

第五天，阜平县武装部的同志特地找李勇谈这次战斗的经过，并且当面奖励他的刻苦耐劳和精明英勇。我赶到五丈湾调查这次战斗的时候，李勇已经赶着毛驴，到邓家店卖"粉面"去了，第二天才回来，戴着大凉草帽，个子略矮些，脊背像常年挑着担子，压得有些驼了。但是他说话平和慎重，举动朴实。我告诉了他来意，他停了半晌，望了我一下，低声地说：

"我们村里统累税正忙着改算，我先去呈报一下，一会儿就来。"

他匆忙地走了。

后来他和我详细地谈了上面的故事，他是模范青年共产党员，他始终是刻苦耐劳的工作着，战斗的时候是最精明勇敢的英雄。他把上级的任务，把村里的工作，始终是放在第一位，不管家里生活怎样困难，都埋头的工作，并且把村里的游击小组，都紧紧地团结在自己的周围。北岳区党委知道了这件事情后，特地给五丈湾村支部和他一封奖励信。武装部决定奖他两杆快枪，并号召全北岳区的民兵，开展李勇运动！每个爆炸手应该向李勇同志看齐。

（《晋察冀日报》1943年5月23日）

白昼攻入河边村

——朝鲜义勇军华北支队第二队前线工作速记之一

蔡野火

四月里，已经是温暖的春天了，但是海拔一千五百余公尺的五台，还在飘落着雪花。

十一日，下了一场五寸厚的大雪，第二天，我们这一支远征军，踏着洁白美丽的雪毡，迎着晴明娇艳的太阳，像一只光亮的匕首，沿着滹沱河岸，深深的戳进敌人的肺腑里——敌人盘踞了三四年的河边村。

河边村是阎司令长官的故里。那里有阎先生的家族，那里有阎先生的宅第……

多少年来，这个得天独厚的村镇，在阎司令长官的抚育下，以惊人的速度，发荣滋长——矗立起了近代的建筑，开设了百货商店，设置了电灯厂，并敷设了铁路……在深山丛林中，在滹沱河畔，这个村，变成了一颗闪烁的明珠。

一九三九年冬天，抗日的烽火，延烧到太行山顶，敌寇的铁蹄踏进了这幸福的村镇。随之，繁华的街市，骤然冷落，兴隆的商业，顿见萧条，无忧无虑的人民，在敌寇的淫威下，从此也不得不忍气吞声，过起牛马的日子。

十二日晌午，当我们这一支精壮的队伍，突然出现在街心的时候，颓靡地坐在破烂院落里的人民，听到了我们的吼声，突然惊醒般的跳起来了，他们跑到街上，用万分兴奋的声音，跟我们一齐喊：

"打倒日寇！"

镇的西边是敌人的堡垒，东边便是我们的宣传阵地，我们把枪口瞄准了敌人的咽喉。就这样，我们在阎锡山先生的故宅，那所宫殿似的"文佗芦草院"里，召开了六七百人的群众大会。

倾听了我们的讲话，人们的眼里放出了愉快的光辉，在告一个段落的时候，他们长长地吁了一口气，轻松地说着：

"对呀！快胜利了！"

我们唱过了雄壮的歌，说过了大鼓书，表演了相声，几年来被愁苦压瘪了的人们，第一次欣慰地笑了。看了反映根据地内部人民的幸福生活、英勇子弟兵的战绩和朝鲜义勇军在前线的活动的照片，他们更兴奋的孩子般地跳起来。一位老太太，拄着拐棍踯躅着走出去，一面走一面兴奋过度地自言自语。我迎着她，问她懂不懂我们的说话，她很感激地连连地说：

"同志，听得懂，同志，听得懂，嗯……"

用"撒网战术"，我们更扩大了宣传的阵地，同志们分散开到全镇的每个角落，散下了大量的朝鲜文、中文、日文的传单，并写上墙壁五十多条长长的标语……

整个的村镇都欢跃起来了，只有堡垒里的敌人，悄悄地伏在那里，不敢稍有声息。

太阳西偏的时候，敌人下午的一次火车，老牛般地喘着气进站了。我们胜利地完成了任务退出村口的时候，满街满巷的人们，潮涌般地，欢送着我们，临别时他们谆谆地嘱咐：

"不要忘了我们！"

…………

一九四三年四月二八日，于前线

（《晋察冀日报》1943年5月27日）

一个勋章多少人头?!

奋若

日寇的"天皇陛下",近为奖励奴才,为王逆克敏、朱逆深等颁发勋章,并于二十五日在北平驻伪日本大使馆举行"传达式"。王逆等受宠若惊,奉旨赶往参加典礼。敌盐泽大使致辞说:"阁下策成亲善,劳绩巍峨。"王逆答词说:"圣赉殊荣,永宜铭篆!皇恩浩荡若斯,今后益当勉力新供。"

赞曰:"一个勋章,'皇恩浩荡!'多少人头,换此荣赏?!'勉力新供',汉奸心肠。勋章挂满,吾民其殃。"

(《晋察冀日报》1943年5月27日)

野场惨案

本报特派记者 沈重

五月七日,对完唐一带"清剿""扫荡"的敌寇,在我军民不断给予严重打击被迫窜退之际,在完县野场村东北石沟地方造下了空前酷毒的惨案,野场、龙王水、王家庄、解放等村被圈约二百人,除十余人幸得重生外,有一百十八个同胞当场受害身死,五十四个现尚在重伤呻吟中,其中妇孺占死伤人数四分之三以上。

当天早晨,敌人控制了石狭岭一带的制高点,到处搜山。每个山头和沟道都布满了敌人。敌人用刺刀驱逐着搜出来的人群,把人们集中到石沟的一小块地埝里去。人们以仇恨的眼望着站满在山坡上嬉笑着的敌人。男子们沉默着,但妇女孩子们见了鬼子架在山坡上的两架机枪和把守在各山头上的敌人胆怯了,叫着自己的亲人们靠拢去。上午九时,看看从各处搜来一串串的人们到齐了,一个拿着八卦旗的翻译官站在重机枪旁边开口了:"喂喂,你妈底皮的,别嚷!"然而娘儿们却不听他,仍在叫唤着亲人,一面咕噜着:"得了,这回准死了。"声音仍乱哄哄地,从山坡上气呼呼地冲下两个鬼子。拿着枪把向人群里乱打,不许人叫唤。但娘儿们却仍喊着。有个男人说:"嚷什么?反正还不是一个样!"人们都静下来了。

"叫你们来,没别的。"翻译官摇着旗杆子,"你们知道八路的枪支、子弹、鞋袜、衣服都藏在那里?"

"说呀!你妈的说呀!"

然而,人们像石沟的崖石一样的沉默着。

"说!你们都没有嘴吗?"翻译官用杆子敲着地嚷着,"谁知道,谁就领着去。大家好活命。"

"说了就放大家走了,谁领着去找去?"

问了好几次,都没人理睬。谁都知道,在敌人面前反正都是个死。即使像王家庄的王俊那样不要脸地领着敌人去找过洞,结果仍被敌人刺死的。

"不说?我们就开枪了。"翻译官急了,看了看坐在重机枪尾座上的敌人。鬼子压上了子弹。

人们气极了。一个妇人骂着:"咱们什么都有,就是给你们贼强盗们抢光了。"鬼子上去就把她刺倒了。

王阳明,是七十多岁的老头了,吹着胡子说:"没有,就是没有!"他十五岁的侄子生儿,不愿他在敌人的面前说话,叫着:"大爹,来吧,咱们不知道,打死就打死吧!"

翻译官又嚷着:"知道不?不说就开枪了。"

而人群的回答:"不知道!"

"打吧,反正是死。"

翻译官流着汗,太阳照在头顶,它向鬼子做了一个鬼脸。鬼子哗地开起枪来,人们乱嚷着,都倒了。然而枪是向上打的,这是威胁,没有伤人。

敌人又用枪柄子叫人们站起来,排好。

"怎么样?不说可真的要扫射了。"翻译官说。

没有回答。

"不要你们说多,只要你们说出一双袜子一只鞋就行了,就饶了你们了——怎么样呀?"翻译官换了口吻,声音又软和了些。

一个老婆子吓得声音发软了:"你们知道吧?"向一个青年说,"说了也许好救大家的命。"但青年的回答是:"放屁,你别做梦!"

村长的儿子王兰桂,这个十五岁的孩子,牢牢记住他曾经宣誓过的《公民誓约》:"谁也不能说,死了好啦,知道也不说!"村长的媳妇□□□在妇女中鼓励着："咱们妇女可谁也不能说，反正是死，不受敌人的欺骗。"青年们互相鼓励着："谁□□，□□□！"

神圣的《公民誓约》在村民间暗暗地流传着："反正是死，死也不当汉奸！"

龙王水一对六十几岁的老夫妇相互看了一眼，拉□□□□□□上□闪，阴沉地说："死，死也死在一起！"他们靠得更紧些。

上边翻译官还在问着："没有一个人吗？"它摇了摇头，勉强地打着哈哈："哈哈，你们边区的老百姓倒真坚决哪！"他向鬼子摆了摆手。

鬼子狠狠地说："杀不完老百姓，就杀不完八路的，统统地是八路！"

重机枪响起来，人群乱了。尘土扬起，喊声一片，血肉和脑浆……而坐在机枪尾上与站在山坡上的敌人却哈哈地笑着。

一个负伤的妇女，郝称意，乘敌人换子弹的短促的时候，抱着一个只打剩半截的孩子，跳起来指着敌人骂着："王八羔子们，我们死吧，我们的孩子是会报仇的！"但当她一看到自己的半截孩子，她哭倒了。

敌人紧接又用机枪扫射了两次。最后，还下去了几个鬼子，见有动着的都用刺刀挑死。一个婴孩还趴在死去的娘身上吃奶，也被敌人用刺刀把两只脚掌都削断了。

中午的太阳还在明亮地照着，而石沟却吹起血味的腥风，地埝上遍□着血肉脑浆和发片。四月四（即阳历五月七日），人们将永远拿眼泪和仇恨来纪念这个日子……

事后的第二天，专区党政军民各界即组织了工作队到野场一带进行善后救济慰问及医疗工作。妇女们看到我们来，都像见了亲人一样的啼哭了。每个妇女、孩子都和着泪向我们倾吐了无限的辛酸和对敌仇恨的誓语。他们说："四月四，是我们的生日，也是我们的忌日，死也忘不掉啦！"王阳明像疯了似地成天喊着他已死的弟侄——黑牛和生儿的名字，白天黑夜地嚷着报仇。他的另一个弟弟王登科向我说："那会儿叫我去跟鬼子拼，我就去。"这里的男子依然像石沟的大石一样保持着他们的倔强，除了想法复仇，他们没有啼哭，而十三岁的王驴子是啼哭过了的，他的家人遇害了，但当人们说起"你啼哭有什么用？"时，他擦了擦眼泪，想了一想，说："我不哭了，大了报仇！"八岁的王路喜的手臂被打伤了，他痛得难受时只是叫他娘吐水在伤处，一面向他娘说："娘，娘，我一个手也要打日本呀！"娘噙着泪允许了，但这个孩子的伤太重，没有挣下这年轻有用的生命，在次日死了。王庆升抱着他的乳儿，用烟袋嘴骗着他的孩子去吮吸，孩子的娘被害了，没有奶吃。他向我说："只留下这么一个孩子，孩子大了反正不叫他当庄稼主了，给鬼子拼了算了。"生与死，在这里，人们是懂得它更深的意义。当我走到受难处附近，炮还在南边响着，突然，我呆了，由于战争未定的仓促和疏忽，一个死尸的手尚伸在掩盖的土的外边，手像要索取一笔未还的债务似的张着。我懂得他的意思了：血债是应该索还的。是的，应该索还，而索还的日子就不远了。野场及全中国人民是深深地了解这一点的。我上去把那只手掩埋了。（通讯）

（《晋察冀日报》1943年5月27日）

为野场惨案告同胞书

同胞们：

完县一区野场村，发生一件日寇屠杀我同胞的惊人大惨案！

五月七日（阴历四月初四日），日寇在野场东北沟捉住二百多老百姓（包括野场、龙王水、解放村、王家庄四个村子的），集结在一块狭小的地埝里，其中大多数是老人和妇女小孩。日寇威胁他们，逼着他们说出那儿有坚壁的东西。

但是，日寇无耻的威胁和欺骗，却动摇不了二百多同胞英勇刚毅的抗日决心，村长的十五岁的儿子说："谁也不能说，反正怎么着也得死！"村长的妻子在妇女中号召："咱们妇女们一个也不能说，死就死！"老太婆们也咬着牙说："死吧！死了也不说！"。龙王水一对六十多岁的老夫妇，往一起凑了凑，对看一下说："死吧！死在一起吧！"这二百多抗日英雄，在鬼子的机枪和刺刀面前，丝毫没有屈服，丝毫没有动摇。

日寇打机枪了，妇女和小孩凄惨地哭叫着、痛骂着，血肉乱飞，尸首倒在满地，叠堆起来，有的头没有了，有的肚子打烂了，一个妇女看见身边孩子被机枪打掉半截身子，她便不顾一切地爬起来，大骂鬼子，可是紧接着她也被打死了。一个小孩还趴在死了的母亲身上要吃奶，鬼子看见了，用刺刀把小孩的两只脚掌都割断。于是我们一百一十八个同胞辆牲了，还有五十四个重伤的，光野场村便有四家灭了门，而日寇却在坡上张着血口毒笑。

同胞们！死难的同胞是光荣的，悲壮的，他们是中华民族的优秀子女，他们宁愿流血牺牲，却不肯在敌人面前说出一点秘密，他们发扬了伟大的民族气节，全边区的人民永远纪念着他们，痛悼他们的

死，关心他们的家属，下决心为他们复仇！死难同胞的一点血都不能白流，每一个人都不能被日寇白白杀害，血债一定要日寇用血来偿还！

同胞们！日寇是全中国人民的死敌，是每个小孩、妇女、老人、青年的死敌。日寇企图杀光咱们，咱们就要坚决消灭日寇，以保卫自己；咱们不消灭他，就会被他消灭，不斗争，就是死，没有第二条路。

目前英美军队在北非已经取得了完全胜利，德意军不是被俘就是被消灭。据英国的消息，共俘虏了德意军二十万人以上，德意军北非最高统帅阿敏将军等二十多将领也当了俘虏，北非战争结束了，第二战场就快开辟了。而苏联红军不仅在冬季攻势中消灭德寇一百二十万人，并且正在准备一切力量，要在最近和德寇进行最后的大决战，这一切都说明希特勒的死期更逼近了，日寇的死亡也不远了！

同胞们！叫日寇全部清偿血债的日子不远了，为了争取抗战胜利，为了消灭日寇好过太平日子，咱们要更亲密的团结，同生死共患难，坚决和日寇作斗争，咬紧牙关，克服困难，积极准备反攻力量！

——坚决和日寇清算六年来的血债！

——为野场惨案的死难烈士复仇！

——血债要日寇用血来清还！

晋察冀边区第四专员公署
一九四三年五月十九日

（《晋察冀日报》1943年5月27日）

"仁德可风"

流哨

一个挖沟的老乡,手里拿着一张好像报纸一样的东西,他的手颤抖着,而且嘴里在喃喃地念道:"你看日本给了我这个东西,你说我交给谁呢?"

"交给我吧!"我拿过来,原来是一份伪画册,第一幅的标题是《功德牌》,下面有四个肥胖的大字:"仁德可风"。我心里微微一动,于是紧翻过来,去看第二幅;第二幅的标题是《×区欢送功德牌之热烈情形》,画是色版的,头里有四个人抬着"功德牌",后面许多人举着旗子,画的下面,有一行小字"万民皆感皇军之德,送功德牌以示其意,题曰'仁德可风',诚也!"

但是,让我先讲一讲敌人的"仁德可风"吧!去年春天,修村东的岗楼,拆了四个大财主的房子,××村"晋家",是十几世的大财主,但是清堂瓦舍的庄户,都变成了半头砖。自从修上了岗楼,敌人们像蚂蚱一样地坐吃一方。敌人一进村就是"百来百的别提",至少要花近千块钱,才能应付着他们走。如果一出事,就是"千来千的别提"。什么叫出事呢?简单得很,就是敌人们没钱花了。我来这村,还不到一个月,就有五次说这村有枪,有工作人员,结果花了钱什么事也完了。

有一回汽车道上的电线杆子没了十二根,翻译官对联络员说:"明天你背十二棵五手粗的大杨树来完事,连根全叶!"联络员发着愁说:"一来没有,二来我也背不动呵!"翻译官生了气,拍着桌子说:"袖子里装也装的来呀!"于是联络员明白了!

真是天底下没有的事:日子还不到一个月,一亩地就合三十块

了。老百姓常说："给他们拿吃的，拿当（当即赌博的意思）的，就够冤了，还得给他们拿弄娘们的！"伪军一人一个媳妇不算，还要三天两头的到高阳去接娘们（妓女），当夫的人们时常看见，每天傍晚便抱着娘们到岗楼顶上去玩了！

联络员对他们知道得更清楚，他们推牌九一下就是几百块钱的注，钱输干了，就下上一个肉票（被抓来的人），值几百算几百，值几千算几千，赢了按价给，输了把肉票便交给赢的人去。

挖沟的第二天，我立在堤坡上望着当夫的们集合，每个人都像生了疥疮一样，唉声叹气地懒懒地扛着一条铁锹。

走到修岗楼的地方，大概是晚了一些，一个小个子日本，先把领夫的打了一顿，然后叫人们都跪下，两只手举起铁锹，不许动，一动就打木棒子。

挖沟的时候，一个穿便衣的日本人，拿着鞭子立在人们的身后，他来回地走着，鞭子在人们的头上来回地响着。

每一铁锹，都要用十二成劲，如果稍微一直腰，便拉出你来，三羊和老燕，同时被拉出来，让他们两个对打，他们俩是堂兄弟，要是用力小了便要挨鞭子……

够了吧，同志，你们早已经明白敌人的"仁德可风"是怎么回子事了！那么让我说一说送"仁德牌"的时候情形是否热烈吧。

我知道的是岗楼上下了命令，让十几个村子合着送一个"仁德牌"，而且他们简直不用别人费事，把上下款、当中的字，以至于怎样写、怎样送，都告诉给各村了。

维持会长拿着岗楼上吩咐的样子，去找一位老先生，老先生特别客气，他摘了眼镜去迎会长，可是他不写，他说："敌人不会写字，更不会屈着心肠写字！"

结果还是找别人写了的。

送那个牌的时候,我看得很清楚,四个人在头里抬着,好像抬着一口棺材,打小旗的都是老头子,可是他们都抖颤着胡须说:"这一辈子了,谁屈着心肠干过这个呀!"

有的看着自己的长辈打着日本旗子便流着眼泪。

"热烈"的情形,就是这样的。

一九四三年十一月十一日追记

(《晋察冀日报》1943 年 5 月 28 日)

"我亲眼见到了敌人的穷困和惊慌"

尼尼

这次敌人以六千兵力合围百花山一带,不幸我村教育委员被敌捕捉,三天之后,乘机脱险,这里所记,都是他告诉给我的亲眼见到的事情:

"我在村边被敌人捉住后,他们已经是疲劳得不行了,他们的破军衣都湿透了,上了年纪的敌兵连气都喘不上来,因为他们在这里没有合围住我们的政权机关,马上又命令他们向百花山合击。敌人叫我给他们扛着子弹,连他们的饭盒子水壶也叫我和其他被捕的老乡们带着,敌人也顾不得来问我们什么。

"费了九牛二虎之力,敌人爬上了百花山的最高处——青风顶,他们累得到了上面就都倒了下来,连那放哨的也都坐在那大石头上,这样疲劳,得到的战果只是青风顶上的几间破庙,和这高山上清爽的空气而已。但是,因'皇军'满身大汗,被这清爽的空气一吹,许多人都咳嗽起来了。

"这天敌人就住在清风顶,他们计划明天来搜山,所以就补起衣服来,我看见的这千多个敌人里边,找不出几个穿一身没有补丁衣服的。有补丁得露不出肉来,就算是服装整齐了。

"在他们补的时候,也真太笑话,有的要好看,找一样儿的布来补,膝盖上破了,把口袋撕下来当补丁,有的就不管什么抢来的老乡们的各种布来补上,真是红一块黑一块的,要去唱'花子拾金'准用不着化装了。

"我看见两个鬼子互相缝裤子,都是穿着缝,他一不小心刺着他,他一动又刺着那一个,两个人就打起来,我在旁边暗暗地说:

'你们这伙子穷鬼们!'

"待了两天,鬼子们搜山,搜上来了一部分老乡和老乡们的东西,还捉来了我们的一个小八路军同志,敌人打着问他,'枪放在哪边,机器放在哪里,工厂的人跑到哪里?'那小八路军同志,只是一句话,'在山里也有八路军,也有枪,也有地雷,你自己去找吧',直到把他打得浑身都青紫了,还是这样说。晚上敌人叫他打水去,他没有回来,汉奸们说他从石头上滚下去跑了。

"到了第三天,鬼子的给养都吃完了,就在这天下午,退到了豆腐,他们刚进了村想休息,突然从南山上打来了枪声,他们立时惊慌的支上炮,乱打了一阵,结果我们的游击组早不知走到那里去了。

"晚上鬼子们刚睡下,又被集合起来,几个军官翻译官拿出了地图来看着,说我们从西面北面开来了十几个团来打他们,吓得他们一夜没有敢睡觉,整整地擦了半夜枪,怕我们来打他。到了快明的时候,敌人已经困得无可奈何,站岗的鬼子已经打盹,我就在这时叫着我们被抓去的十八个老乡跑出来了。"

(《晋察冀日报》1943 年 5 月 30 日)

新式的婚礼
——城南庄区剪影之二

仓夷

乡村里的老乡，在逐渐的冲破着古老的生活的圈子。

在新民主主义政治的生活里，年轻的一代人，是最幸福的。他们没有丝毫的迟疑，要挣脱旧的封建的习俗。他们像高涨的洪水一样，喜欢奔放地过着自由的生活。

易家庄的村剧团主任尹世和、青救主任黄恕文、铁匠杨祺，都在四月十三日要结婚了。小学教员老赵，先问尹世和说："新娘坐轿吗？"

"谁还那么封建，不坐轿。"

老赵又对他说：

"我给你想个新式的婚礼——集团结婚，你愿意吗？"

"我什么都行，就怕女的不沾！"

老赵看看有门路，就和黄恕文、杨祺都商量了一下，大家都说怕女的害羞。杨祺还说恐怕他的爹不乐意这样做。

十三日早晨，老赵就着手布置结婚的大礼堂了。小学校里挂起村剧团的银灰色的布幔，用红色彩纸，写着"婚姻自主""自由结婚"的标语，贴满了墙壁，小学生们把课堂、校外的路上都扫得干干净净。傍晚的时候，村里的老太婆们，孩子们，都被这新奇的布置吸引来了。

锣鼓声愉快地敲着，小学生打起霸王鞭，唱着歌，婚礼就隆重地开幕了。

村长是证婚人，他在噼啪噼啪的鼓掌声里，走到台前，笑着向大家点头，会场渐渐地肃静下来了。

"今天,是我们易家庄的集团结婚典礼!我今天来做证婚人,实在是高兴得很!"

村长说着,抹了一下胡子:

"现在婚姻是解放了,男子和姑娘,要结婚都是自愿的,还到区公所里登记。过去不是这样的。过去婚姻是父母包办!强迫命令式的!女子不知道要嫁的是什么丈夫,男的也不知道要娶的是啥样的媳妇!反正花桥一抬,拜了天地,就成了夫妻了!所以十五六岁的小女孩,嫁给五六十岁的老头,十二三岁的孩子娶了个二十来岁的大姐,都是常有的事。有些男人还可以娶几个老婆,这都是最黑暗的事。"

村长像一个饱经世故的老人,喋喋不休地讲着。老太婆们侧着头听着,额上的皱纹忽然松了,忽然又皱起。在她们那年老的眼珠里,仿佛可以看到她们童年当媳妇时痛苦的泪痕。村长把嗓子提高了:

"今天,你们是解放了!是自由了!这都是共产党八路军抗日政府给我们的!我希望新郎新妇同志,结了婚以后,在家里要努力生产,尊敬父母;在村里要积极参加抗日工作,服从上级;夫妻要互相勉励、互相学习、互相批评。……"

新郎都穿着蓝布袿子,坐在儿童们的行列里,新娘都穿着天蓝色的上身,青色裤,剪短的头发梳得柔顺地垂覆着,乌亮亮的,坐在妇女们的行列里。她们都用感激的眼光注视着村长的眼睛。

布幔上的村公所的祝词,放射着红光:"你们是胭脂河旁的自由之花,你们解放了,永远解放了!"

新郎新妇向家长行敬礼后入席了,一字儿地坐着,孩子们都顽皮地拉着霍振娥的衣角,嬉笑着。霍振娥很大方地坐在尹世和的身边,昂着头,咬着嘴唇,白皙的脸庞上微微地显出红晕。

主席台的右首,坐着杨祺的父亲,老铁匠,须发都银丝一样的白了。他安详地望着窗外拥挤着参观婚礼的人群,耳朵里却留神地听着家长代表老尹在讲话。他心里微微地感到激动,连烟都忘了抽了。

尹世和代表了新郎新妇,上台讲话了。他首先向到场的家长、干部、老乡们都敬了一个礼！他还没有改变他在村剧团里讲话的姿势，身子向前倾斜着，他说："我们今天是自由结婚，是新式的，在我们这里还是头一次，希望今后全区的青年同志们，都向我们学习。"

热烈的鼓掌声，妇女们都叽叽喳喳地议论着。有的还在低声的笑。交换婚礼的时候，无数的眼睛，都集合到这三对新郎新妇的身上来了。

司仪老赵在大声地解释说：

"这结婚礼物，是夫妇在结婚的时候，互相赠送的纪念品。东西不一定是值钱的，但是意义却是重大的。"

霍振娥从怀里掏着，掏出一条雪白的手帕，尹世和伸过手来迅速地接了，就递了一支翠色的钢笔给霍振娥，霍振娥接过手，眼睛一闪，就把笔揣到怀里了。孩子们拍手哈哈地笑，妇女们都惊喜着。黄恕文和李凤荣、杨祺和张青云，都交换了礼物以后，孩子们都愉快地唱着欢乐歌。

婚礼结束了，人们都向校门外拥挤着。霍振娥和李凤荣都手拉手的，望着潮水一样的快乐的人群。霍振娥还伸手到怀里掏出了钢笔，仔细地看了一下，就端端正正插在她的左襟上，让它闪耀在人们的眼前。

杨祺的父亲原是不喜欢"新式"的，可是这样做了，他在婚礼上被儿女们尊敬着，他很感动了："这新式结婚挺好！村里的干部样样都周到，连孩子们的结婚也想出这好法子！"他一定要请老赵到他家喝两盅酒，表示他的谢意。

易家庄附近的老乡也都埋怨老赵说："你怎么不通知一声，这样新式的结婚，我们也该看看，好来仿效呀！"

（《晋察冀日报》1943年5月30日）

沙河岸上的民兵

——敌人不来是拨工队 战斗来了是游击组

仓夷

沙河的水，分成无数的支流，像脉络一样地流灌在两岸的田野。沙河两岸的民兵们，也像沙河的水一样，分布地流动在两岸的山岗上。

在十二号到十五号的中间，每天夜晚都可以听到催人集合的鼓声，游击组员们，都全身扎得紧紧的，挂着手榴弹、地雷，背着土枪带着爆炸工具，跑步向主村集合去了。

他们虽然都是农民出身，但是喜欢部队生活，他们看见子弟兵的活泼紧张的战斗生活，非常羡慕。八区×××村的中队长张桂生，把他的队伍管理教育得最好。他们羡慕子弟兵的生活，在自己的队伍里就学习这些作风，对群众纪律非常注意。他们集合的地点，都是扫得干干净净的，借老百姓的东西保证归还，队员们生活都很困难，但是他们都说："我们可以不顾家，可是不能放松游击小组。"他们的爆炸纪律是很好的，做到地雷"随埋随起"。而且只要听到集合号，游击组员们即便在吃饭，也会把饭碗放下跑步去集合的。

在战斗里，队员们都是以能担任任务为光荣。不仅不讲价钱，而且都是自动要求去的。当敌人向东西下关狼狈溃退的时候，整天的下着细雨，雾气笼罩着山野和河床，我们看守地雷的游击组员们，就在雨里淋着，全身滚成泥蛋了，但是他们忠实着自己的任务，直守望到炸了，或者是"起回来"时为止。

在寺口一带，游击队员们更把生产和战斗密切地结合起来。"敌人没来是拨工队，敌人来了是游击组"，他们携带着武装和农具，在主村里集合着，派了岗哨。附村的游击组员们就帮着主村打埝、锄草，在主村里吃饭。战斗结束之后，主村的游击组员们还到附村去帮助耕种。他们不因为战争而耽误了农时，而且饮食上也得到一个初步的解决办法。

游击组员的家属们、大村的老乡们，逃到外村去了，他们就帮着外村的老百姓打枣虫、种地。"枣步曲"是枣树的敌人，一条一条菜绿色的虫子，伏在枣树上，把枣叶都啃光了，枣也不结了。打吧！一棍子落在枣树上，无数的"步曲"都拉着丝绳子，堕下来了。一条条的堕到地上，都被消灭了。战斗紧急的时候，也是这"步曲"最猖獗的时候。大村逃来的人们这样一帮忙，小村里的老乡非常高兴，把柴卖便宜些，把房子也多腾两间让他们住。战斗结束的时候，这小村的老乡，也向大村拨工，帮忙大村打埝、修渠、种稻子。因为他们很多是亲戚，很多是村干部在主持，所以这样做了。

在战斗里，人们的战斗和生产的情绪是更加高涨了。他们愿意多出些钱，购买武器，来保卫家乡、保卫生命财产，他们看见无数的敌人在地雷爆炸里死亡，他们团结互助的精神、战斗胜利的信心，是更加增长了。

一九四三年五月二十三日

（《晋察冀日报》1943年6月1日）

"毛驴太君"生前撒下来的仇恨种子

羽山

走过军区西线的：西烟、进圭社、上社、苌池附近的村庄，不用打听就可以得到关于"毛驴太君"——这位典型的"神明子孙"的野兽"德行"。

在苌池附近的一个村，一个老人述说被鬼子强迫去挖沟的情形：冬天"毛驴太君"嫌他们挖得太慢，强迫他们脱光衣服赤身露体地跪在寒冷的沟边。我问他："有没有女的?"老人低声回答道："有！都脱光了！"而他痴痴地沉在回想里，嘘出了一口长气："唉！……"从这里，我了解到，对于"毛驴太君"的仇恨在人们心里的真实重量。

"毛驴"，从这个名字就可以想见他的行为了，他是一个大高个，肥长的脸孔，嘴边和两腮，常常是浅蓝色的，他每天都要刮光那短硬的络腮胡子，出门时爱穿着便衣，腰下挂一把指挥刀。从这家窜到那家，却往往是一个人。人们怕见他，比怕见"阎王"还怕十倍，如果还有半分钟的时间容许自己跑掉的话，谁也不待在家里。

最初他是在上社，那时候一高兴起来，就叫男男女女脱光衣服在泥坑里跳舞，他端把椅子坐在旁边哈哈大笑一阵。不久，调到进圭社，新花样就出来了。他勒令每家把房屋打通，使他出入方便，每天在他未出来之前，先派一个鬼子挨家通知，所有妇女脱光衣服等着他去奸淫。

在西烟，他包围了附近的一个村子羊毛瑟，把全村二百八十多口人一个不留的赶进庙里，用机枪统统射死。仅仅有一个放羊的孩子，因为一早便出去了，未遭毒手。

自从到了苌池以后，越发坏起来了。他怕遇刺，在一个院子里腾

出四间空屋子，三间是三个妇女住，一间自己住。他想要哪一个便叫哪一个去。像"派"一样，每天村里要送三个妇女去。有一次他把很多妇女聚集在一起，叫她们脱去裤子，他挑选少女强奸，就这样不知有多少不满十五岁的女孩子遭了难。又有一次，他强奸了一个闺女之后，用指挥刀强迫父亲同女儿性交。

在苌池有固定的七个闺女、五个媳妇，每天被他奸淫，他每天必强奸三个妇女。在上社的时候，一个"忠实"的汉奸，请"毛驴"到家去吃饭，而他的漂亮媳妇被"毛驴"看见了，立即要同她睡觉；汉奸跪在地下恳求，但"毛驴"竟当面在炕上宣淫了。从此以后，每天必"光临"三次，汉奸无法再忍受下去，暗地里把媳妇送回了娘家。"毛驴"向他成天威胁，不接回来就要杀死他，汉奸无法可想，媳妇被接回来，可是不上三天，她又自己跑掉了。

这里的人们，"羞耻"已不能表明他们所受的侮辱和深心的仇恨的。而妇女们被一种莫大的恐惧所震摇着，她们成天为了想法逃避第十次或者更多次的强奸而苦痛不安。

"毛驴"是在贪婪的兽欲里生活着，早已没有一点"人味"了，在这儿我只写下千百个"毛驴"中的一个，而且是一个的十分之一二而已！其余的让万千个受难者牢牢地记在心头吧。

四月七日在盂平东西马河驿之间，我们的八路军把这个魔鬼送回"老家"，而苌池附近的人们，不能把"毛驴"一刀子一刀子地剥皮，认为是终身的遗恨。四月十二日吧！城里开了"追悼会"，"毛驴"的尸首被火化了，然而他所欠下的中国人的这笔血债，却没有随着他的尸首湮消！

一九四三年五月一十一日，潘庄

（《晋察冀日报》1943年6月1日）

冈野进同志访问记

新华社记者

【新华社延安三十一日电】虽然是一位饱经风尘的革命家,而且有五十一岁的年龄了,但仪表却像三十多岁的青年学者——他就是我们延安最近的嘉宾日共中央的代表冈野进同志。前天下午三时,承他从百忙中抽暇接见了本社记者。

我们会见的地点是在招待他的临时别墅内,这是一座绿荫满园的避暑胜地,类乎日本型的宿舍,从纱窗外视,蓝空中飘浮着朵朵的云彩,他的办公桌就设在窗户的旁边,恰好是宜于静思的场所。墙壁上悬着一幅日本风景画、一幅斯大林同志的肖像,一切的布置正像他自己一样——简单而朴素。

从他身上找显著的特征是很容易的,当他告诉或者答复每一个问题的时候,他右手就习惯的按着前额,口是有条不紊地滔滔地带笑带谈着。偶尔微风吹过,藏在黑发中的白发就更闪动起来,一切表达出他是一位思想丰富、温文健谈的政治家。

"我来延安只有一个月的,就是要和中国人民紧密地握手,为反对中日两国人民的共同敌人——日本法西斯军部而战。"

"关于这一方面,中国共产党已经积有不少的经验了,利用这个机会,我要向伟大的中国共产党及其领袖毛泽东同志学习,并且把我的知识和经验贡献给中共和八路军。"

提到毛泽东同志的时候,他很兴奋。他说他抵延以后,几乎每天都和他畅谈,他认为这是一件非常幸福的事情。

"我认识毛泽东同志,已经是很久的事了。"他诙谐地说,"第一次是从日本军部,第二次是从《西行漫记》中的介绍,第三次是从许多中国同志的传说。日本军部虽然和毛泽东同志是誓不两立的敌人，但他们却称他为'百万人中难找到的杰出的组织家。'在我这次真正会见了毛泽东同志后，果然是言如其人，而在几次的接触后，则又觉得日本军部上列所言，不过只是毛泽东同志的一小部分罢了。"毛泽东同志在□□□战时发表的谈话，他认为这是真正掌握了马列主义的文件，因此他觉得他是世界上屈指可数的人物，到了延安以后，更为事实所证明了。他说："从我们若干日来的谈话中，□如果说我从他身上获得最深刻的印象，觉得他是杰出的理论家、组织家和天才的战略家（他曾例举二万五千里长征、实行统一战线政策、整风运动及各种著作等作例证），还要加上重要的一条，那就是他对东方各民族革命运动中所洋溢着的高度热忱。例如关心日本的革命运动和关心本国革命运动毫无二致，在华日本反战战士受到和中国干部同等的教育与培养，就是一个最好的说明。"

他对中国党的干部政策，认为不仅善于使用干部，而且善于保存干部、爱护干部，这最是值得日本党借鉴的。"过去我们把主要的干部放在斗争的第一线，而未充分注意保存干部，因此牺牲了不少最优秀的同志，这不能不说是日本党一个很大的损失。"至此他又说，"感谢在中国党的教育下，现在我又看见创建了一批新的干部了。"他列举延安的日本团体——日本共产主义者同盟、反战同盟、日本工农学校的干部和学员们。他说：他们将是将来日本革命开展时一支最有力量的生力军。

他从平津一带来延时，曾考察了华北若干地区的日本反战组织，指出这是日本人民武装革命的开始。沿途给他深刻的印象的，是中国工农大众在中国党的组织下，都坚强地负起了时代的任务，各地的民兵制度，尤为他所称道，"而那些喝人血的日本军阀呢？"他愤恨地说，"他们丧心病狂地连娃娃都编成'娃娃兵'了……国内各地的情形都是一样,由于劳动力与捐税的双重剥削,人民的生活已经跌落到衣不蔽体、食不果腹的程度了。""然而它的真正意义,这倒不是法西斯替人民掘坟墓,而是他们自掘坟墓,只要统治者的纸老虎一经拆穿,像煤油里的火种一样,人民的革命运动马上会普遍掀起来的,这是可以断言的。"说到最后的一句话时,他的语气更加重了一些,而态度也显得非常严肃了。

(《晋察冀日报》1943年6月2日)

血火深仇狼牙山！

本报特派记者　雷行

四天紧张的反"扫荡"后，我重回到巍峨的狼牙山下。碧绿的田野里刻着敌寇带钉的蹄印，村庄的翁郁的丛林烧成焦黄，烧黑了的瓦砾草灰堆满房院和街道，插在墙里的木柱，还在依依冒着难闻的黑烟。听不到熟悉的鸡叫和牛马的高鸣，我听到的是被敌寇残杀侮辱了的人们的呻吟或怒骂。街道上田野里滴洒着同胞们的紫血，漫飞着被敌寇宰杀的鸡毛，烧死的猪的肠皮周围飞着苍蝇，发着刺鼻的腥臭。

日寇"安民"的血沟血井

"扫荡"开始了，日寇装腔作势地说："只打八路军，不打老百姓。""不是糟害老百姓，而是安民来了。"在这种欺骗下残杀我们的老弱妇孺！在菜园村，我看到村民们含着泪掩埋他们亲族的尸体。女人和小孩子大声哭泣——他们在为死者和自己的受伤被辱而哭泣！男人们默默地在烧烂了的房子里，在山沟的被搅翻了的洞里，找寻着给死者穿的衣服、装殓死者的木柜、席头。可是哪能找到呢——这些东西不是被敌人烧掉便抢走了！他们不得不向死者哭诉着："你命好苦呵，临死连木柜也没有……你向鬼子去要吧！"

听说我们来慰问，西菜园村的十多个受了伤的妇女抱着受伤的婴孩走来了，她们都还穿着紫污的血衣——鬼子烧抢得她们没有换的——她们呻吟着躺在被毁的房垣下，争抢着告诉我们：十五日的下午，敌人怎样把她们四十多人圈在南面山沟里，逼问八路军在那里、坚壁的子弹在那里。她们谁都不说，有一个胆懦的妇女以为说了可以免死，就说："我知道……"敌寇不管那些，没有等她的话说完一刺刀先把她扎死了。一群鬼子疯狂地将四十多个妇女、婴孩儿、三个老头子刺杀了。七十六岁的李洛铁被敌人推下山崖，用石头把他的脑袋砸烂了。

一个婴儿哭了，妈妈敞开受伤的胸怀，婴儿渗注着血水的嘴吮吸母亲布满伤痕的乳头，她血污的脸上浮着很痛苦的表情，对我们说："鬼子扎我三刀后，就又扎这不满一岁的孩子，我紧搂他在怀里，鬼子一刀就又穿过我的左手连这孩子的嘴也扎破了……"她把孩子的头扭过来，叫我们看他小嘴上的创口，婴儿哭起来。旁边一个老太太说："我那个孩子才两岁就被鬼子一刀扎死了……"她不敢往下说了，眼泪已湿痛了她的伤口。旁边一个年轻的妇女诉说鬼子屠杀小孩的可恶："光在那一条沟我就亲眼见到敌人杀死五个不到十岁的孩子，没见到的不知有多少哩！"在东西水，两位老太太领着两个小孙孙，碰到了敌人。敌人就在地上画了一条线，让两个小孩站在前头，老太太站在后头，一颗子弹穿透了四条生命。一个村民带我到大屠杀的那条山沟里，很远就闻到刺鼻的腥臭，紫黑的血一片片的在青色的石头上，在碧绿的野草上凝固了，一滩浓黑的淤血里放置着女人的尖鞋和孩子的小衣服，到处都是血、血！

五月十五日敌人把二百多群众圈到北淇村，叫着："北淇村的站出来，别村的跟着走！"人们以为敌人会放掉他们，连不是北淇村的也站出来了，共有四十多人。敌人叫他们跳井，没有人跳，敌人一刺刀把头一个扎伤了，喊叫着被推进井里，接着三四个敌人一齐推拉，他们恐怕淹不死，把井沿上四百多斤的大石头砸了下去，以后每推下一人便砸下几块石头，当敌人走后，群众在黄昏哭啼着打捞时，井已成了血井，捞上来的大石头沾凝了肉浆和血汁，每个人的身上、苍白的脸上都淤积着紫色的血块，从身上滴下的水染红了地上的黄土。而当南娄山的人们回到村里的时候，一股腥臭刺着人们的鼻子，第二天他们发现在一个大石碾下压着一堆死尸!

很难算清,敌人在狼牙山周围的四天中屠杀了多少人,光北界安在五月十七日敌人就刺死了十九个无辜同胞,当敌人再要催着伪军们去刺杀时,伪军显得有些手软,凶恶的敌人就喝走了伪军架起轻机枪把站着的六十四个哭骂的同胞打死了。在南独乐的东山沟里敌人也一起杀死了二十多个逃难的村民。山西村有几个妇女藏在房子里,敌人堵住房门点起火,母亲和两个妇女逃走了,一个十二岁的小姑娘被敌人重推回屋里活活地烧死了。在一个山坡上,敌人把妇女杀死,还把她抱着的四五岁的婴孩用脚蹬着脑袋两手拉着双腿撕裂了。

从敌人广播这次"扫荡"的"赫赫战果"里,自然不会听到他们抢去老百姓多少牲口和衣物,他们只一句"卤获战利品无算",的确,他们是没有办法算清楚的,不只是他们曾吃过老百姓多少猪鸡、烧掉老百姓多少房屋,算不清;其他被抢走的物品又怎能算清,许多东西只会暗暗地放在每个敌奸们的腰包里——敌奸们腰里装不下带不了的大些的锅、农具、衣被就放在从根据地人民手里抢去的牛、驴、骡身上赶回去。他们这次抢走了根据地人民二百多头牛、三百多头驴和十数万元的衣物用具。前几天的姚村集上敌寇和汉奸们已把抢去的东西出卖,一个"堂堂的皇军"拿着抢去的锅盖和一双妇女的尖鞋,喊着:"两件的一毛五的干活,大大的贱。"

所有的狼牙山附近几条山沟里的小庄子,都成了一片焦土,几个比较大的村庄像东西步乐、南北淇村、山北、于家庄、东西山南、松山、团山、林泉、陈家会也烧去百分之九十的房子,百户以上的南娄山,只剩下十间左右的房子,北娄山只剩了四间残破的土房。敌人在这一带,共计烧毁了七千多间房子。烧了一切吃不掉带不走的东西,熊熊的大火从十四日一直延烧到十七日。兽蹄所至的任何一村,房屋墙壁、树株、街道全被烧成黑色的世界。当人们回来救火时,奔跑了几个钟头找不到一个水桶和任何盛水的器具，每一个村庄都是一团大火而没有器具扑灭。日本法西斯曾说他们是"宗教维护者"，可是他们把基督教污辱以后，又把有千余年历史的棋盘坨、姑姑坨的庙烧了，西山南刻着大字的"天主堂"，前年被烧后，这次烧光了。

野兽污辱我们的姐妹！

日本法西斯大白天在山野上奸淫妇女，××村四个妇女被奸后用刺刀扎死，有十三个青年妇女被敌寇带至姑姑坨的庙里奸污了，第二天敌人还无耻叫她们装粮食："你们的可以装的，回去大大的米细。"姓席的妇女喊着："我们饿死，也不吃你们抢来的粮食！"在菜园村的南山坡上，敌人圈住了一百多男女同胞，敌人使赶来的公驴和母驴交媾，叫男的女的都要看。一会敌人又强迫从敌占区来的民夫，奸淫根据地妇女，企图造成根据地与敌占区人民之间的仇恨！杨□岭山沟里有五十多个妇女被敌人强迫脱掉上下衣服，放在火里烧掉，赤身露体的被打骂着给敌寇抬子弹、背衣物，一点没有休息走到南娄山，她们又同别的妇女们在东步乐、林泉被敌寇汉奸们污辱了。

妇女们，所有的抗日人民对敌寇的仇恨与反抗是更加增大了，北独乐的妇女卢国运在敌人快要抓住她时，像五壮士一样英勇地跳下山崖，但她没有摔死，敌人走后，带着光荣的创伤走回家去。菜园村的魏彩珍夺住敌人的刺刀大骂鬼子，直到最后一口气。妇女们都知道了怎样同敌人斗争，她们咬牙切齿地发誓："鬼子汉奸再来时我要咬死他，用刀子剪子扎死他。"

子弟兵和人民永远在一起战斗

在四天反"扫荡"中，我们的子弟兵和民兵打死和打伤敌伪联队长以下官兵五百余人，他们在每个山头和田野英勇积极主动地打击敌人，对于敌寇的滔天罪行，给以有力的报复。当我们到山北村时，一个卖烧饼的指着他被敌打烂的嘴唇和打掉的牙齿说："要不是八路军，我们的命早都完了，鬼子用石头砸我的脑袋，砸昏了，八路军一打机枪鬼子就吓跑了，那条山沟的三十多条人命才活了。"山西村有五口人眼看被敌人烧死了，子弟兵一打枪，才把敌人赶跑，得了活命。子弟兵在杨司令员的号召下组织了医疗队，到每个受伤的同胞家里治伤病，发动部队帮助群众盖房子，决定在五月三十日举行"爱民日"，全分区部队每人节约五两粮食救济灾民，发动的募捐仅五六天就已募到八百多元。党、政、民组织了干部到灾难同胞家里慰问和解决困难。

敌人的烧杀在×分区曾不止这一次，但过去的都没有这样惨；可是人们在一阵痛哭和伤心后，愤怒、镇定，对胜利的乐观比过去任何一次都明确、坚定。人们说："反正鬼子快完了，鬼子还能横行几时！"人们将死者埋葬了，在子弟兵帮助下一同锯树盖房子，田野里人们比往日更紧张的犁地播种，民兵更英勇地配合子弟兵和敌人坚持战斗，人民永不会忘掉敌人屠杀污辱的悲惨，可是他们特别讲述的是那夺过敌人刺刀与敌肉搏的老头石老横，和被敌踢破嗓子、刺刀扎破脖子骂得翻译官不得已把他放了的王凤祥……

狼牙山的风在怒吼，易水在沸腾，在发出同一声音——复仇！

（《晋察冀日报》1943年6月2日）

访问宫本哲治先生

仓夷

在边区,差不多大家都见过宫本哲治先生。他是在华日人反战同盟晋察冀支部支部长。反战同盟华北联合会成立后,晋察冀支部和冀中支部合组了一个晋察冀分会,宫本先生就当了这分会的书记,一直到现在,他都一心致力于反战同盟分会的工作。他和边区其他的许多国际友人一样,常到边区各地进行工作,和敌人坚决战斗,在各种大会上发表讲演,成了边区人民很亲密的战友了。

当反战同盟晋察冀支部成立两周年的时候,记者为明了他们这两年来艰苦奋斗的过程,特到分会访问宫本先生。他正在布置一个关于反战同盟所出版的宣传品的展览会,很忙。

他首先谦虚地说明:自己做这个工作,虽然时间已有两年,但还只是仅仅有些眉目,有些工作的印象,工作经验是谈不到的。之后,他就对我所提的问题,开始逐条解答。

关于日人反战同盟的诞生和它的任务,宫本先生谈称:反战同盟的诞生,是由中日战争的性质所决定的。日本少数统治阶级军阀财阀,为了掠夺中国的资源,奴役中国的人民,进行了这非正义的侵略战争,这完全是为了他们少数人的利益,而不是为日本广大人民利益,相反的,他们把我们日本广大的劳苦大众,拿来作为他们侵略的工具,迫使日本人民作无辜的牺牲,把我们安乐的生活都破坏了,生命也没有保障了。为了解救我们跳出战争的苦海,我们发起组织这个反战同盟,它的任务,就是要反对日本法西斯侵略战争。因此也就要联合中国抗战的人民,联合所有东方被压迫的弱小民族,一齐起来反对日本军阀财阀。我们这个分会是在中国敌后战场,工作对象达不到日本国内的人民,只能是这战场上的日本军队。日本士兵"是被穿上军装的日本人民",他们被法西斯欺压着来作战,我们就要向他们宣传教育,教他们认清日本战争的本质,促使他们觉悟,脱离军阀的压榨,起来反战。还有一些中国沦陷区里的日本居留民,他们也受了战争的许多痛苦,也是我们宣传教育的对象。

宫本先生还很郑重地表示:反战同盟是日本人民的一种反战的群众组织,因此他不像一个政党,或一支军队。只要是反对战争的日本人民,不管他是什么动机和思想,习惯和嗜好,都可以加入反战同盟。不受什么约束和限制。我们的组织是独立的,总部设在重庆,在华北还设立了一个联合会,这是因为战争的阻隔,为了领导上的方便与加强的缘故。我们的组织原则是民主集中制,各级的领导人,都是我们日本人,而且都是我们盟员自己选举的。

关于反战同盟和八路军的关系问题,宫本先生谈称:我们和八路军完全是站在平等互助的立场上的。彼此不是隶属的关系,正像我们的总部和重庆方面的关系一样。但是因为在华北的敌后方,因为我们和八路军的总的战斗任务是相同的,都是为了反对日本法西斯的侵略战争,而八路军是华北敌后对敌作战的主体,我们反战同盟又是初建立起来,还没有很好的基础,因此需要八路军总的作战方针的指导与各种帮助,而我们的工作,也就成了八路军整个抗战工作的一翼了。

回忆到反战同盟晋察冀支部两年来的工作,宫本先生是很兴奋的。在这两年中间,他们所做的工作成绩是不少的。他们出版了《日军之友》(现改为《战友》)三十多期,三十几万份,出了《前进》《前线画报》各种刊物。因为这些刊物宣传品,都是他们盟员自己写、自己画,写他们要说的话,画他们要画的内容,所以在前线的日本士兵是很欢迎的,乐意接受的。最近投诚到八路军来的日本兵还有的在口袋里装着这些宣传品。宫本先生很有趣地说:"日本士兵过去怀疑,以为宣传品是八路军写的,但是事实证明,我们说的话都是他们所要说的,感情和他们非常接近,后来就相信八路军里日本朋友大大的有了。"他们还到边区各地演出话剧,表演日本歌舞,受到边区人民的热烈欢迎。

在去年秋季以后,反战同盟支部才开始了"前线工作"。这不仅在反战工作上得到很大成绩,而且使反战同盟的盟员的斗争经验与认识,显著地提高了一大步。宫本先生说:"在前线上,我们打电话、写信、送慰问袋、给炮楼上课,收到不少成绩。就拿电话战来说吧,有一次,我在前线打电话给一个炮楼里的日本兵。他问:你是谁?我说:我是给你送慰问袋的。他马上说:那你是反战同盟支部了。我说:是的,慰问袋你收到吗?他说:收到了,谢谢你。我马上又听到有一个队长责问的声音:混蛋,你怎么道谢?他就反驳说:人家送你礼你不道谢吗?这样反驳在日本军队里是很少见的呢!有时候,我们一和炮楼谈话,那炮楼里就喊着:他们又来了,他们又来了!他们非常愿意听我们的讲话,有些长官在电话里和我们辩驳,都被我们说得哑口无言。至于我们盟员,则在这次工作中,信心更加提高了。工作热忱高涨着。突击工作的时候,我们不睡午觉,夜里有时还打夜工。在给炮楼日本兵上课的时候:炮楼里的长官下命令射击我们。我们也毫不退缩,照样地讲话,日本兵受到很大的感动。直接写信也得到很好的效果,佐佐木投诚过来,就是因为被我们的信所感召的。"

盟员在支部里的生活情形,宫本先生也有一个详细的介绍。他们有一个"国际俱乐部"。每天傍晚,玩野球、篮球、足球。经常有学习讨论会、生活检讨会。盟员中有些是"俘虏"来的,但他们一样受到八路军生活上的优待,他们受到了感动,逐渐觉悟了便自动要求参加到反战同盟。盟员们照样可以得到生活上的优好的待遇。这是八路军的国际主义的伟大精神的表示,八路军尊重日本兵的各种生活习惯,尽可能地让日本反战的人民得到安慰。盟员们见到八路军的艰苦奋斗,为民族解放而忍劳耐苦的许多壮义举动后,有的自动地提出不要再优待了,愿意得到和八路军同样的待遇。

谈到这里，我就问宫本先生说："如上所说，反战同盟是得到日本士兵的信仰与倾慕的，但是日本军阀受了这样大的威胁，当有什么反应吧?"

宫本先生突然眉毛舒展开了，他很幽默地笑着说："反应多得很呢！在前线工作的同志们给我的汇报中，常常提到敌人也给我们寄慰问袋和宣传品。但是敌人宣传的内容都太笑话，我们毫无感动。我相信，敌人不管采取什么诡诈手段，都不能动摇我们的组织。我们现在的政治眼光比以前（到八路军地区来以前）大大不同了！敌人的宣传内容实在太幼稚。"

"我最近听说有你们的盟员在××路附近被敌人俘了，敌人把他的手掌用铁丝穿透，血淋淋的，拉到日本士兵的面前说：'这就是八路军的优待俘虏！'是否事实?"

我这样问着，他点点头：

"这是确实的。这个士兵名叫志田春吉。日本军阀这种欺骗诡计，是暂时会得到一些效果的。因为日本兵的头脑比较简单，容易上当。但是八路军不是释放许多俘虏回去了吗？事实一定会把敌人这种诡计粉碎的。"

谈了反战同盟的工作之后，话题就转到宫本先生两年来的一些感想。宫本先生是日本熊本县人，在井陉煤矿当工头，一九四〇年百团大战的时候，他喝醉酒躺在工房里，被八路军俘虏了。他说：开头我相信军阀的宣传，认为八路军是土匪。我想逃跑，没有机会，想自杀，连开两个手榴弹的盖，都被八路军的队长制止了。到了八路军的中心区以后，我受了优待，可是还想回国。后来偶然看见了一本关于共产主义的日文的书籍，引起了我的好奇心，我记得我在国内的时候，就知道有共产党；但是共产党的书籍却是看不见的，日本政府不让人民看这种书的。这次我一看，觉得所写的都很关系我的痛痒，回顾我过去所处的环境，更加打动了我的心。我看着书，其他和我在一起的几个日本兵，就叫我不要看，他们说："不要被八路军迷惑了！"

我当下不好拒绝，就只好偷着看了，而且越看越有兴趣。有一天，八路军的一位同志问我，是不是要归队，还是回国，我说要回国，但是要再待两个月，等我把这些书籍看完了，不然回到国内是看不见这种书的。但是两个月以后，我完全觉悟到我过去的想法是不对的，我不愿回国了。正好那时我听到延安、晋东南有我们的战友成立反战的支部，更证明像我这样认识的不止一人，而且有许多战友走在我的前头了。这样，我就把人生观确定了，我去找××部长谈话，说明我的愿望，要求在晋察冀成立反战同盟的团体，××部长欣然地答应了。以后我参加了各种斗争，在工作中逐渐地锻炼，现在回想起当初被俘时的情景，实在滑稽得可笑！就拿我前面和你谈的那些话，在两年以前，我连做梦也没有想到呢！

实在的，宫本先生这段谈话，是一段非常动人的故事。他的生长史，就是反战同盟支部的生长史，也就是许多从日本法西斯魔掌中解放出来的，日本反战人民的生长史！

一九四三年六月三日

（《晋察冀日报》1943年6月3日）

钢铁的人们

本报特派记者　沈重

五月初旬，敌对完唐地区疯狂"扫荡"，被害死亡民众达七百人以上，其残酷无耻为世所罕见。敌人在贾西庄用刺刀挑死五十余妇孺，在凶杀时说："哼，你们纺织建设，现在把你们杀了，看你们怎么建设?!"又说，"你们年纪大的是八路的爹，娘儿们是女八路，小孩是小八路，八路的儿子——全是八路！"于此可见敌人在我民众英勇斗争前的战栗和无赖，而妄想以屠杀来使边区人民向之屈服。但边区人民是不可屈服的，在反"扫荡"过程中一面积极与军队在一起开展游击战和地雷战打击敌人，一面表现了中国人高度的英雄气概；这种民族气节的高昂是远过于历年所见的。记者在这里所记下的仅是我所得材料的一部，是完唐人民不怕牺牲壮勇斗争的潮浪的点滴，然仅就这一点滴，也可窥见人民英雄气概的一斑：

一、村长李景堂

五月一日，敌人进袭完县，已快到清醒了。北清醒村长李景堂为掩护群众转移，督促大家先走，自己留在后边。这个为全村所爱戴的村长就是在最危急的时候，也和平时一样地深深记住在民选时村民所寄予的重托，利用着一分〔一〕秒的时刻来坚持工作。但不幸他被敌人捉住了。

敌人像缚虎一样地紧紧绑住了他，拷打着问他；谁是你们的县长？

他说："我就是县长。"

"那这区的区长是谁？"

他的回答："我就当过区长。"

敌人气了，毒打他。又问："这村的村长是谁？"

"那我就说不清了。"

敌人发怒了，用凉水来灌他。李景堂是明白的：在敌人的法庭上，一个中国的村长是应该怎样来对付敌人的。他对着水桶冷笑了："我一天不喝水了，小子们孝顺孝顺我来吧！"敌人用水把他灌死，又弄他活转，要他招出谁是村长来。他忍受着刑罚的痛苦，不招一个字。

"那你说出你村坚壁的东西放在什么地方？说了就饶了你。"敌人说。

没有一个字从李景堂的嘴里说出。这个一贯对工作及人民负责的村长，在他临难之际也始终保持着他崇贵的品格。

敌人弄来生米，从他的嘴鼻里灌进去。死，又活过来，他咳呛着，但在敌人面前他表现了经过六年对敌斗争的顽强，他说："怕我饿坏吗，你们再喂饱我好了。这是我们边区的小米，吃了是应该的。"敌人气极了，鞭子在他身上抽打。

一个汉奸认识他，向敌人说："这就是这村的村长。"

一切都明白了，他跳起来指着汉奸大骂道："村长，我就是村长，死也是抗日的村长！谁能像你们出卖祖国给鬼子当走狗的汉奸们那样的不要脸！"

敌人把这个从民主建设里成长起来的村长活埋了。

人们听到他的死，都哭了。第二天，人们在清醒村边埋了三个地雷，炸死敌人二个，炸伤了三个。

二、工会主任张金山

五月四日，敌人包围完县团结村，把工会主任张金山抓住了。敌人把他带到新建村。因有坏人向敌告密,说他是村干部。敌人问他:八路军的东西藏在那里?他回答得很简单:"不知道。"敌人把他打得死去活来,又用凉水灌死他三次,一夜未醒。第二天早晨,敌人为了利用他,拖着他走回村去。他躺在地下坚决不走了,说:"你枪杀、刀砍任便,要我走是万万不行的了。"敌人的刺刀举起,他大叫了一下,被挑死了。

这个矮黑壮年的工会主任在村里享有着极高的威信,全村的人都团结在他的周围,他以最亲热的爱情去对待村民,关心和帮助他们。但今后这个村庄将失去一个好的领导者,而在人们的心底他将永远地活着。

三、工人左新力

专区制造厂的工人左新力,二十岁的青年。他从抗战开始就参加了工作,当过两个专员的特务员,对学习很努力。我们很早就认识了,当他碰到我时,总是拿着小本子问我生字。前年他到制造厂当工人,我还见他一次,他对使用锤子像他使用铅笔一样的喜爱,当时火光融融,我曾默祝着这个健壮青年在抗战中锻炼得像钢一样的坚强。在此次反"扫荡"中,他表现了他的奇迹。

五月二日,他带着十三个伙伴打游击到野里村附近山上的洞里躲着。这个工人,仅带着亲手制造的两个手榴弹保卫他自己。他是准备着的,一个给敌人,另一个给自己或和敌人一起。

躲的洞被敌人搜到了,敌人在洞外呜噜呜噜地叫他们出去。新力抽出了火线,拉着,一面鼓动人们不投降。王志文动摇了,什么也不听地跑出去。王志文在敌人面前跪求着,"太君,太君,饶了命吧!"但鬼子用刺刀把王志文刺死了。

新力抛下去一个手榴弹。但年轻的工人不是优秀的掷弹手,手榴弹没有扔准，没炸死人，敌人气呼呼地乱嚷着又爬上山坡。新力叫着说："同志们，咱们誓死不投降，死在一起好了，我还有一个手榴弹！"

他一手把手榴弹举近自己的颈额，一手扯紧火线。看看敌人近了，他说："你来！你来！"火线扯断，轰的一声，一个鬼子滚下山坡，敌人的大腿被炸断了。被炸的鬼子嗷嗷地叫着，旁的鬼子也都滚下去了。

新力以为自己也死了，摸摸自己的头，仅头皮去了一小块，人还是好好的，洞内的伙伴也都没有受伤。抗日的手榴弹在这里也认清楚了谁是敌人谁是制造它的主人。他跳起来说："跑！"大家像一阵狂风，从敌人旁边刮走了。

四、开饭铺的老人

娘子神一个开饭铺的老头子被敌人抓去，打他要他说出坚壁东西的地方，他咬着牙死也不招。敌人打着他的孩子给他看。他心疼极了，说："拿颗子弹把我打死得了，拿小孩子磨折干什么？弄死孩子我也是不说的。"敌人用水灌他，在敌人的面前他知道是不会活的，不如索性倔强些，死也死得痛快。

他对着敌人说："这一桶凉水还不够我漱口哩！"敌人把他灌死了。

晚上，他又醒转逃了出来。他向人们说："日本鬼跟八路军是不能比的，一个地一个天，这回我可更知道了。"

五、李志民只伤了臂

完县××村李志民被敌人抓去了，用火烧他，要他招出八路军的枪、弹藏在哪里？他不愿再受火铁烧烫的折磨说："走，我领着去。"

一个特务跟他去了。走到村南山坡上，乘特务不备，捡起一块石头飞去把特务的枪打掉了，他又扔了一块石头，没扔准特务。特务拾起枪追上去把他抓住。他气力小，知道斗不过敌人，就往地上一躺不起来了，说："随你吧，反正我不说！"

特务打了他两枪，以为他死去，就走了。但枪弹只伤了他的臂，没死。

六、中队附的父亲逃了回来

唐县××庄刘庭×，已经是六十多岁的老头子了，他是中队附的父亲。他的孩子在反"扫荡"中把工作坚持得很好，始终没远离开村庄，日夜监视着敌人，掩护群众转移。但是刘庭×却被敌人搜出来了。

"说出来，八路的枪支藏在哪里？"敌人拷打着老头子。

老头子嚼着自己的白胡须，心想着儿子的英勇和光荣，不说话。

敌人用水灌他，敌人用棍子压在灌满水的肚子上，刘庭×吐着水，不招。

敌人治死了他三、四次。他下了决心，心里说：现在是只有找死路了，反正活不成，还是自己死去吧。他向敌人说："我老糊涂了，我知道枪在哪里，跟我走吧。"

两个敌人牵着绳头，扶着他走。山，爬过一个，又一个。越走越高，越难走了。敌人问着："老头子，路怎么这么难走？"

"嗯，嗯，八路军的枪可藏得好着哩。"他答。

现在，走到一条窄路，下面就是百丈悬崖，他想：这是一个好去处。

颤抖的手指着崖下说："这里，是八路军的枪支！"话未完，他已经跳下崖去了。

在他，是心想：跳下去，一定会带了个把敌人下去的。哪知敌人早防着了,绳头依然还在敌人手里。敌人把他又拉上来了。

敌人打了他一顿,带回转去。晚上,这个老人却挣脱了绳子跑走了。

七、倔强的粮秣主任

小长峪名叫顺子的村粮秣主任给敌人抓住了。

敌人问他:"你是干部不?"

"不。"他说。

但被人告密了,敌人知道他是粮秣主任。敌人问他:"你是粮秣主任,那总知道公粮坚壁在哪儿了?"

"我不知道。"

"你怎么不知道呢?"敌人用棍子打他。

"公粮,那我怎么知道呢?"

"谁知道?"

"不知道。"

敌人火了,用剃刀把他的头皮刮下了一片。他越倔强了,连说几个不知道。敌人把他脑后的骨头,刮得格格响,他满头满脊梁是血,而牙齿是咬得更紧了。

敌人看看不行,用棉花绑在他身上烧着。皮肉焦了,顺子的嘴闭得更紧,哼也不哼。

一个汉奸装出一副慈悲相说:"你就说出个把洞,说已经被我们挖了,不就得了吗?"

"不知道就是不知道!"他的回答。

"你真操蛋,说先前知道现在不知道了,不就不受罪了吗?"

"放你臭屁!"他气极了,"是中国人就不能把一颗公粮让敌人抢去!谁像你们这把子汉奸!"他大骂起来了。

他知道在敌人面前除死是没有第二条路的。他，就在骂声里被敌人挑死了。

这个倔强的好男儿是躺倒了。太阳在晴空照着，他身上耀着民族的光辉。

(《晋察冀日报》1943年6月3日、4日连载)

永远崛立着的晋察冀人民

敌寇在这次对我边区的"扫荡"中,又以他们罪恶的血手,对我无辜人民施行了空前残暴的大屠杀!他们企图用千百种的杀人方法,使我边区人民慑服,供出各种资财坚壁的地方、军政机关行动的方向,以达到摧毁和掠夺我根据地财物、袭击我军政机关的阴谋目的。然而经过六年战火考验的我边区英勇坚定的人民,在敌人这种残暴的兽行中决不屈服;他们又一次的表现了中华民族优秀儿女高尚气节,在敌人的面前,作出了惊天动地、可歌可泣的伟大壮烈的自我牺牲的行动,为了边区,为了民族。这种伟大壮烈的充满正气的行动,粉碎了敌寇的卑恶阴谋,震慑了这些阴影幢幢的鬼魅,给我边区人民抗日战争的光荣的史诗上,又添写了更加壮烈的篇什!

看呵!这一连串的令人怒发冲冠、睚眦欲裂的□□暴行和我边区人民在敌人面前宁死不屈的忠贞节烈的行为:在完县,北清醒村长李景堂被敌人用冷水灌肚,死去活来,始终不屈,临死时犹大骂汉奸,高喊"死也是抗日的村长";团结村工会主任张金山在敌人百般拷打后,带他回村时坚决不去,高喊"杀便杀,砍便砍,决不走了",而从容殉国。在唐县,小长峪村粮秣主任顺子,为了保护公粮,被敌人用剃刀在头上片片削刮以至骨头格格作响,后又被敌人用火周身围烧以至皮肉焦烂,而咬紧牙关,半句不哼,临死时大骂汉奸并正告敌人"是中国人就不能让你们抢去一颗粮食"!在灵寿,李家沟村干部罗成贵被敌寇灌冷水,又用开水烫掉头发等非刑拷问,死活数次,毫不动摇;长峪七十五岁老农民为了保护枪械及军用器材,被敌百般拷打,至死不吐一字;××村周树森在敌人的刑场上,高声讲演,揭破了敌寇种种罪行;西柏峪妇女张国梅被敌人周身刺了二百多锥子而坚定的没有说出一点口供。在五台，××村村长老婆被敌人木棒拷打，最后用铁钳夹住乳头牵着走，以至痛死过去，而没有说出任何公粮窖藏的地方；田家村一个十三岁小孩被敌人用刺刀刺穿手掌，后又钉在门板上而始终未暴露我方一点秘密。所有这些，不过是敌寇血腥暴行和我边区同胞忠贞不屈的节烈行为的一斑，而完县野场村二百余村民在敌人重重包围和两挺机枪威胁下，宁愿"死在一起"，对敌寇汉奸们三番五次逼问物资坚壁的地方，一致坚决回答"不知道"三字，更足以震撼山岳！这种集体成仁、相率赴义的悲壮节烈的行动，是我民族无上的光荣，死难人民的精神，将同着我民族辉耀千古！

我们晋察冀边区，是燕赵故国的所在地，从古以来，就是以产生刚强不屈慷慨悲歌的壮士出名的；同时又是民族的前卫地区，人民一向就是在与异民族频繁的斗争中生长起来的。我们有着英勇战斗慷慨节烈的光荣传统，这种传统在这历史上空前的巨变、民族存亡绝续关头的抗日战争中，被我们边区同胞更加高度地发扬了。六年以来，边区人民一个个用盖世英武的姿态，顽强的和敌人进行着生与死、血与火的斗争。敌人在我晋察冀钢铁一样的抗日人民面前发抖了！他们知道，晋察冀人民就是追赶它们进入坟墓的先头部队！所以，它们用了各种各样的卑鄙、无耻、阴狠、恶毒的手段企图降服我晋察冀人民。六年以来，敌寇残杀了的我们的父母、兄弟、姊妹的血，要潴积成海了！而这次敌寇对我人民的大屠杀，更使我们毛发直竖！试想一想野场村将近二百男男女女、老老少少以至怀里乳婴的惨死的情形，试想一想小长峪顺子被敌人用剃刀在头上削刮得骨头格格作响以及被火烧得皮肉焦烂的情形，试想想五台××村某妇女被敌用铁钳夹着乳头牵着走，以及田家村十三岁的孩子被敌人把手钉在门板上的情形，这真使我们怒火燃烧，周身血沸！

虽然用了这样残酷的虐害和屠杀，敌人企图使我边区人民对他们降服的卑鄙打算，是完全破产了的。六年以来，我晋察冀人民在敌寇软的、硬的、伪善的、残暴的、鬼蜮伎俩的、各种各样的阴谋之前，始终崛立着！我们是硬汉子，是刚强的祖先们的子孙，是中华民族优秀的儿女；我们知道，对敌人低头，就是背叛了民族、辱没了祖先；就是死！六年以来，边区人民在残暴的敌人面前，慷慨节烈、可歌可泣的种种事迹，就把敌寇的企图打碎下，而这次反"扫荡"中，我同胞在敌人面前表现了的惊天地泣鬼神的壮烈举动，更是边区人民对于敌寇的有力的答复！

敌寇已经到了他们的墓门口了；他们对我人民的大屠杀，正是他们就要走进墓门的反映，屠杀是敌寇对我人民无法征服的无可奈何的行动！屠杀决不会取得胜利，凭敌人怎样残暴，可以正告敌人，我边区人民是始终崛立着，坚决和它们这些野兽们斗争到底，永远不低头的。

我们应该为这些忠贞节烈、慷慨殉难的边区同胞静默，致我们衷心地哀悼；我们应该向他们宣誓：誓死复仇！

(《晋察冀日报》1943年6月5日)

阳坡沟战斗

曼晴

雁北依然在落着雪。

午夜,有一队人,从浑河川里,踏着冰雪的石路回到山里来,有的背着电线,有的拿着斧子镢头,一路上,兴高采烈打着"哈哈"。

这是在应县活动的民兵,割了四百多斤电线,回来了。

他们到了阳坡沟,休息了一下,但下町(旧浑源属)的一百多个敌人和六十多名伪军,跟着便奔袭过来。——一点钟以前,我们的民兵已转移到五里地以外的另一个庄子里去了,敌人扑了一个空。

我们的游击小组,马上去报告了驻在附近的××支队。

当天色薄明,雪片纷飞的拂晓,××支队有一个连抢占了阳坡沟前面的南山,另派了一个班,带着一挺轻机枪绕到北山上去。四面的山头上,都埋伏着我们的民兵。战斗就从四月一日的早晨,开始了。

清脆响亮的枪弹,从三四百米达的高空,嘶叫着飞下来,敌人依然据守着村子里,没有打枪,等到轻机枪对准他们密集地扫射的时候,他们才惊慌了。从村子里向上还击,一门冲锋炮也向南山上打起来。

满山冒着烟(是雪烟呢,还是炮烟呢,也分不清楚了),山谷震响着,民兵在四山上呼啸,那里是我们的主力,那里有多少人,敌人弄不清楚,只是瑟缩地据守着村子。

天快正午了,北山上有三个民兵,带着三颗手榴弹由中队指导员领着,溜下山来,爬到距村三丈多高的一个小山头上,对准底下敌人的哨兵,投下了第一颗手榴弹,随着烟幛,三个人便跳到村的屋顶上,向着院子里将第二颗、第三颗手榴弹抛掷出去,院子开了花,几个敌人倒毙了。

南山的子弟兵们,便吆喝起来:

"北山的二连向下冲呀!"

"杀!"北山的民兵呼啸得更加急躁了。

敌人像泥潭的鱼,混乱了,乱打着枪,村庄动摇了。我们南山北山的两挺机枪,组成交叉火网,向村外移动的敌人扫射着。三个民兵像三个火焰,跳跃在岩石上屋顶上,又从屋顶上、山岩上跳回来。等第二批手榴弹送上来,敌人已经窜走了,沿着小路,向下町退去。

打扫战场,我们发现了十几个敌人的死尸,活捉住一个伪军。我们连一个挂花的也没有。

一九四三年四月七日

(《晋察冀日报》1943年6月5日)

幸福的青年们

周奋

军区的青年在执行三大号召中前进，已经一年了。五月二十日，军直前方总支召开了一个青年大会；在那里，青年们总结了他们一年来执行三大号召的情形和收获。

青年同志的飞跃进步，是很叫人兴奋的！你见到过什么人，整天忙着工作、忙着帮助人，但还一天学会六个生字的吗？这里就有，我们休养×连的看护长李桂林同志，在一月份，就足足学到了一百八十个生字；去年五月，他从识字乙组升到甲组，年底就再升一级，进入国文组了。而××队的李七十同志，他在去年"五四"以前，并不是努力学习的，但从去年"五四"军区政治部提出三大号召竞赛以后，他暗自加了劲，五月，首先从识字丙组升进乙组；到新年时候，又升为甲组。

队列里坐着杨德顺，那个热情的诚恳的青年同志，当有什么事情从座位上起来，他都习惯地先把衣服弄整齐；是这样的整齐严肃呵！"咱们的班长好！"那一个战士都这样说。他是班长，对战士是关心，是恳切，是高度的模范作用。但在参加部队以前，他是一个小贩的儿子，他能享受什么教养呢？什么也没有；只从父亲的账本里，学习了不大几个字；但现在，他是我们国文组（识字一千以上）的学生了。从开始写日记起，到现在是两年都没有间断过。

我看到青年同志坐在队列里静听着军区政治部潘部长的讲话的时候，我听着潘部长所讲："大家回想一下，八路军没有来以前，在家里稍大点，就放牛放羊，要做营生，要做活，哪有学习的机会？现在大家就不同了，特别是到子弟兵里面来，有很好的学习的机会，得到很大的进步，这是一种幸福！"我觉得，我是明确地感受到青年同志的幸福了。

这是什么力量呢？在家还是文盲，到部队来就飞快地提高了自己的文化，在家里是不喜爱学习的，到部队来却变成优秀的学习者了。这是什么力量？青年们用自己的亲身经历，感受到中国共产党给予的幸福了。这是在有中国共产党直接领导的八路军里所获得的，这是在部队首长有计划有组织的领导下所获得的。不是吗？只要看看三大号召在全军区部队的执行，所涌现出来的大批的模范青年和全体青年的进步，这是可以计算的吗？

在部队首长有计划有组织的领导下，崔树德，一个去年春天参加的志愿义务兵，他现在是×团的一个特等射手了；端起枪，说打什么就打什么，想打那个敌人，就打那个敌人。他真是快乐极了。但在一年前，他的双手还只会做庄稼活呵，哪会打枪？

在部队首长有计划有组织的领导下，××连的全体青年，从去年"五四"到今年三大号召总结，都坚持了一年来的日记。

我记起有一次遇见郑向文同志了，我走出村庄，看见河边上一块大石头的背后坐着郑向文，他头上蒙了一条毛巾，帽子和几件衣服都在旁边晾晒着。我走近去，他是在写字哩。假如说，好的学校可以培养好学的精神和习惯，郑向文从前是一个简单的农民，现在，在洗衣服的时候也在学习——好学已经成为他的品性了。那么，八路军就是一个最好的学校了。（随感）

（《晋察冀日报》1943年6月5日）

我们一定要报仇

"烧光！杀光！抢光！"这是日本法西斯强盗对我抗日根据地所采取的"三光政策"，这个"政策"，彻头彻尾是野兽的暴行。在此暴行之下，几年来我根据地的人民，已经遭受了无数次的灾难。庐舍变成丘墟而无家可归的惨痛，骨肉被害以至于满门灭口的横祸，财物被劫陷于无衣无食的苦境，使我成千上万的同胞与日寇法西斯结下了血海的深仇，而且这仇恨一天比一天地加深了，从北岳区而至于冀中、冀东、平北，每一个村庄，每一条山沟，几年来，日寇的暴行所留下的血迹，重叠地渍成了河川。这殷红的血迹还没有干，而最近敌寇对我北岳区的"扫荡"又欠下了一笔重大的血债。

敌寇作战的文件中，曾对其"扫荡"的部队，特别指示要"沿着主要的道路烧毁房屋与村庄"，这是我军从战斗中缴获一九三九年六月十五日敌华北方面军参谋长山下奉文批示的《关于山地讨伐参考材料》上的原文，它们并且在最近拟定的《扫荡搜索实施要领》的一份文件中详细计划抢掠窖藏的物质与所谓"扑灭匪民"的办法，这些文件显然已经成了日寇强盗兽军杀人放火抢掠的经典了，它说明了杀人、放火和抢掠就是敌寇所谓"扫荡""讨伐"的唯一内容。因为敌寇早已知道无法征服我抗日根据地，于是在其兽蹄所到的地方，只有加紧其烧杀与抢掠，战争越发展到接近敌寇死亡的时期，它的烧杀抢掠的暴行就越加疯狂。此次敌寇对我北岳区的"扫荡"中烧杀抢掠之所以空前残暴是毫不足怪的，然而这种临死的暴行所欠下的血债，也只有用敌寇的最后死亡来抵偿了。

记着吧：三专区仅仅易县、满城、龙华三县被灾的六十五个村庄中，被敌寇杀死和刺伤的无辜平民凡三百三十六人，被抓走的还有一百三十一人,被焚毁的房屋达五千六百九十五间,被抢的粮食八万余斤,四专区就完、唐、曲、阜四县的调查所□,敌寇杀死了我们同胞四百零八人,受伤者二百三十八人,抓走九百一十三人,抢走粮食二十九万零四百七十五斤,烧毁的房屋仅唐县一县即达二千七百四十一间,牛、马、骡、驴以至猪、羊、鸡、鸭,无不遭殃;五专区只就平山一县而言,受灾者即达一百一十二个村庄,而平山、灵寿二县被抢粮食就有五十三万一千八百三十一斤之多,被烧毁了五千三百二十九间的房屋,被杀死与创伤的六百三十四人,连农器家具都被强盗们劫毁了;平西房山一带二千余间的房屋旦夕之间化为灰烬……这一处又一处血火的创痕已经完全不是有限的笔墨所能记述的了,但是,就在这些极不完全的统计中,总结此次敌寇的"扫荡",又"烧光"了我同胞房屋一万五千余间,"杀光"了我同胞一千五百余人,"抢光"了我同胞的粮食四千余石。把这些加到六年来敌寇血腥的账本里去,那就是一笔无边的血债,它在不断加深着我边区同胞对敌的无边仇恨!那完县一区野场的惨案,一百十八个男女老少和婴孩在刺刀机枪之下血肉模糊地牺牲了,五十四个重伤至今残废地呻吟着,还有那四家横遭灭门的惨祸;贾西庄的寨圈惨案,八十一具尸体纵横狼藉在地边井里,有的祖母还抱着孙子,有的婴儿已离开了母亲,一个个都露着血淋淋的刀口,而法西斯的野兽们□以这惨绝人寰的屠杀与洗劫当作它无耻宣传的"赫赫战果"。

这种屠杀洗劫的"赫赫战果",就是敌寇所谓"浩荡的皇恩",而汪精卫、朱深之流的汉奸们正对着这"皇恩"举行着天下最无耻的"感谢式"。它们说这是"对晋察冀的政治击灭战",说这是"对英美宣战后大东亚圣战的一环",还说这是"明朗华北的建设战"。然而,这一切叫嚣,都抵不住眼前血淋淋的事实。我们无数的同胞不断在日寇的"皇恩"下惨死了,在敌伪政权"对英美宣战"中惨死了,敌寇汉奸们纵有偷天的魔手,也改换不了这光天化日下血染的现实。现在"团结复仇"的口号比过去更响亮地震撼山岳般从边区无数山村里高喊起来了，千百万的群众，更加英勇地聚集到复仇的旗帜下，他们纪念着光荣的死者，纪念着野场惨案中十五岁的小英雄王朴在敌寇残杀前号召全村同胞宁死不屈的模范精神，纪念着王朴的母亲张竹子，纪念着北清醒的村长李景堂，纪念着从容就义的所有抗日的干部和同胞；他们更向活着的英雄们学习与看齐，他们学习着野场村长王三群全家的模范，学习着伤了手臂的李志民，学习着中队副的父亲刘老头，学习着所有顽强像钢铁的人们。敌寇的"政治击灭战"永远是幻想，晋察冀的人民在政治上是愈击愈坚强，永远灭不了的。敌寇最后的手段只有更疯狂地以"三光"的毁灭政策来进行它的"建设战"，但是这"建设战"的最终的下场，就是在中国人的血泊里建设起掩埋它自己的坟墓来。

今天我们活着的人的责任，就是要以我们光荣的死难者和英勇搏斗过来的模范人物为榜样，坚决团体一致，把日寇送向坟墓里去，为死难的同胞复仇。敌寇很清楚地知道我边区同胞与共产党八路军亲密团结骨肉相连是一个不可战胜的力量，所以它说"你们年纪大的是八路军的爹、娘儿们是女八路、小孩是小八路、八路的儿子——通通是八路"。我们也要更清楚地告诉敌人：我们边区的八路军和全体同胞相依为命，永远在一起。八路军是不可战胜的军队，边区的人民是不可屈服的巨人，我们一定要报仇！

(《晋察冀日报》1943年6月6日)

祭野场（石沟）寨圈死难同胞文

完县县长宋致和

中华民国三十二年五月二十三日完县县长宋致和谨率全县干部群众万分沉痛的致祭于我石沟寨圈惨案死难同胞之灵位前。

五月三日和五月七日，就是阴历三月三十和四月初四，这两个沉痛的日子是我们永远不会忘记的！

临死的日寇好像死亡以前的疯狗一样的残暴，丧尽天良的汉奸卑鄙无耻地放出无耻的骗言，他们说："日本皇军不杀老百姓。"还有那有意无意不知不觉做了敌人汉奸内应的迷信之徒也放出无稽的谣传，他们说："石沟里城隍神显圣鬼子不敢去。"你们哪！死难的同胞就一时模糊，上了他们的当，躲到石沟和寨圈里去了，日寇汉奸得意扬扬地狞笑着，把你们圈住了，他们梦想用挑拨离间和欺骗麻醉的办法从你们嘴里问出实话："说吧！八路军的公粮、鞋袜、枪支、子弹在什么地方？""不知道！"你们都异口同声这样回答了敌人，汉奸无耻也真愚笨："说吧！哪怕是一只袜子一双鞋说了也行。"这种骗局又怎能骗得了有着高度民族觉悟的你们哪！敌人失败了，露出他的鬼脸真像来："不说?！就用枪打死你们！"想用他残暴屠杀的淫威来征服你们，但是它还是无耻和愚笨。屠杀是厉害，可是要看对谁使啊！"死了也不说！"我们的民族小英雄，和我们的模范母亲——王朴和他娘认识的最清楚，只有英勇刚强的斗争，方能打击敌人。我们龙王水的老者刘清和夫妇携手相嘱："死就死吧！死在一起，死也不能说！"你们大家都抱定了"杀身成仁，舍生取义"，不怕牺牲的勇气。敌人的机枪扫射了，勇敢的妇女郝称意跳起来痛骂敌人："他妈的你们狗东西！打吧，打死了也不说。"

英勇而光荣的死难同胞们！不管敌人怎样欺骗威胁，但在敌人面前你们没暴露半点秘密，没有表现一点含糊，你们称得起是中华民族的优秀儿女，你们发扬了我中华民族气节，你们代表了晋察冀人民又一次地教训了敌人："晋察冀的人民是永远不会被征服的！""晋察冀的一草一木一块石头都是日寇的死敌！"你们的死也又一次地教育了我们："日寇是全中国人的共同死敌"。"只打八路军不杀老百姓"，无耻的挑拨离间欺骗谣言，是再也不会在我们面前发生丝毫作用，我们也更明白了城隍神挡不住敌人的屠杀，只有斗争才能抵抗敌人，我们对敌人不会再有半点侥幸心和丝毫幻想！我们不杀敌人，敌人就杀死我们，只有坚决地斗争，才能保护自己。除此以外再没有第二条活路！

死难的同胞们！你们的血绝不能白流，在这灿烂的五月里你们□的沉痛，但也给中国革命添上了无限的光荣，今天我们追悼你们，咬牙错齿地抱定了决心一定为你们复仇。以眼还眼、以牙还牙、以命偿命，血债是要敌人用血来还的。斯大林大元帅发布了《五一命令》，盟军在北非取得了伟大胜利，整个形势是向有利我们方向发展，和日寇做总清算的日子已经是不远了！不久的将来会在你们坟前插起胜利的旗帜！慰藉你们的英灵！

死难的同胞们！你们瞑目吧！你们的精神不死，就听我们在你们灵前高呼宣誓！

以血还血，以命偿命，用坚决的斗争和日寇清算六年来的血债！

为石沟塞圈惨案死难同胞团结复仇！

石沟塞圈惨案的死难同胞精神永远不死！

（《晋察冀日报》1943年6月6日）

"山寨"的扼守

伟鹰

相传明朝头一位皇帝朱洪武,少时在这个大山上放牛,因为当时的奴隶主,对他非常虐待,他就结交了好多朋友,招兵买马,集草存粮,在这个大山上安营扎寨,朱洪武做了这个山寨的寨主。后来他们兵强马壮,痛恨元朝压榨苦害百姓,就组织群众起来反抗,不到四个月的光景就把元朝推倒,"寨"的名字,就是从那时叫起来。而今天边区人民又据守这山寨和敌人作了这生死的斗争,这种新的斗争故事也将长远的流传在民间!

五月七日的清早,敌人集中二百多的兵力,来"清剿"我们的"山寨",山寨的西面,有一个最好的山洞——二凳台,从山脚到台上有三丈多高,直上直下,上的时候非常困难,只有一个二尺多宽的石缝,用手脚紧紧地攀着才能慢慢地上去,妇女小孩都是用绳子拉上去的。这次反"扫荡"中,藏到这里来的有六十余个男女村民和小孩子。

敌人到了山寨下,看到我们的洞了,有个别的人,害怕起来,这时候就有人提出号召鼓动着大家说:"我们要效法狼牙山的五壮士,誓死不投降!"这样大家的斗争情绪就鼓舞起来了。

于是便分了工,小年儿把守洞口,老张在上边监视敌人。老刘老李准备大石头,都坚持着自己的岗位准备迎击敌人。

小年儿说:"大家注意,有手巾的拿出来,没有手巾的扯自己的衣服,撒上尿,要准备防毒!"人们很快拿出手巾,妇女们就扯自己的衣服。过了半点多钟爬上两个老百姓来,鬼子实在卖了力气,他们叫老百姓站在他们的肩上,一个登一个,这样上来的,后边还跟着

三个鬼子，也人蹬着人上来。他们用刺刀逼着两个老乡到洞里来找，鬼子站在远远的。

"里边有人没？赶快下来吧！不杀你们！"一个老百姓一边爬一边喊。

那个五十来岁的老乡爬进洞来，故意地喊了几声："有人赶快下去吧。日本不杀你们！"

"八路军！投降！带着枪优待的！"鬼子在下边喊。

"老乡！你赶快下去，就说里边没有人，你不一定死，就是死也是最光荣的！绝不要把大家出卖！"洞里的人和他低声讲。

"好！你们放心吧！宁自我跳了崖也不和鬼子说！"那个老乡说完就下去了。

这时候有一个人想跟这个老乡下去，大家都喊住了他：

"投降！他妈的！枪毙你！"

"她妈的！没种，怕死，就不是中国人！"

"怕死！你还算个男子汉！还不如我们一个妇女哩！"

男的女的这样喊着。有一个青年人出来，他把大枪检查了一下，把那个人一推说："去你的吧！没种的东西！死也不能投降！看我们的吧！"说完把一排子弹填到枪槽里，接着推上一个顶门子儿，小老虎似的坐在洞口上，目不转睛地向外钉着上来的鬼子。

"没人的？你的拿着！带路的！"鬼子交给另一个老百姓一支电棒，往洞内爬来了。

鬼子像个小军官，腰里插着两支手枪，头上包着一条大毛巾，手上还带一个日本表，一摇一摆的像个狗熊，不大会儿爬到了洞口，老乡走在前边一面嚷着："有人赶快下去吧！不杀你们的！"一面就钻入洞口了，坐在洞口边上的那个人，把这个老乡往里很快一拉，那个鬼子随着也钻进来，它刚抬头一看，就发现我们洞口边上的人，很快从腰里拿出手枪来,但是洞口上边的小年儿,把牙一咬"噗!"一声,刺刀插入了鬼子的后背,好像中了叉的乌龟,嚷的声音像腊月里的小狗,接着又是两刺刀,这样它就叫唤不来了。

"八路的大大的有!"外边的两个鬼子向洞里冲来。"轰!"一个手榴弹迎上前去,两个鬼子碰了这样大的一个钉子,把狗腿蹬了几下,一翻身咕噜噜地滚下去了。

接着又上来两个鬼子,将爬到台上,又是一个手榴弹,一个鬼子一个"云罗翻"的"跟头"打到三丈高的台下去了。

一个带洋刀的鬼子中队长急了,跳起来,两只手鸟翅似的,喊:"来!……快来!快来!"不到十分钟的工夫二百多个疯狗围了这个洞口:

"八路军!下来投降!优待的!"

"哈!哈!……"鬼子喊叫着。

但是,大家都老虎似的准备迎击鬼子。

"乡亲们!沉住气,已经到这个样子了,我们一定和它拼到底,绝不动摇!"一个廿一岁的青年妇女很有力地说。

"对!操他娘!死也和它拼到底!"把洞口的人,一边说着把头上的毛巾挽了两个小"抓髻",把脑袋一摇说:"小子你上来吧,尝尝你老子这石头硬不硬!到中国来你还没吃过这样的好东西吧!"

这时候洞里的六十多个男女,以至于小孩子都是安静的,每个人都在咬着牙。

二百个鬼子只是围着洞口下面乱喊乱叫,一个也不敢上来了。

忽然,只听得"噗!呼呼……"地响,三股浓厚的黄烟,喷到洞里来。

"大家赶快拿出撒上尿的手巾和布来,堵上鼻子嘴,眼睛也不要看!"有人指挥快防毒。大家都受不住了,咳嗽起来。又"噗!呼呼……"

又连续地响了五声,有的妇女小孩子大声哭起来了:"咳呀!毒死了!活不成了!"

"娘呀!烟死了!烟死了!"小孩被毒得乱嚷。

"八路的!投降!带着枪优待的!"下边的鬼子正在喊。

"老乡!不要哭!越哭你中毒越大!这样的毒气是不会毒死的!就是这样的死也比鬼子用刺刀挑死强!"在毒气最浓厚中,有人在沉着地说着话。结果老乡们就不哭了。毒气仍然在洞内旋转。

敌人听到里边还有哭的声音,接着噗噗地又放了五个最大的毒气弹,男的女的都晕了,小孩子也哭不来了,呼吸的声音很短促。

敌人放了毒瓦斯弹后,就离开这山洞走了。

太阳下山去了,黄昏的时候,这六十多个男女又欢聚在这个二凳台上,他们庆幸着在反抗中得到了再生。

"还得抵抗啊!不然谁也活不成!"

"鬼子大大的不够本,一共打死它三个!"

"对!里边还有一个小队长呢!"

"三个!还炸伤了两个呢!"

他们这样小声地谈论着,休息了十来分钟,才慢慢地爬下洞来了。

(《晋察冀日报》1943年6月8日)

生要生得英雄 死要死得光荣

佟谷

敌人化装我八路军,于上月十四日晨进扰我×分区。东、西赵庄一带的老乡,有的受了敌人化装的欺骗没有跑,有的病了跑不动,以致被敌抓住了的很不少。敌人梦想从抓来的这些老乡嘴里,知道自己所想知道的一切事情,于是用尽了各样的软硬手段来威逼和诱惑他们。但是,经过了五六年斗争的边区人民,就是边区的妇女与小孩,他们也明白一个极简单的道理:"凡敌人所想知道的任何事情,一定是对边区不利的事情。"因之,他们宁肯死在敌人的惨无人道的毒手下,也不说出一句对边区不利的话来。

翟家佐的李老国被敌人抓住了,敌人狡猾地笑着对他说:"区干部的、村干部的在哪里的?坚壁的有?你的说的,说了你的大大发财的有。"

敌人说着从口袋里抓出一把刚抢来的边区票放在桌子上,但是李老国连睬也不睬。

敌人看见来软的不行,于是把脸一抹,露出了狰狞的真面目来:"你的不说的,死了死了的。"

这暴戾的狂吠能吓唬住谁?能吓唬住晋察冀边区的人民吗?能吓唬住李老国吗?

李老国仍是低垂着头一言不发。

"说了吧,说了就放你,不说是不行的。"

一个汉奸相的家伙到李老国的跟前这样说。李老国突然的昂起头来,瞪了那汉奸相一眼,吓得那狗汉奸连忙向后退了几步。

当木棒狠狠地打在李老国的头上、脸上和身上的时候,李老国虽然尽量地闪躲，但是他并没有张开嘴来叫一声饶命，相反的，他越发把牙咬得更紧了。结果，敌人无计可施，就把李老国扔到井里去了。

翟老新，是一个六十多岁的老先生，平时，他经常讲一些民族气节的故事给年轻的小伙们听。在这次反"扫荡"中，他不幸中了敌人化装的欺骗被抓住了。敌人欺负他是一个老头子，满以为只要把刺刀一扬，就可以吓唬得服服帖帖，事实和敌人的预测正相反，他老先生在淫威之下，始终是以沉默回答了敌人的打骂，最后，他老先生视死如归，慷慨就义了。

现在，翟老先生的名字，被这一带人民尊敬和传述着。

与翟老先生同时辉映的是东赵庄的王老宝老先生。王老先生被抓住之后，就抱定"一个换一个，死了也不白给"的决心，从身后操起一把镐来，照准敌人的脑袋就是一下，然而，因为年迈苍苍，气力不佳，没有把敌人一下打死，只打断了半截膀子。

他老先生打了之后，就趁敌人惊慌失措的机会，自己跳到井里去了。

像以上这些为国为民英勇牺牲的例子，仅在这一次四天的反"扫荡"中，就多得说不过来，如翟家佐的翟银子、李福、任树贵、任□庆、宋玉宝、张苑氏、张王氏及其子女，东赵庄的赵老玉、冯得胜，西赵庄的李凤主，土门的刘臣等，都是这样——以自己的生命为保守军事秘密和区、村干部及广大人民的安全，被敌用大刀砍、刺刀挑、活埋、火烧、开水烫等等残酷的手段所害死了的。

现在，人民、政权和军队传诵着他们的英勇史事，并开追悼大会追悼他们，抚恤他们的家属，因为他们死得光荣，所以得到这样的崇敬。

但是，多好的谷也不免有几粒秕子。

西赵庄的李照春，企图趁人忙马乱的机会发洋财，人都跑了他不跑，敌人进了村子他还不跑，被敌人捉住了，他贪生怕死，为讨敌人的欢心，以求保全狗命，不等敌人问他，他就无耻地自动向敌人说：

"×团炮兵连坚壁的炮弹，我知道，我带你们挖去。"

他这一说，敌人就犯了疑，因为历年的事实使敌人深信晋察冀边区的人民是顽强不屈的，在任何的情形下，也不会说一句实话给敌人的，所以，当敌人跟着他去挖炮弹而落了空的时候（×团早已把炮弹移了地方），就把他活埋到颈子那么深，又用大刀把他的脑袋一刀两半，两刀四瓣劈成了肉酱。

这件事情给了老乡们一个经验：对敌人说实话是不能免掉一死的，甚至还会死得更惨。

在追悼复仇大会上，一个老乡在演讲中历述了以上的光荣例子和可耻的例子，之后，他的结论是："生要生得英雄，死要死得光荣！"

在东、西赵庄一带的老乡，一谈起在这次反"扫荡"中谁死得是如何的光荣，谁死得是□样的可耻的时候，他们就慷慨地背诵着这两句话："生要生得英雄，死要死得光荣！"

（《晋察冀日报》1943年6月8日）

焦 大 海

张帆

焦大海是行唐人，曾在冷口、界岭口和敌人作过战，他今年才二十六岁，身体魁梧，眼光炯炯有力，性格开朗豪爽，声音粗大坚强。头发乌黑，胡须稀薄。他每根毛发都充满了大胆、机智和果敢，他的名字像传奇里的人物一样为广大的人民传述。由于他对行唐风土、人情、地理的熟悉，和与人民血肉的关系，他创造了许多光辉的战绩。究竟他毙伤了多少敌伪军，连他个人也记不清了，他只记得在前年调换工作的时候，鉴定表上写着，他毙伤了敌伪五六十名。

一、文武村长

一九三八年，当战争卷到家乡的时候，焦大海便担任起村长、武委会主任和学董的职务，他工作非常积极，人们都说他是能干的"文武村长"。

十八团驻在他们村里，他高兴得很，给他们杀猪宰羊，带路打仗。

一天，敌人突然包围了村庄。部队马上和敌人展开了血战，正打得激烈，我们的机枪坏了！焦大海忙着跑过来，把机枪修理好，他一梭子打死了五六个敌人，又一梭子把冲锋的敌人击退了。

"不行，拉出去吧！"他和营长商量。

突围的时候，他端着机关枪，打出了一条血路，使得部队安全撤出。

第二天，十八团王政委派了二十几个骑兵通讯员，带着大批礼物，有猪、鸡和酒送到他家里。

"团长请你到团部住几天。"通讯员对他说。

他跟着通讯员到了团部。王政委一见他便说：

"老焦，你当副营长吧！"

焦大海沉静了一会，才说："不行，我还有个八十多岁的老祖母！"

过了一年，权县长听说焦大海还在家里，便去找他："你在咱们行唐干群众武装吧，不出县。"

焦大海接受了权县长的意见，干起群众武装，当了六区大队长兼指导员。在一年中，他把全区每个村里的民兵都组织起来：只要他站在山坡上，一吹牛角，全区成千成万的民兵，在三个钟头之内就马上集合好了。

夏天，他病了，回到家里。

一天，他刚一出门，便遇到敌寇汉奸十几个人。

"焦大海，你今个可没带枪！"汉奸叫着，"看你上哪里跑！"

焦大海很沉着地拿着一根粗大的棍子，躲在门后："老子没有枪，你进来！"

"你出来！"敌人在外头叫喊，但是不敢进前。

焦大海趁这空子，跑上房顶，可是敌人早爬上去了。

"看手榴弹！"他扔出去一块大坯。

敌人恐怖地卧倒了，他跳下房子，骑上敌人的车子，就没影了。

二、保护群众利益

敌人总是捉不到焦大海，没有办法，就把他的家烧了，可是焦大海说："烧了我的房子，烧不掉我的抗日决心！"

他抗日的情绪更加激荡。他领着自卫队到城边出操、打仗，每一次敌人出犯六区，都被他打垮。

麦子熟了，敌人要抢麦子。焦大海急了，他组织了前卫队（二三十个人），每天在城关附近活动。

一天，下午三点钟，一个前卫队员气喘着向他报告："敌人出来了，人很多。"

焦大海忙着跑上山头，吹起了牛角，立时就有二百个"抗先"、自卫队带着火枪、长矛集合了。

没有讲话，他就带上他们要和敌人打，可是一看敌人有五百，他马上想起"尘土飞起者是骑兵，尘土卧飞者是炮兵"，便向大家说："分成三个梯队，都要在沟里走！第一梯队右边，第二梯队在中间，第三梯队在左边，个人与个人距离十步，绝对不许打枪，都要弯腰踢土！"

抗先和自卫队们都按照他的话去做，一时道沟尘土飞扬，敌指挥官看见飞起的尘土，马上命令部队停止前进，说："不好，敌人三路骑兵上来了，快往回跑！"

敌人像兔子一样地跑了。民兵和老百姓们都咧开了嘴："看我们的骑兵多么厉害！"可是焦大海没因为这一胜利而迷惑，他总是想："如果敌人要真的打，可就糟了，非有一个顶事的武器不行。"

经过了多日的苦思，他创造了一种铁做的"五子炮"，能够打二里多地，他非常满意自己的创造。经过上级允许，他又造了三门。

自从有了"五子炮"，民兵们每天伏在行唐城根，敌人一出头，他们就打。

这样一来，敌人很久很久不敢出来扰乱，老百姓都高兴地说："要不是焦大队长，鬼子不知怎么折磨咱们哪！"

一次，焦大海从城关征收公粮回来了。走到左石洞，就有三四十个敌人包围了他。他不慌不怕地摘下金钩枪，和敌人打，后来他看敌人太多了，便摘下军帽，放在一块土疙瘩上，脱下军衣，用高粱秆撑起，放到另一个地方，军裤也脱下，放在庄稼上。然后，他从这里打几枪，从那里打几枪，就顺着道沟往东跑了。

敌人对准军帽、军装、军裤打了整整两点钟，可是总打不倒它们，后来敌人"呀呀"地冲上来，一看那里没有焦大海，只有他的军帽、军装和裤子。

"好小子，跑不远，追他！"敌人没有顾得拿他的东西便往西追，跑了十几里地，连焦大海的影子也没有找见。

三、"捉拿焦匪"

一九四一年秋季反"扫荡"的时候，正规军都转移了。焦大海带着十几个人袭击按下。敌人的哨兵刚一发觉，就被他一枪打死了，有三个队员和他立时上了房。屋里的敌人听见枪声，立时就冲出来，一个手榴弹打到焦大海的身边，他急速的一脚就把它踢到院里，跟着就扔下十二个手榴弹，打死了二十一个敌人。

经过了这次战斗，敌人更注意焦大海了，他研究了焦大海的行动规律和捉他的办法，一次他们在北伏流包围住了焦大海。

这是白天呵，焦大海怎么冲出七八十个人的包围呢？

焦大海没有惊慌，拉着自己的同伴，转到一家老乡屋里。

"你们把头包起来，把枪露在外头，我叫你们怎样就怎样！"焦大海对两个队员说，"咱们搞他们几个！"

焦大海戴上眼镜拿着盒子，就走出来，正碰上一个伪军抢东西。

"叫你警戒你不警戒，你妈拉屁的干什么来了！"焦大海装着宪兵队队长的口气说。

"我就去，我是来这里看看。"伪军胆怯地说。

"我们的人那里去了？"焦大海又问。

"在村西里。"

"好，你在那边警戒去吧。"焦大海命令伪军。

那个伪军到北边和另外几个伪军说："长寿宪兵队长来了，我差点没挨上揍！"

他们正在谈着，后边响了一枪，回头一看，就要跑，焦大海追过来就是一顿盒子枪，把伪军打死了三四个，便和两个队员骑上车子跑了。

四、诱降

敌人决心捉拿焦大海，用二千大兵包围了廿三个村庄，可是他们又失败了。敌寇指挥官非常生气地说："哈，就连一个焦匪赶不走，还怎能打得了八路军？好，抓他爹去！"

焦大海的爹被敌人捉到城里去，敌人要他到西关河滩去接头。焦大海知道敌人是要捉他，但是为了父亲他终于去了。

敌人的代表是大特务姚希德，他老远就把胳膊伸出来：

"我可没带枪！"

"我带着一把盒子。"焦大海说着，就把盒子扔到一边去。

他们正讲条件，城里出来了一股敌人，焦大海一看，形势不妙，立时把头上的白布一摘，两个背着粪筐的民兵，就跑上来。

特务姚希德急着抢起焦大海扔下的那把盒子。"那是空枪，我的手枪在腰里。"焦大海冷冷地一笑："走！你不走，我就了在你这里！"

敌人到了，焦大海早绑着特务姚希德走远了。

捉不到焦大海，敌人总是不甘心，他们出了布告：打死焦匪者，赏金票一千元；活捉焦匪者，赏金票二千元。

可是，没有一个人敢蹈姚希德的覆辙。

敌人要成立警备大队，便把焦大海的父亲放了，并且宣传：如果焦大海来了，就叫他当大队长！谁能"请"他来，就给谁金票一千元。

北伏流的伪村长张白旦，想上了一千元金票。一天，他找到了焦大海。

"老焦！你看这有什么办法啦。"张白旦试探着。

"怎么啦?"

"敌人老是来,可想不上着啦!"张白旦看焦大海不理会,便说出了这么一句。

"怎么办呢?"

"你到东边(敌人)去不沾吗?"张白旦再进了一步。

"没门,怎么沾哪!"焦大海故意装腔作势地说。

"老焦,不瞒你说,我和张翻译官是盟兄弟!"张白旦高兴极了,说着,就拉焦大海去吃饭。

吃过饭,焦大海就召开了五个伏流的群众大会,他把张白旦的一切汉奸事实讲出来,并且,当场把张白旦枪毙了。

行唐城里敌人听到了这个消息,像头上浇一盆冷水,马上火了:"焦匪不得了呀!把我们顶好的村长都杀了!非杀了他不行。"

可是敌人捉不到,也打不着焦大海,他们没有办法出这口气,最后,只有命令伏流所有的老百姓,都要给张白旦穿孝,并且对老乡们说:"谁种焦大海家的地,就和焦大海一样的罪过。"

五、"他是焦大队长"

今年四月,焦大海和×区大队长李春发,两个人一同到北张吾去,他们刚进村公所就看见六个伪军正在大吃大喝。

"李排长,把队伍布置好!"焦大海说着,就掏出枪来,"举起手来!"

"你们是中国人,你们是老百姓的儿子,你们打死老百姓,就是打死你们的父母。你们强奸了妇女,就是强奸了你们的姐妹!你们想想,谁没有家,如果有人打死你们的父母,抢了你们的东西,你们怎样办?!"焦大海激昂地说。

"是!是!"伪军们垂着头。

"你们以后不许出来抢东西!希特勒快完蛋了,日本强盗也长不了，你们要留一条后路！"

"是！是！"六个伪军一动也不动，"如果你再看见我们出来，马上枪毙我们。"

焦大海于是就把他们放了。

六个伪军回到炮楼上，有的伪军吓得说："你们都有关系，我没有；我叫八路军看着，以后再不打人、不抢人了。"

五月十三日下午，焦大海又和李春发到行唐城郊工作，在汽车路上他们看见远远的有两个伪军骑车子过来，就躲开路，等车子一到，他们猛然地用拳头把两个伪军打下来。

"你为什么不捆他？"一个伪军问焦大海说。

"捆的是你这小子，谁不知道你是个班长。"焦大海又转过身来向李春发说："李队长，你带着这个家伙，我骑车子带那个。"

"遇到什么人，都不许你说话，要说就打死你。"焦大海向没捆上的那个伪军说，"骑上车子，先走。"

因为这是白天，他们不能停在一个地方，也不能过封锁沟，就在行唐城郊转起来。

在北×，他们又遇到了三个武装特务。焦大海机警地喊住前边的伪军，自己也随着跳下车子。

"干什么的？"焦大海很神气地问那三个特务。

"做买卖的。"特务们说，"你是干什么的？"

"石庄宪兵队！"焦大海说得非常干脆，"有没有路条？"

"有！在家里。"特务以为焦大海和那伪军真是宪兵队的，"我去拿。"

"快去！"焦大海说。

三个武装特务根本没有听见"快去"两个字，就逃之夭夭了。

他们继续沿着汽车路前进。路上遇到××村长正丈量汽车路准备造统累税册。

"你是哪村的，干什么呢？"焦大海问××村长，其实他和××村长很熟，而且知道他是干什么。

"我看看'皇军'的汽车路坏了没有。"××村长认得他是焦大海，故意这样答。

"你们这些家伙，就知道洋鬼子，不知道八路军！"焦大海好像生气似的。

那没绑着的伪军，拉了拉村长，低声低气地说："你知道这是谁？这就是焦大队长！"村长似笑非笑地点了点头。

自从这两个伪军被捉以后，行唐敌人下了一道命令："焦匪每日活动，十人以下的少数部队不许带枪活动，以防枪支损失。"

一九四三年五月行唐

（《晋察冀日报》1943 年 6 月 9 日）

夜袭中霍镇

——朝鲜义勇军华北支队第二分队前线工作速记之二

张志民

四月十七日,细雨后的那个晚上,在黑云密布的天空下,我们配合着定襄基游队,民兵、地方干部,几百人的一列长长的队伍,向着定襄的中霍镇迅速地无声地突进去。

镇里的狗群发觉了我们,汪汪的狂吠,但是我们没有去管它,很快地穿过大街,接近了敌人的堡垒,包围了它,并封锁了通忻县董村镇的汽车路,遂即打开了仓库,进行运粮工作。

几年来,被敌人蹂躏得极度萧条了的古镇,这一晚上又兴奋地活跃起来了。民兵队里有人大声地说:

"多背,多背,今晚朝鲜义勇军都来帮助咱们。……"

其他同志也在那里鼓动:

"这是敌人抢的我们老百姓的粮食,我们要全部背回去!……"

伪村公所、新民会、伪自卫团一个个的都跑光了,我们散发了许多宣传品,又在墙上写了中文、韩文和日文标语。退出的时候,本队的一个同志说:

"同志们咱们也捎点!"

我们立刻都脱下单裤子,满满地装了两条裤腿。

鸡叫了,掩护着民兵退走以后,我们又向堡垒里的伪军讲解了目前的时势。月亮压到西山顶上的时候,我们胜利地回到了我们的宿营地。

这一次,我们的收获是从敌人仓库里夺回了三百五十石稻子和麦子,还了老百姓。

(《晋察冀日报》1943年6月10日)

血 战 羊 观

张帆

一、黎明突围

深夜，战士们熟睡着。文化教员史玉书翻了个身，再也合不上眼，他听见布谷鸟的啼叫，觉得好像要发生什么事情。

"副连长，天快亮了。"

副连长姚振荣，睁开惺忪的眼睛，看看外面还黑，就又睡下了。

侦察员跑进来，把所有连部的人推醒了。

"我们被敌人包围了！"

史教员和指导员王子武，在朦胧中倏地坐起来。可是姚副连长仍然躺着没动，他是非常沉着、勇敢、善战的指挥员，曾受了三次伤，这次连长有病，他带队出来活动："来个百儿八十的消灭他！通讯员，告诉各排把队伍带到自己的战斗区去！"

天还是黑漆漆的，树叶哗哗地响着。雄鸡不停地啼叫。战士们在三个战斗区里开始修筑工事。

村庄被枪炮的声音搅乱了！男人们背着东西沿着房角惊慌地溜走，女人们恐怖地奔逃着，孩子们哭喊妈妈，鸡狗都在不安地叫着。

"敌人是大部队，咱们突吧。"指导员和姚副连长商量。

"好吧！"姚副连长说，"我带一排前头冲，你带三排掩护，史教员在二排联系，我们向正西突，如果冲散了，大家也要坚决向西跑！"

太阳已经露红了，星星已经消失。敌人从西南、西北两个方面，向我们八十三个突围者发动了猛烈的射击，十几挺机关枪和两门大炮，像雨后的青蛙一样不停地叫着。姚副连长跑在全队的前头。

冲到半里地的地方，道沟中断。他们必须爬上来，走一段平地，才能跳入第二条道沟。姚副连长刚一跳的时候，一粒子弹打进了他的头，血立时扑扑地流下来。

"同志们，冲，往西冲！"他喷出一口鲜血说。第二粒子弹打中他的时候他倒下去。

通讯员马上到二排向史教员报告："副连长牺牲了！"

"你快回去！"

史教员转回去找到指导员说："副连长可那么着了。"

"你去带一排冲，我指挥二排。"从史教员的声音和表情中，指导员明白这个不幸消息……

二、史教员

史教员刚赶上一排，一颗子弹，从他的背后飞来，打穿了他的右胸，他向前跑了一步，就觉着天地旋转，头上似乎戴上几十斤重的大帽子，向前迈了半步就晕倒了。

半分钟之后，他才模糊地感到呼吸困难，胸脯发热。

"教员挂花啦？"李顺华问他。

"没有，快冲！"史教员咬着厚大的嘴唇，站起来，左手按着伤口，右手握着枪，赶上了队伍，虽然他用了很大力气，但总是摇摆着落在排尾。

"我来给你裹一裹。"李顺华看见他手上的鲜血了。

"不用！现在没有时间。"

李顺华和突出重围的队伍，迅速地行走。越过坟墓、林丛、原野，现在，他们到了一片广漠的大沙河滩里，太阳蒸腾着湿气，云母片闪耀着金光，战士们看到这火星一样的金光，更感到疲劳和干渴。

李顺华带着两支沉重的大枪，腿似乎是陷在沙子里，他蹒跚地走在队后，当枪炮的声音稀疏的时候，他想回去救一个受伤的弟兄，刚一回头，就被子弹打中了。……

醒来的时候，敌人离他只有十来步，他把剩下的七粒子弹统统压上膛。敌人上一个，他就打一个，敌人小队长看见他受了伤，还打死三个"皇军"，怒气冲冲地跑上来，一刀把李顺华的左臂砍下去。就在这同一时间，李顺华用右手扔出了预备好的手榴弹，这样，他与敌人小队长同归于尽。

突出重围的队伍，跨过了广阔的沙滩，前面展开了碧绿的麦的海，无数的麦穗在微风中摇曳，向他们招手。

已经在河滩里疾驰了二三里地，战士们都跑不动了，史教员因为流血过多晕倒了。

当他们扶起史教员的时候，羊观村已被浓烟遮蔽了。

三、以一当百

指导员王子文看见三排被敌人火力压得不能抬头，马上命令七班回去，掩护三排突围，自己带着其余的战士向敌人还击。

十几支军号，十几挺机枪，数百支步枪所发出来的声音，和人们拼命的呼喊混在一起，使原野动荡起来。二百多敌骑，一溜烟地冲上来，截断了一排与二三排的联系。

"撤回去！"指导员刚说完，一颗子弹钻进他的腿里，立刻，他就倒下去，战士徐来锡扶起他来，还没走几步，徐来锡又被打死了，小卫生员朱尽昌马上跑过来，扶起指导员。

"不要管我了，你快冲吧。"

"不，要死，咱们死在一起。"

"那里是谁？"

"报告指导员！那是敌人，快走吧。"

"朱尽昌,你去吧,"指导员说,"你快走吧,不要都死在这里。"

十几岁的小卫生员簌簌地落下眼泪来:"指导员,快走吧,不然……"

"我命令你,快走!"指导员用力一推,把朱尽昌推开了,"快叫二三排撤回村里!"

副连长和指导员牺牲后,二三排的战士们卷回村里,选出副支书崔福林领队,他们把村里的敌人打出去,便像麻雀一样地飞上村西南角的高房。

经过一阵沉寂,敌人就开始有规律地射击。

我们二十几个勇士,伏在房上,听着子弹的呼啸和隆隆的炮声,一动也不动。等敌人一接近,他们就抛出手榴弹,随着手榴弹的爆炸,敌人"呀呀"的叫声也就消失了。

敌人指挥官见四次冲锋都失败了,亲自骑马来到前线,为使敌伪军马上再组织冲锋,他当下杀了两个下级军官。

可是,他们再没有勇气冲锋了。他们只是在房子周围叫喊。

"八路军的同志们,交枪吧,大'皇军'优待优待的!"一个沮丧的伪军营长也在喊叫着。

"交枪?好,小子们来吧!"战士马龙文也叫起来。

可是,那个伪军营长却不敢向前一步,只是兀立在那儿,我们的机枪射手三粒子弹就把他打死了。

敌人攻不下我们坚固的阵地,便从石家庄、长寿、新乐等地增来汽车二十四辆。增援的敌人怕中埋伏,每到一村,便下汽车,叫喊:"八路军,八路军,出来吧!"

这样的敌人怎敢接近我们的阵地,他们老远就集中火力射击。墙被他们的子弹炸得像筛子底一样,房顶的工事被炮轰毁了。

"同志们,我们××团是经过无数次艰苦的战斗的。在每一次的战斗中，我们都给了敌伪以严重打击。"新的指挥者崔福林说。他咳嗽了一下，喘了一口气眼睛向大家扫射着："同志们，我们要发扬小口头、南龙岗、宣村的战斗传统，我们要学习狼牙山五烈士英勇牺牲的伟大作风……是不是模范的共产党员，现在就应表现出来！"

"对，我们要战斗到最后一分钟、最后一粒子弹、最后一口气！"全体的战士们统统地呼喊着。

"好，咱们去占领村中的高房，不然就无法坚持战斗了。"

四、投降者死

二十几个虎一般的勇士，一阵吼声，便把村中的敌人击溃。现在他们占据了大街北的七家高房，在那里他们重新修筑工事。

敌人集中二十几挺机关枪、六门大炮、一千多只步枪和许多掷弹筒，向我们的新阵地猛烈轰击。

炮火是达到最猛烈的时候了。整个的村庄都被烟云遮盖了，可是我们二十几个勇士，非常沉着、安静。如果敌人离着远，他们就不还击；如果敌人离着近，他们就集中一切火力，杀伤敌人。

敌人绝望了，就迫使老乡烧自己的房子。枪炮的烟火和房子的烟火混合成了一条巨大的黑旋风，像蛇一般地钻入云霄。

最后，火焰冲上勇士们据守的房子来。

在这危难的时候，副支书崔福林，向大家说："同志们，刚才大家一致说，要战斗到最后一分钟、最后一粒子弹、最后一口气！现在，时候到了，我们必须冲到房子里，等着和敌人拼刺刀。"

他们退到屋子里，战场上又沉寂下来。除了时断时续的"巴骨巴骨"的三八式枪声之外，再听不见旁的声音。

"交枪不杀的！优待优待的！"蹬着铁甲车和梯子上了房的敌人，大声地叫喊着。

黄忠庆是一个新被俘的伪军,他听到外面的叫喊,幻想着:八路军不杀俘虏,日本也不杀。于是他和大家商量要投降,别人不同意。他说:

"反正咱们没有子弹,也没办法打下去了,交枪就交吧。"说着,他拿着枪就向外跑。

"放下枪!"年青的共产党员马龙文没等他出门,便一枪打死他了。

"打得好,谁要投降,就是这样子。"大家同声赞扬马龙文的坚决、机智。

敌人攻不进院里,无耻地又逼迫着一批妇女前来劝降。一个老太婆,一屁股就坐在我们战士所坚守的房子的门限上,说:

"街上'皇军'一个挨一个了,你们要打就出去打,别在屋里,'皇军'说你们不出来,就把全村的房子统统烧光,一间也不留。"没有人去理她。他们以最大的注意注视着敌人。

敌人又集中火力猛击,屋里满是浓烟,火药的气息窒息着每个人的喉咙,墙上的泥土被炮弹震得一块一块地掉下来,窗棂已经被火舌舐着了。

"冲出去!"

崔福林第一个冲出去,为掩护其他同志往外冲,他一连向房顶打了二个手榴弹,一个敌人被打得直叫,从房顶上滚下去,白色的脑浆涂了满地。

我们的勇士把砸坏了的十二枝大枪扔到水井里,便退到一家织布的地窖里。

敌人无法可想,放起毒气来。沉重的毒气流荡在地窖里,十几个战士失掉意识之后,被敌俘房了。

敌人抓了几辆牛车,把他们捆在车上,向行唐城出发。车夫被勇敢的子弟兵感动了，他们不知是由于自己有这样的子弟而骄傲，还是由于同情的心理而流了泪，他们尽量把车赶得慢慢的……

五、十一烈士

牛车终于把我们被俘的战士载到行唐城，无数的老百姓被敌人驱使出来"参观"。

崔福林挺着胸膛，唱起了学会不久的歌子。

"我们经历艰险，是有名的善战兵团，

在平原打得敌人胆战，到山地也叫它心寒，

怕什么流血牺牲，说什么艰苦困难。

…………"

人们只能看着他是在唱歌而听不到他唱的是什么，因为他的嗓子早已沙哑了。

晚间，敌人把他们囚在监狱里之后，便在情报室里讨论起今天的战斗。

一个伪军军官说："咱们怎么这么倒霉，遇见这样的队伍！"

他还没有说完，一个日本军官，把桌子一拍就叫起来："过去一个皇军打八路军四个五个的有，今天一个八路军打皇军十个八个的有。如果今天八路军再有一个连，皇军垮了垮了的有！"

另一个日本军官说："那个砸得粉碎的歪把子和从井里捞出的十二只三八式，可都是他们从铁路东缴的皇军的呵！"

…………

讨论的结果，他们要留下我们百发百中的机枪射手，把其余的俘虏统统杀了。

第二天，敌人把我们十一个被俘的，拉到一所大院，一个挨一个地问："谁是机枪射手？谁是队长？"

没有一个人回答他们。

最后，敌人又挨个问：

"你是共产党员？"

"我是新兵。"

"我不知道。"

"我不是！"

"⋯⋯⋯⋯"

"他妈的，八路军是党军，都在党！"

"不在的也有，我就不在！"马龙文说，"人家共产党不是强迫别人加入的，是有入党资格经人介绍人家才要的！"

"这些家伙脑子都中了'毒'，把他们都杀了。"敌指挥官命令着。

"不要杀他，杀我吧，他是个老百姓。"副支书崔福林站起来。

"你为什么愿意死？"

"为国家、为革命牺牲是光荣的，现在我死也够本了。"崔福林面色不变，停了一下，他又继续着，"我自己死了没有关系，我们成千成万的兄弟，会把你们这群法西斯强盗消灭！"

最初敌军官看到他这样勇敢，便把大手指一伸："他是这样的！"可是当他听到"要消灭法西斯强盗"的时候，马上改换了话句，"拉出去，一齐杀了杀了的！"

街上挤满了人，那是个集日。

"中华民族解放万岁！"

"中国共产党万岁！"

十一个战士随着副支书崔福林高喊。

敌人的枪弹把他们的生命结束了。

就在那天晚上，史教员带着二十四个突围的勇士，回到团部。全团干部、地方干部、老百姓、男的女的……都来慰劳他们。孙政委紧握着史教员的手说："你们真不愧为铁的党军，你们不愧称为光荣连。"但是好多老百姓还不满意，他们一定叫这个连为"光荣的模范连"。

当我离开"光荣的模范连"的时候，看到他们又满员了。

一九四三年五月，写自前线

（《晋察冀日报》1943年6月10日、11日连载

母鸡和耗子

奋若

苏联、英、美的空军,白天黑夜的在德国的工业城市、德国的机场、军营上面投弹。希特勒差不多每一分钟,都要接到这里那里受损失的报告,烦躁起来,把空军总司令戈林叫来了。

希特勒撅着短胡子,拍着桌子对戈林嚷道:

"怎么你的飞机都变成母鸡了吗?"

戈林愕然地问道:"你为什么这样讲?"

"这还不明白吗?人家的空军是鹰,鹰一来,咱们的飞机缩着不敢出来,或是在地上被毁坏了!你这杜挨主义者啊!你的'空中闪击'的高调那里去了!"

戈林很气愤不平,反问着希特勒:

"怎么你的军队都变成耗子了呢?"

"你敢这样对待元首吗?你这是怎么说的?"

戈林冷笑地说:"这还不明白吗?你这闪击主义者,为什么吹起'逃避歼灭'的战术来了!并且你的军队,还是最无能的耗子,在突尼西亚,见了猫时,连'逃避'都不会啊!"

外面发出空袭警报,他们两人逃进防空室,爆炸声使两个人的谈话中止了。

(《晋察冀日报》1943年6月12日)

桑干河畔

之野

桑干河边现在流行的民谣是：

"八路打，日军退。拔了大烟种萝卜。"

的确，在浑源桑干河那边，因为敌人强迫的广泛种植大烟。农民苦不堪言，上面的歌谣正是人民希望着八路军来，好拔去那□□的罂粟苗。

种大烟要出三次税。开始要烟奶子，接着收烟税，最后□□地就又要二十两干砖（成块的烟土）。

有过一家人，因为被敌人强迫不过，干砖□不交，□□□□□了，他们便把干砖藏在烟筒里，但被敌人发现，这家人便被□□。

在桑干河那边，敌人把它的暴行都成为"合法"的了，女人和苦工也是按月分配向各村要的。那边被轮回派到大同下煤窑的苦工，日本人称之"煤矿员"。对知识分子，日本人也多方地威胁他们，叫他们"协力"。曾经有一次，日本人去"请"一位知识分子，叫他出来任事，但被拒绝了，没有办法的时候，敌人就派来两个黑衣密探守在他门口，终于在一天夜里，这位知识分子失了踪，他的结果，是可以猜想到的。

在那边，村庄都合并起来，这些村庄都有一些好听的名称，什么"自由村""和平村"等等，住在这些村庄里的十五到二十五岁的青少年一律要"受训"（过去曾经是抽调的，但现在是一律强迫参加了）。

至于负担，那就不用说了，山药是二三万斤的出，而且这些山药还都要过筛子，小个的是完全退回。天镇有一家粮食打不到一石，钱却出了六十多元，这仅仅是一般的了。其他临时的杂捐是无法统计的（例如什么：长期慰劳费……等等）。

粮食的勒索名目也非常之多，如："仓谷""红粮"等等。"仓谷"说是"救济"粮，每亩地要出五斤；至于"红粮"，那就是让老百姓把所有的粮食都送到"组合"里去，然后再由组合高价卖给人民（?）。这种变相勒索的粮食就叫作"红粮"（意即红利粮）。

至于在集市上，人民想要挣得钱那是办不到的，东西都按了"官价"，有些铺子实在赔得没法办了，要求停业都不准许，例如在东井集上就是这样的。

桑干河边自来出碱出盐，但敌人在那边不断地征集破铜烂铁，现在已经进行到第四次了，煮碱的六百多斤的大铁锅，人们竟也不得不忍着泪一个一个地"献纳"出来了。

在桑干河那边，天镇那边狗的脖子上都拴上了牌子，写的狗的主人的名字，想想看吧，这是怎样的一个天下了。

(《晋察冀日报》1943年6月13日)

狼牙山的儿女
——一分区反"扫荡"通讯

魏巍

狼牙山的儿女——它的子弟兵和人民,正如狼牙山一样:又顽强,又美丽。

他们在一起亲密地生活。

这次敌寇"扫荡"前,他们正度着艰苦战斗的日子:子弟兵每天到山外去填沟、拆堡垒、打击敌人与进行政治攻势;人民一天到晚纺花、织布,到山上挖药。有的人民不够吃了,子弟兵就把粮食拿出来。

敌寇企图来毁灭他们,就于五月十八日,以三千五百余的寇兵,分六路向我狼牙山地区发动突然的"扫荡"。完县之敌八百余经柴各庄、岭西到管头;满城与大王店之敌六百余分三路会兵松山;塘湖之敌千余经步乐到南北楼山;金坡之敌六百余经田岗、台底至乌马驿到杨家庄,将我巍峨之狼牙山团团围住。血与火开始笼罩了纵横五十余里的狼牙山地区。虽然暴敌在我子弟兵团与民兵地雷战的打击之下,不得不于四日后即被迫仓皇败退;但仅在此四日中,敌寇即造下了弥天大罪,为狼牙山的儿女们所痛恨无穷。

此次被灾共七十余村,被烧房屋共七千余间,甚至将子弟兵节省下的发给群众救灾粮也给抢走,将老百姓剩下的一两把糠皮也烧成灰。烧毁的农具、五行家具不计其数。在偏僻的山沟里,也到处是一滩一滩的血和一堆一堆的灰。这是逃到山里人民的衣物,除了被抢走外所遗下的标志;特别以南北楼山、松山、团山、以东至步乐等数十村为最惨,已为一片瓦砾场。狼牙山之三烈士碑,也被炸毁。它们抢

吃了猪五百九十三口、鸡三千九百四十只，抢走了的牲口，有五百头以上；特别是对我人民的屠杀，更加暴露了它死亡前法西斯的野蛮实质：杀死了我亲爱同胞共三百余名，其中大部是手无寸铁的老人、妇女与儿童；至今伤而未死者二百余名。计大批的残杀，有菜园沟的大残杀，挑死我妇女儿童三十余名；北淇村的血井惨案，以大石砸死我同胞四十余名；界安的大屠杀，将我被抓去之同胞集于一处，用刺刀刺死十九名外，余六十四名，列队以机关枪扫射而亡；南楼山的大残杀，一个地窖，即捞出我同胞尸身二十余具和碾场的石碾一个，上面黏满了的脑子，变成黑色；其他如北楼山北山的大屠杀、步乐北山的大屠杀、松山北山的大屠杀，残杀我同胞一百余名。在敌寇残杀中，敌寇表现了对我民族与我边区同胞极度的残酷与仇恨：在菜园沟敌寇挑死我三十余名妇女与幼儿时，每人都刺了十几刺刀，人已经被刺死了，还在狠命地刺着；有一个老人，敌人把他的脑子都砸得流了出来，但他的腿还在痛楚地抖动，敌寇又回去用石头狠狠地砸了几下，用石头把老年人的花红脑子搅了几搅说："看你这老家伙死不死！"；于家庄一个十岁的儿童，被敌寇追上刺了几十刺刀，当他负伤的母亲抱着他负伤的弟弟去埋葬他时，见他四肢已经残缺不全了，但他嘴里还咬着一块土块，（可猜想孩子死前的痛楚呵！）山儿西的一个八九岁的小女孩，敌人把她扔进火里，她曾冲出来了三次，头发已经着火了，敌寇又把她扔进去，用一个大筐压住她，又用十几块劈柴压在上面，她呼喊不出了，但露在筐外的两只小腿还踢腾着，被活活地烧死；当敌寇捉住我们一个同胞的时候，不是一个人上前去打，而是二三十个人都争着上前去打，用枪口、用枪把、用刀鞘、用钢盔、用木棍、用劈柴、用石头，要一阵把你打死；北楼山的北山，有一个寇兵，用一支二尺多长的劈柴，打一个五十多岁的妇女，把劈柴打得成了不足一尺长的红木柴，它还在打；在南楼山，我一个被俘的战士，敌寇先挖了他的眼，然后刺死。至于对我妇女同胞的淫辱，更令人悲愤无穷。……在这些暴行中，丧尽天良的特务与某些伪军，对待我同胞的残忍程度，与日寇一般无二！

人民对敌的仇恨，已提到了新的阶段。比如在从前，他们说："把这些强盗杀尽才好！"而今天他们却说："把他们杀尽，也不解我们的心头之恨呵！"

不瞒读者，狼牙山的儿女，是善于牢记仇恨与勇敢报复的儿女。在敌寇暴行之前，他们充满了火热的反抗意志与报复意志，表现着燕赵儿女慷慨悲歌、威武不屈的威严姿态：在松山，有一个同胞，敌寇抓住他后，叫他带它们看地形，他即将敌寇带上地雷，地雷当即爆炸，炸死敌寇指挥官一名、寇兵两名，他也光荣地负了伤；猫儿崖有一同胞，被敌寇捉住，敌寇毒打他，要他带领挖掘八路军坚壁的东西，他即将一寇兵带到自己的屋中，突然举起锄头将寇兵砍倒，正待要结果这个野兽的狗命时，后边的寇兵赶来援救，这位同胞就壮烈地牺牲了；北楼山妇女刘玉楼，当一伪军要强奸她时，她不从，伪军用枪刺她，她即将敌枪夺住，想夺过来杀死敌人，虽然头被刺破，但终未被奸污，而胜利地跑了回来；北淇村的刘老阳，六十余岁，在敌寇刺他时，与敌扑搏，但终因两天未吃东西，气力不支被刺身死；我卫生处医生刘光耀同志，在狼牙山突围时，陷身敌手，敌人要他走，他厉声说："我死也死在这里！"最后从容就义，临死时还给伪军演说；东赵庄王洛保，三十余岁，是一个和善的农民，被俘后，敌勒问坚壁公粮的地点，他死也不说，最后抓住一个特务就打，后因跑不及，自动投井而亡；西山南村青年李米贵，被执后，三十余个伪军用劈柴打他，勒问他公粮坚壁地点，他坚决不说，后问他西山南村干部的姓名，他也不说，敌即将其推倒，用大杠子将其颈子压住，两端立上两人，并将其裤带解开，将劈柴插到他裤裆中及腰际，纵火焚烧，复以刺刀刺之，他屁股上的肉已被烧掉，最后敌将他投入地窖，又投以乱石，敌退后人们才把他救出，始终未暴露我方消息。……这是狼牙山儿女的坚强面貌。从这里你可以看到：晋察冀人民在战火中的伟大锻炼，晋察冀的不能摧毁。

特别是当我们的子弟兵，听到敌寇对我人民的残杀时，仇恨的火焰，在战斗里变成了一种特殊的勇敢与奇伟的力量。在岭西、台鱼、东峪、管头、狼山黄老院之西、楼山、山北沟曾与敌展开激战，四天中共与敌作战三十四次，毙伤敌伪五百余名。我子弟兵为了更迅速地驱逐寇兵出境，某部曾连袭管头一带之敌。在东峪的战斗中，我某部一个排在大量杀伤二百余寇兵后，一部冲出重围，大部壮烈牺牲。连长政指及一个排长均在该次阵亡。排长孟广春同志，在大部同志牺牲、自己也负了重伤后，将手枪藏在裤子里，临死前尚不闭目，等我们的同志见了他，他还能说话，只指指他的裤子，把他的手枪取出后，他才点点头，含着仇恨死去。为了给死难的同胞复仇，子弟兵不顾命地掩护群众、追击敌寇，我干部战士共伤亡一百余名。

我们的民兵游击小组，在敌寇暴行下，也对敌斗争更加激烈。地雷战炸死与炸伤敌伪二百五十六名，击毙敌伪十七名，活捉敌伪十三名。在游击区活动之民兵也更加积极，共收割电线一千四百八十六斤。我们的爆炸能手李发同志，敌寇"扫荡"前，他正赴××赶集，见敌人出发向我进攻，即赶忙把买的粮食寄藏起来，跑步回来报告，并马上带上地雷，去炸敌人。他埋了五个，响了四个，在上下台，当即将九名敌寇炸死，井手大佐也当即被炸毙命。除了指挥别人，他每天背着地雷准备去埋；郭洁同志，在敌寇进攻中，他装埋了四十余个地雷。在松树驼炸死伤寇兵五名。敌寇退却时，不敢经过这爆炸英雄的家乡。但他说："妈的，它不来，我到半路去截它！"他截击敌人的后尾部队，又击毙寇兵三名。在他出外埋雷时，他家的人已经躲了，还有六十斤棒子未坚壁，邻人劝他坚壁，他说："敌人已经来了，埋地雷要紧呀！"在这种猛烈的地雷战中，敌寇感到绝大的恐怖：杏树台敌触炸一个地雷后，即马上宿营，不敢前进。走马驿敌退却时，不仅不敢走大路，小路也不敢走，只得在河里行军。敌寇在退却时，异常狼狈恐慌。只四天，敌寇的"扫荡"即被粉碎！狼牙山的儿女，是坚强的儿女，是在复杂的包围中善于获胜的儿女。子弟兵与民兵，用了五百余名寇兵的鲜血，祭奠了他们被难的亲爱同胞。

反"扫荡"一胜利结束，子弟兵的医疗队迅速出发了，在各地积极治疗；政治部派员到各地慰问狼牙山的儿女。子弟兵帮助人民盖新的房舍，已经动工。在杨司令员、李专员等各党、政、军诸首长及政治部救济灾民的号召之下，各地人民、政权及子弟兵热烈地捐助。政权干部已经募集了粮食七百斤以上，边区政府拨款八万元、粮食一百二十石进行赈灾；在部队里规定了"爱民日"，已经募集了一万元与五千斤粮食以上。只某区队即捐了一千斤粮食与八百块钱，普遍地高度地表现着热烈的友情。在另一区队里，战士吴尚有把几年来蓄积的十块钱，完全捐出，并且说："救灾的事，只要有良心的人都愿意。"战士柴相与老炊事员许清海捐了六个月的零用费，并且说："我情愿六个月不抽烟！"通讯员吴二妞与老理发员郭清云，平常最注意节约，找别人不穿的破鞋缝补着穿，节省来的共六元六毛一下捐出。……在提出每天节省半斤小米的号召下，大家同声地说："别说节省半斤，就是饿两天也行……"有的战士则说："一天节省半斤，同样能吃饱了！"读者们，请你寻思，这话是含有何等深厚的友情！人民的心，得到了光亮和温暖，二十六、七、八、九等日，各地举行了祝捷与追悼大会，大会上军民唱起誓死复仇的歌曲。

狼牙山的儿女——它的子弟兵和人民，被屠杀的埋在地里，而活着的更加勇壮威严的又挺立在狼牙山之上。像狼牙山一样，这么顽强。他们的心增加了新的仇恨,他们更亲密了,他们将更勇敢更智慧地生活。反"扫荡"刚结束,我在北楼山就看见一个五十余岁的妇女,很快地搬回她的织布机,又奏起了新的音节。在经过山儿西的路上,我看见了一个老太太坐在地里哭,而在她身边,一个被敌砍掉一只手的青年(他的血才干不久),用他剩下的一只手正在烈日下锄草呢。

晋察冀狼牙山的儿女,究竟是狼牙山的儿女呵!

狼牙山峰尖的勇士塔不见了,但他自己,或者狼牙山的儿女们,会知道它又建立在什么地方。

一九四三年五月二十九日

(《晋察冀日报》1943年6月16日)

胭脂河上生产忙

俞林

胭脂河像一条银链,横穿着阜平十区,浇灌着无数绿油油的麦田;育养着新修起的荒滩和稻地。

他们并不是平安地把稻种好的,当敌人在灵寿"扫荡"的时候,村里就开始了战斗准备。晚上,在暗淡的灯光下代表会开始了,中队长布置了战斗准备工作,联席会主任老黄接着提出了突击种稻的号召。经过了讨论,决定半月内完成一切成地的种稻工作,以后再突击荒滩。

短小的老村长从黑暗里走到黄黄的灯光下,用沙嗓音向人们解说着战斗和生产的联系,然后把区里拨下的借粮分配给各灾户的数目字宣布了。

"上级救济咱们,这一步困难算是过去了,咱们有了吃的,就加紧种稻子吧!"

于是,胭脂河上的人们忙起来了,×庄的稻地上布满了劳动的人们,泥水陷没了他们的腿胫,溅染了他们的衣服,但是他们愉快地干着。

他们这样突击了两三天,疯狂的敌人把兽蹄踏到唐河两岸,×庄的战斗准备提到了第一位,人们放下生产工作,突击起坚壁清野来。接着,敌人到王快西庄的消息传来了,中队部集中起民兵爆炸组准备战斗了,群众带着最后的东西往深山里转移了。

但是饱尝地雷滋味的敌人往山西退走了,村长当天就派人到山沟里把群众接回来,立刻突击生产。几家灾民,在山沟里把借粮吃光了,村长在群众会上安慰了他们,拿出一部分赈粮分给了他们,鼓励他们努力去生产。

于是胭脂河上的稻田里又布满了劳动的人民,他们种完了成地,分完了荒滩,家家户户都忙碌着,终于也完成了荒滩播种工作。

前几天落了雨,人们又忙着点玉茭,他们兴奋地说:

"今年年头真不错!"

"多打粮食,多准备一分反攻力量!"

(《晋察冀日报》1943年6月18日)

五十四岁的妇女劳动英雄任云妮

义铭

身体不高、粗粗的，走起路来很带劲，和人未说话，便先张开落掉两个门牙的嘴嗤嗤地笑笑；头发稀稀地结着一个很小的发髻，穿着一件没领子的旧粗布衣，这就是平定六区××村人人敬仰的五十四岁的妇女劳动英雄——任云妮。

她出生于一个贫苦的家庭，从小就过着少吃缺穿的穷日子，十七岁上做媳妇，婆家二十多口人，她一个人做饭，半夜还睡不了觉，早上鸡不叫就起床。她比火炉台刚高一点，整天忙着，那时候，忙死也没人说好，婆婆还要骂哩，有气在自己肚子里闷着，敢和谁说？是的，封建社会的束缚，使她有怨无处诉、有气无处泄。十九岁那年分家了，只分下三亩山坡地，男人又是久病之人，不能上地，在这种情况下，两口人的生活就不得不由她来想法子解决。从此以后，她不再忙做饭，开始刨山坡修地；受这样大的苦连糠也吃不饱，饿了她吃"马奶""甜聚菜"，渴了，喝山沟里的水，这样她两口子才不致饿死。

今天全村的男女老少一见都叫她老劳动英雄，还有开玩笑地叫她"老长工"。真的，她从十九岁就参加生产了，到今年整整三十五年，无一日不风吹日晒地上地，不但在时间上来说是老英雄，在生产技术和经验上来说，也是老英雄。"谷雨前后，种瓜种豆"、芒种时节种黍子、槐树伸爪种谷正好、夏至不种高山黍、平地还种十日谷等，这些农谚她是背诵如流的。她在这三十多年的实际经验中，学会了许多本领：耕地、耙地、垒桩、整垅、锄苗、□肥、施肥、防止害虫，样样精通。的确，你给她二两白粉、五钱胭脂，她不会把自己的脸化妆得好看，你若和她谈起种地来，真是个老行家。

在过去旧社会里，参加劳动是被人鄙视的，任云妮也同样的被人鄙视着。"人家都笑话咱，说咱穿的遮不住肉，脸黑不像个女人，我听到了，只当没听见，咱不受苦就要饿死啊！租地也租不到，因为男人有病，就我一人上地，人家说女人家不能上地，怕交不了租子。就是租到三二亩，打下的粮食除了租子，就没自己的了。那时地坏，租子可并不少。那时的办法和现在又不一样，受整整的一年苦，饿两半年肚子，真受过些别人没受过的罪呀！"她一边摸着膝盖，一边说着。

"现在可好了，地也有人租给，租子也不算多，因为政府减租了。除了租子以外，总有剩余，现在可好了，也有米吃，也有玉茭子吃，不受饿了。饿，可是饿怕我了。同志！要不是遇上这年月，就怕再活五十四岁也吃不到饱饭。"她用手抓抓乱蓬蓬的头发笑着说。

民国三十年五月，她和她的男人和十岁的女孩子，三口人都病倒了，粮食很困难，六月里任云妮渐渐好了，她便强打精神每天上山割绿草、刨药材，换一点粮食来养活一家三口人。在离村二里远的山头上每天能割四百斤绿草（做肥料用），三四遭背回来，可以换到一升多小米。割了十多天她换下一斗六升多小米。后来刨药材——柴胡，半个多月刨下了二百多斤，一共卖下十八元钱，买了一斗玉茭和其他食品。这样继续维持她三口人的生活一直到大秋。

今年她一共种着十六亩八分地（租地十一亩，自己的五亩八分），现在都开始锄草了。她说"拉大锄"时，要用十几个短工，这十几个工也不用钱雇，她给人做轻活变几个工就可以。今年打的粮食，除交公粮和一点租子外，还能剩余一石五斗多谷，一石多玉茭，还种着瓜、山药蛋，三口人足够吃了。

她每次上地拿了家具，还拿一个"箩头"，往里走，边走边拾粪，到地后把拾下的粪，埋在庄稼根底，回来时"箩头"里不是人吃的菜，便是烧火的干柴，真是来去不空。

她住的村子，靠着一条大道，来往走的牲口很多，农闲时她就在路上拾粪，不管寒风吹得怎样冷、雪花飘得怎样紧，你起得怎样早，总会遇着一个身材矮小的老年妇女拾粪，这就是任云妮。她去年冬天拾到八十多驮驴粪，"今年我的庄稼劣不了，因为粪大哩！"她得意地对人说。

她每天的作息是有定时的，一年四季，她起得最早，先到离家三里半地的××沟担一担水，回来后一边做饭，一边整理家中杂事，吃饭后就上地，太阳不落不回家。天阴下雨也不休息，不是做针线，便是剥麻。

今年她村里开荒，村干部都说："任云妮家中就她一个人，春耕的时候，她不用来开荒了！"所以村里开荒，事先也没告诉她，集合时也没叫她。开荒队刚走了，一个老年妇女背着镢子，在妇救会主任院里说："开荒也不告诉我。我才知道！"她问三小说，"你妈哩？""才走了！开荒去了。"三小手指着西北方小山头说。她便背着镢子很快地走了。

这天开荒成绩很好，"任云妮顶沾！"村干部异口同声地这样说。

在过去的社会里，一些擦粉抹脂、专供人玩弄的妇女不但不参加劳动，反而耻笑劳动的人，所以任云妮的遭到冷眼，被人小看是极平常的事。你如和她谈起过去别人小看她的事来，她是辛酸掉泪的。

今天的任云妮和以前大不一样了，在街上走过，总有人招呼，说长说短。村里开会、选举，……她都去参加，没有一个人不尊敬她。常听到村干部扬扬得意地说："咱村出了任云妮，也是村运好。"这对任云妮，是多么光荣的歌颂呢！

去年政府奖给她一百元钱，她没有买衣制帽，又添了二斗米的钱，和她外甥伙喂了一个□驴。"以前的衙门是官的，现在的政府是老百姓的,给了咱一百块钱那能买吃制穿呢?可不能!"这是任云妮,是新女性之一。边区这温暖的大地上,正在生长着成千成万的任云妮!

(《晋察冀日报》1943年6月19日)

和八路军在一起
——一个村长的日记

俞林

五月七日

天可够热了,早起挑了两趟粪就出了一身汗。下点雨才好,人们正忙着种豆子、高粱,今年的年景坏不了。你瞧这片嫩绿的麦子!

刚吃了早饭,主村附村的灾户都来了,在街上等着发救灾粮,有二十来家。——这粮食是本村住的部队最近才节省的,有二百多斤。他们除了每天节省一两粮食,又额外节省出这些,专给本村灾民。

我和粮秣委员按救灾委员会分配好的数目字发给灾户了,明白地告诉他们说:"这是咱村驻军额外节省出来,救济咱村的。人家的粮食有数,咱们可别忘了人家关心咱们呀!……"灾户们都高兴地说忘不了。

五月八日

今天和联席会主任到附近募集点菜给部队,这正是部队上菜困难的时候。老百姓谁家没有青菜,多少割一点,大伙一凑,就可以帮助部队一下,咱们不能光知道要人家的小米呀!我们这样一募集,家家割起菜来,登时有了百多斤。没想到×××这个落后家伙,单单他不捐,不捐没什么,还说怪话:"干部们就知道巴结人!"

干部们也没有吃部队的节粮,节粮不是分给灾民了吗?这话说得真气人。他光景好,用不着部队的节粮,少不了心里还在说:"我不用你救济,我也不捐菜!"

全村谁有他的园子多?出菜的还不是很多都没吃救灾粮吗?

五月二十一日

天可下了一场好雨，一天一夜。

人们都忙起来了，点玉茭的，种绿豆、谷子的，忙得真够受。我今天种了一片北瓜，刨了一块坡地。

部队上的王指导员问我，村里有谁种不上地，我算了算除五家抗属和三家灾户外，都没问题。我说："抗属我们派人代耕了，用不着麻烦你们啦！你们的节粮可救我们不少，不光是吃食，还换了些种子、玉茭……"

"我们再派几个帮助吧，先帮助抗属种地！"王指导员蹲在地上，很快地记下抗属的名字。

五月二十五日

这回×××才不说什么了。

水一大，坝都给冲了，眼看着小水地都旱着，谁也浇不上。部队上整队地来帮着修。这两天老百姓都忙着锄小苗，哪里有工夫，不是人家部队帮工，坝修不上，地是没法浇的。

×××浇着地，再不说怪话了，见了我怪不好意思的。

"××叔，浇上啦！"我老远就喊他。

"呵，浇上啦，部队这回可救咱们一步。"

六月三日

区干部来办统累税，麦都一片一片的黄了，真忙死人。

早起统累税工作委员会正开会，王指导员来找我："老赵，有事吗？呵，你们开会呢？"

"没什么事，咱们到外边谈谈。"我说着和他到了场边的大槐树底下坐了。

"麦子眼看熟了，老赵，敌人要抢麦怎么办？"

"区里给我们布置了，武装保卫麦收，快收、快打、快藏吧！"

王同志笑了笑，说："我们帮你们六百个工！咱们就来个三快政策！"

我真高兴，这回麦收可有把握了。

六月八日

今天一早部队就下来了。昨天五月节，我们开了个军民联欢会，指导员动员老百姓抢麦，又唱了两出戏。人家精神头可不小，一早就动了手，连拔带割，真是"三快"呀！

大家议论着："人家比短工干得还凶，拔得又净，不用你说，人家就先说了话：别给老乡丢了麦穗，别踩了玉菱！真是叫你说个什么！"

"×××呢？"有人问。

"他，唉，别提了，看见人家一早就给他拔了三四亩，还背到场里去，他非拉着人家去吃饭不行，其实，人家那□为了吃你的饭！"

晚上，我想：我们和八路军在一起，简直什么都不怕！……

（《晋察冀日报》1943年6月25日，《子弟兵》副刊第78期）

炸 火 车
——记在建屏活动的游击组

东风

从石家庄起有一条轻便铁道像毒蛇似的朝西北方向直通到建屏的黄壁庄,每天有一列火车,像一个怪物,向这一带村庄伸出毒舌吸吮着人民的膏血,等到吸吮饱了,便蠕动着回到石家庄。在黄壁庄东南,敌人为了更便利于大量的压榨,在那里还设立了一处"建设公署";并从"建设公署"修筑了一段长约里许的铁道和石黄路接轨,形成三角的岔道。

这一条毒蛇伸进到这里后,成千成万人民的生活便一天一天恶化了,并被牛马般奴役着。人们都清楚地知道这是鬼子造下的孽。恨怒和反抗蕴藏在人们心里烈火似的燃烧着……

五月十七日的晚上,是沉寂的夜,夏风温暖地掠过绿油油的麦田,飞向辽阔的旷野。我在该地区活动的游击组刘组长带着二个组员,手里拿着地雷,六只眼都锐利地注视着四方,细听着有没有声响,一直地走到铁道的交岔处停下。没有说一句话,刘组长很熟练地就把交岔铁轨上的闸扳转过来,指挥两个同伴很敏捷地挖了二个洞,把地雷放到里面,掩埋了土,谨慎地将火线拴在闸杆上。

三条黑影便消逝在夜里了。

第二天上午九点钟,由"建设公署"那里开出一列车厢迟缓地蠕动到交岔处来了,车上跳下了一个人,把闸扳转过去,跟着"轰隆轰隆"的爆炸声立刻划破了天空,而车厢也跟着爆炸声像一只巨兽卧倒了,挤出了自己的肠胃,和尘土碎石向四面迸溅着。

附近村庄的人们沸腾起来了,热烈地赞扬着这英勇的事件,互相抢说着看见三个四肢不全的伪军尸首和三节车厢的残骸。……

(《晋察冀日报》1943年6月26日)

新型的妇女——韩凤龄

雨人

一

一九三九年大水所带给涞源人民的灾难是够深重的了。

人们知道再皱着眉头也不是办法了;而逃走更找不到安乐的日子。女人们也懂得这个,于是,她跟丈夫商量:

"我看还是成起来吧!日子总还能过下去的。"

男人摇了摇头。父亲留下来的这八亩地,和种人家的一共是二十亩地,除了大门口的五亩,总算被这次大水冲去一大半了。而秋天的收成又因鬼子的糟蹋,已弄得个精光了。

女人又说:

"我也跟你一起下地吧!我看也只有这一个法子!"

男人是相信女人的毅力,然而女人,做起活来能行吗?

但是,比那些迟疑不决的人,他们两口子是先动起来了。先成沟口里的地,女人把孩子放在家里,跟男人一样在地里,从太阳还没有出来的时候,直到太阳落下山。

一天一天,手上磨成泡了,脚也痛起来了,脸被晒得更黝黑,样子是变了。然而当男人问她:"不行了吧!"她只是笑着摇了摇头。

这时她才想到放脚的好处:还是二年前,当妇救会还没有成起来的时候,来了一位女同志提倡放足,当那个女同志把大家都从家里一个个找出来开会的时候,裹脚的布都是塞在腰里的,女同志走了都又裹上。想起这些事她说;"还是人家看得远,要不是哪有今天!"今天女人们跟男人一样了,七亩地成了起来,余下的地也收拾好,庄稼种下去了。当嫩绿的禾苗长出来的时候,她又跟男人一样地下地去了。

在闲歇的时候,她从西家跑到东家!"她二婶子!把你那地也成起来吧!看样子年成还不会赖呢。"

于是那些还不相信自己的女人们,都一个个走出来了,走下地去吃力地劳作着,村里的人都说:"女人变了。"

这一年她家里收了五石谷、二石棒子,自觉交上一斗公粮和一点救灾粮、优抗粮,还剩下四石多粮食,一家四口人过得个宽裕的日子。

二

村里的人都说:"你看人家老韩吧,不一样是女人。"于是,老韩便传遍了二区;涞源县的人都没有不知道老韩的了。

当边区宣布韩凤龄是"劳动女英雄"时,她被这意外的奖励感动了!

"还是劳动好,又落名声又过好日子!"

一九四一年七月,她被选派到北岳区开第四次妇救代表大会。

"生了三十七年了,那是第一次,没有见过人家那样排场,你看人家说的话多对呀!我们妇女受压迫、受痛苦,可不是吗?"

于是她讲起她幼年,九岁便跟着爹爹放羊,十七岁死了妈妈,剩了爹和两个哥哥一个妹妹,四口人过着穷光景,十九岁嫁到银坊的□家来了,整天侍候着公公婆婆,老是受气。

"可是说妇女解放,要解放,就要做活。……"

村里的女人带着羡慕的目光听她讲着。

有的男人是有点自私的,虽然在村里还担任着干部,这一点她挺不赞成。

"咱们是哪里来的吃、来的喝，过着安稳日子；还不是有咱们的政府和军队！咱们当干部的不模范，那谁不落后呢？"

前年第一次办统累税，男人自报产量时，把产棒子的地少报了二斗，开起大会时，女人忽然走上台去。

"不对！我那块地要产六斗半，四斗半可是太少了。"

男人的脸，顿时红起来了：

"你别胡扯，你知道……"

"我自然知道，我自己收的，我不知道？哪个不行，咱们当干部的都瞒着，别人可不要更做赖事？"

会场上两口子吵起来了，韩凤龄想，无论如何，这样不光荣的事她可不能干。

村里的人看着这个景致，都惊异地瞪着两只眼。那些隐瞒的人，感到深深的惭愧了，女人们都说："你看人家老韩，这才是好人。"

争论的结果男人失败了，那块地的产量按六斗半报，于是老韩的威信在村里是更加高了，而男人们，连她自己的丈夫也感觉她是比自己强的。

村里的女人们，一有点事就找她们的老韩。男人再不敢打女人了，他东家跑西家的合事，催大家生产，帮助别人。于是头发斑白的老太太指着韩凤龄跟自己的媳妇说："孩子！学学老韩吧！不会像咱们那时受罪。"

三

丈夫在他的影响下，也变了，他被村里的人推举做了村长。

去年又是一个赖年头，旱灾后又来了个雹灾，有的人又抱着头失望地叹息了。

有的地里的草长得跟谷子一样高，没有人锄，没有人问，人们都说：“反正地里是指不上了。”悲观失望了。

丈夫整天在村里办着公事，韩凤龄一人下地。她整天不闲歇地锄了二十天地。

草锄净了，苗儿一个劲儿地向上长，看着那茁壮的谷苗，在地里随风摇曳着，村里的人都说："看吧！村长家的地里头，今年谷又是那么强。"

当别人地里乱茸茸的草，跟干瘪穗子的谷一样黄了的时候，韩凤玲的地里，那带着丰满颗粒的谷穗，在阳光里闪耀着金黄的光彩；去年她一亩地要出六斗谷，所以除了拿八分统累税外，在这有灾情大年的银坊村，她们却过着宽裕生活呢。

冬天她把积下的钱盖了六间房子，开了一座店，她知道赚钱倒是二乌眼，积下点粪，好作明年下肥用。

四

村里的人明白今年是要好好地种地了，不下功夫是不行的，种好了地多打粮食，又有饭吃，又交公粮。在银坊村今年你再不见那一片一片的草儿像苗子一样生长的田野了。

当谷子种下地的时候，春雨便润湿了大地，人们都望着地里想，今年该是好年头了。

韩凤龄家又买了一头驴，如今他已是一个二十亩地的中农了（内有她女儿五亩）。

有了一个孩子，按理说：生产是要受影响的，可是她仍然像往年一样地劳动着。把孩子交给闺女，每天你都可以看到她赶着驴子送粪，他的地里，今年已送了三百驮子粪。

逢集时，韩凤龄卖着煎饼，男人卖估衣，晚上回家支应店里的客人，三月里在合作社领了架纺车，跟她的闺女换着纺，每天也要纺四两线，一天到晚你看不见她闲的时候。

在她这样影响下，村里十多个妇女都和男人一样下地了。

她说："妇救主任张志华，劳动比我还好呢！"其实她在村里还算第一个，她是妇救委员，又是妇女劳动小组长。村里组织了十八个妇女纺线，她的闺女也是一个小组长。

跟她谈起来农业上的知识，你会知道她不比一个老农人差，她会跟你滔滔地讲起，种谷应该怎样，种棒子又该怎么样，谷子种稠了又费种，锄起来又费工，种稀了，没有苗儿，她说据她的经验，多锄三次，玉角子连棒稍都是满实的，一亩多收一斗多；谷子多锄三次，一斗谷多出二合半米。她锄起地来顶男人，一天能锄四亩多。要是春苗儿，她这二十亩地有她二十个工就行了。锄第二次十个工就差不多。

昨天我到她家里，她一边烙着煎饼，一边正在跟男人争论锄地的事，她嫌男人锄得太慢。村长笑着向我说：

"我不如她锄得快，可是她没有我锄得好。"

女人不服气；"不信去看看吧。"

我告诉她：要把她劳动的事迹传遍全边区，要使边区妇女都向她学习，她可要怎么做，她高兴地说：

"我自然要比别人还要强，今年一次要保证地锄三次，如果雨水好，包管能收个十成年头。"

她说她要把银坊村的能劳动的妇女都组织起来，带着大家生产，她又计划着明年要设法□回那五亩大麦地，她说她是连一亩麦地都没有……

从她那刚强的性格可以克服一切困难的毅力和决心，高度的政治热情和积极劳动的精神看来，你会知道时代已为我们国家创造了新型的妇女。

一九四三年五月三十一日

（《晋察冀日报》1943 年 6 月 27 日）

用生命保守了秘密

本报特派记者　雷行

在疯狂的日本法西斯面前，我们同胞的坚毅与勇敢就像黑夜的火把一样崇高地照耀着世界。

二十岁的青救会主任李奉柱和他十六岁的妻子一同被敌人抓到□庄。敌人不知道那十六岁的妇女就是他的妻子，便把她围在屋里，脱光李奉柱的衣服，用抬东西的杠子拷问公粮和干部的地点，他用沉默反抗野兽们的毒打，当敌人逼问得很紧时，他像狮子吼叫起来："打死我，你们也不会得到一句话！"敌人又把木杠压在他的肚子和腿上滚转，青色的血管崩裂，流出紫血。李奉柱咬牙忍耐着，没有叹息，更没有哭泣。——他用冷笑和怒骂回答敌人的毒刑："瞧着吧，你们这些混蛋们都要被中国人打死！……"敌人没有得到一点秘密，便懊丧地商量新的拷问李奉柱的办法去了。

他的妻子从门缝里看到鬼子走了，便走出来，流着泪给他穿衣服，躺在血里的李奉柱抬起头对她说："你要是能回去，告诉村里的人给我报仇，你回去要多做抗日工作！……"鬼子格格的皮鞋声在院门外响起来，李奉柱用手推开伏在身旁的妻子喊着："快逃活命吧！不要忘了报仇！"她急忙地钻到猪圈里的时候，鬼子就又问李奉柱："你再不说，就要杀了你！"他暴怒起来嚷叫着："杀吧，杀吧，中国人就不怕死！"敌人连着用木杠把他的脑袋敲烂了，他也停止了最后的呼吸。

前年反"扫荡"时，南独乐的王洛富被敌人抓到东三省，在煤窑里受尽了奴役与痛苦。去年跑回来，便对人们说："以后死也不叫鬼子抓去了！"这次敌人"扫荡"又把他捉住，问他坚壁的公粮、炮弹在那里,他知道中国人不应告诉敌人一点事情,狠狠地看了一下敌人,没有做声。敌人逼着他带路,鬼子们想不到王洛富会这样骂他们:"我是中国人,前年叫你抓去就够丢人了,这回死也不给你们这些兔羔子带路!"五个鬼子用刺刀逼着他的胸膛,吆喝着:"走!"可是不屈的王洛富□坐在地上了:"我死也不会跟你们走一步!"他壮烈的牺牲在敌寇的刺刀下了。

搜山的时候,敌寇吼叫着把王凤祥从石洞里拉出来,看着他整洁的紫花上衣和黑洋布单裤,凶狠的敌人狂笑了:"大大的八路!哈哈……"用绳子把他绑起来,站在旁边的高个黑脸的翻译官问:"你是干部?""我是做买卖的。"——王凤祥早把他的口供准备好了。汉奸翻译官拿起一根劈柴把他的背和头打开几条血口,他除了说做买卖以外什么也没有说。鬼子点着一堆柴火,拿起一把烧王凤祥的下巴,恶毒地笑着问:"痛不痛?"王凤祥也冷笑着说:"不痛!"翻译官把他推向火里,他两脚把火踩熄了。鬼子气极了,抽出闪闪的指挥刀把王凤祥逼到石崖上喊道:"跪下!"鬼子的刺刀把他的脖子砍了个伤口,王凤祥聪明地滚下石崖去,没有被砍死。翻译官气呼呼地跳下石崖,用带钉的皮鞋照着他的喉管,一脚踢过去,凶恶的日寇赶到,用木柴拼命在王凤祥的背上打了两下,他的身体抽动着,又活了,敌人把他带到南管头的河滩里,交给穿便衣的一个汉奸拷问:"你说了什么事也没有,何必吃这些苦呢?"王凤祥也用□办法对付狡猾的汉奸:"我不知道,瞎说一阵也不顶事,最后还是免不了被你们弄死,还不如这样死得痛快,你们要杀就杀吧!"没等问完,敌人就出发了,直到×××据点时,汉奸们看着他血污的脸和衣服,以为真是做买卖的,对他就不大注意,他便和四五十个老头小孩一起回来了。

这里的每个人民都记得:在一九四二年正月,他们曾高举拳头宣誓遵守《军民誓约》:"不给敌人带路""不暴露军事资财秘密"。在这次反"扫荡"中,他们是发扬了光辉的民族气节,实行了神圣的誓言,像李奉柱、王洛富、王凤祥这样的英雄是很多的。像韩洛□,被敌人打死三次,始终未说二句话;北赵庄卢关印也被敌寇打死三次,未向敌人说出任何秘密,最后被敌人用石头砸死;李米桂被敌人刺四刀,推在火□里烧得几乎死去。……他们都保持了高尚的民族气节,他们悲壮的故事,为人们深深地记忆着,他们壮烈的行动鼓舞起人们斗争的热情、复仇的烈火。

(《晋察冀日报》1943年6月29日)

机灵的好孩子

何少梅

敌人搜剿白花山整整两天了！老百姓们像捉迷藏一样地转着山头，同鬼子打着游击。

张小二这个十一岁的小孩子，抗日的幼童军和他亲爱的母亲在五月三日那天被鬼子冲散了！他只好独自一人躲在洞里，虽然两天没有吃饭了，但未想到饿，心像火一样烧着，想着："娘上那里去了！鬼子不要来呀！"他很沉着地不时从小小的洞口看一眼外边的敌情，就又缩头回去了。

四个鬼子顺着山沟搜上来了。一个鬼子用刺刀逼着他出来，他不慌张地从洞里出来，另一个鬼子从口袋里抓了把糖给小二。"好孩子给你吃糖！"小二想起是敌人给的，他摇摇头，将手放在背后，不说话了。

鬼子还是装出和善的样子对小二说："你说出八路军的东西在那里，好孩子的。"小二很干脆地说："我不知道！"鬼子感到失望了，把刺刀对准小二说："你的不说，死了死了的！""死了，我也不知道！"小二更坚决地回答了！

小二被四个鬼子逼着上白花山去，他故意往没有坚壁东西地方走，鬼子就指着路线要小二去找，小二却一声话也不说。

找到了一个洞，鬼子高兴得很，像得了宝贝似的，叫小二钻进洞去找。小二说："我知道这里边什么都没有。"洞口很小，敌人不能钻进去，把小二推进洞里去，他一面假装摸着，一面说："什么都没有，一点物件也没有。"他摸了一会就出来了。鬼子封住洞口不叫他出来，叫他还仔细去找。小二就说："不信，你们进来看，什么也没

有。"他很肯定又坚决地从洞口爬了出来。鬼子对于石洞的小口无法进去，只好带着小二走了。

小二用这个办法，机动地保卫了这个洞里许多的军用品布匹之类。

太阳西下的时候，鬼子什么也见不着很疲劳地休息了，张小二趁机从鬼子堆里逃出，找寻他挂念着的母亲去了。

当他在另一个洞里见到他母亲的时候很天真地说："那个洞里什么都有，就是不对敌人说。"后来人人都夸奖这不到十二岁的幼童军是一个"机灵的好孩子！"

(《晋察冀日报》1943年6月29日)

贫妇宁爱鱼

丙人 木

宁爱鱼是五台的一个贫苦的农妇。当她的汉子害病把腿瘸了的那天起,她就默默地背着篓子和农具到地里去了。她担心家业会倒塌掉,邻里又都好像用轻蔑的眼光在看她:"嗤,女人家,能抵个什么事!"在克制这种内心的恐惧和悲哀时,她是付出过怎样的痛苦!可是,很快的她就显示了自己不寻常的身手,使男子们也都为之惊异不止。前年秋天,她们村被鬼子"并村"烧毁的时候,这个胆识出众的妇人,独身藏匿在深山里,偷着把自己的庄稼都收割了,坚壁停当,才出外去找她的家属。

第二年春天,她和自己的汉子逃回家乡来了,她把庄稼抢着种上,还抽工夫给人家做了一个多月的短工,赚了一包大黄。她费了许多气力,使全家免于饥饿。

当漫长的冬季虽已去,河床里、山岭上,积雪还在渐渐融解的时候,这个辛勤的农妇已经把"窝铺"修好,和她家的人一起在地里耕作了。今年她和她侄儿侄媳妇变工,一个人扶犁,两个人上前拉着,按节气把十亩多地都翻起来播种了。另外,她还刨了一亩生坡,栽上了山药。

她每天都用着一种洋溢的精力和对生活的热爱来从事操作,当夜雾在小山沟里漫涨开来,她才口背着一捆柴(她平常能背三斗粮食),走回家去;然后从泉里汲回水来,黑暗潮湿的"窝铺"里就升起炊烟来了。

她的残废了的汉子,只能帮助她做一点极简单和轻松的事。可是她不但很好地处理了自己的家务,并且还经常到村公所里去送信、支

差，和男子们一样去担负抗战勤务。

像宁爱鱼这样热爱劳动，懂得在残暴的敌人前面应该做些什么，这样坚决不屈的新型的农妇，在边区正在不断地涌现着。

(《晋察汲日报》1943年6月30日)

三个儿童创造了自己的家庭

笑海

青雪子来看她的姐姐了。姐姐是个区干部,病坐在床上;她也坐下来,健康的脸颊红晕带紫色,额上汗珠津津地流着。她用手揩汗,又不住张望四围的同志们,经大家问起,她羞涩地讲述着自己创立家庭的故事:

前年秋天大"扫荡",在山沟里母亲因病去世了,大哥二哥早就分门另过,姐姐在区里工作不回来,剩下的三个人,清明子十二岁、黑丑子十岁,顶数自己大也才十六岁。

十六岁的孩子知道什么呢?只得分开来,两个弟弟跟大哥,自己跟二嫂过。

大哥是个楞汉,给四个孩子分工:清明子"领人",新义子(大哥大儿子)喂牲畜,黑丑、同义子(二儿子)在家里打水做饭,自己做"监官",谁的活干不好,就得跪下挨揍。严寒的冬夜他们伴着牲畜睡,赤着身子喂牲畜,每夜至少下来四五次。一次,为了一件事,清明子遭着哥哥的毒打:"只要你说句再也不敢的话我便饶你。"可是沉默顽强的性格,打死也不怕,终于清明子被打晕了,躺在地下气息停止。邻人为这年轻的孩子抱不平,村公所把他哥哥绑起来,送区处理。很久,孩子哇的一声哭起来,大家赶紧把他抱到炕上,清明子又复活了。

大哥把清明子的一片树林给卖掉,把钱又买成地,但这却成了哥哥的私产。

自己跟着二嫂也不甜,每天必须侍候二嫂(扫地捧尿盆),倒不怕受苦,只是这人格的欺负太难受。于是三个孩子商议和大哥二嫂分家,经村人帮助,他们的小家庭便成立了。

三个孩子辛劳而愉快的养种十多亩地,当人们还在悠闲地过着元

旦的时候，他们的耕作便开始了，自己牵驴，弟捉犁，最小的弟弟家里烧饭。大人们把地耕完的时候，三个孩子也耕完十几亩地了，自己不会种，请人帮助下了种。

不义的哥哥故意给他们把驴鞍毁掉，粪篓不能用，他们便把一个破麻袋补好来运粪。

菜合上米，填满了肚皮就下地。早起恐怕起不来，三个人便轮流听鸟啼，天还黑，"鹖鸡"刚在树上叫罢，他们就开始到地里耕作了。

二嫂是抗属，四月里，他们给二嫂代锄地四亩，因节令迟误，自己二亩地眼看误了，只得找人帮助锄了。村里人们都同情她们，随时照顾到她们的困难。就是区公所也知道这种情形，还给她呈请减轻了她们一些负担。

枣树上的步曲虫多起来了，人们都卷入了这个打虫的浪潮，用木杆打下来，再一个个用手指捏。清明子却想出了省事的办法，他用一块破洋铁做成簸箕，把虫从树上打下来，用扫帚扫满簸箕，一下弄死，又省事，又迅速。人们都惊服这孩子的本事，并且马上都仿效起来了。

春初，二十块钱买了个小猪喂起来，到四月卖掉，赚了六十五块钱。像筐、笤帚、锅盖家里没的使，买又买不起，便把旧的拆开看看，也就会编了。"如今筐子笤帚我都会，锅盖就是编不好。"骄傲的神色是青雪子的眼光挥动起来，但当视线一触到广大人群齐集的视线时头又低下了，默默地她不再言语。

姐姐快慰地笑了，病人的蜡黄的脸色微微掀动，她嘱咐着妹妹："麦熟了要注意坚壁。"妹妹轻轻地回答："那还用你说，窑洞我们早挖好了。"

(《晋察冀日报》1943 年 7 月 1 日)

芦庆安

丁克辛

芦庆安,易县七区北赵庄人,今年四十六岁,任村民政主任(去年任村副)。一家大小二十七口,老弟兄四,他最长,二弟种地之外兼做皮匠。四弟现在是村合作社主席理事,他自己有子女六人。

抗战以前一直种租地,先交租钱后种地,收成好坏地主不管,即使一粒不收,租钱也照出。因此到民国二十年为止,种租地却把自有的十多亩地都贴完了,还欠债近一千元。民二十以后到抗战发生那一年(二十六年),因为田租减轻了些,又开了皮匠铺,赚一些钱,勉强把债还清,可是仍然一亩地也没有。

抗战后一年(二十七年),因为边区实行二五减租法令,生活改善了,就买了七亩地,二十八年就有了十五亩,二十九年有了二十多亩,三十年又买进十五亩,三十一年买进七亩,今年(三十二年)买了三千块钱园子地(园子地是好地,地价比一般贵一倍多)。到目前为止,一共有五十多亩地了。

除了四弟合作社工作忙,做活较少,二弟在农闲时做皮匠外,一家大小、孩子妇女,无一不参加生产。

"孩子也参加生产吗?他们能做?不躲懒?"

"可不躲懒,我每天一早就领他们下地,成了习惯,有一天不领,他们一起身就问:今天干什么?锄地、割柴、拾粪,从不闲着,而且在一块做活,热热闹闹的,挺快活……"他有一种习惯:爱说话,但决不使人厌烦,只要熟识他的人都知道。

而且,他是喜欢同别人谈他的一家生活、农事经营,他心中快活,他善于回答人家各式问题,只要是关于耕种和公家事情的。

"妇女参加生产是纺纱织布吧?"

"不,也纺纱、也下地,我不雇人,今年才雇了一个长工。妇女不动手不行……"

一家大小勤劳工作着,起得早,睡得晚。每块地都锄三遍,至少两遍,因为大人少,孩子多,锄第二三遍时庄稼长高了,孩子在里面锄起来很吃力,不合适,又怕他们锄伤了根。地里下的肥料,并不减少,据他说,事变前一亩地最多下肥料四十驮子(每驮子平均四五十斤),次之三十、二十……现在他家平均每亩下三十五驮子,上粪,在村里是第一家,村里人也都这样说。

肥料来源除了人粪和牲口粪外,皮匠铺也能产生许多肥料(皮上刮下的腐肉,浸皮的水等),主要是勤造绿肥:就是割了青草,一层草一层土的堆积制肥,谈到这里,芦庆安意外地叹息了:说他住的这个北赵庄缺河沟,淤泥蒿草少,要在别的村里,他会造出加倍的绿肥来,同时惋惜有的村里有的人有了好条件却因为懒,造肥不多。

经他领导全家如此勤劳积极的耕种,所以他家土地的产量并未降低,去年四十亩打了五十多口袋(每口袋百多斤)粮食,今年五十亩据他估计能打七十口袋,八千斤萝卜——抵十多石粮食。

抗战六年来他会从一亩地也没有的赤贫渐渐成为五十多亩地的富农,除了边区的减租减息、实行统累税、废除一切苛捐杂税等新民主主义的良好社会条件而外,一个重要的原因,是他的耕作,省吃俭用,刻苦成家。这里单单举出一个例子就可见一斑:近两年来,他家里从来不大吃大喝,他对我们说:

"过日子得有计划啊,不前前后后算算还成?"

"你怎样计划的?"

这里,他笑了,他说,精密的计划他是并没有的,但他在这一重点上却掌握得很紧:一年打多少粮食,规定只吃多少(当然不会饿着)、交多少税、办多少公益、省下多少、买多少地……此外,穿衣、零花,也都是这样,有个预算,决不超过……

我们不由不感动,带着敬佩和同情问他道:

"一家子有埋怨你的吗?"我们的意思是说他如此刻苦,家庭生活总不会怎样和乐吧?

芦庆安马上懂得我们的意思了,他说:

"嘿,庄稼主不勤劳刻苦,他就不要活……吵吵闹闹是不免的,可是,我一家子热热闹闹快快乐乐的时候多。第一,我不让他们(指兄弟和弟媳妇们)藏私钱,吃饭、用钱、穿衣,力求大方公平,叫大家信服,这他们就不藏私钱了。一有私蓄一搞鬼,那你就不要想把家业弄好吧,偷啦、吵啦,什么都来啦。现在,埋怨、吵闹是很少的,偶尔有,也一时半时就过去了。我有法子,我不问谁是谁非,我先批评自己,把自己先骂一顿,就什么事也没有了,苛己宽人,对人对家都一样,……"

他说得多精神啊!他似乎从不疲倦,从没有不快乐的,也不像一般农民一样,总要隐藏点什么。

他对公事也很认真,对抗战很积极,因为在他,道理很简单:抗战以前他的境遇怎样,有了边区他又是怎样,"没有八路军来,没有边区,我也不会有今天的日子。"他说。这是最诚恳的话,他倒并不想来有意赞颂什么,他只说事实。

因为人口多,又负领导全家之责,对公事他不能说做得太多,——他的四兄弟替他分担了。但他在全村仍很有威望,一则固然由于他是勤俭的模范,种地本领大;二来他待人接物好,态度和平,劝人向上;三来他在公事上一般的都起领导作用和模范作用。比如,每年的积累税总是他第一个先交,救灾虽不能多出,但第一次他捐了十五块钱,六斤干菜,此次(五月)敌人在易县空前抢掠烧杀后,他拿出了五百斤夏白菜救济灾民,在动员捐木头盖房子的大会上,他安慰鼓励群众不要消沉，坚决和鬼子干，他首先捐出两根梁木、十根椽子，一下子就捐到了一百根梁木，三百根椽子。更使人感动的，他捐出这许多白菜，自己却吃得很苦，每天吃萝贝干，这是众所周知的事实。而且每逢吃饭时，他家门口总有四五个穷人家的孩子等候着，并不开口乞讨，因为他们知道这家的主人总会把稀饭菜粥舀给他们的。又因为他是民政主任，村里派饭有时困难，因此他常常就领到他自己家里去，而且总叫家里人做得比他自己吃的好些……

说到劝导人勤劳生产，那正是他所乐愿也是随时在做的，再说到帮助人生产，他带点羞赧但仍然很坦率地回答道：

"我地多，大人少，种几十亩子地不容易……"意思说帮助人生产就少了，"可是我是民政主任，说到互助我得先帮人……"事实是：他是尽可能帮助人的，谁家要借他的牲口，也总是无条件出借的，还因为自己帮助人少，他很少叫人帮助。

家庭副业不算做得很好，但纺织、养猪、羊、鸡等，一般地做了，而皮匠铺却可算他目前收获较大的副业，并没有固定的资本，农忙时停止，一有农闲就继续，据他说赚钱虽无确实统计，但不算少，单是因制皮而生产的肥料就很可观。

农业方面运用新技术似乎还没有，但在制皮中，他却利用了木栏树的果壳和枣树桃树等的树皮（里层的白皮）做染料：先砍碎、晒干、推成粉、用水泡，到发浓涩味为止，染出来的皮带皮囊等都鲜红光亮，使经久雨也不湿也不烂损。

记到这里，大体完了，但顺便，把他本人的形貌也介绍几笔吧：

芦庆安是中等以上身材，有几点麻子，稀疏的几根黑胡，他还是很壮实的。

但，他并不给人精明强悍的感觉，连他的一双眼睛也一样，连他兴奋地说着很多话的时候也一样。这才是道道地地中国农民的可爱的一般的相貌和素质：淳厚、古朴，像他眼前穿着的一身粗布衣服一样。他这身粗布衣服却是很干净的。

尽管初看上去不太精神,但谁也看得出他心里能捉摸许多事情。一切的家业振兴,一切的进步,靠了他政治上的日益开展和勤劳外,还依靠他这善于捉摸与把握的进步向上向光明的心怀。

话说得很多了,我们向他告辞说:

"歇午过了,你又要下地了吧?"

"嗯……不!同志们来,不吃劲?"

我突然想起一件事,就又问:

"不是听说这次你给鬼子□走了一个骡子、一个驴,那种地怎么办?……"

"喔!"

他的语气例外的不平静流畅了,拥塞着对敌的仇恨,但他仍然说下去:

"又买上了。借了一部分钱……"

我们问他为什么借钱,却不卖地?他又兴奋了,说:

"嘿,种地没牲口地种不好,有了牲口没有地牲口白买,只要有法想,我才不卖地哪,地是庄稼主的命根子……"

"你今年还要买地吧?"

"到冬天还想买,看省下钱多钱少,不怕同志们笑话:贫农出身,越买地越不是懒人……"

这不是骄傲,这是充分的愉快和自信。

临走,我们告诉他延安吴满有的故事,恳切地指出他的农业生产的模范,也值得敬佩,并且先问他,自问比了吴满有如何?

他沉思了一回,坦率地笑着说:

"反正我也都有一点□,只是还比他不上。"

我们说希望他向吴满有这方向继续努力和发展。

"好啊!"他的劲儿又来了。

但我们还没有从长讨论，只粗粗告诉他几点，比如今后生产应当更有计划，怎样接受和创造生产上的新技术，如何加强家庭副业，在全村全区以至全县全边区更要做模范，影响大家、推动大家、帮助大家更加努力生产，改良研究……要更进一步认识边区，更积极地参加抗战，争取各方面的胜利。还要教育全村全家，尤其是教育儿童，个个进步……

听到这里，他一面非常高兴，尽说"好啊好啊"，一面又带自慰带解释地说，他本来一向就以勤劳俭朴刻苦成家教训他全家的，把抗战以前和抗战以后比给家人看，要他们更加努力，更有信心……言下，他自己的信心给人以强烈的印象。

"可是还不够，还要继续向前，大大努力……大家会帮助你。"我们鼓励他。

现在，易县抗联正打算根据北岳区抗联《关于"开展本区吴满有运动"的决定》从长讨论和计划，把芦庆安作为一个对象。愿先在这里把芦庆安作一初步的介绍。

一九四三年六月八日，于狼牙山前

（《晋察冀日报》1943 年 7 月 4 日）

满城的一个游击小组

戈焰

街里来往地走动着人，游击小组忙着搬动桌椅，那些早吃完晚饭的在院庭里，或在街道两边聊天：

"听说鬼子'扫荡'三分区蹬翻了地雷，炸死的不少哩！"

锣声响了，男的、女的、老的、年轻的，像一窝蜂样拉到柿树林里。

在嘈杂中，桌边出现了一个半老汉子：

"今晚开的是反'扫荡'动员大会……第一每家要准备七天的战斗粮，没有的到合作社量；第二……敌人顶巧，大家坚壁东西要选好……地方儿……"

他是村长，自被选以来召开过几次大会了。今晚讲起话来，声音粗大。

眉形的月儿吐着兴奋和紧张的光辉，从树梢透过来，吻在人们的身上，许多小的、大的、三角的、五角的星星依偎在月儿身旁！

这时，人们把年轻的中队长，拥到桌前。他腰里□着皮带，挂上一把抉枪，指挥员般挺着胸膛。他讲话了，讲的是除村南大道有一岗外，在东西山头有哨，发生敌情白天信号是倒树，晚间是点把火；还有着以间为单位，划分小组，间长要督促检查、宣传解释，一定不让村里留一个人等等。

人们当作极不平凡的故事听，都放射着怪神气的眼光盯着中队长。有的□点着头悄悄议论着：

"中队长是精，干起活来也有股劲！"

"的确，说话也非常中人听！"

最后，呼喊口号声震动整个会场。

果然，动员大会后的第三天——五月十四日就发生敌情了。

不管敌人如何狡猾，平素从南边来，居然今天抄着东边来，也被我山头哨发觉了，将树一倒，还大声吆喝着：

"敌人来了，敌人从东边来了！"

马上，村子骚动起来！

第二天，敌人在狼牙山吃了败仗，有三十来个鬼子护送夫子抬死尸和伤兵……垂着头狼狈地走着，游击小组爬在山头上喊：

"捉活的，捉活的！"

鬼子跑着，也逼着夫子们跑了过去。远远地有几个夫子扛不起腰地抬着一箱东西走来。这时，中队长早盘算好了，率领几个组员跑到山脚下，用枪口堵着那四只饥饿而无光彩的眼睛：

"不许动。"

这又是一个收获。原来，箱子里装着五十个信号弹。

第四天早晨，游击组又到村里检查，前脚踏出村子，鬼子后头就来了，而且还驻扎在村里！他们爬在离村不到半里地的山头上，保卫着南沟里的人们，不转眼地看着村里的动静！敌人才不知道他们的行踪！

"你瞧，洛贵那个老家伙，"一个组员向另一个指着前面的麦丛，"藏在躲得着脑瓜躲不着屁股的地方儿，被鬼子抓出来了！"

"他妈的！"

他们还看见马永义不听指挥，偏往西山跑。巧得很，鬼子一搜山第一个被搜着了。吊在树上痛打一顿不算，又拖回村里，用铁条烧红了烙焦他的肉，后来，将死尸掀在井里。

井啊！这鲜红的血井啊！他们哀痛着。他们在思想：几百条生活在田野、畜棚、茅舍的生命交付给他们，没有了这可贵的生命，就如同造屋缺少了支柱。他们忘掉肚子饥饿后在吼叫，也忘记了疲劳！直守到午夜，敌人鼾睡了，进村取出二十五斤枣来嚼着，他们觉得比小米、肉……还香，因为这是血汗换来的。

天明，鬼子完全溃退！

中队长亮着铃铛似的眼，做着动员工作：

"反'扫荡'我们又胜利了，不过，我们要马上回到村里，将各家东西集中在学校里，恐怕捡洋落的趁机发横财！"

组员们以箭般的行动，完成了这一任务。

"游击小组可又起了作用啦，真是呱呱叫啊！"

"要不是游击组，俺们东西一定掉得精光！"

反"扫荡"归来，村里每个角落都沸腾着这样的语调，而且那些素来认为游击小组是"年轻人，胡来"的人们，今个也这样说：

"游击组可打了先锋啰！"

有两个十来岁的小孩为着游击组争吵着：

"游击组这回得来的东西可不少，五十个信号弹、两条皮带、铁丝一大捆，还捉住四个化装卖棉花套的汉奸，一头牛，听说是裴庄的，已还人家了。"

好久，游击组的消息，像大海里的巨浪，涌着、澎湃着，简直用不着去访问，村里的人们就会自动地告诉你的。

（《晋察冀日报》1943年7月6日）

追念左权同志

潘自力

民国三十一年六月二日,中国军事界不可多得的人才——八路军副总参谋长左权同志,亲率三五八旅一部出击窜犯麻田之敌,不幸中弹壮烈殉国。这是抗战以来中华民族的一个最大损失,中国人民的一个最大损失。我们纪念抗战六周年追念无数为国捐躯的烈士,适值左权同志殉国一周年,确给我们增添了更大的哀痛。

左权同志,一生为国为民,不辞劳苦辛勤苦斗,对民族和人民树立了不朽功勋。远在民国十四年,他即加入中国共产党,献身于民族和人民的解放事业。中国第一次大革命时期,他任职国民革命军排连长,曾在统一广东的东江战役中,建立很多功绩,倍受军中尊崇;在黄埔军校与苏联学习时,都以才学兼优深得师友尊重和敬爱;民国二十年从苏联归国,到中央苏区工作,任军长、军政治委员及军团参谋长等职。长征时,受命扫荡大渡河两岸,名将所至,如风卷残叶,指挥若定,极著将帅才能;"七七"抗战后,任八路军副总参谋长,协助朱彭总副司令转战华北广大战场,数年来建设军队、建设根据地,不遗余力,我八路军能以发展成为数十万的劲旅,华北各抗日根据地能以屹立敌后,并巩固为反攻前进阵地,左权同志都有不可磨灭的丰功伟绩。民国三十年以后,敌后抗战进入更困难阶段,左权同志在军略战术上,策划愈益积极,于苦心钻研中,阐发了革命军事原理,手著适合民族战争特点的反蚕食斗争军事理论,对坚持革命阵地,坚持敌后抗战有不可估价的指导意义。近两年来华北各抗日根据地的反蚕食斗争胜利,是与左权同志不能分离的。

左权同志献身革命事业,十八年来,参加了中国三个革命阶段的武装斗争，始终如一，有胜不骄败不馁的名将之风；他对民族和人民的忠诚是无可比喻的。左权同志是革命军事家的典型：他生活艰苦，从不为个人打算，饮食起居极为朴素，甚至与战士一样；他每月只有五元津贴费，没有一点私财；到三十四岁才结婚；疲劳了不要求休息，不表示烦恼懈怠；他的全部心神，都是贯注在革命事业上的，有时几夜不合眼，梦中还打电话指示工作，但他也从未要求特殊待遇。

左权同志对中国人民的关怀，是无微不至的，有同志随便动员毛驴骑，他就干涉，责备说这是妨碍群众生产；战斗环境下，他严格的命令部属："不许任何人，在老百姓的树下拾一个柿子或一个核桃。"在严寒的日子里，他同样下命令："不准任何人随便烧掉老百姓一把草或一根柴。"水灾过后，他更关心着人民，号召部属"把石头搬开，变河滩为良田"，就这样，人力战胜了自然；他常常说起："我们为着减轻人民负担和坚持战争，必须坚决实行精兵简政，必须开展节约运动。"他从一件衣服到一张纸，都计算得清清楚楚，来规划节约办法。

左权同志是人民及战士最亲密的朋友，他和人民及战士永远分不开，他的工作是很忙的，但只要能抽开身的时候，他就常和驻地的老百姓们作极亲切的入神的谈话，或同战士们坐在一起参加晚会。因为他能够关心人民和战士的利益与生活，忠心不二地为人民服务，因而也就成为人民和战士十分尊重与敬爱的出色的革命的军事家。

我们的左权同志和八路军许多将领一样，在战场上是百战百胜的英雄，在敌人面前是永远顽强不屈的勇士；但他们在人民中间，就显得异样的和气了，像儿子孝敬母亲那样关怀人民，像小学生那样向人民学习，又像诲人不倦的良师一样，他们是那样耐烦的教育人民和战士，不断提高他们。我们的左权同志就是这类英雄、这类将军的典型。将之与中国军事界某些远远离开人民，恣意鼓吹法西斯思想，但又易为战俘的将军们相对照，则一是庄严的工作，一是荒淫与无耻。

左权同志殉国已一周年了，一年中我边区军民在敌我短兵相接紧张的反蚕食反"扫荡"中，不仅保卫了根据地，予敌人蚕食"扫荡"以严重打击，并扩张了游击根据地，突破伪满国防线，我们的队伍伸到热辽边，像锋利的钢叉一样，刺入敌伪心脏的最深处，使东北同胞重新见到祖国的旗帜，使敌伪变华北为"兵站基地"的企图永成画饼。这是我们年来"为左权同志复仇"最主要的实际表示。今天我们纪念抗战六周年，追念左权同志暨无数烈士，课予我边区军民的严重任务，是发扬六年来英勇顽强艰苦创造的斗争精神，向左权同志学习，向左权同志底英雄气概学习，向无数为国捐躯烈士们的优秀品质学习，继续坚持革命阵地，粉碎敌寇蚕食"扫荡"，开展对敌政治攻势与群众性的游击战争，亲密军民团结，开展生产运动，克服困难，冲破黎明前的黑暗，以战胜日本强盗，消灭法西斯主义，建立独立自由幸福和平繁荣的新中国。

（《晋察冀日报》1943年7月9日）

五月,平西在反"扫荡"里

仓夷

平西的子弟兵,过着紧张的战斗生活。在四月间,他们为了袭击被敌人统治五年的桃花堡,曾经赶了二百多里远的路程,爬过小五台山和韭菜梁的大山,冒雪挺进,因为冰块的溜滑,每个人都尝到"坐汽车"的滋味——摔跤了。他们很有趣地开着玩笑说:"我们是中国的滑雪队,我们真的是滑雪队,可惜没有滑雪的装备,没有雪橇,也没有滑雪板,但是我们有久经锻炼的手脚和钢铁的意志。"

这时候,平西的人民,正忙着春耕播种,不仅青年男子们努力生产,就是许多小脚妇女和年轻的孩子们,也都下地帮忙。涞水县、黄花口的一个妇女和她的丈夫提出生产竞赛。离村近的地她都种了,并且一天里她整整的能撒六百堆粪。分区的子弟兵,也热烈地投到生产热潮中来,四月份中,他们帮助人民犁地刨地八百八十亩、背粪三万六千担、下种八百九十亩、开荒一百三十亩、植树二千七百株。

到了五月,全区军民正在更加努力耕作的时候,二千多敌人就开始向我们平西腹地疯狂袭击了。敌人残酷地蹂躏着我们拒马河畔的村庄,在蓬头、小峰口、富山口等五个村子里,把□千二百多间的农民的住家烧毁,把村里的一切东西都抢走、破坏;并且把没有坚壁好的被发觉的地窖打开,抢走了九十石左右的粮食,还有五十多口锅,百来只猪,以及破烂的棉絮,女人的小鞋……许多老乡没有了家,在山野里淋着雨,吃着野菜,但是他们咬紧了牙齿。一个老太婆六十多岁了,他的儿子被鬼子杀死,留下一个十一岁的孙儿,也许就因为她的儿子被鬼子打死的缘故,她更爱她的孙儿。这次她的家给鬼子烧光了,但是这倔强的老人,没有流一滴眼泪,她对民兵们说:"你们好好地打鬼子吧。我要碰见鬼子一定用石头把他砸死!"

写到这里，使我想起了在反"扫荡"中，我们的许多坚强不屈的老乡来。农民晋德明的母亲，她很衰老了，走路都扶着拐杖，这次她未及出门，就被敌人捉住了。敌人问她："老家伙，这里有八路军没有?"老太太指着自己的耳朵："我耳聋眼花了! 啥也不知道。"敌人在她家里找寻着、挖掘着，一箱火药被挖出来了。老太太晓得这是自己儿子用来装地雷、炸鬼子用的，但是她却很坦然地说："你们别动它，这是我的儿子看田地时，用来打毛狼子的!"鬼子和汉奸用棒子打她，用脚踢她，要她说出八路军的去处，可是这七十多岁的老年人，有一颗殷红的抗日的决心，她几次晕过去，最后她愤怒地站起来，骂着说："你们打死我吧! 我的儿子一定饶不了你们。这火药就是准备打你们这些汉奸和野兽的! 你们迟早都会死在八路军的手里。"敌人残杀了她，她死都不瞑目。

在反"扫荡"中，民兵们都涌上了火线。他们用地雷、石雷、快枪，各式各样的武器和敌人搏斗。民兵们表现十分沉着、机智和勇敢。五月十七日的晚上，遭受到我子弟兵打击的敌人，开始向蒲洼退却了。我们×村四个民兵，就带了几颗手榴弹，伏在路旁的高崖上，前头过去的是牲口和民夫，中队长不让打手榴弹："手榴弹一定要打死鬼子!"夫子走完了，接着就是穿布鞋的"噗喳噗喳"的脚步声，中队长说这是白箍（伪军），慢点打，打后头的鬼子。果然，稍停一会，一阵清脆的皮靴声自远而近，这是鬼子无疑了，他们把手榴弹向敌人摔去，民兵就鹰一样的，向大山上飞去了。第二天，他们发现这段路遍地是血迹，知道有一个日本小队长和三个日本兵死了，六个受了重伤，这是沉着作战的模范例子。

至于以机智战胜敌人，例子也是很多的。民兵隗永春在一个低坡上，看见一个掉队的民夫给敌人赶着一驮子东西，但是手里没有武器，他就急喊着说："喂，站住，翻回来，要不就摔手榴弹了！"那民夫回头看见他举起着手，像要摔手榴弹一样，就顺从地把驴子赶来，交给他了。

以勇敢夺回粮食的，要算隗福厚、隗福林这二十几个民兵了。他们在××山头上，看见敌人在×村挖开地窖，抢走了廿几石粮食，非常气愤，决计要把粮食抢回来。夜里，他们让放哨地拿着手榴弹，监视着村旁敌人的哨兵，其余的民兵们，就开进那住着敌人的村子里去背粮。口袋、篓子，什么都用了，有的找不到家什，就把裤子脱下来当成布袋，他们一趟一趟地背着，爬上一个大山坡。把粮倒在坡上，天快亮的时候，村里敌人临时的"抢粮仓库"已经空空如洗，而在这座山上却堆积起了粮堆，二十六石粮食全都夺回来了。

应该写的事情还很多，但是我们就从上面的事实里，也足以看到平西的军民，在反"扫荡"中的英勇善战了，在我子弟兵的打击下，敌人川木大佐、山田中佐、山崎中佐以下许多敌兵阵亡，并且有一百六十八个鬼子，在我民兵的地雷的火花里粉身碎骨了。

六月二日，平西的军民，在庆祝北非大捷和平西反"扫荡"胜利大会上，表现了坚强不屈的战斗决心，子弟兵发扬了高度的民族友爱，节省了七千三百多斤粮食救济了灾胞。黄司令员告诉大家："应百倍紧张起来，随时准备进入战斗！"县政府也多方设法救济受敌寇蹂躏的人民。而民众们，从山里回来以后，把铺盖安置到可以睡觉的地方，就继续扛着锄头，提着菜筐子，走到田地里去了。

(《晋察冀日报》1943年7月9日)

我们不愧为燕赵男儿

——军区成立六周年,向羊观血战六十九烈士致敬

我们永远忘不了:六十九烈士用自己的血肉,创造了悲壮惨烈、辉煌灿烂的羊观血战的奇迹!

五月十六日拂晓,行唐敌人奔袭我们在沟外羊观村单独活动的一个连队,使用兵力一千四百以上,并附钢炮四门、坦克两辆、装甲汽车四辆和飞机两架助战。在完全孤立无援的危急情况下,我们这个不满百人的步兵连队,奋勇冲杀,顽强抵抗达十小时。除一部突出重围,其余均高度发扬了民族气节,与敌苦战到最后一粒子弹、一个手榴弹、一把刺刀,卒因众寡悬殊,弹尽力竭而壮烈殉国。此役毙伤敌伪一百六十八名。

羊观血战的碑碣上,将永远镌刻下不朽烈士的不朽事迹,镌刻着副连长姚振荣,这位负伤三次,身先士卒领导冲杀的民族英雄!镌刻着李顺华同志,这位身受重伤还射死三个敌人,剩下一只手还炸死敌人小队长的模范战士!镌刻着马龙文同志,这位打退敌人七次冲锋,危难中枪杀叛变分子的青年共产党员!镌刻着战斗到最后一枪一弹,因负重伤停止战斗,在囚车上高呼:"中华民族解放万岁!"在酷刑拷打下一字不吐,慷慨就义的十一位燕赵男儿!镌刻着生前与敌血战,临死又用自己尸体掩藏□□枝的八位无名壮士!

我们不愧为燕赵男儿,我们没有辜负了边区父老的栽培和希望,在保卫边区保卫家乡的战斗的六年间,我们献出了血和肉,献出了最大的忠诚和勇敢,而羊观战斗和六十九烈士,就是我们坚贞品质的最好表现和最好榜样。

我们不愧为燕赵男儿,我们没有辜负了边区父老的栽培和希望,

战斗越频繁,我们越刚强,战斗越残酷,我们越勇猛。六年间,我们作战一万七千四百五十次,毙伤俘虏敌伪□二十三万五千三百六十四名;特别近半年来,我们每天平均和敌人战斗约十七次,伤亡约为敌九我一之比,而羊观战斗,竟能在敌占绝对优势的合袭情况下,创造了敌我伤亡两个半与一的比例。

我们不愧为燕赵男儿,我们没有辜负了边区父老的栽培和希望。在敌人疯狂"扫荡"、步步蚕食的阴谋下,我们始终英勇奋战,坚持了每一山沟每一平原;而羊观战斗,就是在堡垒林立、公路如网的封锁线外打的;就是为了坚持革命阵地,我们的同志才不惜流尽了自己最后一滴血。

是汉奸特务和落后分子还在挑拨造谣八路军"游而不击"吗?让亲眼看见羊观血战的老乡们去粉碎他们的谰言,去给他们一个响亮的嘴巴吧!

羊观血战证明了:子弟兵是不可战胜的,边区是不可战胜的。悲壮惨烈的羊观血战,给我们边区子弟兵生色,给我们边区父老兄弟增光!

(《晋察冀日报》1943年7月10日,《子弟兵》副刊第79期)

傅 庆 昌
——一个从炮火中成长起来的新青年

潮选

在从前,一个出生在贫农家庭,目不识字,整天拾粪拾庄稼的"野孩子",要想求得一定的文化知识,学得一技之长,变成一个对国家民族有用有前途的青年的事,简直是不可想象的;但是,在炮火连天的敌后,在共产党的抚育下,子弟兵里有千万个青年都用自己成长的历史,证明着这在八路军里已经是最自然最寻常的事了。

我们冀中军医院的模范看护员傅庆昌,这个十六岁的青年共产党员,就是这千万幸运青年里面的一个。

论家庭,傅庆昌比谁都更清苦:八岁的时候,他那操劳了半生、有着一副酱猪肉色臂膀的父亲突然死去了,留给他们的,是三间下雨就漏的破草房,一些没法偿还的地租,三十多岁,整天愁眉苦脸的妈妈,和从四岁到十二岁,四个一行排列着的小弟兄。试想想,就是在比较富饶的冀中平原上,这样的家境又能给傅庆昌和他的弟兄们以怎样的教养呢?和别的地方没有任何不同:傅应昌弟兄们只好吃糠咽菜,光着屁股,整天价拾粪拾庄稼割草搂树叶了。假若有教养的话,那就是妈妈常告诉他们说"咱们穷,你爹死了,可别出去惹是惹非,别跟人家打架,打了咱不要紧,打了人家咱可惹不起呀!"等等一类的话了。

也许正因为这样,傅庆昌锻炼出了一副爱劳动健壮的身体和一种爽直倔强的性格。"七七"事变,敌寇的铁蹄践踏了冀中平原的时候,他十二岁了,他亲眼看着敌人杀死了他的叔叔和乡亲们,他不能忍受了,心灵里燃烧起复仇的烈火。为着参加抗日军,他曾三番五次地向妈妈恳求，没有法，妈妈终于含着眼泪把他送出了家门。

十二三岁的"小鬼"，到别的地方是不会被重视的，可是，到八路军里就决然不同了。他当过勤务员，当过招护员，并很快就被培养和提拔成看护员了。在工作中，傅庆昌永远是积极负责的，他自动要求几次看护重伤员，他彻夜不眠地护理着重伤员的饮食起居，曾经有三个伤势危险的重伤员在他护理下痊愈了。在学习中，他手里从来不离政治课本和识字课本，在陪伴伤病员的时候，也就是他学习的时候，他看护侍候着伤病员，伤病员就教他读书写字；因为他学习努力，每次测验都在八十分以上；政治上，他很快懂得了许多革命大道理，文化课，他已是相当于高小程度的初级班的学生了。

劳动人民的儿子傅庆昌，对于劳动是特别喜爱的：今春打柴时，他一天打过一百四十斤；另一次背粮，他背五十多斤，而且走在最前面，当他第一个爬上了大山，把米一放，擦一把汗，就返回来接别人了。这次反"清剿"反"扫荡"中，他背着小马枪，爬山越岭地担任通讯联络，每一次，都完满地完成了党与上级所给予的光荣任务。

有一天，指导员问起傅庆昌的终身志愿来，他说："我想，我愿意革命到底，把日本鬼子打走，为建立一个独立、自由、幸福的新中国而奋斗！我们宁肯多牺牲一些、多吃一些苦，不要让我们后一辈的小兄弟们，再受没吃没穿没人照管的洋罪了！"

在五年炮火中锻炼成长起来的傅庆昌同志，今天已是中国共产党一名优秀的青年党员了。

（《晋察冀日报》1943年7月10日，《子弟兵》副刊第79期）

千万军民一颗心

——边区各界纪念七月节大会速写

本报记者 仓夷

在晋察冀，人们都以战斗的、紧张而愉快的心情，迎接着七月。

树林里，一大队一大队的民兵，腰上携带着乌亮的地雷，肩上扛着长长的快枪、火枪、长矛、铁铲，急急忙忙地从一村走过一村。年青的妇女们，都穿着洁净的衣服，头发梳得明亮亮，谈话的声音轻松而愉快。在村口、在树林里集合着。童子军胸前都佩着团徽，腰上扎着皮带，拿着棍子，唱歌，学着子弟兵的神气走路。

广阔的河滩上，也开来了那么多的子弟兵，他们都大声地喊着："一、二、三、四！"走路像风吹着的麦田，行列一低一高。

为了纪念第六个光荣的七月，人们都在努力着拿出自己最满意的东西，响着最愉快的歌声。沙滩上的大树林，已经被边区人民的手布置成了壮丽的宫殿，殿门前垂着麦青色的布幔，缀着大红花。宫殿里，展览着巨幅的布画和边区战争、生产、教育的各种照片。军乐吹奏着，青天白日满地红的国旗，在小山顶上徐徐上升，人们的心，随着国旗升到蔚蓝的高空，骄傲地自由地飘扬。

晚上，白亮的灯光照耀着，无数的树干都悬挂着繁星般的灯笼。主席台上有一个穿军装的人在讲演。他的声音很宏亮，他的每句话都有一种深厚的感情和雄厚的力量支持着，他双手有时微微地摊开，表示他所说的话，道理是简单而明了，人们听了他的话都获得自信和力量。

"……敌人在没有被我们赶出国境以前，它的'扫荡'与蚕食是不会停止的，但是我们是久经锻炼的，是坚决斗争到底的，敌人的

'华北明朗化'和'兵站基地'将完全是梦想,我们一定会胜利!"

聂司令员的豪爽的讲演,引起了全场的热烈鼓掌。

"我们还会遇到许多困难,但是这些困难都能克服的!我们子弟兵在前线上是'拿枪杆的老百姓',在田庄里是'拿锄头的军人',我们全边区的人民战时是兵,平时是民,军民并肩作战,共同生产,子弟兵和老百姓永远在一起!……"

所有到会的人,一个挨一个的,油亮亮的脸孔,密密层层的,看不见队伍的后头究竟伸展到什么地方。每个人的眼睛,都紧紧地望着"人民的军队是永远不可战胜的军队"的巨大旗帜,望着台上正在讲演的聂司令员的每一个动作,有时热烈地鼓掌,有时哄笑着,表示极大的愉快。

人们记起了六年前,过着不自由、不民主的生活,老百姓受政府的欺压,受军队的敲诈,特别是日本帝国主义侵略到华北,生活秩序破坏了,人们□落□最痛苦的深渊里,但是现在一切都变了,边区实行了民主政治,政府爱护人民,军队保护人民,军民□□□□,因此人民的生活是有了改善。□□□边区政府宋主任正在台上讲演,他将身子向左手转去,左手坐着全是边区的勤劳勇敢的老乡们,眼睛里闪着光亮。

"我们的幸福是谁给我们的?"宋主任这样问着,接着就肯定地答道,"是子弟兵给我们的!我们人民和军队的关系跟过去不同了,抗战前老百姓怕军队,现在怕不怕?"

几千人的声音一齐答着:"不怕。"

"为什么不怕?"

宋主任大声地问着,眼睛向密密层层的面孔上望去。

"因为子弟兵和老百姓是一家人!"

"对呀!是一家人!"

人们欢呼着，大声地喊着口号。

边区的共产党、国民党、参议会……的代表们，都上台讲话，高乐平北专员、平津的脱难学生，以及姜老先生等也讲话了。这是中共成立二十二周年纪念大会，是抗战六周年、军区成立六周年的纪念大会，人们都在讲着努力生产、加强团结、坚持抗战的问题，人们都深深地感谢着中国共产党的英明领导和边区子弟兵的英勇善战。

讲台上，出现了一个朝鲜义勇军，他挺着腰，声音清晰地称呼着："中国的同志们！"他被我们这伟大的场面所感动，他说：

"我们朝鲜被日本灭亡了数十年，数十年来都没有高兴过，没有笑过！朝鲜为什么灭亡了，因为那时没有像中国共产党这样有力的政党来领导。中国没有被日本灭亡，首先就是因为有中国共产党领导人民团结抗战！现在朝解人民生活可苦了，种的是大米，吃的是糠秕，流的是血汗，受的是痛苦和死亡！他们为什么这样苦？因为他们没有子弟兵来保护他们！边区因为有子弟兵，□□你们生活幸福，你们有了高兴，有了笑容！"

人们都被他的话深深感动了，人们想到数年来，子弟兵的浴血苦战，想到子弟兵的帮助修滩、割麦、救灾，人们都大声地喊着：

"拥护中国共产党，拥护边区子弟兵！"

"拥护边区政府，努力生产，坚决保卫边区！"

巨大的鼓声响了，这鼓声是□动在人们的心上，人们都向主席台上注视过去，在明亮的灯光下，杨耕田同志代表北岳区的全体民众，向军区的领导□聂萧正副司令员献旗了。杨同志把锦旗高高举起，向全会场绕了一周，千万双的眼睛都望着旗上的大字：

永远和子弟兵在一起，

跟着聂司令员前进！

锣鼓声、管弦声，轻快抑扬地吹奏着。鼓掌声号声掀动了全场，聂司令员微笑地接受了锦旗,他是代表着全边区的子弟兵,接受了边区人民殷切的期望与付托的。人们的欢呼声,像狂风暴雨般地掀动在晋察冀的山野,那欢呼声里有全边区千万军民的一颗心,这颗心就是:要永远团结在中国共产党的周围,永远和子弟兵在一起!这颗心就是:要团结!要民主!要胜利!……

七月节后一天记

(《晋察冀日报》1943 年 7 月 11 日)

边区的矿工生活

仓夷

同样的是矿工,但是在敌占区和在边区,生活却有绝大不同。我见过不少从敌人煤矿里逃出的矿工,他们所谈的只是自己的生活如何的痛苦,只是对矿区的恐怖和对矿主的憎恨,他们对采煤工作没有丝毫的兴趣。但是边区的矿工却相反的,他们谈话里一字一句都充溢着对采矿工作的高度的热情。

这次我到了"××煤矿"的矿区。矿区给我第一个印象,是在那山坡上用青石叠盖得整整齐齐的"工人宿舍"。宿舍的四周都打扫得干干净净,在这样炎热的夏天里,也很少发现有苍蝇飞舞。宿舍旁都有一大排的锅和灶,煤火整天整夜地燃烧。工人们什么时候下工了,只要把自己的米下锅,休息一会,就可以吃到热腾腾的饭,还有青菜或豆腐做菜。宿舍里有炕、有席、有灯,有一切工人日常需用的家具。工人们愿意住在矿区上的,就可以不用花半分钱,使用这些设备,愿意回家的就回家。

这里矿工的待遇,是比经理、会计等人的待遇要高的。一般的打镐工人每天工作十小时,有二升四合小米和二元三毛钱的工资,其他工人最低的工资也在一升三合小米和九毛钱以上。这些工资是不折不扣的,按时发给工人。

我到几个矿工的家里去访问过,她们说到过去当丈夫或儿子到敌人的矿区上去"下窑"的时候,就整夜里不能安眠,耳朵非常机灵,一听见街上有急促的脚步声,就得赶快出门来探望,生怕矿上出事。但是现在他们都放心了,因为矿上有较优良的劳动保护的设置。矿洞里每节都顶着密集的坚固的"对木",风道畅通无阻,由政府接办以来,矿洞里没有损失过一个人,就是有几个生病的工人,也由"矿医"给免费治疗,很快地就痊愈复工。工人也绝少因工作而负伤的,只有打镐工人刘梅合在用"炮"炸石洞时,他性急未等爆炸就跑到洞口去观看,额角被炸伤了。还有一个推车工人,他喜欢玩闹,坐着空煤车从高高的煤堆上冲下来,车很不客气地就翻了,把他的腿骨折断了。矿上把他们送到军区卫生部的休养连里去医治,现在也许已经痊愈。这些事情初听起来似乎都是理所应当的,不足为奇,但是经过矿工们自己谈来,都含着无限悲欢的感触。技术股长孙玉惠是个老矿工,他说他在唐山煤矿"下窑"时,那还是在抗战以前,矿主对于劳动保护是很差的,每天矿窑口都明摆着一大列的棺材,冬天里还预先把坑挖好,免得因为地冻挖不及,矿工们明知这些棺材是为他们预备的,但是他们忍气吞声地走进矿窑里。而在今日东北的煤窑里,矿工大批的被毒打、流泪、死亡,抛到荒山,尸骨喂了虎狼……回忆起以往惨绝的生涯,都还愤愤不忘的。

在我们的矿区上,工人们可以公开的组织自己的工会,这是工人们团结的核心,是解决困难的有力助手,是教育工人自己的学校。工人□□特别穷困的,工会就发动互助救济。每星期还上一次政治课、两次文化课、两次时事报告。在最近二个月的识字测验结果,工人一般的都认到一百字左右,多的有一百七十字,他们很欢欣地谈着苏联和北非的胜利新闻,关心着第二战场的开辟,他们虽然长年在地下工作,但是他们的眼界,却比以前扩大与深远了。

矿工们生活改善着,而更重要的是有政治上的自由与思想上的觉悟,他们认识到我们的煤矿和敌人的煤矿是截然不同的两个东西。基于这个认识,工人们的生产热忱是空前提高了。他们发挥了聪敏的智慧,来和自然斗争,他们发挥了高度的艰苦缔造的精神,给坚持抗战、建设边区的贡献是很大的。

在一九四一年间,因为××煤矿的矿井从山腰上已经打到七十多丈深,矿工从井底背上煤来,太费力了,而且产量也因之无法提高,

工人们就自己研究改进的方法，他们提出了从山坡下打进"平洞"的办法，马上就被"矿上"采纳，动起工来。但是从山底下通到矿井有七十多丈长，都是大石头，工程是浩大的，但是工人们勇敢地工作着，打锤、把钳、推车，一班一班轮流地突击着。工人们回忆起当时的情形说："我们那时是最团结互助的，每次当炮响后，我们就冒着炮烟，冲进烟里，把石块搬上小车，马上就继续地打，连烟都只有在炮没响的时候抽，不愿耽误了工作。"

打了一个多月，打了四丈多，大家提出口号"要打得更快！"可是困难又来了，他们遇到了"腰子石"（土话），一种像铁一样的，乌亮亮的坚硬的石头，锤子打不进去，□□只能打掉一小块，工人们拼命地打，一月才打进二丈多。

"大巷什么时候才打成呀？"

但是矿工们是不为困难所屈服的，他们咬紧牙根，更努力地打，加班轮□，终于如期地完成了打平洞的计划。

平洞是打通了，但是平洞是长而宽的，风从这里灌进去，因为通到山上去的风道太小，气郁在里头，灰气不能涣散，工作不能进行，工人们都焦急起来，考虑着、开会研究着，上山下山地观察，找别的矿的设备来研究。他们说：

"是了，这是因为两个洞的风力平均了的关系，像两人摔跤，力量相等，谁也摔不倒谁，现在在山上再打一个风道，用两个人打一个人，平洞的空气就可以通出去了！"

果然，他们开了第二道风道后，矿里的空气就大大流通起来。

矿底里有很深的"海水"，在每年开工的时候，都需先花三个月的"拉水"时间。一九四二年间，矿上希望要两个月就把水拉完，除按工给资外，还以两千元为奖金，问工人们是否能做到，工人们到矿里望了望"海水"，就拉起水来，拉了七天，水下了□丈，又拉了几天，水落得很慢，有些工人们担忧起困，但是大多数的工人们都说：

"这是拉到大肚子的地方，所以水□得慢，再努力拉吧，拉过大肚子就好了！"

这次突击工作，在两个月中间也胜利地完成了。

总之，矿工们，是把全部的力量，贡献给煤矿的开采，贡献给边区。在这里我们可以发现许多优秀的模范矿工，其中杨东来是矿工们公认的最模范者。他是打镐工人，他能在工作中给背煤工人许多帮助，帮他们"上驮"；在工作发生困难的地方，他就到那里，搅大轮有困难，他就去搅大轮，推煤车要改进技术，他就去推煤车。由于工人们的努力，总的煤产量提高了二倍半以上。

矿上曾不断地给这些矿工们奖励，他们爱护矿工的最根本的地方，是把矿工当成煤矿的主人，没有矿工，煤矿就不能开采，因此他们每月的终了，都要把这一个月的煤的产量、卖出总数、收入情形、支付情形，全部向工人们公开报告，并征求工人们意见，那些设备应改进，怎样做才能使花钱少、少费力，而能增多产煤，工人们从这里也可晓得他们的汗不是白流的！

一九四三年六月二十七日

（《晋察冀日报》1943 年 7 月 15 日）

追念陈县长

艾云

赵元宁联合县县长陈翕儒同志,三月十六日在赵县西关被敌枪毙而光荣殉国了。

陈县长是模范的政权工作者,是优秀的共产党员。事变以前,他就奔走革命,事变后,立即组织群众,开展抗日运动,建立抗日政府,历任农会主任、区长等职。一九三九年被任为赵元宁县长。这个联合县紧靠平汉路,是一块深远的敌占区,敌人有相当强的统治,伪军多是叛军十三支队的旧部,环境异常复杂,斗争异常尖锐。

但是,陈县长以维护群众利益的艰苦行动,获得群众的信任,正确地执行了抗日民主政权的政策,团结了各阶层,以点滴深入的工作方式,开辟了这块落后地区。

他不喜欢穿新衣服,和老百姓一样。当他到深远的地区去工作,他怀里只揣上几个窝窝头。在路上要吃饭了,总坐在门前或是地边和农民谈着各种问题。

当赵元宁的环境最残酷时,干部只剩三五个人,武装只剩六七个游击队员,他们到处被敌追捕迫害。但陈县长毫不灰心,也不盲动,他一面正确地把握住环境变化的规律,一方面踏实地计划着工作,他鼓励和领导着干部和队员,对敌做着艰苦的斗争。他几天不吃饭,能忍住饥饿;几夜不睡觉,不会感到疲乏。

在工作中,陈县长认识了一位当地著名士绅×先生。陈县长发现这人有高尚的民族意识,及对抗日前途莫大的胜利信心。经过×先生介绍,陈县长更广泛地团结了许多积极抗日的国民党员、进步士绅。陈县长帮助他们组织了参议会,在这民□的机关里,陈县长及时地听取民众的意见和呼声。凡我政府的政策法令，陈县长都要求他们讨论，提供意见，再去执行。

陈县长更是非常善于接近群众的人，他关心群众的切身疾苦，他肯耐心为群众解除困难。当群众在他领导教育下，开始觉醒抗日的时候，陈县长亲自组织和领导了农会和工会。在这个被敌统治较久的地区，陈县长痛惜群众生活的苦难，他执行了救灾和优待抗属的工作，在那年旧年节时，陈县长在参议会的协商下，发起一次救济穷人的募捐。通过议长的领导，工人也得到增加三分之一的工资，陈县长更用仲裁的办法，解决了纠缠很久的拾棉斗争。地主表示了拥护，贫寒人家感到了满足。

赵元宁县政府建立，陈县长吸取了当地的优秀分子来参加，民政科长是位进步的士绅，财粮科长是位有知识的大学生，同时当地许多优秀的青年，都得到了陈县长的领导和提拔。

陈县长没有官僚架子，甚至于他对那些被捕的罪轻的犯人，都是和蔼的进行教育。当县政府转移时，有些人犯，并不受任何的拘绊，但没有过一人私逃。甚至有些觉悟分子当被释放时，抱着陈县长感激的痛哭。

这样，陈县长在万般艰险中被群众拥起！

这样，陈县长在黑暗的地区开辟了抗日革命的道路！

当陈县长重伤被俘后，敌人企图诱降，把他送到医院里。有一天，医院长来劝他应该好好地养伤，但陈县长却回答说：

"……敌人给我治伤，是为了我去投降，但是我不希望我的伤好，我愿我赶快死掉。我是抗日的县长，我为抗日死了，全县的老百姓就会对敌人更坚决的斗争下去……"

敌人为要软化陈县长，就暗派伪组织的负责人员，常带重礼来"慰问"。一天伪警备团长郭炭块来了：

"陈县长，你……"

"滚出去，你们这些日本养的孙子！"

郭炭块一只脚在门里，一只还在门外，话没说半句，就弄得血喷狗头，脸红而去。

这样，陈县长以高度的民族气节粉碎了敌人无数次的阴谋，教训了那些无耻的民族败类。

敌人不对陈县长放松，于是就派日寇仓本专来做争取工作。

"你是一县抗战的领袖，你的精神老百姓是大大的拥护。"仓本常常这样说。

"倒是，老百姓要跟我抗日到底！"陈县长回答。

"你知道和平阵线吗？"

"我只知道把日本帝国主义打出中国，才会有和平！"

"你不要执迷不悟的！"

"我很明白，你不要再来我这儿，不要脸！"

仓本失败了，就又换了一个田渊，这家伙比仓本还愚蠢。

"你为什么抗日呢？"

有一次田渊来和陈县长谈话，完全失败了，最后田渊有点怒色，手里摸了摸枪，这样威胁地问了一句。

"你浑蛋，我为了打掉你的脑袋……"

陈县长抓起眼前田渊给他倒水的茶碗，恨死地打过去，田渊吓得夹着尾巴逃掉了，往回打了两枪。

当晚，陈县长被下到牢狱里。

这样，陈县长体现了一个抗日干部坚定勇敢的人格。

这样，陈县长体现了一个共产党员优秀的政治的品质！

陈县长的英勇斗争和下牢狱的消息，立刻传遍全赵元宁，全县的群众沸腾了。

陈县长在政治上战胜了敌人，敌人就施行了对中国人最后的办法。一天下午，敌人秘密地把陈县长从狱中提出，不给他穿一线的衣服，把他捆在车厢里，用好多被子盖紧，不叫他见到一个人，不允许他说一句话。

但是，当囚车到了刑场，那里已挤满了群众，敌人用枪威胁着，群众仍不散去。陈县长从容地走下囚车，他站在这成千的群众面前，放开了嗓子：

"同胞们，抗战胜利不远了……当我死了以后，你们要咬定牙关，再和敌人斗争一两年……"

这样，陈县长光荣的牺牲了。

这样，勇敢的斗争的人民继续走在陈县长用血开辟的大道上。

赵元宁的议会和各群众团体已经呈报上级批准将赵元宁联合县改名为翕儒县。

附更正：

前本报刊载陈县长牺牲消息，将赵元宁联合县误为赵县。

（《晋察冀日报》1943 年 7 月 16 日）

日本士兵觉悟的几个例子

本报记者 仓夷

一

日本士兵在战争中，思想情绪的演变是很激剧的。特别在太平洋战争爆发后，日本士兵就普遍的增涨着厌战的情绪，自杀逃亡的事件不断发生，自动投诚八路军的也成了常有的新闻，甚至有许多日本兵，由于侵略战争的痛苦的刺激而觉悟到自己应走的出路，坚决地参加了日人反战同盟，起来反对法西斯战争了。

二

斋藤义雄，是驻山西盂县上社据点的敌军第四混成旅团吉田大队志贺中队的上等兵。在一九四一年十二月十二日，带着三八式的步枪，全副武装，投诚到八路军里，他是初年兵，受不了日本军队的苦，才逃出来的。一到八路军里，就毫不拘束地随便和人谈话，要吃好的，不愿过紧张的集体的生活。参加反战同盟以后，整天的玩、闹、和大家吵嘴、说怪话，发疟疾住医院时，不让医生诊病，随便在妇女面前小便，盟员们批评他，他却斜着眼睛把头一扭，不理睬，真像个"孙猴子"，反战同盟的负责人都对他没法子。

他被开除反战同盟的会籍了。他和其他的十几个没有参加反战同盟的日本兵过着同样的优待的生活，每天吃了大米饭以后，就躺在家里睡觉，或者是到各处走走，下午打野球，玩吧，玩腻了，他就感到生活上的不够满足。在他的周围，反战同盟的盟员们演戏、唱歌、开会、写宣传品、检讨工作和生活，紧张而有兴趣，但是他呢？他感到孤寂，他实在不愿这样孤寂下去，他和五六个俘虏们商议妥当，就写了悔过书，要求反战同盟重新接受他当盟员。

反战同盟决定给他两个月的考验期间，并分配他到前线去工作。

他接受了这个决定，就走了很远的路，到前线上了。在炮楼下，他开始喊话的工作，起初日本兵骂他，用枪打他，他一点也不畏缩，虽然月亮很亮，他也不怕枪弹。后来这个炮楼被他说服了，开始了很亲切的谈话。

夜里，天气那么冷，别人都在烤火、闲谈，他一个人就伏在桌上写信，他以洒脱俊秀的笔迹，飞速地写满了一条纸又一张纸，有时他一个人直写到天明，好几夜都是这样。这些信，都是他给炮楼上的日本兵写的，要日本兵想想眼前的痛苦，想想今后的出路。

他爱好戏剧、绘画、打球、竞走，一切好玩的事他都爱玩，他制的慰问袋最精致，合乎日本士兵的脾胃。从前线工作回来后，他对人们很慨然地说："现在我才知道中国一定会胜利。我在前线上，看见许多中国民众在炮楼林立的地区里照样做各种抗日工作，唱抗日的歌，炮楼就像死的一样。中国人民的斗争精神是伟大的！"两个月以后，他就成了反战同盟的盟员，而且是一个工作积极的盟员了。

三

野炮射手野原，因为常受班长的打骂，杀了班长，投到冀中八路军里来了。他一身传染着日本兵的一切病症，也可以说是野性吧！他常常打八路军的小鬼，常常像喝醉酒一样的闹，这和八路军的讲礼貌守纪律比较起来，真会叫人笑话。

有一次，他和反战同盟支部的盟员们同住在一座小村里，别的盟员们忙着学习，他却跑到老百姓家里追鸡，其实这是他的一种掩护，他掀起一家门帘，看见一个年轻的妇女坐在炕头上缝衣服，他疯狂了，忘了这是八路军保卫下的地区，不是"皇军"蹂躏下的地方，竟冲到那妇女跟前了。"出去！出去！"女的有些心慌，大声地喊着。野原却伸出手臂，摸她的脸，只一剪刀，他的左腿被那妇女戳了一个大窟窿，好像一个电□，使他猛然醒悟过来，他逃出了房子。

在街上，他跛着脚，一拐一拐地走，双手按着伤口，但是血还是渗渗地流，把裤管都沁透了，反战同盟的盟员们都围着他，不晓得发生了怎样的事情，对他这不幸表示无限的同情。

"不要看，没有关系！没有关系！"

他的双手紧紧地按着伤口，不让人看。

那个被侮辱的妇女把这事情告诉了村长，村长又告诉了反战同盟的支部长，于是全体反战同盟的盟员都哗然了。

"你替日本人丢人！"

"你把我们反战同盟的脸都丢尽了！你破坏我们的影响！"

在批评会上，盟员们责备他、教训他，他哭了。他哭着说："好的就是好的，坏的就是坏的。我是坏人，所以坏了坏了的。"

他表示了悔过，而且从此果然就没有再发生类似的事，宫本支部长因为他闹了这件事，还特地代表全体盟员，向这村长道歉。

四

类似的事情也发生在松山的身上了。他个子瘦小，戴着近视眼镜，冀中大城一带的老乡都叫他"蛤蟆眼"。大阪人，三年兵。在一九四一年青大战役被俘了。他很沉默，不说什么话。

有一次反战同盟派他到大城的里坦村去给日本兵打电话，他不肯去。

"为什么不去？"

他很难为情地低着头，奇怪地脸红了。

他说他怕被那里的老百姓打。因为他当"皇军"的时候，曾经在那里污辱过许多中国的妇女。这样，反战同盟就很为难。但是八路军的同志告诉他说："你去吧！你现在不再干坏事，而且跟我们一起反对日本法西斯，他们决不会打你的。"

他怀着忐忑不宁的心情到了里坦，做完工作回来的时候，他非常感慨了。在一次我们招待被俘虏的许多伪军队长的席上，他发表了痛快淋漓的讲演。他说："我是日本人，我做了许多坏事，替日本军阀干了许多对不起中国人的事！现在我后悔得很！愿意和八路军在一起了。你们都是中国人，你们应该想想现在是替谁打仗！你们打的是什么人！想想你们所做的事，是不是对得起自己。"

会场的伪军官长都被他说得低头，有的还在滴着眼泪。

他在反战同盟冀中支部里学到许多知识，懂得许多革命的道理。这次×分区反"扫荡"的时候，松山很喜欢和盟员们研究关于"民主与科学"的问题。行军一停下来，就谈这个问题。他常常说："日本人民迷信天皇，迷信神明，一般日本人一负了责任，就要专制、打骂，把下属看成奴隶！你们八路军有科学的思想，也有民主的精神，大大的好！"

五

中西久男，是二等兵。在涞灵战役时，被八路军的一阵手榴弹打得晕倒在战场上，八路军打扫战场时才把他俘虏的。他在八路军里当特种兵器教练的时候，是马虎应付的，另一个教练安藤，却和他完全不同。安藤是第二班的教练，他认真于自己的职责，教练出来的士兵，一个个都成了神枪手。但是中西呢？中西就深深地沉入思虑里了。当他把道理想通以后，他对安藤笑着说："我的脑筋太死板了！我应该学你，和八路军站在一起！"

几个月过后，他教练的成绩最优。军区聂司令员奖他一件大衣，他感到无限的光荣，不管是冬天或夏天，这件大衣，永远伴随着他。他常常对人们说："这是聂荣臻将军赠给我的大衣。"

六

渡边□晃，在百团大战的时候，是敌人二六师团十三联队第七大队的机枪射手。现在在晋察冀反战同盟支部中，他可算是个"老盟员"了，他研究学问最努力，日本问题、政治经济学了解得最深刻，虽然这些都是他到八路军的地区里来才学的，可是现在他成了反战同盟支部的理论家。在前线上，他常常用电话，或者在炮楼跟前，把日本的中队长一流的人物驳斥得哑口无言。然后他就开始对日本士兵们亲切的对话。

在月夜里，他站在炮楼前，常有这样的对话：

"嗳，我给你们报告国际形势吧？"

"你们住在山沟里，还懂得什么国际形势？"

"我们每天有电报。你们的电报是有线电，我们是无线电，我们什〔么〕都知道。"

"请你们讲一段我听听。"

炮楼里静默了，有人在叹气。

"我们看到昨天的报纸，我给你念一段吧！"

于是渡边□晃就把斯大林格勒歼灭战的胜利消息，大声地讲开了。

七

觉悟的日本士兵们，站在反对日本法西斯侵略战争的前线上，曾经做出许多可歌可泣的事迹，我在这里是介绍不完的。大家所熟悉的反战同盟盟员东忠，他在一九四二年冀中大规模的反"扫荡"战争中，失掉部队的连系，迷失了方向，但是他在茫茫的平原里还到处找寻八路军，找寻自己的战友，在作战时，他和八路军的战士一样的英勇，投手榴弹、冲锋，并且还带领八路军的小鬼突出敌人的重重包围。这次×分区反"扫荡"中，他还赤手扼死一个瞌睡的日本哨兵，缴到一枝快枪。他们因为接近了科学的真理，所以他们就毅然崛起，为解除自己和人类的痛苦而奋斗了。

一九四三年六月三日

（《晋察冀日报》1943年7月20日）

平山民兵四英雄

流冰

一、爆炸大王张永芳

爆炸大王张永芳,是十一区大队部教导员,他能获得这一光辉的称号,不仅是由于过去他曾领导着民兵炸死炸伤了敌人二三十名,而且是由于他埋地雷巧妙:第一他埋的地雷从未叫敌人起去过(伪装好),埋了就有效。第二创造了不少埋地雷的新方法:如地雷与手榴弹的结合、地雷与土枪的结合、地雷与电线的结合……十多样。他胆大、心细、年青,在沟线外作工作总是以身作则,平时如战时,战时如平时。

二、电线大王善××

善××,是平山著名的电线大王,他割电线有三大特长:第一,上电杆快,他上电杆与众不同,轻快如猿。第二,剪电线快。第三,缠电线快,他缠电线的方法与别人也不同,他用腰肩,一会就缠很多。一次他正割电线,敌人来了,他沉着的两手抓紧电线,身子附在电杆上,这样敌人根本没有发现他,他完成任务之后,才满意地回来。

三、坚定不移的李白虎

李白虎干过军队,胆子大,可是腿跌了,但每次平沟破路、埋地雷,他都积极参加。五月上旬他和电线大王善××等三个民兵在胡家疃村东执行任务,被三十几个敌人包围了,他拿着一把"八音子"

指挥着往外冲,敌人看他们有三支大枪一支短枪拼命的打,不敢接近他们,后来敌人增加了,子弹打得稠密起来,李白虎二处受伤不能走了。他对别人说:"你们走吧,我不行了。"

电线大王善××知道无法救他了,便跑了一段路抢过一个老乡的粪筐,对老乡说:"我去××村,回头给你送来。"就没影了。

李白虎看着敌人近了,就要自杀,可是子弹臭了。他急忙把枪扔出去,这时敌人上来俘虏了他,并把他送到七汲。敌司令官问他:"你们几个人?"他答:"四个。"敌司令官惊讶起来:"你们真是野货(胆大),敢和这么多'皇军'打。"

敌人认为李白虎是八路军大大的官,用各种方法拉拢、利诱,给他送烟、送酒、送好吃的,每天给他换药,可是李白虎始终"身在曹营心在汉",没有忘掉边区,没有忘自己的伙伴,一天他偷着跑出来,爬了十几里,才到了根据地。分区武装部叶部长,北岳区程部长都写过信慰问他的家属。

(张帆)

四、机智的赵润义

四月二十日,鬼子用迂回奔袭战术,突然向温都河一带进攻了,敌人的队伍是那样的长,而且离村那样的近,在村里就可以听到他们的鸣哇呐喊。过惯和平生活的人,都慌忙起来,中队长赵润义却从容地指挥着人们转移,他自己打算在敌人进村东头时,他再从村西走开。

"啊!谁家的牲口不牵出去?等鬼子拉吗?"当他看见村西树上还拴着一匹白马时,他不由地这样讲着,赶紧拉着牲口跑了。

敌人的队伍从村子里过去了,后面还拖拉着许多民夫和牲口,一个小毛驴疲乏地落在后面,鬼子叫一个汉奸去牵它,和大队渐渐离远了。

"干掉他吧！这是难得的机会啊！"他在山腰里望得清清楚楚，就握着一支抶枪冲下去了。

"站住！"他大声喊着。但是汉奸不理他，离敌人又很近，不能打枪，于是，他想着捉活的了。

他用全身的力量冲过去，很快地把汉奸压倒了，他威吓着他，不让他喊叫，把他的两手向后反绑起来，和那头小毛驴，一齐赶进一个小山沟。

当他重新折回到村子里来的时候，他发现自己坚壁的牲口被敌人拉走了，他没有难过，决心要把它重夺回来。

他到山上找到了四个民兵，便监视着敌人，找取机会。

敌人的队伍翻过山去了，后面的驮骡队无精打采地跟着。这又是好机会啊！五个小伙子一齐跑出去，很快地拉回来九头牲口。而且赵润义还指挥着一个游击小组，夺下了一支三八大盖。

正因为这样，赵润义得奖了，和他在一起的游击组与民兵也都得到了奖励，全村子的人们，对他们用英勇换来的光荣，都表现着无限的欣羡与尊敬！

（山陵）

（《晋察冀日报》1943 年 7 月 20 日）

要饽饽的破鞋，知道怎么当"太太"？

杨沫

伪军们一个、两个、三个地带着"太太"，于是十分区人民的血涂红着"太太"们的嘴唇，十分区人民的汗变成了"太太"们身上的绸衫，十分区人民的肚皮瘪下去，可是"太太"们的脸蛋胖起来了。

每逢大据点的集市上，你去看吧，烫发的、高跟的、花枝招展。——嘴唇像吃了死耗子、脸蛋变成猴屁股，妖妖娆娆，不知自己是多美！可是老百姓说："知道高跟怎么穿呀？不怕拐了脚……"老百姓更都知道这些"太太"们的底细：昨天还是要饭的，没人要的破鞋，今天成了"太太"啦！

他们更会说：

"要饽饽的手——知道怎么当'太太'吗？"

伪军无穷厌的勒索，主要是供给这些"太太"的享受。还有那些老丈人呀、丈母娘呀、大舅子呀、小姨子呀，也得吃喝穿戴。一个伪小队长以上的"官"就要组织一个大公馆，老妈听差地使唤着，其消耗之大，难怪那些"脖官"们要抓紧枪把——去打人要钱。（当地称伪军为"白脖"）

可是一般伪军士兵，并不能完全这样来享受，"太太"也不过是个黄脸婆，时常的，你会看见个瘪三样的伪军，手里提着小面口袋，偷偷跑到保长那里带着满脸哀告的愁容说：

"家里你弟妹（指自己老婆）还没吃饭呢，行好，找点面吧。"

（《晋察冀日报》1943年7月22日）

劳动改变一切

——自新学艺所访问记之一

林漫

太阳挂在半天空。

他们年壮的二十四个人,二十四把山镢子,一字排开在半山坡上开生荒。

谁也不愿落后,山镢子在太阳下闪光,黑土在脚前面翻起,一大片像会蠕动的黑地从下面向上一直伸展。

在对面更陡峭的山坡上,小孩子们正在砍木柴。从下面,看到那些幼小的身躯攀登上高山,像小羊一样散布在岩石深处,真是熟练呵!使你不会相信他们中间有那些从小生长在平原地带,来这儿还只有三两个月的。他们肩上斜搭着粗麻绳,茂密的灌木在他们手里抡着的斧头下一根一根地倒了。砍够了他们要背的重量,就捆起来,从那陡峭的高山上背下来,背回家去。

分队长告诉我:

"背柴的重量是孩子们根据自己的身体自己规定的,从三十斤到五十斤,最高不得超过六十斤。"

我想六十斤可就真不少了,就把这意思讲出来。

分队长笑着说:

"六十斤是不少,可是有的孩子偏偏要超过,有时竟背到九十多斤。"分队长接着说,"是的,这对他们的身体是不好的,我们曾用各种办法来说服,他们老是互相竞赛呀,你知道孩子们是最好竞赛的,一竞赛起来,就谁也不愿落后。"分队长用手擦着他粗黑的面孔,看着老远的弯着小身躯种瓜豆的孩子们,继续说,"后来我们只好在班里发动,要大家互相监督,谁也不许超过。……"

去年一年他们打了五万多斤木柴,今年四个月打了两万多斤。去年一年里,还收获山药蛋一万三千多斤、萝卜三千二百多斤,烧炭三千斤(今年又收入三百多元),草帽除自己用的以外,还卖得二百六十多元,编席十五领,采药收得四百多元,帮老乡工和作月工收入三千四百多元,此外小手工业生产马札子一百五十个(三百元),扫帚五百把(二百五十元),筷子一千双(五十元)。

他们还做过买卖呢,卖布、贩猪……

"买卖搞失败了,"所长说,"我们不是内行,去年才落了二百三十三元,可是今年卖布就赚了一万多元。"

最重要的还是没有数目字的数目字,他们一部分成年人参加参议会大礼堂的建筑工程,在五个整月的时间里,每天平均四十个人搬运石头、打土坯、挖地基、砌墙、木作……他们的工作效率超过一个普通工人。他们用他们的劳动献给全边区人民的代表们以高贵的礼物,而受到无量的赞叹。

我和所长还谈到他们今年的生产情形。

所长告诉我,他们的重点是放在农业生产上,今年他们开地六十亩,这六十亩地要满种上谷、玉茭、瓜、豆角……另外还要种山药蛋四千多斤,还要开展小块地,种瓜种豆种菜,现在养羊九十三只、牛六头、猪五口。

这样便能节省经费,节省公粮,而受政府补助的经费和粮食便很少很少了。

是的,政府在自新学艺所这一事业上是花了不少钱的,但政府并非因此痛惜那些钱,非要学员们拿劳动来补偿不可。这些曾经被欺蒙被损害的孩子们,在抗日民主的教育下一个一个地自新过来,成为完人。抗日政府所念念不忘者是对他们的教育,而劳动就正是教育的主要方式。

武银峰被我们捕获后,在县政府受了几天教育,听人讲起自新学

艺所，很高兴地来了。第一天休息整天，第二天就开始背柴，他年纪有了十八岁，可是因为刚来，大家劝他少背，只背了二十斤，从六七里外的山里背了一次，晚上就累得吃不下饭去。可是他性子很强，虽然吃不消，他却一字不愿提，干部们来问他，他什么都不讲，同学们来关照他，他也不理。人家十四五岁的小孩儿都背五六十斤，自己长得粗胖粗胖的岂不丢人！可是像第一天的情形继续了十多天，十多天过后，居然不一样了，饭不但吃得下去，而且比前倒吃多了，走路也快了，背起柴来不再晃荡腰□了，一天一天的连自己也莫名其妙地获得了过去从来未有的快乐。

没有父亲，母亲改嫁了，在火车站上拣了两年煤渣子的流浪儿张三丑，曾经糊里糊涂地给敌人看守了一年多岗楼。初到所的时候，一拿起镢子就在石头上碰着玩儿，把往山上背的山药蛋种子偷偷地摇晃几下倒一半到石缝里，吃饭总要留下一碗底饭，拿洗碗水浇到人家头上去，……总之，毛病多得很，所里干部在他身上费了很大的心血，对他个别谈话，在课堂上，把道理一次一次地讲明白。忽然有一次，大家都休息了，他还自动地刨着那块没有刨出来的石头；又一次，他看见陈冬儿拿镰刀砍树枝玩儿，他就提出来："这不是破坏工具，跟我犯的错误一样吗？"这些受到了大家的称赞，他从此就慢慢地改正流浪儿所习有的一切恶习。应当知道，那种恶习，对他影响太大了，更加上敌人的欺蒙，使他只知有己不知有人，此外便什么都不知道了。他十八岁了，可是连十八加九都算不出来；然而在生动的活的劳动教育中，他变成了一个勤劳的青年，不但自己努力求进，而且一点也不放松别人的缺点错误，半年后他被选为副班长，还负保管所内工具的责任。

"你把小铁铲弄丢它几个吧！"我对他开玩笑。

他却正正经经地回答道："可不敢。"

我又问道："为什么不敢，谁打你？谁骂你？"

"谁也不打不骂,可是那样就是不负责任,就是不——守纪律。"

劳动改变了一个人的观念,劳动使一个人认识了真理。

这里每一个人都有宝贵的可纪念的改变史。过去没有参加过劳动,不知道物品来得不容易,不知道劳动的可贵,而敌人又拿烟酒女人给他们,使他们腐化,使他们离不开腐朽的敌人。现在他们却亲身参加了劳动,知道一切东西都是如何来的,而且会打算会过日子了。亲身参加过烧炭的人,看见谁要是烤炭火不仔细,简直就要跟他拼命;打过坏的人,看见别人把坏搬坏,就气得要跳起来。

劳动者和偷懒耍滑的对立起来了,他们脑筋里有一条朴素的真理:不劳动者不能享受。因此不好劳动的人在他们中间就受刺激不过。

而且他们知道,他们的劳动不是为那一个个人,也不是为了自己一个人,而是为了大伙儿的,他们看到在边区任何人都劳动着,任何人都有他一定的工作,大家的享受却都是一样的。

武银峰向我说:"边区的干部们比我们可忙多了,八路军比我们可辛苦多了,可是我们比他们吃的有时候还强。"

是的,他们有的时候吃的比其他部队机关还好,因为他们生产的一部分可以改善他们自己的伙食。

养成了正确的劳动观念,养成了劳动习惯,连下三天雨,出不了门,正好是休息和进行文化教育的机会,可是他们就会感到"闲"得待不下去了。

"我们吃的是公粮,"王大章在讲演会上说过,"我们的劳动顶得上我们吃的公粮吗?老乡们劳动着还要缴公粮呀!政府待我们实在太好了,可是我们自个儿太羞人了!"

(《晋察冀日报》1943 年 7 月 23 日)

日寇蹂躏下的寿东赛头一带

彭尤玉

男人们成天做苦工放鬼哨！

妇女们被奸淫成了家常便饭！

钱财和粮食被勒索个净干！

在日寇统治下的寿东赛头的人民，只要听听他们这几句悲凉的歌谣，就不难想象到他们是过着怎样悲惨黑暗的生活！

当敌人占据赛头的第二天，正是严寒的三九天气，五子台、东西南关、门限岭等村的五百多个民夫，就被他们强逼到冷风刺骨的山头上修炮台和汽车路去了！

这五百多个民夫，是每天都要有的，要是把这些都计算起来的话，他们误了多少老百姓的工呵！

可是，敌人还借口"防匪"，在郝家庄到方山，从观音堂到西山南瑙的汽车路上，每隔三里地都要设一个哨棚，每个哨棚一日夜至少要有六个人看守，三十多个哨棚每天又要费二百左右的人工！

这还不能满足敌人毁害民众的毒谋，除修汽车路、栽电杆外，每天还不知有多少人被打坏和扣押起来。单沿汽车路各村即被扣过十四、五回，每回总有五十名左右。在这种情形之下，大好的土地都成片的荒芜了。

可是，敌人还经常作无厌的压榨勒索！几乎每天他们都出来骚扰，几乎每个老百姓都向敌人汉奸拿过"黑钱"。五子台仅四十来户人家，两个月就花了三万二千元的"黑钱"，东西南关被扣的四个老乡，交了二千元才赎出来。茛榆河、解愁寺两个村，去年每个村都化了两万。伪工作队的刘班长在赛头一个月，就捎回家一千八百元，敌伪勒索之甚，于此可见。同时，鬼子每亩地还要斗数杂粮，苌榆河一村就被抢去了四万斤粮食。这样，人民就无法不陷于饥饿的苦坑了！

除了这些毒辣的罪行以外，敌人在这一带还肆无忌惮地奸淫着妇女。

他们往往借口搜八路军，到老百姓家里去抢东西和奸淫妇女。他们还用唱大戏，不看戏的就是通八路军等手段，诱逼妇女们到会场上去，他们却在那里公开无耻的逼着女人亲嘴给男人们看！在苌榆河一带的妇女，几乎无人不被这些法西斯野兽们侮辱，虽然她们整天涂黑了自己的脸，躲在野地里或者地窖里。

这是最悲惨的"人间地狱"，但敌人却恬不知耻地称作为"模范治安区"！

果然寿东赛头一带的同胞能永远忍受这不如牛马的生活吗？在下面这一段歌谣里，他们就记下了日本法西斯强盗们的罪恶，也抒写着他们强烈的仇恨！

蝎子的尾巴，日本鬼子的心。

赛头的汉奸不是人，

红鞋绿鞋都抢尽，

拿着马布当手巾。

总有一天搞你们，

反攻到来不留情！

（《晋察冀日报》1943年7月23日）

抗战军人家属的悲惨生活

新华社

五月十八日，桂林《扫荡报》载军人李一新给《扫荡报》的一封信，一字一泪地泣诉着他住在河南灾区的家属的苦境。

编辑先生：

我现在仍是一个军人，原籍河南巩县，我在去年十月间，虽曾接到家中一封信，说老家旱灾很重，犹不知究至何种程度，在前天忽又接到一封挂号信，这来信给我带来了可怕的不幸消息。我接到这封信，只是无主张地哭，我甚至想自杀，同时我不相信人类会有这样万恶的遭遇；但这是事实，并且这事实就在我家中出现了。现在我把这封信不掉一字地照原文抄下来：

一新小儿知悉：我家自前年八月起讫去年腊月，亢旱无雨，饥灾严重，人民外迁日多，携妻带子，扶老携幼，背井离乡，颠流道途，惨苦之状，莫可言喻！去年冬季天气严寒，为数年所未有，赤沙原野，无物可食，树皮剥尽，草根掘尽，惨况日甚，人心更惶，土匪结聚，盗贼丛生，日落闭户不出，道路无敢单行，冻毙饿毙者到处可见。迨至旧历年关，食人惨事时有所闻。吾家所不幸者，即汝弟在今年三月十七日，出门至晚未归，当即同人四处找寻，终无音讯；翌日到各亲友家中寻问，亦无下落，合家痛哭不已，至乎十日，亦无下落，知你弟已遭不幸（如土匪掳去，定有赎回音讯）。汝母痛哭无止，三日未进粒食，泪带血下。二十一日余复出门寻问，至中午归家，孰知汝母因痛伤难忍，悬梁自缢。余书至此，心痛如焚，搁笔伏案，痛哭失声，汝妹在侧，哀声相应，凄惨之情，吾儿思之，当可知矣！吾家何事？遭此不幸！余前何孽？年已半百尚受如此颠折。痛伤之极，每欲自杀，但念你妹年幼无依，故不得不饮泣度日，你母已草率葬毕，余所盼者，即吾新儿急速返家，同奔甘省（逃至甘省者甚多，据说勉强可以生活）。此非余不明大义，实为环境所不容，况且你已投效有五年之久，屡次参加战役，且曾负伤，想亦无负国家，又余所靠者仅有你一人耳！信到之日，望速即请假还家，此为余终日泪面饥寒中所殷望者也。否则余与你妹谅亦难度此春矣！望你勿作过悲，保重身体为要，是嘱。父手示。

编辑先生：我的弟弟被人杀吃了，我的母亲被逼死家中，仅剩下五十多岁的父亲和十二三岁的妹妹，一天到晚在饥饿中哭着过日子，我呢？我现在仍是两袖清风，一文不名，我怎样救我的父亲与妹妹，请你指示我一条路，是回家呢？路费大成问题，我一点主张都没有，只是整天地哭；但我知道哭是无用。我现在向各界同胞发出哀诉的呼吁，为了抗战，为了建国，更为了都是黄帝子孙，拯救拯救河南数百万人民遭着这非人类的可怕的残酷的惨运。

敬祝撰安

不幸者李一新启

（《晋察冀日报》1943年7月25日）

陕甘宁边区抗敌救国联合协会
为反对内战保卫边区告全边区父老兄弟姊妹书

【新华社延安二十日电】亲爱的全边区父老兄弟姊妹们！

今年咱们边区生产运动闹得热火朝天，全边区多开了八十六万亩荒地，眼看着秋天一到，咱们老百姓家家户户都会多收粮食，多缴公粮，帮助抗日，咱们的光景也更要比去年好；咱们正在锄庄稼、收麦子，眼望着那足有半人高的庄稼长得那么壮，金黄的麦子颗子又多又大，心里好快活啊！军队和公家人都来帮助咱们锄草、收麦，喜上加喜。谁想到突然来这样一个坏消息：在日本鬼子的第五纵队的包围之下，国民党调动大军，要来进攻咱们边区，要来取消咱们的共产党。在河防上对付日本的大炮和部队也撤退下来，往边区周围开动。四号那天，有中央军一个营攻打鄜县的峪口村，七号我关中边境又被炮击，咱们老百姓听了这件事谁个不气愤呀！劳动英雄吴满有在九号延安开的动员大会上说得好："我们努力抗日没有罪，努力生产没有罪，人民养兵是为打敌人，现在放着敌人不打，要来攻打边区，边区是咱们老百姓自己的，共产党是咱们老百姓的救星，我们全边区的老百姓，男有锄头镰刀，女有剪子锥子，如果王八蛋一定要干的话，我们就要和他干到底！不打死这些吃肥了反来咬主人的疯狗决不停手！"吴满有的话说出了咱们边区老百姓一致的义愤和决心。

世上谁不知道陕甘宁边区是咱们老百姓自己创造的，无数的共产党员、人民英雄的血洒在这块地方。十年前陕北人民的革命领袖刘志丹、谢子长、高岗，一声号召，几百万农民便起来了，在老刘他们的领导下，像黄河决堤一样，冲走了欺侮咱们的军阀和豪绅地主，世界上谁又不知道呢？后来咱们中国人民的救星毛主席又来了，不管在抗日、民主、生产各方面，边区在全中国都考了第一，现在咱们的光景也比革命的头几年更加好了。

同胞们！先想一想我们一辈子也忘不了的斗争历史吧！

革命前，还没有闹红的时期，咱们的光景好惨呀！每天把日头从东山背到西山，终年四季啃着土疙瘩，把咱汗水流尽，力血操干了，一天累到晚，打的粮食还不够缴租子和苛捐杂税，咱们吃得稀拉拉，穿的是破烂布片，就算你有十来八垧地又顶啥事呢？狗腿衙役三天两头地到你门上，不是催粮，就是催款，苛捐杂税好几百种，谁也数不完、记不清。狗腿一进你窑里，铁链子垮啦一声往你灶上或炕上一放，要你烧大米白面杀鸡杀猪给他吃，他哪管你的死活？你交不了款，还不了债，就要你卖儿卖女或者把你抓到牢里去。你有什么冤枉想去告官吗？衙门里县老爷还骂你不是好东西，他说：有啥好讲的！三句话顶不上两马棒，一说二骂三马棒。还有，那时土匪多如牛毛，也分不清那一股是土匪，那一股是官兵，反正吃罢晚饭就得藏到山里去，家里一碗米一把盐也不敢留。报官吗？等官兵来了，连土匪的屁也早散了；但你得招待他们大吃大喝，他们随便抓住几个穷人或叫花子，硬说这就是土匪，那你又得算子弹钱、鞋钱、送礼给他，还要说多少领情的话。这样的日子咱们老百姓永久出不了头啊！

可是呀，天翻了一个身，地打了一个滚，刘志丹、谢子长、高岗他们出来了，领着咱们闹革命，多少人流了血啊！千辛万苦打了几年，咱们真的翻身了，旧社会打垮了，咱们变成了新社会的主人，家家有地种，人人有饭吃、有衣穿，大伙的事大伙商量办。

咱们的老刘、老谢，为老百姓牺牲后，大家就团结在高司令的周围，跟着他继续干下去。建立了咱们自己的政权和军队，土匪肃清了，生活搞好了；后来毛主席到了咱们陕北，领导全国老百姓建立统一战线，和日本打了六年，使咱们不当鬼子的奴隶。现在边区是更美了，全世界都称赞这是模范的抗日民主根据地。

边区什么都好，什么都能成，你看吧！

咱们的八路军开过河东去，打了在中国的半数日本兵，又创造了十几个抗日民主根据地，那边的情形同咱们这里一样好。在敌后五六十万的八路军、新四军，加上成千成万的民兵，钻进了日本牛魔王的肚子，打了几万次仗，使日本鬼子坐也坐不稳，站也站不稳。留在边区的八路军也同日本打了一两百次，守住了一千里的河防。国民政府一个钱、一颗子弹也不发，咱们的八路军、新四军仍然坚持打到现在，鬼子始终过不了河；八路军、新四军拖住了日本鬼子的后腿，使它没有办法去攻打重庆。咱们这支军队不但会打日本，保护咱们的生命财产，并且也会生产，特别是今年，单就咱们边区留守部队说，就开了二十万亩荒，粮食吃自己种的，衣服穿自己缝的，这就大大减轻了咱们老百姓的负担，春耕、夏耘、秋收，军队还帮老百姓的忙。这样好的军队，哪里找得到？

咱们边区的民主自由和民生幸福，要算全国第一。边区政府、参议会都由咱们选出来，有啥意见自由地向政府讲，实行三三制，工农兵学商都有代表参加，从乡长、区长、县长、专员，一直到边府委员，都是老百姓自己选，没有一点官僚架子，他们亲自下乡来帮助咱们生产，有困难立刻帮忙解决。吴满有和赵占奎要是在旧社会或者现在的大后方，谁会看得起他们？只有咱们边区，他们才被尊为劳动英雄，给他们照相登报。吴满有过去卖儿卖女，现在却有了三百亩地、好几条牛，庄稼越种越大了；他过去几两白面也拿不出来，去年他出十二石公粮，还毫不在意。吴满有不过是边区农民翻身的一个例子罢了。河南老百姓没饭吃，已经饿死了几百万，可是河南难民一跑到边区来，就在共产党和政府帮助之下，有了土地、粮食、住窑，用具什么都不成问题，和边区老百姓一样安居乐业了。他们说："今年打下粮食要报边区政府的大恩。"政府却决定免收难民三年的救国公粮。回民、蒙民在边区也特别受优待。几千二流子受共产党和政府的感化，变成了务正的好人。

今天全国人民都羡慕咱们边区老百姓生活好，可是顽固分子却恨死了咱们边区，它想叫咱们仍然回到旧社会去受苦，把咱们搞得同大后方老百姓一样活不下去。顽固分子眼看着苏联和英美都打了胜仗，德意法西斯匪徒快垮台了，日本强盗也活不了几天，全世界都快翻身了，于是它就调动大军准备打边区。顽固分子好像一条阴毒的恶狗，它偷偷摸摸的打算趁咱们不提防的时候，咬死咱们，这跟往年的情形大不相同，咱们不要大意，要赶快准备，谨防恶狗，不把这条恶狗打退，咱们就不能安心生产，不能过好光景，打日本也打不成。

咱们边区老百姓是在炮火中长大的，我们一点也不慌，吴满有说得对："一九三五年反革命都没有把咱们苏区消灭掉，今天咱们有更大的力量，还会被消灭吗？今天边区有我们自己的军队，有共产党的领导，咱们大家一条心，一定能够打死来咬我们的疯狗。"

全边区的同胞们！咱们愿意回到旧社会去做豪绅地主的牛马吗？愿意让顽固分子来屠杀咱们的父老兄弟姐妹、践踏咱们的田园、抢夺咱们的庄稼吗？愿意让顽固分子来取消咱们的救星共产党和八路军吗？

咱们坚决地回答：绝对不愿意！

全边区的父老兄弟姐妹们！动员起来！武装起来！准备好一切力量，有粮的出粮，有钱的出钱，有力的出力，拥护八路军，保卫咱们的家乡，保卫咱们的田园、庄家、粮食和牛羊。咱们都是受过革命好处的人，只要边区在，不怕没饭吃，我们要保卫咱们的边区，保卫咱们的共产党，誓死不当奴隶！

农民劳动英雄们！变工札工队员们！全边区的农民们！咱们要响

应吴满有、杨朝臣等的号召,来一个保卫边区的大竞赛,要立刻把你庄里的自卫军整顿好,把矛子磨得尖溜溜的,土枪土炮的火药,也要准备好,要立即加紧放哨盘查,严防奸细活动,要趁生产空闲学习打仗本领。男女老幼个个动员起来,组织起来,要加紧生产,赶快收藏麦子,提早完成锄草,做到三年收成一年余粮。出公粮要人人争先,保证八路军吃饱饭、马料马草充足,好打胜仗,运盐队要能随时帮助军队运输。在边境地区,担架队要马上组织好,一个庄上至少有一副担架。代耕队要好好关心抗属,做好优待工作。妇女们要加油纺织,努力超过计划,在边境地区,还要组织看护队、缝衣队、洗衣队,保证咱们的八路军人人穿好军衣。

咱们在生产中显英雄,在保卫边区的战争中也要显英雄,每一个农民向吴满有、杨朝臣、申长林看齐,每一个村庄像吴家枣园看齐,订出本村保卫边区的动员计划来。

工人劳动英雄们!赵占魁运动者!全边区的工友们!在准备保卫边区的战斗动员中,在保卫共产党的神圣任务中,咱们要做群众的先锋。咱们要进一步开展赵占魁运动,提高生产数量质量,节省原料,减低成本,咱们以十倍百倍的效能工作,随到随做,不分昼夜,停止休假,增加工作时间,迅速完成咱们的战斗任务。咱们要组织工人自卫队,严防敌探奸细,维持革命秩序,巩固后方。

铁匠、木匠各种手工业者!咱们要向延安市的铁工刘永贵学习,为自卫军赶制刀矛,为军队修理一切工具,越快越好。

光荣的退伍军人们!咱们要响应杨朝臣的号召,热烈地帮助地方党和政府整训自卫军,并准备指挥游击队作战,同时也要把庄稼种好,增加革命的力量。

全边区的青年们,咱们要发扬过去的光荣传统,把少先队搞好,配合自卫军,完成任务。

乡村的小学教师们！把每个学生教育成保卫边区的小宣传家，把《群众报》读给老百姓听，引起他们更高的战斗热情。

全边区的商人们！顽固分子要来破坏咱们的繁荣的商业，咱们要捐款劳军，组织自卫军，防止奸细活动。

全边区的父老兄弟姐妹们！咱们一齐起来干吧！参加准备战斗的大竞赛，在保卫边区的伟大战斗中看谁出力最大！

赶快动员吧！准备战斗吧！咱们的热血在沸腾，咱们始终坚持民族统一战线，坚持团结，但是有人还要进攻咱们，如果一旦内战爆发，咱们只有誓死战斗，保卫家乡！咱们是抗日的能手，是生产的能手，是创造边区、建设边区的能手，也是保卫边区的能手！咱们一定要胜利！咱们一定能够胜利！

民国三十二年七月十九日

（《晋察冀日报》1943 年 7 月 25 日）

孩子们的家

——自新学艺所访问记之二

林漫

在我们谈话的当中，所长突然停止了他对新的计划的叙述，微笑着说：

"我们是在摸索中，我们什么也不懂，政府拿这批孩子交给我们教育，我们是尽了我们的力量的，不过教育究竟是长期性的，我们做得还是很差很差！"

我知道，他们所差者是干部少，而工作是并不差的。

所长、副所长成天在计划和动手把孩子们教育好，对个别不好教育的学员，又多方研究他的习性、表现……穷究所以没有教育好的原因，然后谈话说服，在工作学习各方面来帮助教育他。有时候连些零碎的工作，他们也亲自动手去搞：节省柴火的锅灶大家搞不来，所长就亲自下手去盘，两手污泥……；大家都去突击种山药蛋，副所长就在家里烧开水……

他们工作的所以并不差，有着一个主要原因，就是孩子们有他们的民主，他们自己管理着自己的工作和生活，他们选举自己的班长，有自己的组织俱乐部，俱乐部委员都是民主选的，一切事务管理、伙食管理、运输事务、通信、甚至警卫都是他们自己在搞。

读者会奇怪警卫为什么都会让他们搞呢？自新学艺所并未用上一批带枪的来监守这群孩子，而是他们自己武装起来保护自己。我看见他们的警卫员，白天一样的工作学习，晚上当大家安睡的时候，他们轮流地背起枪带着手榴弹在村边站岗，这样的警卫员有十个人。

警卫员、管理员、炊事员、运输员、通信员……都是从学员里提拔出来的。

我见他们的管理员如何辛勤小心地计算着粮食数字，如何在有情况的时候坚壁一切用具，而当用到的时候又拿出来；我见他们的炊事员，围着白布围裙在洗菜淘米……

他们做买卖就有商人，盖房子就有木匠，而且他们还有一个医生。

我去看他们的医生，一进小屋，草药和西药混合着的气味强烈地刺激鼻孔，医生有二十五六岁，正在给有病的学员诊病，几个有病的老百姓也在旁边等着。

他们的生活是愉快的。

每天晚饭后游戏的时间，歌声便从每一个孩子的喉咙里愉快地迸出来，那个十六岁低身干的俱乐部的文化娱乐委员右手拿着一根六道木的小棍指挥着，他指挥得不好，样子很难看，有时还连拍子都赶不合，可是他指挥得却很起劲，孩子们唱得也很起劲，老远听来，使你以为那个剧团或歌咏队在唱哩！

不唱歌的时候，便在大院子里做游戏："打汉奸""瞎子捉跛子"……

这两天，他们不唱歌也不游戏了，一到休息的时间，便都跑到山角或河滩里去搞他们的小生产。

同学间是那样亲热地一块儿工作学习，一块儿谈话游戏，干部与学员是那样无顾虑地谈笑，互相提问题，他们待在一块儿的时候有说有笑，孩子们讲一个笑话，干部们也讲一个笑话，有时孩子们提出问题来干部解答，有时干部们提出问题来又让孩子们解答。孩子们有犯了错误的，干部们便委婉地跟他谈话，指出错误的根源和严重性，再指出改正的方法。干部们不用给学员们一个怕的观念，更不用打骂来建立自己的威信，他们爱护学员，帮助学员，孩子们都觉得他们可亲近，说得对做得对，那样的需要他们，离不开他们，在这种情形下干部们成了学员的老师，也成了学员的朋友。陈冬儿在害过一场大病之后，说：

"所长他们比我的爸爸还好呢！我病的时候，那样的关心呵！我决心要好好地学习进步！"

学员们可以对同学或干部提出任何意见或批评，这是他们的权利，谁也不能干涉。

这里是他们的学校，也是他们的家庭，是没有家庭的孩子们的家庭，也是有家庭的孩子们的家庭。

我问周明是不是高兴回到他那在敌占据点里的家去，他诙谐地说：

"万不回去，我还不高兴给鬼子抓去到太平洋喂王八呢！"

而武银峰有一个舒适的家庭，父亲又是一个不小的伪官，但是他还是不回去。

王大章和高占云是没了家的，他们到出所的时候，被分配到乡村老百姓家里去做工，但是不到十天，他们又前前后后地回来了。所长就问：

"那里待你不好吗？王大章！"

"待得不错。"

"吃得不好吗？"

"比我们这里还好。"

"那你为什么要回来呢？"

王大章老半天不讲话，最后，他才难过的不好意思地讲：

"不能打柴，不能读报，不能唱歌，老是一个人待着，又没有同学……"

高占云去的那一家老百姓更好，一去就给他做好的吃，并且问他：

"你不想那地方吧！你看这里多好！"

可是这种好意倒弄坏了，一下逗起高占云的情思来，高占云哭着，说什么也要回来。

"不让回去不行，我开小差也要回去。"

老百姓是欢喜孩子们的，又天真可爱又有劳动习惯，但是留不住。

（《晋察冀日报》1943 年 7 月 25 日）

活 的 教 育

——自新学艺所访问记之三

林漫

十四岁的李保三有一回作了一篇文,我看见那篇文:

劳动有什么好处,我们每一个人,要是不劳动,就没饭吃,这是一方面,比方在抗战中要是人不劳动,抗战就不能胜利,比方生产,打不下粮食,抗战就不能支持,不抗战胜利不会来,鬼子不会走,这是一点。再说一个人要不劳动,就好生病,顶明显的例子,我们这里有的人好害病是不好劳动的人,好劳动的人就不好害。就在我这里看,我从前在家的时候,没有劳动力,我家人多地少,生活困难,我这才做的对不住国家的事,这是我的实事,我来到这里,学习劳动,我的身体比过去健强十分之九了。我很快乐,又高兴。这样说吧,如果不劳动,就没有饭吃。所长说:"劳动可以改造世界。"我们都要劳动。

李保三在九岁和十二岁的两年里念过两年书,但是那是什么书呀!九岁那年是"大狗叫小狗跳",十二岁那年的书页上尽死爬着"爱护村""王道乐土"……这些不要说李保三不知是什么,连教的先生也莫名其妙。因此念了两年书,连二百个字也没有认够,更未曾想到字还可以拿来写文章。

然而现在,半年的时光,他不但拿起笔来写文章,而且知道怎样来写出他所要讲的东西。这就是他在自新学艺所学习上收到的成绩。

他们十天中六个早晨的文化课,两个早晨的政治课,一个早晨的时事学习。(旬日休息一日,故有一天无课。)

学员们大多在过去没有受过什么教育,不识字,不知道他们给敌人做事是错误的。然而现在他们甲级已到小学八册国语的程度，乙级到六册程度，丙级到四册程度，丁级是些刚来的，才开始识字，算术大都已经学到乘法了。文化学习的进步，大大地帮助了政治学习的进步。他们并没有把各种学习孤立起来，他们没有固定的课本，教材是活的，学员需要什么，要给他们什么，具体的浅显的编成课文，内容力求丰富，体裁也是各式各样的。

选好编好的课文写到一块大纸或黑板上（他们叫这个做"大课本制"），让学员自己抄，抄好后读给他们，然后念熟背会，他们的口号是四会：念会、写会、讲会、背会，这样就容易记住，观念分明，文化上一天天的提高，政治上一天天地进步。

他们是那样辛勤地学习着，早晨洗脸过后的一刻钟，下午游戏前后的时间，诵读之声使你会怀疑你走进了蜂房。

我看见他们上《双十纲领》，所长问到周明"什么叫除奸"，周明答说"除奸是把特务汉奸除去。"

"那么保障人权呢？"

"保障人权是保住人们的生命财产。"

"要了特务汉奸的命，没收了他的财产，那怎么叫保障人权呢？"所长反问他。

周明答不上来。而整个课堂里手在乱舞着，声音嘈杂不清："我知道。""我说！……所长，我说！"……

周明忽然兴奋地叫出来：

"所长！我想起来了，把特务汉奸除去，大家就好了，保障人权是保抗——日——人——民的生命财产。"

该到读报的那一早晨，你可以看到他们是更加愉快而兴奋的。

所长给他们讲说着盟军在北非的胜利和我们敌后的反"扫荡"战争。

孩子们叽里呱啦地讨论起来：

"北非捉了德军十五万呵，连元帅都捉过来了。"

"阿敏这个名字真不好听，还教人听成咱们的周明咧。哈哈！"淘气的张三丑开着周明的玩笑。

"苏联这回不是打死了敌人一百多万吗？以前也捉了个德国元帅呀——叫什么？"

"日本鬼子真他妈会说大话，一百五十挺机关枪？八路军可没有那么多的机关枪送给鬼子！"

"鬼子抬去的都是滚石呵！哈哈哈！"

孩子们基于对政治上的要求，因此他们非常关心时事，对每天国内外所发生的大事是那么感兴趣。

自新学艺所更重视在工作里生活里无时无刻不渗入地改造一个人的教育，他们强调这种教育，管这个叫"活的教育"。

活的教育在劳动中、在谈话中、在讨论会中、……在一切活动中。从一种闲谈里，可以帮助一个学员了解他过去或现在还存在的错误，而且会使他获得好的对的和纠正错误的办法，自觉地改正错误。

我看过他们的讨论会。有一个班正在讨论小生产。

"我们那儿种瓜，得先刨好坑儿，再浇上水……"

"我们那儿还得搁上粪，……"

"粪也不一样，土松的上牛粪□，黄土就上马粪……"

"我们那儿也是，坑儿刨得不要太挤，总得深一些，倒上水，埋上，好赖用脚踏一踏，不出十天，就冒芽了。"

十三岁的小主席就作结论：

"好！咱们就这样种吧，小犄角那几块就种玉茭儿，玉茭儿当间儿再加上豆角儿，边上一满种上南瓜，河滩几块长条就都种南瓜，大家意见怎样？"

大家都说好，主席又说："照所长早晨讲的，咱们要争取生产模范，可是也不能过累，把自个儿身体弄坏！"

又一次我看见又一个班讨论生活和工作。主席是李保三，周明正在发言：

"我今儿个工作做到了，所长讲的《双十纲领》第九条念会了，五七三十五也会念了，就是清洁卫生没有做到，小便没注意。"

一个孩子接上说："我背柴差一斤四十斤。"

张三丑又说："……吃饭没有讲友爱，我先多盛了一碗。"

轮到袁四喜了，他啜嚅地说："我工作……做到了，学习……学到了，清洁卫生……做到了……"

张三丑立刻跳起来说：

"我对袁四喜有意见，他工作躲懒耍滑，上回班会他自己规定的三十斤，今儿个他背的不到二十五斤……"

"我也对袁四喜有意见，他屙屎不看地方，老乡女人他也不躲避，他不守群众纪律。"

"袁四喜他连《双十纲领》第四条都没念，他什么学习学到了？"

张三丑又要跳起来的样子，大声说：

"报告我的意见，咱们这班开除袁四喜，咱们这班就不要他，他工作学习什么都不长进，真丢咱们这班的人，咱们争取不了模范！"

袁四喜一下要哭的样子，他过去从陈冬儿的那个班里被开除后，经过分队长一再的说服，袁四喜也保证以后要进步▢他们这一班的。

▢讨论到的范围是很广▢大事，国家民族的大▢一口菜，屙屎不是地▢

▢发挥孩子们自己教育▢们自己对自己的教育▢直接对孩子们的教育▢间不免有许多斗争▢斗争中才能发现问题▢好者好起来，好的更▢

□子们自己是会做得很好□来，一点也不放松。譬□到承认了自己的错误，□证要改正自己的错误，□的，但是一到开完会，□好，袁四喜有什么困难问题，不光班长，而全班不论谁都关心帮助。

他们有斗争，但他们又强调团结，他们是向错误缺点作斗争的，而团结是为了更加互相帮助，更快地进步。

好的模范的学员奖励表扬，犯错误的表现不好的，则用政治说服、批评等办法来教育。

"对于实在没有办法的人怎么办呢？是不是有纪律？"读者会这样的问。

是的，他们是有纪律的，他们的纪律是军民誓约，是学员守则，这些也都建筑在学员间相互帮助、相互批评、相互督促的基础上，形成自觉的纪律。

我和武银峰扯闲谈的时候，他曾经激励地说：

"有时候真把人气死，有些真落后得要命，给所长提了好几次意见，要来罚禁闭或打耳光，所长总是不干。"

是的，所长是不会采纳这个意见的，他们不兴打骂，不兴罚禁闭，更不兴汉奸的"治乱世，用重典。"武银峰的确太单纯了些，他不知道一个人的改造是艰苦的长期的过程。

但是，请读者原谅他的单纯！

（《晋察冀日报》1943年7月29日）

政治的绝对优势

——自新学艺所访问记之四

林漫

我要讲到自新学艺所的缺点,无论如何,我总得把缺点告诉读者,是的,去年吧,自新学艺的学员曾死去了三个。

学员在自新学艺所是不应该死掉的,然而却死掉了,而且是三个。

但是那是怎样死去的呢?他们并不在同一时间,然而却是在同一情形下死去的,他们浑身浮肿得像吹胀了的死猪,然后肉皮发紫,然后死去。

当死威胁他们的瞬间,他们转动着,嘴里喃喃着一些听不懂的语句,脸上浮出极大的惊怖和慌乱,一直到死神掐断了他们的喉咙,他们的眼睛还是半张着。

他们死在抗日民主的边区,但是他们知道死的种子是谁种的:敌人像狗一样的驱使他们毒害自己的父母兄弟,危害自己的祖国,而在还没有用完他们的时候,就已经谋算着如何来夺取他们的生命。他们全知道,敌人借口打防疫针,一针一针地打到他们血管的谁知道是什么东西,有时当从睡梦中被一种刺心的痛楚骤然惊醒而想跳起来,但又被像山一样的重压抑压着,连呼吸都要窒息的时候,谁知道给他们的胳臂上打进了什么东西。

这就是他们替敌人做事所获得的报酬!

他们被敌人从"治安村""爱护村"抓去抢去,或者在"扫荡"时被捉去,但都一样,除去杀死的和送到东北煤矿上去的以外,便是受什么"青年训"。敌人"训"给他们的是"反共",是破坏边区,是用一切办法破坏他们的祖国,他们看到的是"皇军"的"威风",

身受到的是禁闭、皮鞋、罚跪、皮鞭……然而有时他们也居然会得到好吃的东西，得到香烟、白面，甚至还得到"媳妇儿"呵！

就这样，他们"毕业"了，他们出来"实习"了，他们被派到边区的边儿上探消息，有的回到自己村里当坐探，有的带上毒药，也居然到边区内部来，执行敌人"到内部去"的命令，打入我党政军机关部队中。

敌人想尽了各种各样的办法，威胁利诱，有软有硬地奴役驱使这些不幸的孩子们。

然而敌人从来就不信任它所驱策的任何一个中国人的，即使对它忠实到死，它看你也不会比死狗更好一点，当他们还大半在"受训"的期间，就已经被打上那据说是防疫针而实在不知道是什么名字的针。此针一打，心慌意乱，心不作主，或成半癫狂状态，一年后药性暴发，身肿而死，不死者也要变成残废，身软无力，什么也干不了。

读者们，我说的那三个人就是这样死去的，这是自新学艺所的缺点吗？

然而还有第四个又同样发肿了，有前边三个为例，他心里慌得不得了，然而第四个却被治好了。他现在同健康人一样的工作着，我看到他拿着镢头在种山药，我问到他的情形，他说：

"鬼子要我的命，八路军救活了我，你看鬼子多毒呀，像狗一样的用了我，又像死虾蟆一样给治死，到末了还给人家在死骨头上唾一口，骂声汉奸。"

是的，他们曾经被人叫作汉奸，在当初，他们还不知道什么是汉奸。

汉奸是旧的中国遗毒给新中国过渡时的一种病态！病菌的名字是日本帝国主义，日寇从中国土地上被赶出去的日子，就是这种病患灭绝的时候。

我还想再讲一件事，有三个学员在去年前前后后地逃跑了，读者会马上提出来，这不真是自新学艺所的缺点吗？

不错，这是自新学艺所的缺点，因为他们太好强调教育了，太好给学员们以民主自由了。不过，我想还是拿三个人开小差的具体事实来看看吧！

王文小，定县人，十七岁，受过敌人三个月的"训"，"训"完后，充当敌探，敌人给他连打过三次毒药针，也曾利诱过，许他做小队长，来自新学艺所的三个月当中，开了六次小差，但是，不是追回来就是给老百姓送回来。一回来，就先给他吃饭，吃完饭，再问他为什么要开小差。头几次他说，同学们对他不好，尽批评他，他这里待不惯，后来爽利就讲出他的实心话，他要去当小队长、娶媳妇，所长就拿这点来教育他。但是他又第七次开小差了，这一次没有追回来，也没有老百姓送回来。因为这回他巧妙了，从一条人最不注意的路上跑出去，爬上了一座高山，因此，同学们四出追赶、叫喊，都成了徒然。第二天有老百姓来，说有一个冻死在高山顶雪窟里的小孩子，问是不是这里的，他们赶去看时，没胫的深雪里远远的引出去狼脚的迹印，这个未来的小队长的尸体已经给狼吃去了半个。

杨望云，忻县人，敌探，敌人给他规定五天一报告，来所两月多，第一次逃跑被截回后，所长跟他谈话，他先说怕敌人杀头、杀全家，告他在这里是最保险的地方，敌人没法搞，他就爽利地说：

"敌人那里有钱化，有好的吃，……"

于是第二次又开了，他跑得比王文小更远，然而山头也更高，一夜冷峭的北风填满了他享乐的欲念，而静静地躺下不动了。

还有一个叫戚招福的，是一个老奸巨猾的敌人的特务，他时常暗地里鼓动一些落后的小孩子开小差，而他自己跑起来也跑得最好，恭喜他跑到了敌人那里，可是敌人没有再相信他，他对敌人的"无限忠心"换得了敌人给他的一刺刀。

我听见学员都在谈他们三个人的事情。

"开小差吧！这里这么好，还想到敌人那里去当小队长、娶媳妇、吃好的，哼！去吃北风吧，叫狼吃了吧！"

"以前就做错了，还想回去再忠实敌人，敌人才对你有好处呢，开吧，它的刺刀杀中国人杀的不少了。"

……

尽管敌人有什么"劳工教习所"，有什么"留力场"……尽管它发出传单说那里面如何如何的好，……然而谁也知道：美丽的但又透明的薄纸如何能盖住丑恶呢？而况还有一件东西它是如何也得不到的，那便是政治上的绝对优势。

所长说："开出小差的，不是我们找回来，就是老百姓给送回来，这些都是很安全的；我们找不回来老百姓也送不回来的，不是冻死就是饿死；跑到敌人那里去的，敌人也会代我们惩罚他。这不是我们政治上的绝对优势吗？"

而且还有，埋葬王文小的时候，大家曾推举了王哲他们三人去做，王哲来所不到三个月，每天哭，想家，也不上山背柴，也不学习，心里总盘算着开小差。但是埋葬了王文小回来以后，再也不哭了，不想家了，不但起劲地学习，上山背柴，而且还鼓动别人加油。

"开小差呵，"他说，"不是冻死，就是给狼吃掉，到敌人那里，敌人也再不会相信你了。……"

现在王哲一个人放六头牛，我看见他把牛撒在山坡上的时候，他在树荫下拿着油印的《双十纲领》在念着。

（《晋察冀日报》1943年7月30日）

祝福孩子们
——自新学艺所访问记之五

林漫

现在我要离开自新学艺所了。

但我总好像有些留恋,老实说,我对那些孩子们是有了情感的。他们中间有武银峰、有张三丑、有陈冬儿、有李保三、有周明、有王大章、高占云、有王哲……就连袁四喜我也有好感。袁四喜到所才一月多呵,他懒得背柴,懒得学习,他被同学们不客气地批评。不但这样,他才十六岁的年纪却已有了二年以上的白面瘾,当我衔着烟斗抽旱烟时,他一个连一个的呵欠就不住地打,脸庞瘦弱得可怜,无神的眼睛里挤着贪馋的眼泪,……

这些都可怪吗?他们以前都曾被敌人用来作不利于自己祖国的事,初来所的时候,偷东西、偷着吸烟、偷着买东西吃,甚至鼓动开小差,见了干部便是卑怯的一个九十度鞠躬(像对待敌人那样,使人难受),……这些,都是当然的,不这样,才是奇迹,他们身上带着旧的腐朽的社会,带着敌人的奴役训练、敌人的麻醉,……

然而现在他们在民主教育之下,已经对抗战出了很大的力量,他们种粮食种菜、打柴火,他们建筑了大礼堂,他们替农民帮工,他们每天每人节省一两小米捐出去救济灾民,又节省一两来救济住在村的灾民,密切了与人民的关系……

更重要的是他们一天一天地把自己锻炼得更好,使之成为有用的好公民。

从去年来有二分之一的学员出所了,他们有的参加了子弟兵,有的被介绍到机关或工业部门工作,有的到农村里去从事农业生产,也

有很少回家的。到现在为止，出所的学员还没有发生任何问题，相反的，他们得到了所去地的赞许，他们在自新学艺所经受了教育之后，已经成长为积极负责、好劳动的孩子了。

现在我真要离开自新学艺所了。

我异常兴奋，在敌后抗日根据地有了这样的感化教育！

我祝福这些孩子们，连袁四喜在内（明天他就和武银峰他们一样咧），祝福他们更快的成长！

辛勤的干部们应该受到尊敬，祝他们健康！

（《晋察冀日报》1943年7月31日）